Nella Beinen

Game Time — Changing the Game

AF191658

Das Buch

Für Karl Leister, ehemaliger NHL-Spieler und aktueller Co-Trainer der Krackersner Kraken haben sich seine Träume erfüllt. Es fehlt nur noch die Anstellung als Head Coach. Dafür gilt es vom besten Trainer zu lernen.

Als er den alleinerziehenden Emil kennenlernt, scheint sein Leben perfekt. Emil will nicht von seiner Bekanntheit profitieren, sondern für ihn ist der Mensch Karl wichtig. Sie kommen sich näher und finden in einen Familienalltag.

Doch durch einen überraschenden Karrieresprung steht Karl im Fokus der Medien und Vereinsverantwortlichen. Zusätzlich fordert auf einmal die Mutter das alleinige Sorgerecht ein und für Emil bricht eine Welt zusammen.

Werden Karl und Emil es schaffen, ihre Liebe zu retten, trotz der Stürme in ihrer Beziehung?

Die Autorin

Nella Beinen stammt aus Norddeutschland und hat ein bewegtes Leben hinter sich, das sie über Essen, Spiekeroog und Bonn an den Niederrhein geführt hat.

Dort hat sie begonnen den Geschichten in ihrem Kopf Leben einzuhauchen.

Ihre Protagonisten stoßen an ihre Grenzen, lernen Vertrauen zu fassen, streiten und versöhnen sich wieder.

Nella Beinen

Game Time – Changing the Game

ROMAN

Bibliografische Information der Deutschen Nationalbibliothek: Die Deutsche Nationalbibliothek verzeichnet diese Publikation in der Deutschen Nationalbibliografie; detaillierte bibliografische Daten sind im Internet über dnb.dnb.de abrufbar.

©2025 Nella Beinen

Lektorat & Korrektorat: Daniela Seiler www.textkabinettchen.de

Cover: A+K Buchcover www.akbuchcover.de

Illustrationen: Andrey Yurlov@shutterstock.com

Maryart@depositphotos.com

Adobe Stock LetsGoVector, Stelena, stas111, gomixer, Zoran Milic, The Little Foot

Verlag: BoD · Books on Demand GmbH, In de Tarpen 42, 22848 Norderstedt, bod@bod.de

Druck: Libri Plureos GmbH, Friedensallee 273, 22763 Hamburg

ISBN: 978-3-7597-8542-8

Kapitel 1

Karl

$\mathcal{J}$ch stand an der Bande auf dem Eis unserer Trainingshalle und beobachtete das bunte Treiben auf dem Eis.
Heute fand das große Kindertraining mit den Profis für
unsere Spendenaktion statt. Die Kinder im Alter von vier
bis teilweise fünfzehn Jahren quietschten vor Freude, das
ein oder andere Kleinkind weinte, wenn es hingefallen war
trotz des kleinen Lauflernpinguins, an dem sie sich festhiel-
ten. Die Eltern sprachen tröstend auf sie ein, der jeweilige
zuständige Spieler wartete geduldig, bis die Kinder weitermachen wollten.

Ich schmunzelte darüber. Wie gerne hätte ich mitge-
mischt, doch das war den Spielern überlassen. Lautes Lachen
erscholl ebenfalls von überall auf dem Eis. Zwischendrin
konzentrierte Gesichter der Kinder, wenn sie den Ausfüh-
rungen der Spieler lauschten, um sie hinterher auszuführen.

Ich lehnte mich gegen die Bande, stieß unablässig mit
einem Schlittschuh dagegen. Nach dieser hoch abwechs-
lungsreichen Saison, in der wir es bis ins Halbfinale der
Playoffs geschafft hatten, war dies ein gelungener Abschluss
und ich genoss diese ausgelassene Stimmung in der Halle, in
der sonst nur hart gearbeitet wurde. Dieses Event war

ursprünglich vom Fan-Club organisiert worden, um Geld aufzutreiben, nachdem im Januar und Februar die Existenz des Vereins im Unklaren lag. Ende Februar kam dank *Roth Pharmacy Corporation* die Wende und wir atmeten alle auf, doch das Kindertraining wollte niemand absagen.

Ich rieb mir über den Nacken. Wie ein Damoklesschwert hatte die Insolvenz nach der Ankündigung des Rückzugs unseres alten Sponsors über jedem Spiel geschwebt. Jetzt musste sich niemand von den Spielern, Trainern und anderen Mitarbeitern einen neuen Verein suchen. Einige der älteren Spieler hatten sogar mit Rücktrittsgedanken gespielt.

»Vorsicht!«, rief ein Vater ein paar Plätze neben mir und holte mich aus meinen Gedanken. Eines der Kinder winkte ihm zu und lachte laut. Der Vater schüttelte nur den Kopf. »Irgendwann bricht der sich noch den Hals, weil er nicht aufpasst«, murmelte der Mann und alle um ihn herum grinsten, einer klopfte ihm auf die Schulter.

Wir hatten dem Alter entsprechend verschiedene Kegelhürden für das Links- und Rechtsfahren vorwärts und rückwärts und kleinere Sprünge aufgebaut. Für die ganz Kleinen standen Pinguine bereit, an denen sie Laufen übten. Ibrahim Yelken, unser Center der zweiten Reihe, legte sich voller Begeisterung ins Zeug, sehr zur Freude der Eltern, die bei den Laufanfängern dabei bleiben mussten und oft genug landete eines der Elternteile auf dem Hintern und hätte selbst einen Pinguin gebraucht.

Die Eltern der Kinder blätterten hohe Summen hin, damit die Sprösslinge mit unserem Team diesen einen Nachmittag trainieren konnten. Wir hatten mehr Anfragen erhalten, als wir bedienen konnten, mussten jede Menge Absagen schreiben, was uns wirklich leidtat. Aber die Spieler betreuten bereits jeder zwei Kinder und dabei sollte es bleiben. Sogar unser Head Coach Smith mischte mit und die Freude darüber, mit diesen kleinen wissbegierigen Menschen zu arbeiten, zauberte durchgängig ein Lächeln in sein Gesicht. Das beobachtete man im normalen Trainings- und Spielbetrieb selten. Hin und wieder hörte ich sogar sein Lachen. Die Kinder sogen jedes Wort von ihm auf, versuchten, sofort umzusetzen, was er ihnen erklärte. Er skatete von Gruppe zu Gruppe, nahm sich für jedes Kind Zeit.

»Musst du nicht mit trainieren?«, fragte Tyler Roth, der neben mich trat. Er war unser neuer Geldgeber und Mehrheitsanteileigner von *Roth Pharmacy Corporation*. Im letzten Jahr hatte er die in den USA ansässige Firma von seinem Vater geerbt. Seine Position als CEO hatte er niedergelegt, da er lieber in unserem kleinen Verein in Deutschland arbeiten wollte. Dabei kam ihm rein zufällig zu Pass, dass sein Freund Felix Amsel hier auch spielte.

»Nein, ich schaue nur zu und greife ein, wenn einer der Spieler etwas falsch vermittelt. Heute sind sie die Trainer. Nur Coach Smith ließ es sich nicht nehmen, mitzumischen. Und wer würde schon dem Head Coach widersprechen?« Ich wandte mich ihm zu. »Was machst du überhaupt hier? Müsstest du nicht in den USA sein und die Wogen glätten?«

Tyler lehnte sich neben mir gegen die Bande.

»Lass uns nicht drüber reden. Jonathan ist jetzt offiziell CEO, die Behörden sind noch aktiv, was angeblich einige Zeit in Anspruch nehmen wird und die Aktien haben sich erholt.« Er seufzte. »Lass uns lieber diese zukünftigen Spieler und Spielerinnen beobachten.« Er schmunzelte und deutete auf das Eis. »Wie stolz sie sind, mit dem Team zu trainieren und die Eltern, die gar nicht genug Videos und Fotos machen können. Wir sollten das regelmäßig einführen nach der Saison.«

»Solange du mich nicht zu einem Dinner verdonnerst, bei dem ich verhökert werde, bin ich dabei.« Ich verschränkte die Arme vor der Brust und warf Tyler einen sehr strengen Blick zu.

»Ich würde sofort für Sie bieten«, erklang eine Stimme neben mir. Überrascht drehte ich mich zu ihr und sah in unglaublich grüne Augen, die zu einem freundlichen Gesicht mit einer kleinen Stupsnase gehörten. Auf seinem Kopf kräuselten sich die kurzen haselnussbraunen Haare. Der Mann lehnte sich weit über die Bande hinweg in meine Richtung.

»Wie viel würden Sie denn bieten?«, fragte Tyler neben mir amüsiert. Ich stupste ihm in die Rippen. Es reichte, wenn er unsere Spieler für ein exklusives Abendessen mit einem Fan versteigerte, er musste nicht auch die Trainer verhökern.

»Hm, so um die zwanzig Euro könnte ich erübrigen.« Der fremde Mann zwinkerte mir zu, ich erwachte aus meiner Starre und räusperte mich.

»Mehr bin ich Ihnen nicht wert?«

»Ich kenne noch nicht das Gesamtpaket. Man sollte immer vorsichtig mit seinen Investitionen umgehen. Ich weiß nur, was über Sie im Internet steht.« Er tippte sich an sein Kinn. »Karl Leister, Co-Trainer bei den Kraken, ehemaliger deutscher Nationalspieler, fünf Jahre in der NHL, gehörte davon drei Jahre sogar zu den Top20 der besten Verteidiger, bis eine Verletzung Sie ausbremste, und ansonsten DEL. Stanley Cup Sieger und Deutscher Meister. Sie haben die schwierigen Jahre in den Neunzigern mitgemacht, als viele ausländische und kaum deutsche Spieler in unseren Vereinen gespielt haben.«

Meine Augenbrauen hoben sich immer mehr. »Das ist doch eine Menge, was Sie über mich wissen.«

»Das ist das Basiswissen, das jeder über Sie im Internet finden kann. Aber wer ist dieser Karl Leister wirklich? Wie tickt er? Ist er im Privaten ein ebenso harter Verteidiger wie früher auf dem Eis? Oder hat er ein weiches Herz unter einer rauen Schale?« Er grinste frech.

»Tja, schade, für zwanzig Euro werden Sie es nie herausfinden. Schon gar nicht, wenn Sie mir mit dem Klischee ›Harter Hund, weiches Herz‹ kommen.«

Der Fremde lachte. »Was glauben Sie denn, wie viel Sie wert sind?«

Ich stockte, flirtete der Kerl etwa mit mir? Abgeneigt war ich nicht. Ich mochte sowohl Frauen als auch Männer, aber meistens ließ ich erst gar keine Flirterei, geschweige denn mehr zu, sobald es sich mit dem Verein mischte.

»Na, Karl? Sag schon, wie viel darf der Herr für dich auf den Tisch legen?« Tyler boxte mir freundschaftlich gegen den Oberarm.

Diese Fragen brachten mich ins Grübeln. Wie konnte man den Wert eines Menschen messen? Woran machte man ihn fest? Im Sport an den Punkten, die er sammelte, an seinem Spiel oder wie er die Scheibe hielt. Aber einen Menschen? Das war doch gar nicht möglich.

»Sie haben recht«, riss mich mein Gegenüber aus dem Gedankenstrudel. »Das ist nicht messbar. Schon meinem Sohn erzähle ich regelmäßig, jeder ist gleich viel wert, obwohl wir alle anders sind.«

Ich riss die Augen auf. Hatte ich etwa laut gedacht? Ich hustete und wandte mich ab, Hitze kroch mir in die Wangen.

»Was würde Ihre Frau überhaupt sagen, wenn Sie mit mir essen gehen würden?«, stellte ich die Gegenfrage, als ich mich beruhigt hatte und ihn wieder ansehen konnte. Tylers

Grinsen blendete ich aus. Warum musste der überhaupt noch zuhören? Der Vater grinste.

»Gar nichts, wir sind geschieden, weil sie aufgrund ihres Jobs in der Weltgeschichte herum gondelt und ich nicht damit umgehen konnte. Sie verkauft Baumaschinen und weist die Käufer ein. Patrick und ich sind auf uns alleine gestellt.«

Er schaute nicht nur gut aus, sondern war auch noch extrovertiert. Was mir einerseits gefiel, andererseits erwarteten solche Leute von ihrem Gegenüber ebenfalls etwas zu erfahren. Womit ich wiederum nicht umgehen konnte.

»Patrick ist Ihr Sohn? Welcher ist es?«, fragte ich, um das Gespräch auf sicheres Terrain zu bringen.

»Der mit Stanislav Kuznetsow trainiert.« Er deutete stolz mit dem Handy in der Hand in die Richtung.

Ich wandte mich der Eisfläche zu, fand Stanni, der ein wundervolles Gespür für Kinder hatte und ihnen nie Angst einjagte, obwohl er ein Riese war. Neben ihm lief ein Junge, der ihm bis zu den Knien reichte, aber aufmerksam an ihm hinaufsah. Nun kniete sich Stanni hin und erklärte ihm etwas. Wahrscheinlich die Sprünge, denn sie standen bei den kleinen Hindernissen.

»Er ist sechs und kommt diesen Sommer in die Schule.«

Ich beobachtete den Knirps noch einen Augenblick, bevor ich anerkennend nickte. Stanni stand auf und zeigte Patrick, wie man sprang, mit dem ganzen Körper, nicht nur mit den Füßen. Der Junge machte es ihm nach, stolperte aber bei dem Versuch zu springen und fiel hin. Sofort war Stanni bei ihm und half ihm auf.

»Er steht schon richtig sicher auf den Kufen, das mit den Sprüngen lernt er sicher schnell. Wann hat er angefangen?« Patrick glitt wieder zum Anfang, nahm neuen Anlauf und versuchte es erneut. Dieses Mal sprang er zu früh und kam vor der Stange auf.

»Seit er vier ist. Wir sind immer beim Schlittschuhlaufen, in der öffentlichen Halle am anderen Ende der Stadt. Ich würde ihn gerne fürs Eishockeytraining anmelden, allerdings kann ich mir leider nicht alle halbe Jahre neue Ausrüstung leisten. Die haben wir uns geliehen. Aber Patrick träumt davon, mal ein Eishockeyspieler zu werden.« Der Vater seufzte. »Er spielt zwar Fußball und Handball, so wirklich glücklich ist er jedoch nur auf dem Eis.«

»Wie heißen Sie?«, fragte Tyler, der mein Interesse an dem Jungen anhand meiner Fragen anscheinend erfasst hatte. Er zog sein Handy aus der Tasche und tippte darauf herum.

»Emil Jensen.«

Ich drehte mich um. Der Fremde mit dem schönen Gesicht hieß also Emil Jensen. Tyler notierte sich ebenfalls die Adresse und Nummer von ihm.

»Herr Jensen, ich will Ihnen nichts versprechen, was ich nicht halten kann, aber ich werde mal mit unserer Jugendabteilung reden. So wie Karl klang und geschaut hat, scheint ihr Sohn vielversprechend zu sein. Ich werde mich auf jeden Fall in den nächsten Tagen bei Ihnen melden.«

Überrascht sah Emil Jensen Tyler an. »Das würden Sie machen?«

»Warum nicht? Versuchen kann man es und wir sind doch immer alle auf der Suche nach jungen Talenten.«

»Danke Ihnen.«

»Sehr gerne.« Tyler reichte ihm die Hand, betrat das Eis und stellt sich neben mich. »Also, das Training ist gleich vorbei, ich werde mal meine Sachen holen. Felix und ich wollen direkt danach starten.«

»Geht's in die Staaten, den Rest regeln?«, fragte ich.

»Nein, viel schlimmer, ich lerne seine Eltern kennen. In die USA fliegen wir erst nächste Woche.«

Ich lachte. Die Eltern kennen zu lernen, war immer etwas Besonderes. »Dann viel Spaß. Es sind ganz liebe Leute. Du wirst sie mögen.«

»Darüber mache ich mir keine Sorgen. Sie haben Felix groß gezogen, natürlich werde ich sie mögen. Aber werden sie auch mich mögen?« Tylers Gesicht nahm einen zweifelnden Ausdruck an und brachte mich nur noch mehr zum Lachen.

»Du wirst es herausfinden.« Ich klopfte ihm aufmunternd auf die Schulter. »Viel Spaß.«

»Danke, dir auch, sobald du Urlaub hast.« Er ging davon und ich richtete meinen Blick auf Emil, der noch immer an derselben Stelle stand und zu seinem Sohn sah.

»Meinen Sie, er meint es ernst mit Patrick?«

»Wollen Sie mit mir essen gehen?«, fragte ich gleichzeitig und völlig unvermittelt. Wir sahen uns an und lachten. Trotzdem klopfte mein Herz schneller. Hatte er mich verstanden? Würde er darauf antworten?

»Sie zuerst«, sagte er. Also eher nicht. Ich hätte die Chance, eine andere Frage zu stellen, aber ich wollte diesen Mann mit den intensiven grünen Augen, der seinen Sohn so offensichtlich über alles liebte, näher kennenlernen. Mein Mund wurde trocken, doch zum allerersten Mal warf ich meine Bedenken, Eishockey und Privatleben zu vermischen über Bord.

»Wollen Sie mit mir essen gehen? Ganz ohne Versteigerung und Bieterwettstreit?« Ein bisschen musste ich mein Ego nach dem zwanzig Euro Gebot wieder aufpäppeln und das Schmunzeln von Emil half dabei. Hoffentlich stand er auch auf Männer und ich bekam keinen Hass ab.

»Es wäre mir eine Freude.« Sein Blick schweifte an mir hinab. »Darf es auch ein wenig mehr sein?« Dies kam entgegen seinem Blick schüchtern hervor. Ich fuhr mir mit der Zunge über meine Unterlippe und in meinem Bauch begann es zu kribbeln.

Ja, ganz unbedingt, hätte ich fast geschrien. Meine letzte Beziehung war schon länger her und für One-Night-Stands hatte und wollte ich mir während der Saison keine Zeit nehmen.

»Wir sehen, was sich entwickelt, oder?«, erwiderte ich stattdessen und hätte mich ohrfeigen können. Nur andersherum hätte es zu viel Druck aufbauen können, den ich bei einem zwanglosen Date nicht brauchte.

»Ich könnte einen Abend mit einem Erwachsenen mal wieder dringend gebrauchen.« Nun klang er fast verzweifelt.

»Wie kann ich dich da hängenlassen, Emil?« Ich grinste. »Wann passt es dir?«

»Nächsten Samstag?« Er warf mir einen entschuldigenden Blick zu. »Ich weiß, es ist noch eine ganze Woche hin, nur vorher ist Patricks Mutter nicht zu Hause und meine Eltern möchte ich nicht immer behelligen. Aber kommenden Freitag landet sie und von Samstag an hat sie Patrick für mehrere Tage.«

Ich holte mein Handy hervor, entsperrte es und öffnete die Kontakte. Ich legte einen Neuen mit Emil an. »Hier tipp mal deine Nummer und Adresse ein. Ich hole dich um sechs Uhr ab.«

Emil nahm es entgegen und tippte fleißig.

»Irgendwelche Vorlieben? Nur damit ich im richtigen Restaurant reserviere.«

»Ich bin da völlig flexibel. Was auch immer dir vorschwebt, ich lasse mich überraschen.«

»Gut, dann gehen wir ins *Game Time* meiner Jungs. Stanni, Felix und Juli gehört eines und demnächst kommt ein zweites hinzu.« Ich brachte das völlig ernst hervor. Emil sah auf und die Frage war ihm anzusehen, bevor er sie stellte.

»Ernsthaft? Mehr bin ich dir nicht wert?«

»Touché«, entfuhr es mir und wir lachten erneut. »Ich werde mir was Passendes überlegen.«

»Gut, nur sag mir Bescheid, wenn ich in Anzug und Krawatte erscheinen soll.«

»Ich werde es mir merken.«

Ein lauter Pfiff unterbrach uns. Coach Smith zog die Kinder in einem großen Kreis zusammen und so, wie er es ihnen zu Beginn des Trainings erklärt hatte, knieten sie sich im Halbkreis vor ihn hin. Hinter ihnen reihten sich die Spieler ein.

»Hat es euch Spaß gemacht?«, fragte er in die Runde und erhielt ein einstimmiges Ja, aus dem die Freude herauszuhören war. »Gut, zum Schluss lernt ihr, wie man aufräumt. Die großen Kinder hinter euch helfen dabei. Die kennen das schon. Danach geht es ab in die Kabine, umziehen und hoch ins Restaurant. Nach einem ordentlichen Training muss man den Energiehaushalt wieder auffüllen.« Coach Smith sah in die Runde, lächelte. »Auf geht's, Jungs und Mädels. Das war ein sehr gutes Training von euch.«

Die Kinder stoben auf und die Spieler folgten ihnen. Gemeinsam räumten sie die Utensilien vom Eis. Gerade als sie fertig waren, ertönte der nächste Pfiff.

»Ich habe völlig vergessen, wie ein ordentliches Training endet. Natürlich bekommt ihr jetzt noch ein Spiel«, rief Coach Smith, fuhr in die Mitte und bestimmte zwei Mannschaften und die Schiedsrichter. Die Kinder jubelten und stellten sich auf.

Sie wurden von den Spielern angefeuert und es entspann sich ein eher lustiger denn ernsthafter Schlagabtausch, wobei die Kleinen alle schon einen Zug zum Tor hatten und unbedingt den Puck versenken wollten. Die Goalies, Konny und Juli, die auch jetzt vorm Tor standen, ließen unter aller Theatralik, zu der sie fähig waren, die Scheibe durch. Die Eltern und auch ich lachten regelmäßig darüber. Am Ende ging das Spiel unentschieden aus. Niemanden interessierte heute das Regelwerk.

Danach stürmten sie mit den Spielern in die Umkleide. Jemand klopfte mir auf die Schulter und ich drehte mich um. Emil stand hinter der Bande und lächelte.

»Ich werde nach Patrick sehen. Wir sehen uns Samstag.«

»Definitiv. Ich freue mich drauf.« Schon sehr lange nicht mehr hatte ich solch eine Vorfreude auf ein Date empfunden. Allerdings hatte ich länger nichts mehr zugelassen, weil ich mich voll und ganz auf die Trainerausbildung konzentriert hatte.

Es wurde ruhiger in der Halle und ich zog meine Kreise auf dem Eis. Sammelte noch den einen oder anderen Puck ein. Ab morgen würde das Eis abgetaut werden und zu Beginn der Trainingsphase im August wäre hier frisches, jungfräuliches Eis, das auf brutale Eishockeyspieler wartete, die es mit ihren Kufen verunstalteten. Wie ich mich schon wieder darauf freute.

Kapitel 2

Emil

*E*in letztes Mal kontrollierte ich mein Aussehen im großen Schlafzimmerspiegel am Schrank. Drehte mich prüfend hin und her, zupfte am Hemd herum und ignorierte meinen hämmernden Puls, die Nervosität, jedes Mal, wenn ich mir Karl vor Augen rief.

Ich strich über meine Haare. Die Locken bekam ich nicht besser hin, egal, wie viele Haarprodukte ich benutzte, sie waren und blieben widerspenstig. Immerhin schien die Sonne heute, dann sahen sie nicht so schlimm aus wie bei Regenwetter.

Mein Blick schweifte an mir herab. Ich drückte auf meinen Bauchansatz, der durch das Hemd kaschiert wurde. Karl sah noch immer durchtrainiert aus, ob es ihn stören würde, sobald er ihn sah? Ich biss mir auf die Unterlippe. Garantiert wäre er abgestoßen. Er kannte nur trainierte Männer und die Frauen, mit denen er fotografiert wurde, waren Schönheiten, die es mit jedem Model aufnehmen konnten.

Nein, Emil, nein. Er hat dich gefragt, hat dich vorher gesehen. Wenn er angewidert gewesen wäre, hätte er bestimmt nicht gefragt.

Ich schüttelte den Kopf, drehte mich erneut leicht im Spiegel, das grüne Hemd war mein Bestes und trotzdem wirkte es nicht so piekfein, wie ich gerne gehabt hätte. Oder bildete ich es mir nur ein? Die Verkäuferin meinte, es stünde mir ausgezeichnet.

Meine Gedanken schweiften erneut zu Karl ab. Wieso wollte er sich mit mir treffen? Er könnte jeden haben, Männer und Frauen, die schlanker, sportlicher waren und keine Vergangenheit in Form einer Ex-Frau und eines Kindes im Gepäck hätten.

Leise seufzte ich und verschränkte meine Hände hinter dem Kopf. So sehr ich ihn kennenlernen wollte, ich kam mir neben ihm klein und unbedeutend vor. Wer war ich schon im Gegensatz zu ihm? Ihn kannte man, sogar in der NHL redete man noch immer über ihn. Ich arbeitete nur als Hausmeister in einer Grundschule.

Wieder drehte ich mich vor dem Spiegel. Ob die schwarze Stoffhose wohl doch mehr hermachen würde statt der Jeans? Oder sollte ich das Date komplett canceln? Ich schlug mir die Hände vors Gesicht, mochte mich nicht mehr ansehen.

Es klingelte an der Tür und ich schrak zusammen. Kein Umziehen oder Absagen mehr. Vielleicht auch besser. Kurz blickte ich in den Spiegel, nickte mir aufmunternd zu. Ein Kribbeln breitete sich vom Bauch aus und trotz der Zweifel konnte ich nicht anders und lächelte.

Nachdem ich den Türsummer betätigt hatte, hörte ich seine Schritte, bevor ich ihn sah. Er nahm die vier Etagen ziemlich schnell. Mein Blick wanderte an mir nach unten. Wenn ich wollte, könnte ich trainierter sein. Nur wann sollte ich noch Zeit für Sport haben?

»Du hast jeden Tag zweimal ein Work-out. Dein Herz-Kreislauf-System muss gut sein«, meinte er, als er vor mir stand, musterte mich und seine Augen begannen zu leuchten. »Hey.«

Work-out, das ich nicht lachte. Ich schnaufte jedes verdammte Mal wie eine Dampflok. »Hallo, komm rein.«

Karl betrat meinen Flur und sah sich um. Von hier gingen alle Zimmer ab. Die Wohnung war nicht groß, sie reichte jedoch für Patrick und mich.

Ich nutzte die Gelegenheit und betrachtete ihn. Er hatte ein rotes Polohemd und eine schwarze Stoffhose an, die seinen Hintern unglaublich betonte. Er trieb definitiv regelmäßig Sport.

Ich sah an mir hinunter und wollte mich klein machen, in einem Loch verschwinden und erst wieder auftauchen, wenn er verschwunden war. Wie hatte ich nur zusagen können? Nach heute Abend würde ich nie wieder was von Karl hören, wahrscheinlich würde er sich bereits nach dem Essen verabschieden. Nie und nimmer konnte ich mit ihm mithalten.

Nein, Emil, nein. Du lässt das sein. Er hat dich gefragt, du wolltest die Ablenkung. Nun steh auch dazu und spring. Sei mutig!

»Ha, die Kommode habe ich auch.« Karl ging zu dem Apothekerschränkchen, welches zwischen der Küchen- und der Wohnzimmertür stand und strich darüber. »Sehr praktisch mit den vielen unterschiedlich großen Fächern.«

»Findet Patrick auch, er versteckt dort zu gerne seine Sachen.« Ich konnte mir ein gequältes Grinsen nicht verkneifen. Meistens vergaß er, wo er welches Spielzeug hingesteckt hatte und es herrschte ein großes Drama. »Wollen wir los?« Ich ging ins Schlafzimmer, um mein Portemonnaie und Handy zu holen. Er folgte mir.

»Ist das hier immer so aufgeräumt oder nur für heute?«

»Natürlich ständig so.« Was sogar stimmte. Das Schlafzimmer war der einzige Raum, in dem Patrick sich kaum aufhielt, nur mal nachts, wenn er zu mir ins Bett gekrochen kam. Aber hier lagen keine Spielsachen herum.

»Schöne bunte Bettwäsche. Wirst du da nicht jeden Abend und morgen geblendet und willst unbedingt Tetris spielen?«

Ich lachte. »Sie macht fröhlich und nein, es reicht mir auf meiner Bettwäsche.« Bis auf mein großes Doppelbett, das in der Mitte der Wand gegenüber der Tür stand, gab es nur noch an der einen Seite einen langen Schrank und unter den Doppelfenstern befand sich eine Kommode.

»Ich werde mir den Tipp merken.«

»Sehr gut.« Ich ging hinaus auf den Flur, gefolgt von Karl. »Ich bin schon gespannt, wohin du mich führen wirst und ob ich dir mehr wert bin als Fastfood.« Tagelang hatte ich überlegt, worüber wir reden könnten, ob es nicht zu verkrampft werden würde, doch jetzt, da wir uns gegenüberstanden, war es unheimlich leicht. Erleichtert lächelte ich, was Karl erwiderte.

»Wir können hinlaufen. Es ist in der Nähe des großen Marktes.« Vage zeigte er in die Richtung.

»Wie geheimnisvoll.«

Am und um den Markt gab es einige Restaurants mit unterschiedlichen kulturellen Einflüssen. Ich versuchte erst gar nicht zu raten, wohin wir gingen, sondern ließ mich überraschen.

»Wollen wir los? Ich wäre so weit.«

»Selbstverständlich. Darf ich bitten, der Herr? Ich muss beweisen, wie viel ich wert bin.« Karl hielt mir seinen Ellbogen hin, damit ich mich einhaken konnte. Laut begann ich zu lachen.

Wir gingen an der alten Stadtmauer entlang, die Sonne wärmte unsere Rücken. Die Bäume waren endlich wieder alle grün und der Mai ließ die Blumen zögerlich die Köpfe aus dem Boden strecken. Wir waren nicht die Einzigen, die den lauen Frühlingsabend genossen. Familien unternahmen Spaziergänge, zu zweit oder alleine kamen uns Menschen entgegen, bogen in den Stadtpark ein, der sich hinter der Mauer befand oder verließen ihn.

Auf dem Weg unterhielten wir uns über die neuesten Nachrichten aus der Stadt, ich erzählte ein wenig von meinem Alltag mit Patrick. Karl gab über sich kaum etwas preis. Trotzdem fühlte die Unterhaltung sich nicht einseitig an, denn er schien sich aufrichtig für mein Leben zu interessieren und hörte aufmerksam zu.

Er bog in eine Seitenstraße ein, die direkt zum großen Marktplatz führte, auf dem zweimal die Woche ein echter Markt mit vielen verschiedenen Ständen stattfand. Samstagvormittags gingen Patrick und ich oft dort vorbei, tranken heiße Schokolade und kauften Obst und Gemüse. Doch bevor wir den Marktplatz betraten, hielt Karl an einem kleinen Restaurant, an dem ich schon häufig vorbeigekommen, aber noch nie drin gewesen war.

»Wir sind da. Willkommen in der Gaststube mit dem hochtragenden Namen *Auf dem Weg*«, sagte Karl mit einem Grinsen.

»Der ist wirklich gut. Du bist auf dem Weg zum Markt, auf dem Weg zu Geschäften, auf dem Weg zu Freunden und kommst ständig hier vorbei. Warum also nicht auf dem Weg hier halten?«

»Schon gut. Die haben eine sehr leckere Küche und es wird alles selbst gekocht. Die Besitzer sind weit über siebzig und trotzdem stehen sie jeden Tag hinter dem Tresen und in der Küche. Sehr herzliche Menschen.« Er zog die Tür auf und ließ mich eintreten.

»Du bist also öfter hier?« Mit anderen, die er zum Essen ausführte? Mit Freunden? Mit seinen Verabredungen? Hatte er viele? Reihte ich mich nur ein und wir würden uns nach heute Abend nie wiedersehen?

Ich hätte gerne gefragt, allerdings wollte ich nicht zu neugierig wirken und meine letzten Gedanken auch gar nicht beantwortet haben. Außerdem schien Karl zu den Menschen zu gehören, die erst Vertrauen fassen mussten, bevor sie über sich sprachen. Durch Fragen könnte ich ihn verschrecken und das war das Letzte, was ich wollte.

»Manchmal«, erwiderte er, »aber jetzt nur noch zu besonderen Anlässen.« Er sah mich dabei an und ein Lächeln umspielte seine Lippen, welches ich erwiderte. Sofort breitete sich Wärme in mir aus.

»Karl, wie schön. Du lebst also doch und hast mal wieder den Weg zu uns gefunden.« Eine rundliche Frau kam auf uns zu, gefolgt von einem älteren Mann. »Wie geht es deinen Eltern? Sie haben es wenigstens zu Ostern zu uns geschafft.«

Karl lachte. Während er mit ihr plauderte, sah ich mich um. Dieses Lokal musste in den Siebzigern eingerichtet und danach nie wieder renoviert worden sein. Dunkle, schwere Möbel, teilweise Raumtrenner aus demselben Holz. Erleuchtet wurde das Lokal durch die hereinscheinende Sonne, den uralten Lampen mit grünem Glas und den brennenden Kerzen auf den Tischen. Wir waren bisher die einzigen Gäste.

»Es geht ihnen gut, Bruni, wobei ich sie nicht oft sehe. Mir übrigens auch. Wie du weißt, habe ich einen sehr zeitintensiven Job.« Karl fasste nach meiner Hand, was mir kleine Stromschläge durch den Körper jagte und ich achtete auf die zwei Personen vor mir. »Das sind Hinrich und Bruni, die Besitzer und das ist Emil. Habt ihr einen Tisch für uns?«

»Für dich habe ich immer einen besonderen Platz, das weißt du doch.« Hinrich gab Karl einen Klaps gegen die

Brust. »Na los, Bruni, führ unsere Gäste an den besten Tisch.«

Bruni lachte und führte uns in eine Ecke, die ich übersehen hatte hinter einem der Raumtrenner, direkt am Fenster. »Ich bringe euch sofort die Karte. Die haben wir erneuert.«

»Gib keinen Pfifferling auf die. Du bestellst ein Gericht und bekommst doch etwas ganz anderes, weil Hinrich auf einmal weiß, was viel besser passen könnte.« Karl zwinkerte mir zu.

»Hör auf, uns schlecht zu machen.« Freundschaftlich verpasste sie ihm eine Kopfnuss. »Dieser Kerl hier hat uns in einer schwierigen Lage geholfen. Deswegen bekommt er nur das Beste.«

Mit gehobenen Augenbrauen sah ich ihn an. Karl wurde rot, was ich diesem Mann nie zugetraut hätte. Ob ich jemals die Geschichte dazu erfahren würde?

»Was hat er denn gemacht?« Ich konnte mich nicht zurückhalten.

»Das darf er dir gerne selbst erzählen. Was möchtet ihr trinken?«

»Rotwein?« Karl sah mich an, hob die Augenbrauen und ich nickte.

»Trocken, wenn es geht.«

»Sehr gerne. Ich suche einen Guten heraus.« Bruni verschwand kurz und kam mit zwei Speisekarten zurück, die sie uns reichte, bevor sie wieder verschwand. Alles wirkte so heimelig und ich fühlte mich direkt wohl.

»Übrigens haben wir letzte Woche beim Trainingscamp nicht mehr über deine Frage an mich gesprochen. Wie lautete sie?« Karl hatte seine Karte noch nicht aufgeschlagen.

»Nicht schlimm, war nichts Wichtiges.«

»Doch, finde ich schon.«

Ich knibbelte am Ende der Tischdecke. Selten hatte jemand es für wichtig empfunden, meine Fragen oder Meinungen zu hören und das bewirkte etwas in mir. Erwärmte mich von innen. Meine Eltern zählten natürlich zu den Menschen. Auch Katharina, meine Ex-Frau bis es sich mit der Zeit ausgeschlichen hatte.

»Ach, ich habe nur wissen wollen, ob dieser Tyler Roth es ernst meint.«

Karl blickte von der Karte auf. »Ja, das tut er. Er verspricht nichts, was er nicht halten kann. Zumindest ist das meine Erfahrung in der kurzen Zeit, die ich ihn kennengelernt habe. Patrick ist wirklich gut auf dem Eis. Es wäre schön, wenn wir ihn bei unseren Kleinen hätten. Mach dir keine Gedanken, sollte er sich bisher nicht gemeldet haben. Er ist noch sehr eingespannt in Amerika.«

»Ach, dieser Pharmaskandal?«

»Genau. In ein paar Wochen wird er endlich bei uns anfangen und sich dann auch wegen Patrick und dem Training kümmern. Ansonsten werde ich ihm Feuer unterm Arsch machen. Talente müssen gefördert werden.«

Nun kroch mir die Hitze den Nacken hinauf. Hielt er Patrick wirklich für so gut? Stolz machte sich in mir breit. Mein Sohn ein bisher unentdecktes Eishockeytalent … Kälte fuhr mir durch die Knochen. Ging Karl nur deswegen mit mir aus? Mir schwand das Lächeln aus dem Gesicht.

Bruni kam mit einem Tablett zurück und Karl schien meinen Stimmungsumschwung nicht zu merken.

»So, ich habe hier unseren besten trockenen Rotwein. Willst du probieren?« Sie schenkte einen Schluck in ein bauchiges Weinglas, schwenkte es leicht und reichte es Karl.

»Bruni, schenk uns ein, ich vertraue dir, das weißt du doch.«

»Habt ihr noch nichts ausgewählt?« Entrüstet goss sie uns ein und reichte auch mir mein Glas. Karl sah mich an.

»Du isst alles? Keine Allergien oder so?«

»Genau.«

»Bruni, sag Hinrich, er soll uns überraschen.«

»Das gefällt mir.« Sie stellte die Flasche auf den Tisch, nahm das Tablett und entfernte sich. Hinter mir hörte ich, wie sich die Tür öffnete und Bruni die nächsten Gäste begrüßte.

»Wo waren wir? Bei Patrick, richtig? Er ist ein toller Skater und hat die Tipps von Stanni innerhalb kürzester Zeit ausgeführt. Er versteht nicht nur, was man ihm erklärt, er kann es auch umsetzen.«

Karl schwärmte so sehr von meinem Sohn, was mir einerseits gefiel und mich einige Zentimeter wachsen ließ, andererseits saß ich hier mit ihm, weil ich mal der erwachsene Emil sein und einen Abend ohne meinen Sohn verbringen wollte und nun stand er wieder im Mittelpunkt. Ich lächelte gezwungen und faltete meine Serviette auseinander.

»Schön. Hoffen wir auf das Beste«, brachte ich heraus und musste mich zusammenreißen, um nicht völlig enttäuscht zu klingen.

»Alles in Ordnung?« Karl griff nach seinem Weinglas, drehte es in der Hand. Ich rollte mittlerweile die Tischdecke auf und ab, vermochte ihm kaum in die Augen zu sehen. Karl legte den Kopf schief und sah mich intensiv an. Als ich seinem Blick begegnete, war Mitgefühl darin zu erkennen. »Ach, entschuldige. Du wolltest einen Abend für Erwachsene und mich nicht über deinen Sohn philosophieren hören.«

»Du hast mich hoffentlich nicht seinetwegen ausgeführt«, platzte es aus mir heraus. Ich musste es laut aussprechen. So egoistisch es war, ich wollte heute der Mittelpunkt sein und nicht Patrick.

Karl riss die Augen auf. »Nein, auf keinen Fall. Ich möchte dich kennenlernen.«

Ich ließ die Tischdecke los. »Wirklich?«

»Es tut mir leid. Ich hätte nicht ausführlich werden sollen bei Patrick. Aber manchmal kann ich nicht anders bei jungen Talenten. Dieser Abend sollte nur dir und mir gehören.« Karl lächelte mir zu.

Ich nickte. Es würde sich zeigen, was seine Worte wert waren, er klang zumindest aufrichtig und ich entspannte mich wieder. Vielleicht sollte ich mich doch ein wenig auf sein Terrain vorwagen.

»Gut, fangen wir von vorne an. Karl Leister, wer bist du? Auf jeden Fall ein Wohltäter. Wahrscheinlich hast du Bruni und Hinrich mit Geld ausgeholfen, oder?« Er antwortete nicht, lächelte aber. »Ein Anfang.«

»Hast du mich gegoogelt?«

Ich schnalzte mit der Zunge und erneut stieg mir die Hitze in die Wangen. »Ich sollte es dir lieber nicht verraten, ich bin ein großer Fan von dir. Schon immer gewesen. Bin halt ein Eishockey Fan und als Deutscher kommt man an dem Spieler Karl Leister nicht vorbei. Aber mich interessieren die Menschen hinter der Maske für die Außenwelt. Die lernt man nicht kennen. Nur das, was sie der Öffentlichkeit präsentieren und da warst du neben dem Eis immer ein Musterschüler. Kein Stück Privatleben hast du preisgegeben.«

Karl nickte. »Das geht auch keinem etwas an.«

»Heißt das, wir werden mit keiner Silbe über dich reden? Ich habe nicht die Chance, dich zu fragen, warum du damals nach Deutschland zurückgekommen bist? Du hättest nach deiner Verletzung in deinem damaligen Team weiterspielen können. Oder ob die Damen an deiner Seite deine Freundinnen waren oder nur Schmuckwerk mit denen ein Vertrag abgeschlossen wurde, damit in deiner völlig Testosteron geschwängerten maskulinen Eishockeywelt kein falscher Gedanke aufkommt?«

»Neugierig bist du nicht, oder?« Karl lachte leise.

»Nein, ich doch nicht.« Ich tat überrascht, legte mir gespielt die Hände auf die Brust. »Dabei hatte ich mir fest vorgenommen, dir keine Fragen zu stellen.« Erneut wurden meine Wangen heiß, ich verbarg mein Gesicht hinter den Händen und lugte zwischen meinen Fingern hindurch. Hatte ich Karl mit meiner Ehrlichkeit verprellt?

»Auf einen Abend voller Fragen und Antworten? Falls ich bereit bin, sie zu beantworten. Fragen kannst du schließlich alles.« Karl hob sein Glas. »Schätze, ich sollte ein paar Dinge von mir erzählen. Kennenlernen geht immer in zwei Richtungen, oder?«

»Habe ich mal gehört.« Ich lächelte, hob mein Weinglas an und stieß mit ihm an. Erleichtert trank ich einen Schluck.

»Die Frauen waren meine Freundinnen. Ich bin bi oder pan. So genau habe ich das nie für mich definiert. Brauche ich auch nicht. Aus Amerika musste ich aus einem Umfeld weg, das auf Dauer nicht gut für mich gewesen wäre.«

»Uh, noch mehr Fragen türmen sich vor mir auf. Aber mehr wirst du zu dem Thema wohl nicht preisgeben.« Das musste ich respektieren.

Er schüttelte den Kopf. »Was ist mit dir? Wo arbeitest du? Warum Eishockey und auch bi?«

»Hausmeister an einer Grundschule, weil es ein geiler, schneller Sport ist und ja. Außerdem bin ich achtunddreißig Jahre alt und nicht geübt in diesem Dating-Ding.« Unsicher lächelte ich.

»Du bist Hausmeister?« Er klang überrascht und mich beschlich ein mieses Gefühl. Von allem, was ich gerade gesagt hatte, blieb nur mein Beruf hängen? War ich ihm jetzt zu einfach? Dachte er vielleicht, ich hätte nicht genug in der Birne? Katharina war mein Beruf irgendwann zu peinlich ihren Kollegen gegenüber und sie hat ihn verschwiegen oder aus mir einen Building Supervisor gemacht, weil das besser klang. Ich schluckte und zwang mich zu einem Lächeln.

»Das ist echt cool. Bestimmt nicht langweilig und du kennst dich am besten aus in der Schule, oder?«

Wow, mit dieser Reaktion hatte ich nicht gerechnet. Wärme breitete sich in mir aus. Um ihn nicht mit offenem Mund anzustarren, griff ich nach meinem Glas und trank einen großen Schluck.

»Ähm, ja, denke schon.«

»Bist du auch derjenige, der in den Pausen im Kiosk steht?«

»Ja, mit jeweils zwei Viertklässlern. In unserer Schule führen sie den Shop und ich helfe bei den Bestellungen und bei der Abrechnung. Sie sollen so lernen, Verantwortung zu übernehmen. Wir erstellen auch die Arbeitspläne, wie sie so schön sagen. Jedes Jahr wählen die Viertklässler einen Leiter für den Kiosk und einen Stellvertreter. Außerdem unterstützt mich ein Referendar bei der Arbeit.«

»Ein sehr gutes Konzept. Du hast bestimmt große Verantwortung, bist der Ansprechpartner für alles im Gebäude und hältst es instand.«

Noch nie außerhalb der Schule hatte jemand den Wert meines Berufs, der für mich eher eine Berufung war, erkannt. Ich war zwar gelernter Elektriker, aber das ständige Herumfahren zu den Kunden hatte mir nie gefallen. Als ich vor zwölf Jahren die Chance auf diese Stelle bekommen hatte, hatte ich nicht lange gezögert und sie ergriffen.

»Ja, schon.« Stolz durchflutete mich.

Bruni kam mit zwei Tellern zurück. »Als kleiner Snack vorweg bekommt ihr bunte Gemüsespieße in pikanter Sauce. Lasst es euch schmecken.«

»Danke dir.« Karl lächelte ihr zu, bevor er sich wieder mir zuwandte. Sie verschwand, um sich um die anderen Gäste zu kümmern.

»Ich war ganz kurz davor von Schmerztabletten süchtig zu werden«, sagte Karl unvermittelt und starrte auf seinen Teller, bevor er langsam aufblickte. »Deswegen bin ich aus Amerika weg.« Er zuckte mit den Schultern. »Ich habe nach meiner Verletzung zu früh mit dem Training begonnen, allen vorgemacht, ich hätte keine Schmerzen mehr, nur um aufs Eis zu kommen. Die Tabletten habe ich mir schwarz besorgt. Keine Ibuprofen, die halfen nicht, obwohl ich sie wie Smarties eingeworfen habe. Ich habe das harte Zeug über einen anderen Teamarzt bekommen. Es ist so einfach in der NHL, wenn nur genügend Geld fließt.« Er sagte es leise, schien sich dafür zu schämen.

Ich brauchte einen kleinen Moment, um das Gehörte zu verarbeiten. Es kam einem unglaublichen Vertrauensbeweis gleich und ich wollte unbedingt das Richtige sagen.

»Aber du bist nicht abhängig, oder? Du hast es rechtzeitig erkannt und hast dagegen angekämpft. Darauf kommt es an.« Vorsichtig legte ich meine Hand auf seine, die warm unter meiner war. Was auch immer ihn dazu bewog, es mir zu erzählen, er sollte das Gefühl von Sicherheit in meiner Gegenwart bekommen.

»Es war schwer.« Karl fuhr sich mit der Zunge über die Lippen, zog seine Hand allerdings nicht zurück. »Hier in

Deutschland steuerte ich sofort eine Klinik an, es war Sommer, spielfrei, da fiel es keinem auf, wenn ich nicht zum Training erschien. Dort wurde ich dann behandelt, bekam psychologische Betreuung und stand die ersten Anzeichen eines Entzugs durch, weil mein Körper sich bereits an die Tabletten gewöhnt hatte. Im Gegensatz zu vielen anderen, habe ich noch rechtzeitig die Reißleine gezogen.«

Er drehte seine Hand unter meiner und verschränkte unsere Finger miteinander. Sah mir direkt in die Augen.

»Ich weiß gar nicht, warum ich dir das erzähle. Nicht mal meine Eltern wissen darüber Bescheid.« Ein unsicheres Lachen zeigte sich auf seinen Lippen.

»Danke für dein Vertrauen. Ich werde es für mich behalten. Versprochen.« Sanft drückte ich seine Hand, wollte sie nie mehr loslassen.

Er nickte. »Wir sollten essen, bevor es kalt wird und wir Ärger bekommen.«

Kapitel 3

Karl

Warum hatte ich Emil nur von meinem Medikamentenmissbrauch erzählt? Ich sog die frische Abendluft vor dem Lokal ein, die meine wirbelnden Gedanken nicht wirklich klärte. Könnte auch an der halben Flasche Wein liegen, die meine Gedanken nicht in die richtige Reihenfolge brachte.

Jedenfalls wusste keiner bis auf die Ärzte in der Klinik damals davon. Nicht einmal die Trainer, Ex-Freundinnen, Freunde, ehemalige Mitspieler von mir, niemand. Seit Jahren schleppte ich das mit mir herum, aber kaum saß ich mit Emil ein paar Minuten an einem Tisch, brach es aus mir heraus. Ich musste seinem Wort vertrauen. Hoffentlich fand ich nicht morgen einen Artikel im *Hockey-Insider*.

Ich warf Emil einen Seitenblick zu. Er lief lächelnd neben mir her, mehr konnte ich allerdings in der vom diffusen Licht der Laternen durchbrochenen Dunkelheit nicht erkennen. Er wirkte zumindest nicht wie jemand, der heiß auf Schlagzeilen war. Tatsächlich glaubte ich ihm und er wollte mich kennenlernen und nicht den ehemaligen Verteidiger und jetzigen Co-Trainer Karl Leister. Ich wollte ihm glauben und ihn wiedertreffen.

»Bruni und Hinrich sind wirklich liebe Leute. Ich habe noch nie in meinem Leben so lecker gegessen.« Emil streifte beim Laufen ständig meine Hand. Ob er das aus Absicht machte?

»Das sind sie.« Ich kicherte, was ich auf den Wein schob. Die halbe Flasche zeigte ihre Wirkung. »Meine Eltern gehen seit meiner Kindheit zu ihnen.«

»Du bist hier aufgewachsen?« Emil klang überrascht. Nun griff er endgültig nach meiner Hand und verwob unsere Finger miteinander. Ich sah darauf hinunter, seine ausstrahlende Wärme sickerte in mich und vertrieb die einsetzende Kühle nach dem Sonnenuntergang. Mein Herz machte vor Freude einen kleinen Hüpfer.

»Ich dachte, du bist ein Fan von mir und dann weißt du das nicht?«, fragte ich empört, was ihn zum Lachen brachte.

»Ich bin ein Fan des Eishockeys, das du gespielt hast und was du als Trainer nun aus den Spielern herausholst. Wir haben seit drei Jahren die beste Verteidigung der Liga, aber so genau habe ich mir deine Vita nicht durchgelesen.«

»Dennoch weißt du über mich und die Frauen, mit denen ich auf Veranstaltungen aufgetaucht bin, Bescheid. Kannst meine Erfolge und Vereinsstationen aufzählen. Aber über meine Kindheit weißt du nichts?«

Emil rückte näher an mich, was mir einen Schauder durch den Körper jagte. »Hast du dich mal selbst gegoogelt? Der erste Vorschlag heißt: Karl Leister Freundin. Darunter lauter Bilder mit dir und den unterschiedlichen Frauen im Arm.«

»Aha, du hast mich also nur bewundert und bist gar nicht dazu gekommen, weiter zu lesen?«, neckte ich ihn.

»Wie soll ich einem gut aussehenden Mann widerstehen?« Er drückte meine Hand.

»Ich bin hier geboren und aufgewachsen. Habe allerdings ab der Jugend im Süden gespielt und dort auch die ersten Berührungen mit dem Profibereich gehabt.«

»Auf welche Schule bist du gegangen?«

»Du bist wirklich sehr neugierig.«

»Und du sprichst absolut nicht gerne über dich.«

Ich fühlte mich auf ganzer Linie ertappt. Noch nie hatte ich das gemocht. Das zog jedes Mal neue Fragen nach sich. Mit Emil fühlte es sich trotzdem anders an, sicherer. »Ich bin auf die St.-Marius-Grundschule gegangen und wechselte von dort in die Elsa-Brändström-Realschule.«

»Du warst auf der Elsa? Verdammt, ich auch. Warum haben wir uns nicht kennengelernt?«

»Vielleicht, weil ich ein paar Jahre vor dir da war?« Ich zuckte mit den Schultern. »In der achten Klasse bin ich schon auf das Sport-Internat in den Süden gewechselt. Da war es egal, ob ich für ein Spiel fehlte. Auf der Elsa gab es ständig Ärger, wenn ich für eine U-Mannschaft der Nationalmannschaft ausgewählt wurde. So mussten meine Eltern keine ewigen Diskussionen mit der Direktion mehr führen.«

»Schon schlimm, wenn man lernen muss, aber lieber spielen will«, sagte Emil sarkastisch.

»Hey, ich bin dein Idol, so geht man nicht mit ihm um.« Ich stupste ihn leicht mit der Schulter an, lachte und war froh, als er sich wieder an mich schmiegte. »Du wolltest sogar Geld für mich bieten, um mit mir auszugehen. Ich sollte gleich doch lieber nach Hause gehen.«

Emil lachte leise. »Wie du möchtest, nur es entgeht dir etwas.«

Wir kamen am Ende der Stadtmauer an, brauchten nur noch einmal links abbiegen und waren wieder bei Emil.

»Ja? Was denn?«

»Das verrate ich dir doch nicht, während wir auf offener Straße laufen und jeder es hören könnte. Am Ende wollen die noch mit mir ins Bett.«

Ich nickte mit einem schiefen Grinsen, auch wenn er es in der Dunkelheit nicht erkennen konnte.

»Du meinst also, das ist beschlossene Sache.« Dabei schwebte es von Anfang an über uns. Schon letzte Woche hätte ich ihn mit nach Hause genommen, nur um ihm nahe zu sein. Ich führte seine Hand an meinen Mund und drückte ihm einen Kuss darauf. Beugte mich zu ihm, wobei wir fast mit dem Kopf zusammenstießen.

»Hey, was machst du denn?«, fragte er und lachte unsicher.

»Ich wollte dir etwas ins Ohr flüstern, aber bei der Dunkelheit sieht man kaum was.«

Emil blieb stehen, die nächste Straßenlaterne einige Schritte entfernt von uns. »Okay, flüstere. Ich bin zu allem bereit.«

Ich grinste, steuerte ihn gegen die nächste Hauswand und stellte mich ganz dicht vor ihn, unsere Körper drückten sich aneinander. Der schwache Duft von Zitrus drang in meine Nase, als ich mich seinem Gesicht näherte.

»Ich freue mich schon auf den Anblick, wenn du vor mir kniest, nackt, meinen Schwanz in deinem Mund bis ich kurz vorm Abspritzen bin und dich danach ficke.« Mit der Hand fuhr ich zwischen uns, hielt auf Höhe seiner Leibesmitte an und drückte leicht zu. Noch war nichts hart, aber das würde ich schnell ändern. »Die ganze Woche habe ich mir ausgemalt, was ich mit dir anstellen werde.« Ich zog meine Hand zurück, rieb mich an ihm, was seine Wirkung nicht verfehlte. Nicht nur in seiner Hose wurde es härter.

Ein Schauer durchfuhr Emil, der seine Hände auf meiner Hüfte abgelegt hatte.

»Was, wenn du derjenige bist, der vor mir kniet?«

Ich biss in sein Ohr, ein leises Keuchen entkam ihm. Wenn jetzt jemand vorbeikäme, wusste die Person sofort, was hier abging. Dabei waren wir züchtig angezogen und taten nichts, woran die Öffentlichkeit Anstoß hätte nehmen können. Trotzdem wären die Schlagzeilen nicht die besten für mich. *Co-Trainer der Krakens holt sich an Hauswand einen runter.* Ein gefundenes Fressen für den *Hockey-Insider*, der Gossip liebte.

»Willst du das denn?« Ich rieb mich stärker an ihm und verdrängte den Gedanken an ungebetene Zuschauer oder Schlagzeilen. Meine Stoffhose beulte sich, versteckte nichts und die Lust wallte in mir auf. Statt einer Antwort hörte ich ihn leise stöhnen. »Ah, du magst es in den Mund gefickt zu werden.« Ich knabberte an seinem Hals, arbeitete mich an seinem Kinn entlang, bis unsere Lippen das erste Mal aufeinanderlagen. Sie gaben unter meinen nach, öffneten sich. Seine Zunge leckte über meine und ich ließ mich auf sie ein. Wir spielten miteinander, erkundeten uns, lernten uns kennen.

Meine Knie wurden weich, mein Schwanz noch härter und ich wollte mehr. Seinen nackten Körper unter mir, ihn mit den Fingerspitzen erkunden, seine Nippel zwicken. Meine Hände wanderten zu seinem Hintern, drückten ihn durch den Stoff.

»Nach Hause, sofort«, stammelte Emil. »Ansonsten komme ich hier auf der Straße. Es ist zu lange her.«

»Einer Herausforderung konnte ich noch nie widerstehen.« Ich zog sein Hemd hinten aus der Hose und schob meine Hand am Rücken unter den engen Bund der Stoffhose und Boxershorts. Leckte meinen Finger an, bevor ich ihn wieder hineinschob.

»Karl … ah.« Viel Platz hatte ich nicht, aber seinen Eingang fand ich, konnte meinen Finger dagegen drücken. »Passa…« Ich öffnete den Knopf seiner Hose.

»Keiner da«, unterbrach ich ihn. Sein Kopf sank gegen die Mauer, als ich ihn massierte, was ohne Gleitgel nicht einfach war. Aber es musste ihm gefallen, mit dem Becken stieß er gegen mich, in seiner Hose war sein Schwanz knallhart. Nun rieb nicht mehr nur ich ihn, sondern er sich ebenfalls an mir. In meiner Unterhose musste sich bereits ein feuchter Fleck bilden, so erregt war ich.

Etwas Vergleichbares hatte ich noch nie getan. Hoffentlich lag die Straße so abgelegen, wie ich es mir vorstellte und keiner kam vorbei. Mein Finger glitt bei einem seiner leichten Stöße in ihn und er keuchte, meine Hand bewegungslos gefangen in seiner Hose.

Sein schwerer Atem streifte mich, als ich Küsse an seinem Hals verteilte. Scheiße, ich war selbst kurz davor in meiner Hose zu kommen. Emil wurde immer hektischer, ich zog meine Hand zurück, legte sie auf den Reißverschluss seiner Jeans und drückte zu, fuhr dabei auf und ab. Konnte fühlen, wie lang er war, freute mich darauf, ihn gleich zu sehen.

»Scheiße, was … was machst du?« Mehr als ein Stottern kam nicht heraus. Ich küsste ihn wieder, ein hungriger, gieriger Kuss, der nach mehr schmeckte.

Emil wurde schneller, seine Bewegungen abgehackter, bis sein Körper erzitterte. Er krallte sich an mir fest. Drückte sich an mich, keuchte ein letztes Mal, als ich ihn hielt. Selbst mit einem steifen und schmerzenden Schwanz in der Hose.

»O mein Gott, ich bin noch nie in der Öffentlichkeit gekommen.« Emil barg sein Gesicht an meiner Schulter, seine Hände lockerten sich an meiner Seite.

»Glaube mir, ich habe das auch noch nie gemacht.«

Plötzlich gluckste Emil, was sich zu einem Lachen ausbreitete und mich ansteckte.

»Schieben wir es auf den Alkohol«, flüsterte Emil, als er wieder sprechen konnte. Er umfasste meine abklingende Errektion, die daraufhin erfreut zuckte und die Berührung begrüßte. »Wir sollten schnell nach Hause, damit ich mich darum kümmern kann.« Er schob mich von sich, schloss seine Hose, ergriff meine Hand und zog mich im Eiltempo in Richtung seiner Wohnung.

Kaum fiel die Tür hinter uns ins Schloss, drückte Emil mich dagegen, presste seinen Mund auf meinen und zerrte an meinem Poloshirt. Wir trennten uns kurz, damit er es mir über den Kopf ziehen konnte. Meine Finger versuchten, sich um seine Hemdenknöpfe zu kümmern, versagten dabei kläglich.

»Warte.« Er knöpfte die Ersten auf und zog das Hemd aus. Dann öffnete er meine Hose, die nach unten rutschte. Ich stieg aus den Hosenbeinen, schob Emil in Richtung seines Schlafzimmers. Die Hände um seinen Kopf, um bloß nicht den Kontakt zu seinen Lippen zu verlieren, die es so wunderbar verstanden, einen Mann dadurch zu erregen.

Er stieß mit den Kniekehlen gegen die Bettkante am Fußende, geriet ins Wanken und fiel mit dem Hintern voraus auf die Matratze. Ich konnte mir das Lachen nicht verkneifen.

»Hör auf und komm her.« Er richtete sich auf, zog mir die eng sitzende Unterhose herunter und streichelte über meinen Schwanz, der zuckte. Erregung, Lust, Glück schwappte alles gleichzeitig durch meinen Körper, füllte mich aus, nahm mir die Fähigkeit zu denken.

»Im Stehen oder liegen?«, fragte er. »Wie willst du mich?«

»Nackt vor mir«, brachte ich irgendwann heraus. Er stand auf, drückte mich dadurch zwei Schritte nach hinten. Öffnete seine Hose und zog sie mit der feuchten Unterhose nach unten. Sein Schwanz war schon wieder halb erigiert. Ich strich über ihn, Sperma klebte daran, nun auch an meinem Finger, den ich zum Mund führte, um zu kosten. Salziger Geschmack breitete sich auf meiner Zunge aus.

Dann glitt mein Blick an Emil auf und ab. Er war wunderschön, hatte zwar ein leichtes Polster um seine Hüften, aber das passte zu ihm, zu diesem Mann, der den ganzen Abend wirkte, als ob er völlig in sich ruhen würde. Er bemerkte meinen Blick, sah an sich selbst hinab.

»Ich bin eher der Sofa-Sportler.« Es klang entschuldigend, unsicher und beinahe beschämt. Ich schüttelte den Kopf.

»Nein, es gehört zu dir. Du bist wunderschön, so wie du bist. Ich will dich gar nicht anders.« Ich trat mir die Unterhose von den Füßen, zog ihn an mich. Spürte endlich seine warme und weiche Haut an meiner. Erkundete ihn mit den Fingern und küsste ihn. Als er sich löste, sank er auf die Knie, leckte meine Länge entlang, sog an meinen Eiern. Dabei umfasste er meine Hüften. Meine Hände fuhren durch seine Locken, die unglaublich weich waren. Er spielte mit meiner Eichel, leckte um sie herum, stupste mit der Zunge in die Spalte, löste eine neue Welle der Lust aus. Wann nahm er mich endlich in den Mund?

Als er mich umschloss, war seine warme feuchte Mundhöhle fast zu viel. Der Anblick, wie mein Schwanz in ihn verschwand, seinen Rachen berührte.

»Hör auf«, keuchte ich, entzog mich ihm.

»Was ist? Was hab ich falsch gemacht?« Mit aufgerissenen Augen sah Emil zu mir hoch.

»Nichts. Rein gar nichts.« Ich konnte nicht erklären, was mich dazu bewog. Ich wollte schlicht nicht kommen. Gleichzeitig drängte alles in mir, es endlich zu Ende zu bringen, und doch war ich nicht bereit dafür. Andersherum wollte ich den bisherigen Zauber des Abends nicht brechen, in dem wir miteinander schliefen. Was, wenn es nur eine Eintagsfliege mit uns war? Wie so oft, sobald ich mit jemandem ins Bett ging, der wusste, wer ich war.

Dieses Mal wollte ich keine Trophäe sein, dies sollte mehr werden. Nicht nur Sex und Essen gehen im Vorfeld. Ich wollte Emil kennenlernen, seine Macken und Eigenheiten erfahren. Er faszinierte mich, seine Ruhe, sein Humor, seine nie endenden Fragen. Wie ein kleines Kind, welches einen riesigen Wissensdurst hatte.

All meine Sicherheit von vorhin, als ich ihn auf offener Straße zum Orgasmus gerieben hatte, war verflogen. Er hatte mir am Abend einen Einblick gewährt, der mir nicht reichte.

Er musterte mich, hielt meinen Blick, als er aufstand.

»Wir können uns hinlegen und streicheln oder küssen«, schlug er vor, setzte sich aufs Bett und krabbelte rückwärts darauf. Klopfte neben sich, als ich mich nicht bewegte.

»Das wird keine einmalige Sache, oder?« Verdammt, ich klang so unsicher wie ein junger Spieler vor seinem ersten Profi-Spiel. »Ich bin keine Trophäe für dich? Der große Fan hat endlich den Sportler ins Bett bekommen? Wir müssen hinterher keine Verschwiegenheitsklausel aufsetzen?« Ich fuhr mir durch die Haare. Wo war der selbstbewusste Spieler geblieben? Der Co-Trainer, der seine Verteidiger zu Höchstleistungen anspornte, oder sie zurechtstutzte, wenn sie zu übermütig wurden? Wer war dieser unsichere Mann, der nackt vor einem anderen stand und sich dabei so verletzlich wie nie fühlte?

40

Der Rausch des Alkohols und der Lust schwand rapide schnell, zurück blieb nur noch kalte Nüchternheit, die mich nach einer Woche des Verlangens davor warnte, mit dem nächstbesten ins Bett zu gehen.

Im Schein der Deckenlampe zeichnete sich Erkenntnis auf Emils Gesicht ab und ein zartes Lächeln umspielte seine Lippen. Er stand auf, schaltete das Nachttischlämpchen an und das große Licht aus, bevor er sich wieder auf das Bett setzte.

»Ich mag ein Fan von dir sein, allerdings nur von dem Eishockeyspieler Karl Leister, der in den Zeitungen auftaucht, über den Dokus gedreht wurden, als er seine sehr erfolgreiche Karriere als Spieler an den Nagel gehängt hat.« Sein Lächeln wurde breiter. »Ich bin kein Fan von der Privatperson Karl Leister, die ich nicht kenne. Ich werde dich nicht benutzen und überall rumerzählen, wie ich dich ins Bett bekommen habe. Eher werde ich versuchen, dich zu weiteren Aktivitäten, dazu gehört nicht nur Sex, zu überreden, damit ich den introvertierten und zurückhaltenden Karl Leister, der lieber über Eishockey spricht als über sich, irgendwann kenne.«

Er klang so glaubwürdig, hier kam der Emil durch, dem ich im Restaurant mein größtes Geheimnis anvertraut hatte. Der Mann, der Vertrauen ausstrahlte. Ich strich mit meiner Zunge über meine Lippen, mein Herz raste, doch ich legte mich neben ihn. Seine Arme empfingen mich, seine Hände streichelten mich.

»Tut mir leid, falls ich dir die Tour vermasselt habe«, sagte ich leise, als ich mich an ihn kuschelte.

»Och, im Gegensatz zu dir bin ich heute gekommen.« Sein Brustkorb vibrierte in meinem Rücken, als er leise lachte. Als er sich beruhigt hatte, fuhr er fort. »Aber es ist in Ordnung.

Ich bin nicht enttäuscht, bis jetzt war es einer der schönsten Abende in meinem Leben und ich kann nicht glauben, dass du mit mir ausgegangen bist. Ich mein, schau dich an.« Er richtete sich auf, das Licht der Nachttischlampe umrahmte seinen Kopf. »Und dagegen mich. Im Gegensatz zu dir habe ich wenigstens einen heißen Kerl im Bett. Hast du mal deine Bauchmuskeln gesehen? Oder deine Oberschenkel? Mit denen kannst du nicht nur Walnüsse knacken. Ich sollte mal eine Kokosnuss besorgen.«

Das brachte mich zum Lachen. Ich war nicht mehr so muskulös, wie zu Spielerzeiten, dennoch hielt ich mich fit und das tägliche Training mit den Jungs auf dem Eis hatte meine Oberschenkel nicht wesentlich schrumpfen lassen.

»Treten wir damit bei *Wetten dass …?* auf?« Was Besseres fiel mir gerade nicht ein. Er schien ein echtes Problem mit seinem Äußeren zu haben. Zumindest mir gegenüber.

Emil zuckte mit den Schultern. »Wenn es eine Neuauflage gibt, könnten wir uns bewerben. Jedoch musst du dich vorher beweisen. Ich möchte die Wette schon gewinnen.« Er küsste mich auf die Schläfe. Seine Fingerspitzen fuhren über meine Brust, jagten mir Schauer über die Haut und ließen sie kribbeln. Ein verräterischer Schmetterling erhob sich in meinem Bauch.

»Nein, mal im Ernst. Es mag für mich letzte Woche nur eine Möglichkeit gewesen sein, mal wieder ausgehen zu können und Erwachsenengespräche zu führen. Allerdings habe ich mich sehr darauf gefreut, den Menschen Karl zu treffen, mit ihm Zeit zu verbringen. Wir hätten diesen Teil auch auslassen können. War vielleicht zu überstürzt.«

Allein diese Aussage beschleunigte meinen Herzschlag. »Dann lassen wir alles auf uns zukommen?« Mit einem Finger zeichnete ich seine Lippen nach. »Du bist ebenso schön wie ich und mir ist egal, wie du aussiehst oder ob du trainierte Muskeln hast. Viel wichtiger ist, dich kennenzulernen, den Menschen Emil, wie du es eben so schön bei mir ausgedrückt hast.«

»Das …« Verlegen blickte er nach unten, bevor er wieder aufsah. »Willst du hierbleiben?« Zärtlich rieb er mit seiner Nase an meiner Wange.

»Sehr gerne.«

Er rückte etwas beiseite, nahm seine Wärme mit, wodurch mir ein unwilliger Laut entfuhr.

»Ich will nur eine Decke über uns breiten und das Licht ausmachen.«

Dann kuschelten wir uns unter seine schmale Decke, zogen die zweite darüber, da einer von uns ständig frei lag. Durch das Fenster war der Halbmond zu sehen. Emil lag vor mir, fest an mich gepresst, nichts hätte mehr dazwischen gepasst. Mit einer Hand malte ich unsichtbare Kreise auf seinen Oberarm.

»Danke dir«, murmelte ich und küsste ihn auf den Hinterkopf.

»Immer«, antwortete er und ich lächelte. Schläfrige Schwere übermannte mich und ich schloss die Augen, horchte auf Emils Atmen und wurde ruhig.

Kapitel 4

Emil

Am Montag Morgen saß ich in meinem kleinen, mit Werkzeugen überfüllten Büro, ordnete die Reparaturzettel, die die Lehrer mir ins Fach gelegt hatten, und genoss die Ruhe, die während der Schulstunden herrschte.

Wobei der Trubel in den Pausen jetzt besser wäre. Ich hätte keine Zeit über Karl nachzudenken. Wie sanft und trotzdem fordernd sich seine Lippen auf meinen angefühlt hatten. Dazu schien ich ihm wirklich wichtig zu sein. Ein einfacher Hausmeister einer Grundschule, der nichts zu bieten hatte. Der abgetragene Jeans trug, seinem Sohn nicht die Hockeyausrüstung kaufen, er somit seinem Lieblingssport nicht nachgehen konnte und der seine Mutter nicht dafür überzeugt bekam.

»Was hältst du davon, wenn dein Sohn in meine Klasse kommt? Ab nächstem Schuljahr übernehme ich eine.«

Ich zuckte zusammen und sah auf.

»Wo warst du denn? Noch im Wochenende?« Amüsiert blickte Evelyn auf mich hinab, die Hände in den Hosentaschen vergraben. Die junge vollschlanke Lehrerin, die vor zwei Jahren an unsere Schule nach ihrem Referendariat gewechselt war, sah wie immer gut aus in ihrem gelben T-Shirt und der Jeans. Vor einem Jahr waren wir zweimal miteinander ausgegangen, aber bis auf eine gute Freundschaft war der Funke nicht übergesprungen.

»So ungefähr. Was sagtest du von Patrick?« Ich kratzte mich ertappt am Kopf.

»Was du davon hältst, wenn ich seine Klassenlehrerin werde?«

»Finde ich gut. Geht das denn?«

»Klar. Ich bespreche das mit der Direktorin.« Evelyn grinste. »Schwelge weiter in welchen Erinnerungen auch immer.« Sie verließ das Büro.

Wenn du wüsstest.

Ich nahm das Handy zur Hand, öffnete den Chat mit Karl. Er hatte mir gestern, als er zu Hause angekommen war, eine Nachricht hinterlassen.

> *Wieder zu Hause, kann es jetzt schon nicht erwarten, dich wiederzusehen.*

Es zauberte mir immer noch ein Lächeln auf die Lippen. Die Nähe, die Intimität, die ich mit Karl gespürt hatte, ohne mit ihm geschlafen zu haben, bedeutete mir sogar mehr, als wenn wir miteinander geschlafen hätten. Na gut, das hatten wir gestern Morgen nachgeholt. Sanft, zärtlich, erkundend. Hitze breitete sich in mir aus, und ehe es zu einem vermeidbaren Vorfall in meiner Körpermitte kam, lenkte ich meine Aufmerksamkeit wieder dem Handy zu.

> *Bald ist Weltmeisterschaft. Mal im Fan sein üben? Mit Deutschlandtrikot und Schal? Ich mach uns immer Snacks und Patrick darf Fassbrause trinken.*

45

Seit gestern Abend dachte ich über die Einladung nach. Sie lag noch immer getippt im Schreibfeld, nicht losgeschickt, sogar mehrfach gelöscht und neu geschrieben.

»Schick sie endlich los«, murmelte ich. Ich sammelte meinen Mut zusammen, drückte auf den Senden-Button und biss mir auf die Lippen.

Was, wenn er in seiner Freizeit gar kein Eishockey schauen will und mal Ruhe haben möchte?

Aber Samstag war unser Gespräch auch ständig wieder dort gelandet. Wir hatten über die Liga, die Stärke der einzelnen Teams gesprochen, er hatte meine Meinung ernst genommen, mir aufmerksam zugehört. Er, der Co-Trainer einer Mannschaft, die es in der abgelaufenen Saison wieder bis ins Halbfinale der Playoffs geschafft hatte.

»Herr Jensen, du sollst zu uns kommen, das Panel geht nicht an.« Murat aus der zweiten Klasse stand in der Tür.

»Was habt ihr mit eurem Whiteboard gemacht? Habt ihr den Stecker gezogen?«

Murat lachte. Ich steckte das Handy ein, dankbar, etwas zu tun zu haben, um nicht ständig darauf zu blicken. Ich schnappte mir meine Werkzeugkiste.

»Wir ziehen doch keine Stecker. Da kommen wir gar nicht ran. Die sind viel zu hoch.«

»Ach, und was ist dann passiert?«

Wir gingen zu seinem Klassenraum in der ersten Etage. Währenddessen schilderte Murat, wie der Lehrer ständig auf den Knöpfen herumgedrückt hatte, das Whiteboard allerdings nicht reagierte.

»Das war voll lustig, Alter.«

Ich hob die Augenbrauen an. »Alter?«

»'Tschuldigung«, brachte er hervor. Wir kamen im Klassenraum an und ich hatte das Problem schnell behoben, sehr zum Unmut der Schüler, die darauf gehofft hatten, weniger Unterricht zu haben.

Zurück im Büro holte ich mein Handy hervor und schaute sofort auf mein Handy. Eine Nachricht war eingetroffen.

> *Sehr gerne übe ich das Fansein. Wie läuft das so ab?*
> *Muss ich irgendwelche Kraftausdrücke im Vorfeld lernen?*
> *Gibt es bestimmte Floskeln, die ihr benutzt?*
> *Ach ja, was macht ihr Fans als Trainer?*

Ich lachte laut los. Es traf direkt die Nächste ein.

> *Sag mir wann und wo ich sein soll.*
> *Schauen wir schon das Eröffnungsspiel*
> *oder nur das erste Spiel*
> *der deutschen Mannschaft?*

Rasch schloss ich die Tür, um ihm in Ruhe zu antworten.

Die Rektorin öffnete die Tür. »Warst du das eben?« Wieso hörte sie die Dinge, die sie nicht mitbekommen sollte?

»Ja, entschuldige bitte. Ich werde den Unterricht nicht weiter stören.«

»Das wollte ich gar nicht sagen. Ich habe dich lange nicht mehr so lachen gehört. Weitermachen.« Sie schloss die Tür und ließ mich sprachlos zurück. Die sonst so strenge Rektorin konnte richtig menschlich sein, wenn es sein musste.

> *Was hältst du davon, wenn wir uns*
> *heute Abend treffen und ich dich darauf*
> *vorbereite? Wir müssen es langsam angehen,*
> *du bist bestimmt ein blutiger Anfänger,*
> *kennst nur die andere Seite.*

Ein Smiley kam als Antwort zurück, gefolgt von einer Adresse und Uhrzeit. Mit einem breiten Grinsen im Gesicht sagte ich zu. Wir übten also bei ihm.

Ich parkte am Seitenrand, sah mich um. Die warme Maisonne schien durch die Windschutzscheibe und ich schirmte meine Augen ab. Karl wohnte außerhalb der Stadt in einem kleinen Haus. Seine Garage grenzte fast an das Nachbargebäude. Eine saubere Gegend mit lauter Eigenheimen in unterschiedlicher Größe.

Karls Vorgarten war winzig. Ein verwittertes Holzschild dominierte die eine Seite. Die Inschrift darauf war kaum noch zu lesen. Es blühte wild durcheinander links und rechts des Weges, der zur Haustür führte.

Mit rasendem Herzen stieg ich aus, wischte mir die Hände an der Hose ab und ging als erstes zum Schild. Ich musste mich vorbeugen, um die Schrift zu entziffern. *Lass mich, ich bin auch nur der Garten eines vielbeschäftigten Mannes.*

Darüber musste ich laut lachen, was für ein genialer Spruch. Die Tür öffnete sich und Karl schlenderte den kurzen Weg bis zu mir. Er trug ein Deutschlandtrikot und hatte sich Deutschlandfahnen ins Gesicht gemalt. Hier legte sich jemand richtig ins Zeug.

»Meine Nachbarn finden das lustig«, kommentierte er, während er auf das Schild deutete. Ganz selbstverständlich legte er einen Arm um meine Schultern und drückte mir einen Kuss auf die Schläfe. Er hatte ja keine Ahnung, was das in mir anrichtete. Mein Herz schlug Purzelbäume, mein Puls beschleunigte sich und mein Körper schüttete jedes vorrätige Hormon aus.

»Sie werden wissen, weshalb, du vielbeschäftigter Mann. Waren das mal Blumen um die Schrift?«

»Ja. Sie wollen das Schild in diesem Jahr erneuern.«

»Ist das eine Drohung?«

»Wieso?«

»Es klingt bei dir so.« Ich schmunzelte über seinen Gesichtsausdruck, der alles andere als begeistert aussah.

»Du hast ja keine Ahnung.« Er seufzte theatralisch. »Das wird ein Nachbarschaftsfest. Ich konnte sie immerhin davon abhalten, es einem Radiosender oder den Lokalnachrichten zu stecken.«

Ich betrachtete ihn. »Vielleicht wäre dein Aufzug auch was für die Klatschspalten.«

Er deutet an sich hoch und runter. Hob eine Augenbraue, als er auf die Schminke in seinem Gesicht zeigte. »Da guckste, wat? Ick hab mir schlau jelesen im Internet.« Er grinste frech. »Guck dir mal an, haste nich mal 'n Trikot an. Aber keene Sorge, ick hab eens für dicke.«

»Warum redest du so?« Ich kniff die Augen zusammen, während ich ihn ansah.

»Tun das Fans nicht?« Er sah mich ernst an und hob die Augenbrauen.

»Nein.« Ich schüttelte den Kopf. »Wir sind durchaus in der Lage uns ordentlich zu artikulieren und überlassen den jeweiligen Regionen ihre Dialekte, wenn wir dem Trainer im Fernseher erklären, wie er sein Spiel durchbringen soll.«

»Ah, der berühmte Euphemismus, mit dem kein Trainer mehr durchkommt, weil es durchschimmern lässt, wie wenig Ahnung er von der gegnerischen Mannschaft hat.«

»Tatsächlich? Erzähl mir mehr. Wir lernen hier beide.«

»Komm mit, dann zeigt dir der blutige Anfänger, was er schon zusätzlich für die Lehrstunde vorbereitet hat.« Karl führte mich in sein Haus. Ließ mir keine Zeit, es anzusehen, so schnell schleuste er mich durch den Flur und das Wohnzimmer, auf die Terrasse. Der Garten dahinter reichte zumindest für zwei Liegen und einen Sonnenschirm und bestand nur aus Rasen, eingegrenzt durch einen grünen Zaun zu den Nachbargrundstücken.

»Von Gartenarbeit hältst du nicht viel, oder?«

»Gehen dir irgendwann die Fragen auch mal aus?«

»Wenn ich alles über dich weiß, vielleicht.«

»Also nie.«

»Sei froh, so geht uns nie der Gesprächsstoff aus.«

Karl lachte. »Sieh dich um, wie mache ich mich?«

Er hatte über der Tür eine Deutschlandgirlande aufgehängt, an einem Wandvorsprung hing ein weißes Laken, vor dem ein Beamertisch mit Beamer bereitstand, daran angeschlossen ein Laptop und überall hatte er Wimpelketten angebracht.

»Wow, wann hast du das alles gemacht?« Ich staunte und drehte mich um die eigene Achse. Auf dem Tisch standen Fassbrause in einer großen Schüssel mit Wasser und Eiswürfeln, kleine Schalen gefüllt mit Chips, Gummizeugs und Nüssen waren darum herum verteilt.

»Ich hatte ein bisschen Zeit. Der Grill steht auch bereit. Das Zeug habe ich allerdings gekauft. Inklusive der Salate.«

»Schäm dich. Das muss besser werden. Wir werden wohl noch einige Übungseinheiten einlegen müssen.«

Er lächelte, beugte sich zu mir und küsste mich endlich auf den Mund. Meine Arme schlangen sich automatisch um ihn.

»Ich hoffe, du hast mit einem Gasgrill kein Problem?«

»Nein. Du hast hier übrigens fünf Schritte auf einmal getan.«

»Ja, ich weiß, immer erst einen Schritt nach dem anderen, sonst kommt man ins Stolpern, aber ich wollte dich so gerne beeindrucken.«

»Das ist dir gelungen.« Wärme breitete sich in mir aus, gleichzeitig schoss mir die Hitze in die Wangen. Verdammt, wie ging man damit um, wenn sein Gegenüber einem so wichtig nahm? Ich kratzte mich am Hinterkopf und wandte mich von Karl ab.

»Kümmerst du dich um den Grill? Ich hole die Sachen.«

Er ging rein, während ich mich dem bestimmt nicht günstigen Grill mit den zwei Hauben zuwandte. Ich mochte ihn nicht anfassen, aus Angst etwas kaputtzumachen. Unten drunter stand die Gasflasche bereits angeschlossen, also öffnete ich mutig die Abdeckung der kürzeren Seite und bekam ihn sogar an.

»Hier, damit du dich den Gegebenheiten anpasst.« Er stellte auf der Ablagefläche des Grills eine Platte mit Maiskolben, Gemüsesticks und Steaks ab. Mir hielt er ein Trikot hin. Ich nahm es, breitete es aus.

»Das ist eines von deinen.« Ehrfürchtig strich ich darüber, als der Fan in mir durch kam.

»Das hab ich getragen, als wir bei den Olympischen Spielen bis ins Viertelfinale gekommen sind. Ich wollte es unbedingt behalten.« Mit offenem Mund starrte ich ihn an. »Na los, zieh es an. Es ist für dich, wenn du magst.«

»Aber … aber …« *Verdammt, Emil, pack den Fanboy ein.* Karl lachte, nahm mir das Trikot ab und zog es mir über den Kopf, mein Körper erwachte wieder zum Leben und ich zog es komplett über. Es war mir viel zu groß, trotzdem trug ich es mit Stolz.

»Das ist einfach … Du kannst mir das nicht schenken. Es ist deine Erinnerung.«

»Die ich mir immer wieder im Fernsehen ansehen kann. Es sieht gut an dir aus.« Er küsste mich und langsam schwand mein Fanboy Moment und er wurde zu dem Privatmann Karl Leister.

Gemeinsam grillten wir, aßen und unterhielten uns über unsere Kindheiten. Zufälligerweise hatten wir sogar in einigen Fächern dieselben Lehrer und lästerten ausführlich über sie. Karl taute etwas auf, erzählte von seinen Eltern, wie sie seinem Wunsch, Profispieler zu werden erst skeptisch gegenübergestanden hatten, selbst als die ersten Einladungen des Landesverbands gekommen waren. Sie ihn dann aber unterstützten, als mehrere Trainer auf sie zutraten und berichteten, er könnte zu den wenigen Spielern gehören, die es bis ganz nach oben schaffen könnten.

»Was gucken wir denn jetzt?«, fragte ich und strich über meinen viel zu vollen Bauch. Wie sollte ich noch ein Stück der Süßigkeiten verdrücken? Da war überhaupt kein Platz mehr in meinem Magen.

»Ich dachte, damit wir wenigstens ein wenig Eishockey haben und du mir die gängigen Floskeln beibringen kannst, gucken wir *Miracle – Das Wunder von Lake Placid*.«

»Das ist ein verdammt guter Film. So schade für Herb Brooks, weil er ihn nicht mehr sehen konnte.«

»Ja, er hat da wirklich gezaubert mit den Jungs, um die damals unbesiegbaren Russen zu schlagen.« Karl stand auf, richtete den Tisch aus und schaltete den Beamer an. Da es bereits dämmerte, war das Licht perfekt. Dann startete er den Film, setzte sich wieder zu mir und legte einen Arm hinter mir auf der Stuhllehne ab.

»Also, Pisser, Dummkopf, Idiot, Arschloch und weitere solcher Wörter sind verboten. Auch die Adjektive dazu«, begann ich meine Lehrstunde.

»Alles klar. Aber wie schimpft ihr dann?«

»Du Möhre, du Gurke, Narf.«

Belustigt blickte Karl zu mir. »Ich nehme Patrick nie mit in die Kabine der Jungs. Der arme Kerl wird völlig versaut.«

»Er ist ein Kind und kennt genug Kraftausdrücke aus dem Kindergarten, die ich zu Hause nicht dulde. Wir reden regelmäßig darüber, weshalb ich sie nicht mag. Trotzdem bin ich nicht blauäugig, er nutzt sie garantiert, wenn ich nicht dabei bin, schon allein, weil seine Freunde es tun.«

Karl nickte. »Ist gut. Nur Gemüsekraftausdrücke.«

»Damit du das verarbeiten kannst, reicht das für heute.«

»Weil ich ein beschränkter Eishockeyspieler bin?«

»Weil du ein schlauer Mensch bist und schon sehr viel gelernt hast. Sieh dich um.« Nun war ich es, der ihn küsste, während Herb Brooks im Film sein Gespräch mit der Olympiakommission hatte.

»Was hältst du davon, wenn wir nach oben gehen und mein neues Wissen vertiefen?«

Ich gluckste. »Indem wir miteinander schlafen?« Mit einer Fingerspitze strich ich über seine Lippen, war ihm ganz nah. Mein Herz schlug schneller und wieder war diese Nähe und Intimität da, das Gefühl ihn seit Jahren zu kennen, obwohl wir uns erst das zweite Mal trafen.

»Du kannst mich abfragen, bei jeder falschen Antwort bestimmst du, wie es weitergeht.« Er küsste meine Fingerspitze, leckte mit der Zunge um den Finger und sog ihn in den Mund. Er war heute den ganzen Abend dieser selbstbewusste Mann, der wusste, was er wollte. Der mich in der Öffentlichkeit durch die Hose zum Orgasmus gerieben hatte. Kam der verletzliche Mann, der Angst hatte, verraten zu werden, auch wieder hervor? Egoistisch, wie ich war, hoffte ich es nicht. Ich wollte diesen Mann genießen, solange er

Interesse an mir hatte und ich ihm nicht zu langweilig wurde.

Er hielt meinen Blick, Verlangen stand in seinen Augen.

»Dann lass uns die erste Prüfung in dein Schlafzimmer verlegen.« Er lächelte, entließ meinen Finger aus seinem Mund, zog mich auf die Füße und ging nach oben. Auf der Terrasse ließ er alles so stehen und liegen. Der Film lief weiter, aber er scherte sich nicht darum und wer war ich, ihn nun zu stoppen?

Kapitel 5

Karl

»**W**as haltet ihr davon, wenn wir zum nächsten Trainingsbeginn Martin Zerker aus Mirrenbeck zurückholen? Er hat im letzten Jahr einen gewaltigen Sprung gemacht«, schlug August, unser Co-Trainer der Stürmer vor.

Wir, das bedeutete das Trainer-Team, der sportliche Leiter Stefan und unser Geschäftsführer Gerald Böhmer, saßen alle am Mittwoch um den großen Konferenztisch in einem der Räume neben dem Café. Blätter mit den Stammdaten und Statistiken von verschiedenen Spielern lagen darauf verteilt, dazwischen Teller mit Gebäck, Kaffeekannen, Zucker und Milch und vor jedem eine Tasse mit dem dampfenden Gebräu. Die Kaderbildung für das kommende Jahr war in vollem Gange.

Papier raschelte, während alle nach dem entsprechenden Spieler suchten. Jemand rief die Spielerstatistiken auf einem großen Bildschirm auf, doch Coach Smith mochte noch Papier, weswegen wir zurzeit sowohl analog als auch digital arbeiteten. Dafür hatte er sich zu viel Respekt erarbeitet in seinen Jahren als Trainer, die letzten fünf allein hier bei den Kraken. Es käme auch niemand auf die Idee, Coach Smith mit dem Vornamen anzureden. Meistens war ich derjenige, der alles in digitale Form brachte, damit jeder sofort Zugriff auf die Daten hatte.

»Ich habe mich mit Martin näher beschäftigt«, fuhr August fort, als jeder die Spielerdaten vor sich liegen hatte.

»Seine Time on Ice ist sehr viel besser als im vorletzten Jahr.« Coach Smith tippte mit einem Stift auf die betreffende Stelle. Unter Coach Smith würden wir garantiert innerhalb der nächsten zwei oder drei Jahre die Meisterschaft nach Krackers holen. Kontinuierlich baute er die Mannschaft auf, seit er hier war. Bereits die letzten zwei Jahre zahlte sich das aus, wir hatten die Playoffs erreicht, waren nur leider jedes Mal in der Halbfinalserie ausgeschieden.

Wenn man dann allerdings bedachte, was wir in der vergangenen Saison alles wegstecken mussten. Mit Felix Amsel, unserem Top-Scorer, der verletzungsbedingt seit Januar ausgefallen war und sein Coming-out gehabt hatte oder der drohenden Insolvenz. Die Mannschaft hatte das gepackt, zwar mit Höhen und Tiefen, aber sie hatte sich durchgekämpft. Am Ende auch ein Verdienst von Coach Smith, der für sie da gewesen war und mit ihr gemeinsam das durchgestanden hatte. Daran war sie gewachsen und gewann noch mehr Vertrauen in jeden einzelnen im Team.

»Seine Kondition hat sich definitiv verbessert. Auch technisch scheint er dazu gelernt zu haben.« Er blickte auf den großen Bildschirm, auf dem ein paar zusammen geschnittene Spielszenen von Martin Zerker zu sehen waren. »Versuchen wir es.« Coach Smith legte seinen Zettel auf den Ja-Stapel, der bisher nur Zerker beinhaltete.

»Ich stehe in Verhandlungen mit den Wanheimer Tigers um Devon. Sein Agent meinte, wenn wir ihn freigeben, würde er gerne wechseln. Karl?« Gerald Böhmer, unser Geschäftsführer richtete seine Aufmerksamkeit auf mich.

Da Devon einer unserer Verteidiger war, wandten sie sich alle mir zu.

»Was wollt ihr hören? Wenn es nach mir geht, geben wir überhaupt keinen der D-Men ab. Sie sind verdammt gut aufeinander eingespielt, fügen sich wunderbar mit den Stürmern zusammen.« Ich seufzte, wenn ein Spieler gehen wollte, konnte man ihn nicht halten. »Er ist kein Zwei-Wege-Verteidiger, schießt kaum Tore, aber er steht vor den Goalies und ist einer der wenigen, der immer blockt. Wenn wir ihn ziehen lassen, sollten wir uns einen wie ihn wiederholen.« Ich hatte bereits eine Vorstellung, wer infrage käme. »Was haltet ihr von David Jackson? Er ist kein junger Spieler mehr, der sich nicht mit wenig Time on Ice zufrieden geben wird. Der wird seine fünfundzwanzig Minuten oder länger spielen wollen.«

Coach Smith wiegte den Kopf hin und her. »Er würde mit Poggi und Scotsman um die 1. Reihe konkurrieren. Das könnte nicht schaden.«

Mein Handy vibrierte. Gerald Böhmer sprach mit Stefan, unserem sportlichen Leiter über die Verhandlungsmöglichkeiten für David Jackson, damit Devon gehen konnte. Ich entsperrte das Display und öffnete den Chat. Unwillkürlich grinste ich.

Emil hatte mir ein Selfie von ihm aus der Schule geschickt, in dem er in einer Toilettenkabine über einem Rohr posierte. Zu seiner schwarzen Arbeitshose trug er ein graues weites T-Shirt, das ein Loch über der Brust hatte. Ein Text poppte auf.

> *Es schon mal mit einem Klempner getrieben? Mit Rohren kennt der sich ziemlich gut aus.*

Ich lachte los.

»Willst du uns teilhaben lassen oder schenkst du uns wieder deine Aufmerksamkeit?« Coach Smith blickte mich mit gerunzelter Stirn an. Das trieb mir die Hitze in die Wangen und ich räusperte mich.

»Bin wieder da, Coach Smith. Entschuldigung.«

»Wir müssen Martin Krüger ebenfalls ersetzen. Die Situation mit Felix war untragbar zum Schluss, er hat sich aus allen Mannschaftsaktivitäten zurückgezogen. Zudem hat er vor den Playoffs schon um Auflösung seines Vertrages gebeten, dem wir natürlich zugestimmt haben.« Coach Smith tippte mit seinem Zeigefinger auf den Tisch, wie er es oft machte, wenn ihm etwas nicht passte. Er förderte die Zusammenkünfte nach den Spielen und Trainingszeiten. Dienstags spendierte er oft ein Bier zum Abschluss des Trainings in der Kabine, mochte es, wenn die älteren Spieler die Jüngeren beiseite nahmen und ihnen erklärten, wie sie ihr Geld gut anlegen konnten. Es mussten sich nicht alle mögen, doch sie sollten sich respektieren und akzeptieren.

»Darf ich ehrlich sein?«, fragte John, unser Trainer, der für die individuellen Einheiten vor allem für verletzte Spieler zuständig war.

»Klar.«

»Ich will jemanden, der homofeindlich oder rassistisch ist, nicht im Team. Er bringt im schlimmsten Fall das ganze Gefüge durcheinander, lässt eine funktionierende Mannschaft über die Klippe springen.«

Alle nickten zustimmend.

»Gut, die Katze ist aus dem Sack. Jeder, der hier anheuert, weiß über Felix Bescheid. Wir können den zukünftigen Spielern nur vor den Kopf gucken.« Gerald Böhmer machte sich eine Notiz. Erneut vibrierte mein Handy, ich ignorierte es jedoch, auch wenn es mir in den Fingern juckte, nachzusehen. Noch ging es um meine Verteidiger. Dies war meine Chance, nicht nur David Jackson zu bekommen, sondern einen weiteren Wunschkandidaten.

Ich suchte aus den Stapeln an Papieren meine Kandidaten hervor und präsentierte sie. Mit David Jackson standen wir bereits seit zwei Jahren in Kontakt. In unregelmäßigen Abständen bat ich Coach Smith, ihn zu kontaktieren, um ihm unser Konzept zu unterbreiten, und die Gespräche dauerten mit jedem Mal länger. Er war Kanadier, genauso wie unser Coach, die Eishockey bereits mit der Muttermilch einsaugten.

Meine Kandidaten kamen gut an und Stefan wollte sich mit ihren Agenten in Verbindung setzen. Wir wandten uns nun den auslaufenden Verträgen zu und ich wagte es, endlich auf mein Handy zu schauen. Eine weitere Nachricht von Emil.

> *Oder stehst du eher auf Elektriker,*
> *die aus zwei Kabeln eines machen können?*

Dieses Mal biss ich mir in die Faust, bevor ich erneut von Coach Smith gerügt wurde und es kam nur ein erstickter Laut hervor. Ein Bild folgte, auf dem Emil breit grinste und zwei lose Kabel aneinanderhielt.

> *Mein Rohr freut sich bereits auf die Behandlung*
> *durch den Klempner, der sich danach gerne meiner*
> *defekten Steckverbindung annehmen darf.*

Ich las die abgeschickte Nachricht ein zweites Mal durch und grinste. Wie viele zweideutige Anspielungen sich doch in

Handwerkerberufen versteckten, so primitiv sie auch waren. Zudem fachten sie meine Lust in den ungünstigsten Momenten an. Verdammt, ich musste Emil bald wiedersehen. In meinem Bauch begann es zu flattern. Er erhellte meinen trüben Tag, weil ich ihn nur in diesem Konferenzraum zubrachte, und ließ meine innere Sonne hell erscheinen.

»Ich will dich nur ungern von deinem Handwerker Porn ablenken, aber du solltest dich auf die Besprechung konzentrieren«, flüsterte Stefan mir zu. Ein zweites Mal innerhalb kürzester Zeit schoss mir die Hitze ins Gesicht und ich sperrte mein Handy. »Ich verspreche dir auch das baldige Ende, dann kannst du dich wieder deinem Handwerker widmen. Aber warte mit den Aktivitäten, bis du alleine bist.«

»Klar.« Ich räusperte mich, zog mein T-Shirt zurecht und legte mein Handy beiseite.

Am frühen Abend klingelte ich an Emils Haustür. Mein Auto hatte mich statt nach Hause hierher gefahren. Ich konnte mich nicht dagegen wehren. Hoffentlich war er da. Ich kannte seinen Tagesablauf nicht und wir hatten uns für heute nicht verabredet. Aber ich musste ihn sehen und wenn es nur für ein ›Hallo‹ reichte. Wir hatten uns die letzten Abende entweder bei ihm oder bei mir getroffen. Es kam mir merkwürdig vor, ihn heute nicht zu sehen.

Aus der Sprechanlage knackte es. »Hallo?«

Irrte ich mich, oder klang ein gereizter Unterton mit?

»Ich bin es, Karl.«

Es vergingen ein paar Sekunden. Hätte ich doch nicht herkommen sollen? Ich wischte mir die Hände an der Hose ab.

»Komm hoch.« Ein Summen erklang und mir fiel ein kleiner Stein vom Herzen. Rasch eilte ich die Stufen hinauf. Auf seinem Stockwerk angekommen, war seine Tür noch geschlossen. Ich klopfte an, kurz darauf wurde sie heftig aufgerissen. Emil stand vor mir, Röte überzog seine Wangen. Unsere Blicke fanden sich. Mir schossen die Bilder unseres letzten Aufeinandertreffens in diesem Flur durch den Kopf. Ich hatte ihn durch den Raum geschoben, bis er an eine Wand stieß, meine Lippen fest auf den seinen, meine Hände in seinen Locken vergraben. Unsere Zungen hatten um die Vorherrschaft gekämpft, bis es in einen sanfteren Kuss überging. Alles wurde zärtlicher, bis die Lust wieder übernahm und wir …

»Wo bleibst du denn, Emil? Ein Paketbote braucht keine Stunden.« Aus seinem Wohnzimmer stolzierte eine Frau, in einem dunkelblauen Hosenanzug, schlank, groß, dieselbe Haarfarbe wie Patrick. Ihr Blick wanderte aufmerksam über mich.

»Paketbote?«, fragte ich und hob meine Augenbrauen.

»Komm rein.« Emil wartete, bis ich im Flur stand, schloss die Tür und wandte sich der Frau zu, die Patricks Mutter sein musste.

»Ich habe nie von einem Paketboten gesprochen.«

»Trainer Karl.« Patrick kam aus einem Zimmer, ihm auf den Fersen ein kleines weißes Fellknäuel mit schwarzen Knopfaugen. Seitdem Trainingslager traf ich ihn das erste Mal wieder. »Guck mal, das ist Felix. Den habe ich von Mama geschenkt bekommen. Weißt du, warum er Felix heißt?«

»Nein, verrätst du es mir?« Ich ging in die Hocke, das Fellknäuel schnupperte an mir.

»Nach Felix Amsel, meinem Lieblingsspieler.«

»Ah, sehr gut. Darf ich ihm das erzählen?«

»Das kannst du machen?«

Ich nickte. »Klar. Ich sehe ihn bald wieder. Er freut sich bestimmt darüber.«

Der Junge begann zu strahlen. »Cool.«

»Macht es dir was aus, wenn du einen Moment wartest, Karl? Ich habe noch mit Katharina eine Kleinigkeit zu klären.« Emil presste die Lippen aufeinander, die Gereiztheit von eben war nicht aus seiner Stimme verschwunden. Seine Ex-Frau musterte mich von oben herab mit Neugierde im Blick.

Ich erhob mich wieder, sah zwischen den beiden hin und her, auf den Hund, der sich an eine Wand setzte und dort sein kleines Geschäft erledigte.

»Siehst du?« Emil hob die Arme und seine Hände klatschten auf seine Oberschenkel, als er sie fallen ließ. »Genau das meine ich. Wer soll sich um ihn kümmern? Wann soll ich ihn stubenrein bekommen?« Emil deutete auf die Pfütze, die das Fellknäuel hinterlassen hatte. »Ganz davon ab, ich habe überhaupt keine Ahnung von Hunden.«

»Können wir Felix nicht behalten, Papa?« Patrick klang traurig. »Ich kümmere mich um ihn.«

Emil schloss die Augen, atmete tief durch. Wie gerne wäre ich ihm zur Seite gesprungen, aber hier konnte ich mich nicht einmischen.

»Patrick, was hältst du davon, wenn Papa und Mama zurück ins Wohnzimmer gehen und wir uns hierum kümmern?«, schlug ich vor, nur um irgendetwas machen zu können. Emil schenkte mir einen dankbaren Blick und er und seine Ex-Frau schlossen die Wohnzimmertür hinter sich. Dahinter wurde es laut.

»Also Patrick, als erstes finden wir heraus, wie wir dem Hund beibringen, nicht mehr in der Wohnung sein Geschäft zu erledigen.« Ich sprach extra lauter, damit Patrick und ich die Worte seiner Eltern nicht verstanden.

»Sein Geschäft?«, fragte er verständnislos und zog seine glatte Kinderstirn kraus. Ein zu süßer Anblick, der mich dahin schmelzen ließ.

»Das bedeutet in diesem Fall, er darf nicht in die Wohnung pinkeln oder Aa machen.« Sagte man das noch so? Ich kannte mich mit Kindern nicht aus. Aber sein Gesicht hellte sich auf.

»Wie finden wir das raus?«

»Ich gucke im Internet nach.« Ich holte mein Handy hervor und googelte. »Gut, er hat jetzt gemacht und wir müssen es saubermachen. Dein Hund darf es nicht mitbekommen. Kannst du mit Felix in dein Zimmer gehen? Ich wische die Pfütze fort. Solltest du merken, er muss wieder, zum Beispiel er hockt sich hin oder sucht eine Ecke aus, müssen wir sofort mit ihm raus. Hast du Leckerlis?«

»Ja, in meinem Zimmer.« Er hörte mir aufmerksam zu.

»Die nehmen wir mit. Du gibst ihm nur Leckerli, wenn er etwas richtig macht. Ansonsten bekommt er nur sein Futter.«

»Komm mit, Felix.« Patrick ging los, der Hund schnüffelte allerdings unter der Kommode. »Felix, komm«, rief er erneut, doch Felix reagierte nicht.

»Er kennt seinen Namen vielleicht noch nicht. Hol mal ein Leckerli, halt es ihm vor die Nase und wiederhole es. Wenn er dir hinterherkommt, bekommt er ein neues. Immer die Kommandos sagen.« Nun wurde ich nicht nur ein Menschentrainer, sondern auch ein Hundetrainer. Wer hätte das gedacht? Dabei kannte ich mich weder mit Kindern noch mit Hunden aus. Aber wie sagte mal ein ehemaliger Kapitän einer Mannschaft zu mir: Völlige Sicherheit und Überlegenheit vortäuschen, bei totaler Ahnungslosigkeit.

Ich nahm es mir zu Herzen. Im Wohnzimmer erhöhte sich der Lärmpegel, die Worte waren nun deutlich zu hören. Ich begann sehr schief von Helene Fischer *Atemlos durch die Nacht* zu summen. Das einzige Lied, welches ich auswendig kannte.

Patrick kam mit den Leckerlis zurück, schaute mich merkwürdig an, sagte allerdings nichts. Er schaffte es, den Hund in sein Zimmer zu locken. Da erst eilte ich los in die Küche, in der ich bisher noch nie gewesen war.

Immer noch summend sah ich mich nach Küchenkrepp um. Links befand sich die Küchenzeile, auf der fand ich bestimmt Küchenpapier. Ich schob den Toaster beiseite, einen Porzellantopf mit Küchenhelfern, doch nichts. Langsam drehte ich mich um, an der Wand stand ein Tisch mit drei Stühlen. Dort hing eine Rolle in Griffhöhe. Schnell riss ich einige Stücke ab und ging zurück zur nassen Bescherung.

Als ich es sauber hatte, schmiss ich die Tücher im Badezimmer in den Mülleimer. Durch die Wand hörte ich Emil und Katharina weiter streiten. Ich ging zu Patrick ins Zimmer, der selig mit seinem Hund spielte. Der schien allerdings müde zu sein. Gähnte und rollte sich auf seinem Schoß zusammen.

»Felix will schlafen. Hast du eine Decke für ihn?«

»Mama und ich haben einen kleinen Korb gekauft.« Er zeigte auf ihn, der neben seinem Bett stand.

»Leg ihn dort hinein. Vielleicht lernt er dann, sofort auf seinem Platz zu schlafen.«

»Soll ich ihm wieder ein Leckerli geben?«

Ich schüttelte den Kopf. »Nein, später.«

Patrick hob den kleinen Hund vorsichtig an und legte ihn in den Korb. Wir setzten uns auf sein Bett und sprachen über Eishockey. Patrick war wie sein Vater, ein Fass ohne Boden.

»Glaubst du, ich muss Felix wieder abgeben?«, fragte er aus heiterem Himmel und überrumpelte mich damit.

»Das weiß ich nicht«, antwortete ich ihm wahrheitsgemäß. Ich hätte heute nicht kommen sollen. Es gab einen Grund, weshalb wir uns nicht verabredet hatten, Patrick war von seiner Mutter zurückgebracht worden. Mit felliger Überraschung im Gepäck für Emil.

In Zukunft musste ich mir das merken, damit solche Situationen wie jetzt nicht wieder vorkamen. Ich wollte Emil nicht zusätzlich mit meiner Anwesenheit unter Druck setzen.

»Ich hoffe, wir behalten Felix. Ich habe mir schon so lange einen Hund gewünscht.«

»Wir drücken beide die Daumen.«

Patrick nickte, dann stand er auf und setzte sich auf den Boden, um dort eine Tasche auszupacken. Hundespielzeug, eine Leine und ein Halsband kamen zum Vorschein.

Die Tür zum Wohnzimmer wurde einen Spalt geöffnet.

»Ich wollte ihm nur etwas Gutes tun. Eine Freundin hat schon vor Wochen den Kontakt hergestellt.«

»Katharina, natürlich kannst du ihn beschenken, er ist dein Sohn, unser Sohn, nur Geschenke wie einen Hund solltest du mit mir absprechen. Du bist die meiste Zeit unterwegs, kaum zu Hause und ich muss sehen, wie ich das geregelt bekomme. Hast du mal darüber nachgedacht, wer sich um den Hund kümmert, wenn ich arbeite oder anderweitig nicht zu Hause bin? Er braucht Bewegung, muss raus. Wann soll ich das machen? Ihn Patrick wegnehmen, können wir auch nicht. Warum stellst du mich immer wieder vor vollendete Tatsachen?«

Die Stimmen drangen gedämpft zu mir, doch Patrick schien das nicht mitzubekommen. Er war in seiner eigenen Welt, suchte Plätze für die Spielsachen des Hundes.

»Ich werde in Zukunft jedes einzelne Geschenk mit dir absprechen«, giftete Katharina zurück. »Darf ich auch keinen Tornister mehr mit ihm kaufen? Ist mir das nun verboten?« Sie ließ Emil keine Zeit zu antworten, sondern öffnete die Tür ganz und kam heraus, sah mich über den Flur am Rand des Bettes sitzen. Ihr Mund war zu einer einzigen Linie zusammengekniffen.

»Ich bin übrigens die Mutter, Katharina Jensen.« Sie kam auf mich zu, blieb in der Tür stehen.

»Karl Leister.« Ich zögerte, bevor ich weiterfuhr. »Ein Freund.«

Sie nickte nur. »Schatz, ich muss zum Flieger. Sagst du mir noch Tschüss?«

Patrick sprang auf, umarmte seine Mutter, die in die Hocke gegangen war.

»Danke für Felix, Mama.« Über die beiden hinweg sah ich Emil, der das beobachtete. Seine Schultern hingen nach unten und das Lächeln wirkte gequält. Er würde den Hund nicht weggeben und einen Weg finden. Wie gerne hätte ich ihm geholfen. Doch wie und wollte er überhaupt Hilfe?

Katharina erhob sich, verabschiedete sich und ging.

Patrick blieb vor seinem Papa stehen. »Kann ich Felix behalten?«

»Natürlich, Kumpel.« Emil umfasste Patricks Schultern. »Aber wir müssen uns überlegen, was mit Felix passiert, wenn wir nicht da sind.«

»Oma und Opa können ihn doch nehmen«, sagte Patrick aufgeregt.

»Wir werden mit ihnen reden.«

Der Hund schien genug geruht zu haben, denn er kroch aus seinem Körbchen und tapste zu Vater und Sohn.

»Aber als erstes gehen wir mit ihm raus.« Emil seufzte, sah mich an und zuckte mit den Schultern. »Willst du mitkommen?«

Ich lächelte. »Natürlich.«

»Hol die Leine«, wandte er sich an seinen Sohn. »Dann lernt er das schon mal. Habt ihr Säckchen für die Kothaufen gekauft? Ansonsten hol Gefrierbeutel aus der Küche.« Emil wandte sich ab und ging ins Schlafzimmer. Patrick verfiel in Betriebsamkeit, redete dabei mit Felix, der ihm hinterherlief. Ich folgte Emil und schloss die Tür hinter uns. Emil sah mich müde und erschöpft an.

»Hey, komm mal her.« Ich trat zu ihm, zog ihn in eine Umarmung. »Du siehst aus, als ob du eine benötigen könntest.«

»Danke dir.« Er schmiegte sich an mich.

»Es tut mir leid. Ich hätte nicht ohne zu fragen auftauchen sollen.«

Emil entzog sich sachte meiner Umarmung, blieb allerdings dicht vor mir stehen.

»Nein. Das ist in Ordnung. Aber wundere dich nicht, wenn ich irgendwann unangekündigt bei dir auftauche.« Dann beugte er sich vor und küsste mich endlich. Wie sehr sehnte ich mich danach, dies tun zu können. Erst als Patricks lautes Lachen auf dem Flur erklang, zuckte Emil zurück und trat einige Schritte nach hinten. Plötzlich seiner körperlichen Präsenz beraubt, taumelte ich leicht. Er fuhr sich mit der Hand durch seine Locken.

»Ich habe noch nicht mit Patrick gesprochen. Über uns. Normalerweise halte ich meine Verabredungen von ihm fern.« Emil sah zerknirscht aus.

»In Ordnung. Wir sind nur Freunde.« Warum auch immer gab es mir einen Stich, das zu sagen, trotzdem lächelte ich.

»Also vor Patrick.«

»Schon klar. Mach dir keine Gedanken. Dein Sohn, deine Regeln.«

Emil nickte.

»Willst du drüber reden, was eben passiert ist?« Ich schob meine Hände in die Hosentaschen, als plötzlich die Tür aufgerissen wurde.

»Papa, ich kriege das Halsband nicht ran. Du musst mir helfen.«

Emil lächelte seinen Sohn an, dann mich. Mit den Lippen formte er ein später. Er wollte mich dabehalten und das freute mich gerade mehr, als die Tatsache, endlich meine Wunschspieler im Team durchbekommen zu haben.

Kapitel 6

Emil

»**N**ein, Patrick, der Hund bekommt nichts vom Tisch. Da kann er noch so lieb gucken«, ermahnte ich meinen Sohn zum dritten Mal. Immer wieder blickte ich zu Felix, unterdrückte ein Kopfschütteln.

Wie konnte Katharina, ohne es mit mir abzusprechen, Patrick einen Hund schenken? Ein lebendes Wesen, das Aufmerksamkeit brauchte? Aber Hauptsache das schlechte Gewissen war beruhigt, weil sie so oft und viel reiste.

So gut wir meistens klarkamen und uns relativ einig in Bezug auf Patrick waren, wenn sie ihm Geschenke machte, die unnötig oder verantwortungslos waren, könnte ich jedes Mal ausrasten. Erst neulich hatte sie ein teures ferngesteuertes Auto gekauft, das Patrick sich unbedingt gewünscht hatte. Er hätte es zum Geburtstag oder zu Weihnachten bekommen können, jedoch nicht so zwischendurch. Wie sollte er jemals die Bedeutung von Geld lernen, wenn er alles, was er sich wünschte, von Mama bekam? Der Hund setzte dem allen die Krone auf.

»Vielleicht mag er sein Futter nicht«, erwiderte Patrick.

»Sein Futternapf steht dort vorne, da kann er hingehen oder es lassen, aber er bekommt kein Essen von uns.«

»Bei Mama durfte ich das auch.«

Wie ich dieses Argument hasste. In mir brodelte es, meine Zündschnur wurde gefährlich kurz. Karl hielt sich heraus, er streckte jedoch unter dem Tisch ein Bein aus und rieb es an meinem.

»Wir sind aber hier nicht bei Mama, sondern zu Hause. Nicht alles, was wir essen, ist für einen Hund gesund. Wir werden morgen eine Liste aufstellen, mit Lebensmittel, die er fressen kann, aber das bekommt er nicht am Tisch. Hier essen wir und er frisst woanders. Ansonsten gewöhnt er sich daran und wir haben keine Ruhe mehr.«

»Okay.« Patrick gab sich für den Moment geschlagen. Ich sah die Diskussion trotzdem häufiger auf uns zukommen. »Kann ich aufstehen?«

»Bist du satt?«

Patrick nickte.

»Dann ja.«

Er räumte seinen Teller in die Spülmaschine und hockte sich mit Felix an seinen Trog, um den Hund zu überreden, etwas zu fressen. Er zeigte ihm sogar, wie er das machen musste, und ich unterdrückte ein Glucksen. In Sekundenschnelle verrauchte meine Wut.

Karl beugte sich zu mir vor. »Er ist schon sehr niedlich, wie er sich um den Hund sorgt.«

Ich nickte mit zuckenden Mundwinkeln und biss in mein Brot. Felix sprang schwanzwedelnd um Patrick herum und hielt das Ganze anscheinend für ein Spiel. Nach einigen Minuten gab mein Sohn auf und verschwand mit Felix in seinem Zimmer.

»Für Patricks Verantwortungsbewusstsein mag es nicht schlecht sein. Hätte sie doch nur ein Wort zu mir gesagt. Ein anderes Tier würde besser in unseren Alltag passen.« Die angebissene Scheibe Brot legte ich zurück auf meinen Teller. Der Appetit war mir vergangen.

»Kommt das häufiger vor? Also trifft sie Entscheidungen über deinen Kopf hinweg?«

»Leider ja. Ich rede mir jedes Mal den Mund fusselig, sie ist beleidigt und schafft es dann noch, mir ein schlechtes Gewissen zu machen. Letztes Jahr hat sie Patrick für zwei Wochen aus dem Kindergarten genommen und ist mit ihm in den Urlaub gefahren. Dabei hat sie nicht einmal das Sorgerecht und dürfte das gar nicht. Erzählt hat sie es mir, als sie auftauchten, um Patricks Koffer zu packen. Was soll ich dann noch sagen? Ich möchte den Jungen auch nicht enttäuschen und sie ist nun mal seine Mutter.«

Ich stützte meine Arme auf dem Tisch und den Kopf in den Händen ab. Karl strich mir über den Rücken. Wie gerne hätte ich mich von ihm in den Arm nehmen lassen, aber Patrick war nebenan und ich traute mich nicht. Er sollte sich nicht zu sehr an Karl gewöhnen, am Ende standen wir beide mit gebrochenen Herzen da, sobald wir ihm zu viel wurden.

»Diese Diskussionen rauben mir so viel Kraft. Meistens sind wir uns einig. Bei der Schulauswahl hat sie nicht lange diskutiert, sondern zugestimmt. Wenn sie in den Urlaub mit ihm möchte, kein Problem, bei Weihnachts- oder Geburtstagsgeschenken hält sie sich an unsere Absprachen. Aber zwischendurch scheint sie zu realisieren, wie wenig Zeit sie mit ihrem Sohn verbringt und dann kommt so was raus.« Ich hob den Kopf, sah in Karls mitfühlende Augen. Es tat gut, mit jemandem darüber zu reden und es nicht hinunterzuschlucken.

Trotzdem nagten Zweifel an mir, ob ich mit ihm über meine Probleme sprechen sollte. Wir kannten uns kaum. Wahrscheinlich waren sie stinklangweilig für ihn.

»Das ist kein erbauliches Thema, worüber man mit seinem …« Ich deutete zwischen uns hin und her, als ich keine Definition für uns fand. Bettfreund? Nein, das waren wir nicht. Es war mehr da. Noch.

»Mit seinem was?« Er klang belustigt, aus seinen Augen funkelte es und sein Mund verzog sich zu einem Grinsen. Ich sah mich um und horchte auf Patrick. Der spielte in seinem Zimmer und erklärte Felix alles ganz genau.

»Ich habe keinen Schimmer.«

Er zuckte mit den Schultern. »Muss man denn allem immer einen Stempel aufdrücken?«

»Du hast vorhin selbst gezögert. Als was stellen wir uns gegenseitig vor?«

»Freund ist doch gut.« Er griff über den Tisch nach meiner Hand und drückte sie. Wärme breitete sich in mir aus. »Nachdem wir das geklärt haben, kommen wir zu dem erbaulichen Thema. Freunde reden miteinander über Probleme oder wenn ihnen etwas zu viel wird.«

Wäre Patrick nicht in der Nähe, hätte ich ihn längst geküsst. Wie schaffte er es nur, mir mit diesem Satz und einem Händedruck zu vermitteln, wie wichtig ich für ihn war? Das machte mir Angst, vor allem, wenn die Saison wieder losging und er viel unterwegs wäre zu Auswärtsspielen. Wie würde es dann zwischen uns laufen? Funktionierte es besser als mit Katharina? Oder war spätestens zu dem Zeitpunkt unser Ablaufdatum besiegelt?

Karl betrachtete mich noch immer aufmerksam. Ich schüttelte meine Gedanken ab und sollte das Hier und Jetzt genießen, solange ich es noch hatte.

»Danke dir. Es hilft tatsächlich.«

Wir aßen zu Ende und unser Gespräch schweifte zu leichteren Themen. Karl erzählte lustige Anekdoten aus seinem

Trainerleben. Ich mochte es sehr, wenn er mir einen Einblick in das Eishockeyleben gab. Irgendwann sah ich auf die Uhr und erschrak. Patrick musste längst ins Bett, ansonsten würde er morgen knatschig in den Kindergarten gehen.

»Patrick«, rief ich, »ab ins Bad, Schlafanzug anziehen und Zähne putzen!«

Gemurre kam aus dem Kinderzimmer gefolgt von Verhandlungen.

»Du bist schon eine halbe Stunde länger als sonst wach. Los jetzt.« Ich horchte, hörte ihn ins Bad laufen und begann die Küche aufzuräumen. Karl half mir dabei und für einen Augenblick konnte ich mir vorstellen, wie das Familienleben mit ihm sein könnte. Ein Lächeln schlich sich auf meine Lippen.

»Was ist?«, fragte er, stupste mich mit seiner Schulter an.

»Ich freue mich gerade über deinen spontanen Besuch. So haben wir uns doch noch vor nächster Woche wiedergesehen.«

»Da sehen wir uns auch.«

»Aber nicht alleine, immerhin schauen wir bei dir mit anderen das erste WM-Spiel. Wirklich schade.«

»Und danach fahre ich in den Urlaub.«

Wir seufzten beide zeitgleich, sahen uns an und lachten.

»Urlaub muss sein«, sagte ich entschieden.

In dem Moment krachte es im Bad. Ich verdrehte die Augen. Garantiert war Patrick mal wieder der Zahnputzbecher heruntergefallen.

»Nichts passiert, Papa«, rief er auch sofort.

»Ich gehe mal nachschauen. Hast du noch Zeit? Wir könnten später einen Film gucken. Mehr ist allerdings nicht drin.«

»Sehr gerne.«

Das WM-Spiel guckten wir bei Karl auf der Terrasse. Er hatte ein paar Nachbarn und Freunde eingeladen, darunter drei ehemalige Eishockeyspieler. Ich musste mich schwer zusammenreißen, um nicht von einem Fanboy Moment in den nächsten zu fallen. Natürlich hatte er mir angeboten, selbst Freunde mitzubringen.

Meine Freunde, zwei Familien, mit denen ich mich durch die Kindergartenzeit angefreundet hatte, waren mitgekommen, um den Unterschied zwischen einer Fußball- und einer Eishockeyweltmeisterschaft kennenzulernen.

Die Kinder tobten an diesem warmen Nachmittag im Garten, ein weißes Fellknäuel immer zwischen den Beinen. Karl hatte kleine Eishockeytore aufgebaut und Kinderschläger besorgt. Als Puck musste ein Tennisball herhalten. Auf der Terrasse hatte er die Dekorationen von unserem Abend hängen lassen.

Rudi, einer der ehemaligen Spieler, der mit Karl die Jugendmannschaften der Nationalmannschaft durchlaufen hatte, spielte den Referee und gab den Kids Tipps. Es wirkte schon witzig, da der große Mann kaum Platz auf dem Rasen zwischen den Kindern hatte, sich kaum bewegen konnte und sich nur auf einem Fleck hin und her drehte. Er leitete in Dullerstorf für die Frosty Falcons die Jugendabteilung.

»So üben sie wenigstens gleich ordentliches Stickhandling«, kommentierte Georg den ständig über das Gras wegspringenden Tennisball. Er hatte wie Karl in der Nationalmannschaft gespielt, seinen Eishockeyalltag allerdings beim Hauptstadtverein verbracht. »Dein Junge ist wirklich gut. Spielt er in einem Verein?« Er stellte sich neben mich, als ich die Kinder vom Rand der Terrasse beobachtete.

»Nein, leider nicht.« Ich wartete immer noch auf Tylers Anruf.

»Aber vielleicht bekommen wir ihn bald als Verstärkung.« Karl stellte sich auf die andere Seite. »Ich schmeiß mal den Grill an, damit wir essen können, bevor das Spiel beginnt.« Er beugte sich näher zu mir. »Das Trikot steht dir gut«, flüsterte er mir zu und grinste. Ich hob nur die Augenbrauen.

»Wenn ich schon ein Olympiatrikot geschenkt bekomme, sollte ich es auch anziehen, oder?« Patrick hatte ich eines mit Felix Amsels Namen darauf gekauft, obwohl er bei dieser Weltmeisterschaft nicht dabei war. Aber eines mit einem anderen Namen kam für ihn nicht infrage. Meine Freunde hatten Fußballtrikots angezogen, um so ihre Solidarität auszudrücken.

Karl lachte und ging zum Grill, ein verwunderter Blick von Georg folgte ihm.

»Kaum zu glauben. Dieser so ernste Mensch kann lachen.«

»Ich hol mal die Salate raus«, sagte ich nur, ging nicht weiter darauf ein, sondern freute mich über das indirekte Kompliment. Anscheinend war es nicht so einfach, den Mann zum Lachen zu bringen.

In der Küche standen die ganzen mitgebrachten Salate und lagen die Baguettes auf der Arbeitsfläche und dem Tisch verteilt. Überall entfernte ich die Deckel, zog die Folie ab, bis die Tür zugemacht wurde und zwei Arme sich von hinten um mich schlangen.

»Solltest du nicht den Grill bewachen?«

»Das macht dein Freund. Er hat mein Handling gesehen und scheint dabei tausend Tode gestorben zu sein. Anscheinend bin ich nicht ausgebildet genug dafür.«

Ich lachte. »Das ist bestimmt Nils. Er hat zwei Grillkurse bei der VHS belegt.«

Karl küsste mich am Hals. »Wie auch immer. Das war meine Gelegenheit, dir in die Küche zu folgen.«

»Du willst dir nur Küsse stehlen«, scherzte ich, drehte mich in seinen Armen und küsste ihn auf den Mund.

»Immerhin muss ich ab übermorgen die nächsten zwei Wochen darben.«

»Du Armer. Kannst die Seele baumeln lassen, mit einem müden Lächeln an uns arbeitende Bevölkerung in Deutschland denken, während du dich noch einmal auf der Sonnenliege umdrehst.« Das konnte ich mir nicht verkneifen, auch nicht den ironischen Ton.

»Ich würde dich und Patrick sofort einpacken, aber ihr passt nicht in meine Koffer.«

»Billige Ausrede.«

Karl lachte. »Wenn du glaubst, wir würden nur am Strand liegen, hast du ein falsches Bild von uns. Wir haben sogar ein Auto gemietet, damit wir die Insel erkunden können.«

»Teneriffa soll wirklich toll sein.«

»Schauen wir mal, was meine Freunde so vorhaben. Ich hoffe, wir ziehen abends nicht durch die Clubs. Keine Lust darauf, den anderen dreien beim Flirten zu zusehen. Das wirkt so, als ob alte Männer vor Verzweiflung unbedingt jemanden abschleppen müssen, nur um sich zu beweisen, sie können es noch.«

Das brachte mich zum Grinsen. »Ihr seid auch so alt. Wusste nicht, dass fünfundvierzig heutzutage das neue fünfundsiebzig ist.«

Er verzog das Gesicht und streckte mir die Zunge raus. »Werde du erst mal vierzig, dann reden wir weiter.«

»Mäh mäh mäh«, machte ich nur und küsste ihn stattdessen. Etwas, das mit jedem Mal mehr Spaß machte. Ich könnte den ganzen Abend nichts anderes tun. Karl schob seine Hände unter mein Trikot und T-Shirt, fuhr mit den Fingerspitzen über die Haut am Rücken. Gänsehaut überzog meinen Körper und hinterließ ein angenehmes Kribbeln.

In dem Moment flog die Tür auf.

»Ich bin gesc...« Georgs Stimme erstarb, Karl und ich zuckten zusammen. Beim Versuch, seine Hände so schnell wie möglich unter dem Stoff hervorzuziehen, verheddertе Karl sich und es dauerte einige Sekunden, bis er von mir wegspringen konnte.

Georg sah zwischen uns hin und her. »Das erklärt wohl, warum du ihn zum Lachen bringst. Vielleicht hätte ich das früher auch mal machen sollen.« Ein Lächeln breitete sich auf seinem Gesicht aus.

»Ein Scheißdreck hättest du, mieser Arsch.«

Georg lachte nur. »Ich soll das Fleisch holen. Dann könnt ihr weiter heimlich rummachen.«

»Sag es nicht, okay? Emils Sohn weiß nicht Bescheid.«

»Ich bin verschwiegen wie ein Grab.« Er legte einen Finger an seine Lippen. »Weißt du doch. Habe dich immer gedeckt.«

»Wobei denn?«, entfuhr es mir.

Karl holte tief Luft. »Das ist nichts, was hierher gehört.«

»Bei seinen Eroberungen.«

Karl und Georg sprachen zur selben Zeit.

»Du hast ja keine Ahnung, was in einem olympischen Dorf abgeht. Die verteilen nicht umsonst Kondome.« Georg handelte sich einen bösen Blick von Karl ein, der das Grillgut aus dem Kühlschrank holte. Viele Fragen formten sich in meinem Kopf, was Karl zu bemerken schien.

»Du kriegst keine Antworten.« Er wehrte mich sofort ab.

»Noch nicht.« Mit einem Schmunzeln wandte ich mich den Salaten zu. Karl stöhnte hinter mir.

»Danke auch, Georg. Bist ein wahrer Freund.« Die Ironie tropfte nur so aus Karls Worten.

»Ich weiß.« Mit dem Grillgut, das er in einen Korb geräumt hatte, verschwand er.

»Hier, die Salate können auch raus.« Ich drückte Karl zwei Schüsseln in die Hand, nutzte die Gelegenheit und küsste ihn schnell auf den Mund.

»Was wäre das Leben schön, ohne Freunde.« Er folgte Georg nach draußen.

Als ich auf die Terrasse trat, schlief Felix, alle Viere von sich gestreckt an der Hauswand. Eine von Karls Nachbarinnen nahm mir die Salate ab. Meine Freunde steckten mit den Nachbarn von Karl in Diskussionen über Gartenpflanzen und ihre Pflege.

Wir gingen mehrfach, bis wir das komplette Essen auf der Terrasse hatten. Karl hatte sich Bierbänke und Tische besorgt, damit die dreißig Leute Platz hatten. Es war ein einziges Gedrängel und Gerutsche, trotzdem ein schönes Miteinander, bei dem viel geredet und gelacht wurde. Während des Essens ließen sich meine Freunde von den ehemaligen Spielern einige Regeln erklären.

Dann baute Karl endlich den Beamer auf und rief den Livestream auf. Die Kinder hockten sich auf den Boden direkt vor die improvisierte Leinwand, wir Erwachsenen klappten die Tische zusammen und setzten uns auf die Bänke. Einige standen dahinter.

Dann begann das Spiel. Karl, Georg und Rudi gingen sofort mit, lobten, wenn es einen schönen Spielzug gab, schimpften, sobald es ihrer Meinung nach unfair zuging.

»Hey, schau mal dein Sohn.« Karl stupste mich im Laufe des zweiten Drittels an. »Er hat bei Stanni im Training aufgepasst und erklärt den Kids, was dort geschieht.«

Ich beobachtete ihn, wie er zwar immer wieder aufsprang, wenn es aufs Tor zuging, doch meistens zeigte er den anderen anhand eines Kinderschlägers, was die Spieler dort machten. Stolz auf meinen Sohn wallte in mir auf und ich konnte nicht wegsehen. Das war mein Junge, der geduldig immer wieder dieselben Dinge erklärte, obwohl sie oft genug falsch von ihm erläutert wurden. Aber das war egal.

Zwischendurch schaute ich nach unserem vierbeinigen neuen Familienmitglied. In der Pause war ich kurz mit Felix draußen, doch der kleine Welpe war so müde, er erledigte schnell sein Geschäft und suchte sich im Haus eine ruhige Ecke, um weiter zu schlafen.

»Wie mach ich mich im Fansein?« Karl hatte eine Flasche Bier in der Hand und stieß gegen mein Glas mit Cola.

»Ganz gut. Das hier ist sehr ordentlich organisiert. Die Deko hängt, der Beamer läuft und auch das Trainer-Möchte-Gern-Gehabe hast du ziemlich gut drauf. Aber da könnten wir noch nachschrauben.«

»Was? Willst du etwa behaupten, ich bin mies?« Er kniff die Augen zusammen und versuchte, empört auszusehen.

»Absolut. Wayne Gretzky zitieren können wir alle, das ist nicht schwer.«

»Pfff, was weißt du schon?« Karl wandte sich von mir ab, was mich zum Lachen brachte. »Hey, wir nehmen jetzt Drittel für Drittel. Gebt doch mal alle hier hundertzehn Prozent. Was macht ihr Gurken da? Spielt die Scheibe ab. Lasst es schnell nach vorne gehen!«, rief Karl.

»So viel besser«, brachte ich lachend heraus. Ich hielt mir den Bauch und Tränen liefen mir über die Wangen.

Rudi betrachtete Karl und zog die Augenbrauen hoch. »Du bist Trainer, oder?«, fragte Rudi. »Diese Floskeln sind das Schlimmste, was du bringen kannst.«

Ich konnte nicht mehr und wischte mir die Tränen aus den Augen.

»Alles gut bei dir?«, fragte Karl.

»Ja. Wie gerne hätte ich mehr Spiele mit dir gesehen.«

Georg setzte sich neben mich, der Leinwand zugewandt.

»Ich hoffe, das wird was Längerfristiges mit euch«, sagte er leise zu mir. »Du tust ihm echt gut. Er kommt mal richtig aus sich heraus.«

Karl verpasste ihm eine Kopfnuss. »Halt den Mund, oller Stürmer.«

Georg grinste mich an. »Siehst du? Er kommt aus sich heraus.«

Ich lächelte Karl an. »Ich schaue, was ich machen kann.«

Kurz darauf sprangen wir alle auf, Deutschland hatte ein Tor geschossen und den Anschluss geschafft. Somit stand es nun zwei zu eins für die Schweden. Die drängten allerdings sofort wieder auf unser Tor.

Nach dem Spiel räumten wir gemeinsam auf, die Kinder waren aufgedreht und müde zugleich. Patrick sah enttäuscht aus, da wir das Spiel verloren hatten. Nicht mal Felix vermochte es, ihn aufzuheitern.

»Wir sehen uns morgen Abend zum Abschied? Ich komme bei euch rum«, sagte Karl an der Haustür zu mir, als wir die Letzten waren, die gingen.

»Ich freue mich drauf. Vielleicht findest du noch einen Überseekoffer. Da passen Patrick, Felix und ich rein.«

»Ich suche danach.« Wir umarmten uns, das höchste der Gefühle, was ich vor Patrick zuließ. Es fiel mir schwer, Karl zurückzulassen. Am Auto winkte ich noch einmal, bevor ich meine Familie hinein verfrachtete und losfuhr.

Kapitel 7

Karl

M üde nach einem späten Nachmittagsflug, der Rück-
fahrt über Nacht mit meinen Freunden und nur vier
Stunden Schlaf stand ich gut zwei Wochen seit unserem
letzten Treffen morgens um halb acht vor Emils Haustür
und klingelte. Doch keiner öffnete die Tür.

Hatte ich ihn verpasst? Ich trat ein paar Schritte zurück
und sah am Haus hoch. Doch hinter den Fenstern bewegte
sich auch nichts.

Er hatte immer einen stressigen Vormittag, brachte
Patrick in den Kindergarten, Felix zu seinen Eltern und
dann ging es zur Arbeit. Ich fuhr mir durch die Haare. Enttäuscht drehte ich um.

Fahre ich halt zur Schule und überrasche ihn dort.

Nach all den Telefonaten, die nicht ausreichten, musste
ich ihn endlich wiedersehen. Wollte mir wenigstens in einer
verstohlenen Ecke einen Kuss abholen.

Fast zwanzig Minuten später fuhr ich langsam auf den
Parkplatz der Grundschule. Hier herrschte reges Treiben.
Autos hielten, Mütter und Väter brachten ihre Kinder,
andere kamen mit dem Fahrrad oder zu Fuß. Schüler standen in Grüppchen auf dem Vorschulhof zusammen und

spielten oder strömten in die Schule. Welch ein Getümmel und da wollte ich Emil finden?

Ich ging auf das Gebäude zu, die Sonne lugte über das Dach hinweg und versprach einen warmen Tag. In der großen Eingangshalle sah ich mich um. Schüler verschwanden in den einzelnen Gängen. Ich fand nirgendwo Hinweisschilder zum Büro des Hausmeisters, dafür zum Lehrerzimmer.

»Kann ich Ihnen helfen?«, sprach mich ein untersetzter Mann an.

»Ich suche den Hausmeister Emil Jensen.«

»Gehen Sie den Gang entlang, dritte Tür auf der rechten Seite.«

»Danke schön.« Ich folgte der Wegbeschreibung, fand die entsprechende Tür, die weit offen stand. Drei Kinder hielten sich davor auf, redeten aufgeregt über einen Ball, der aufs Dach geflogen war, in den Raum hinein. Sie bräuchten den dringend bis zur Pause zurück, um ihr Spiel zu beenden.

Prickeln durchfuhr mich, als ich Emils Stimme hörte und er ihnen versprach, den Ball rechtzeitig zu holen. Zufrieden zogen die Kinder ab.

Ich lehnte mich gegen den Türrahmen. Emil saß an seinem Schreibtisch, der direkt neben der Tür in einem fensterlosen Raum stand und sortierte Papiere.

»Hey«, sagte ich leise, konnte das Lächeln nicht zurückhalten, als ich ihn endlich live und in Farbe wiedersah. Wie sehr hatte ich mich in den letzten Wochen danach gesehnt.

Er hielt inne, sah auf und ein Strahlen breitete sich auf seinem Gesicht aus. »Du bist zurück.«

»Kaum zu glauben, oder? Meinen Worten Taten folgen zu lassen.«

Emil stand auf und knuffte mich gegen die Schulter. »Du Blödmann.«

»Ah, ah, ah, wenn schon, du Gurke«, erwiderte ich mit erhobenem Zeigefinger. »Hier laufen überall Kinder herum. Die könnten dich hören, Herr Jensen.«

»Was machst du hier?«

Ich sah mich um, aber es war keine Menschenseele in Sicht. »Ich musste dich sehen.«

Ein Gong ertönte und aus der vorderen Tür kamen einige Erwachsene. Der Lärm, der aus der Halle herüberschwappte, erstarb.

»Sind wir jetzt alleine?«, fragte ich, betrat den Raum ganz.

»Schätze schon. Der Unterricht hat begonnen.«

Ich grinste, schloss die Tür hinter mir und lehnte mich dagegen.

»Was hast du vor?«, fragte Emil skeptisch.

Ich zog ihn an seinem T-Shirt zu mir. »Nur küssen. Das kann nicht warten, bis wir uns wiedersehen.«

Er lächelte, trat zu mir, sein Körper schmiegte sich an meinen und er küsste mich. Die Welt rastete an der richtigen Stelle für mich ein. Die letzten zwei Wochen Urlaub ohne ihn hatten sich falsch angefühlt, obwohl wir uns kaum kannten, nicht oft gesehen hatten.

»Schön, dich wiederzuhaben.« Emil strich über meine Arme und mein Bauch hätte platzen können vor lauter Schmetterlingen, die ein Freudenspiel veranstalteten.

»Wann können wir uns treffen? Ich komme zu dir.« Ich ergriff seine Hände, verwob unsere Finger miteinander und fuhr mit dem Daumen über seinen Handrücken.

»Karl, ich möchte mit Patrick reden, aber ...« Er blickte auf unsere Hände.

»Aber?«, hakte ich nach. Leise Angst beschlich mich, er könnte es zwischen uns beenden wollen. Mein Daumen hielt inne.

Emil blickte erst zur Tür, dann zu mir. Zweifel standen ihm ins Gesicht geschrieben und mir zog sich der Magen zusammen.

»Meinst du es ernst mit mir, mit uns? Patrick soll sich nicht an dich gewöhnen, an dir hängen und auf einmal verschwindest du aus unserem Leben und brichst nicht nur mir, sondern auch meinem Sohn das Herz. Das kann ich nicht verantworten.«

Ich entließ die angestaute Luft und Erleichterung breitete sich in mir aus. »Witzig, habe ich nicht erst eine ähnliche Frage vor wenigen Wochen gestellt?«

»Karl, ernsthaft.« Emil trat einen Schritt zurück. »Bei mir hängt da mehr dran. Was ist, wenn wir dir zu langweilig werden? Oder zu anstrengend? Patrick steht immer an erster Stelle bei mir.« Er sah mich ernst an. »Ich kann nicht mal eben spontan ins Kino gehen oder so. Die meisten Abende sitze ich zu Hause und gucke fern, außer Patrick ist bei seiner Mutter. Sehr selten habe ich einen Babysitter.« Er seufzte. »Im Grunde führe ich ein stinklangweiliges Leben und kann nicht mit dir mithalten. Urlaube wie bei dir oder ständig Essen gehen sind nicht drin und was ist schon ein Hausmeister gegen einen Eishockey-Trainer? Du hast ein viel ereignisreicheres Leben als ich.«

Ich hatte keine Ahnung, wie er darauf kam, er wäre langweilig, denn für mich stand vor mir der interessanteste Mensch, den ich seit langer Zeit getroffen hatte.

»Weißt du eigentlich, wie aufregend du bist?« Ich trat auf ihn zu, umfasste seinen Kopf, beugte mich zu ihm und küsste ihn. »Du bist unglaublich warmherzig, liebevoll und bist überall mit vollem Herzen dabei. Was deinen Job betrifft, seien wir doch mal ehrlich, du hast, wenn wir von der Wertigkeit sprechen, den viel wichtigeren Job. Du sorgst für dieses Gebäude, die Kinder. Eishockey ist dagegen am Ende des Tages nur Sport, der verzichtbar ist. Setz dich oder was du in deinem Leben machst, nie wieder so herab.« Mit den Daumen strich ich über seine Wangen.

»Meinst du das wirklich? Ich finde Eishockey schon wichtig. Es hilft mir beim Abschalten.« Die Zweifel waren noch nicht ganz verschwunden aus seinem Blick, doch er wirkte ruhiger und mit der Zeit würden sie hoffentlich komplett vergehen.

»Na, immerhin eine Daseinsberechtigung gefunden. Wie vergänglich der Sport sein kann, haben wir in der ehemaligen DDR gesehen, in der zwei Vereine künstlich am Leben gehalten wurden, nur weil ein Politiker Eishockey geliebt hat. Ansonsten wäre dort nicht mehr gespielt worden. Er half nicht dem Prestige der DDR, dafür standen andere Sportarten.« Ich grinste.

»Ein interessanter Vergleich, wenn man bedenkt, wie wichtig es dem Weltverband ist, auch Wüstenstaaten aufzunehmen.«

Ich verdrehte die Augen. »Kommen wir zum nächsten Punkt. Ja, ich meine es ernst. Ich will das mit uns, eine Garantie kann ich dir nicht geben. Die Frage ist doch, kommst du mit meiner Reiserei während der Saison klar? Ich bin nicht so oft zu Hause. Du hast das schon einmal mit Katharina durch.« Ich zögerte einen Moment, bevor ich weitersprach. Das, was ich sagen wollte, fiel mir unheimlich schwer, damals war ich sehr verletzt worden. »Ich stand vor einigen Jahren noch als Spieler, schon einmal an dieser Stelle mit einer Frau. Beziehung weiterführen oder sie beenden, bevor es zu eng wurde. Sie hat es beendet, weil sie jemanden wollte, der abends zu Hause ist und nicht auf Auswärtsspielen.« Ich seufzte. »Wenn ich daheim war, saß ich lieber auf der Couch bei einem Film, anstatt mit ihr zu den angesagten Partys oder ins neueste Szenerestaurant essen zu gehen. Seitdem habe ich meistens nur oberflächliche Beziehungen geführt ohne große Verpflichtungen, wenn überhaupt.« Emil umfasste meine Hände, die noch immer sanft seinen Kopf hielten. Löste sie und verflocht unsere Finger miteinander. »Du bist der erste, bei dem ich wieder mehr will. Das ganze Paket mit allem, was dazugehört. Auch wenn ich Angst davor habe, was passiert, sollte es nicht halten. Wir können jedoch dran arbeiten.«

Emil lächelte, küsste mich auf den Mund. Eine so zarte Berührung, die ich kaum spürte und doch strahlte sie intensiv durch meinen ganzen Körper.

»Noch nie hat mir jemand das Gefühl gegeben, so wichtig zu sein. Das ist …« Er schien nach Worten zu suchen, sah nach oben an die Decke, bevor er den Kopf wieder senkte und meinen Blick fand. Wärme und Zuneigung sprachen aus seinen Augen. Ich wartete ab, ließ ihm die Zeit, die er brauchte. »Es ist so schön, auf ein Podest gestellt zu werden. Ich meine, sieh mich an. Im Gegensatz zu dir habe ich Speckröllchen, keine Muskeln. Jedes Mal, wenn du mich küsst, frage ich mich, was findet dieser Typ nur an mir?«

Ich schmunzelte. »Hey, sogar du hast ein Sixpack, dir wurden nur die ganzen Leute zu viel, die mit dir zusammen sein wollten und du hast deine Muskeln versteckt.« Er lachte leise darüber. »Spaß beiseite. Ich mag dich so, wie du bist. Solltest du das Verlangen verspüren, morgens mit mir laufen zu gehen, halte ich dich nicht davon ab, aber es ist in Ordnung, so wie es ist. Ich kenne den Menschen vor mir, und der ist mir wichtig. Außerdem, wer weiß denn, ob ich nicht in zehn Jahren ebenso aussehe? Hast du dir mal ehemalige Sportler angesehen? Die gehen auf wie Hefekuchen.«

Nun lachte er laut. »Okay, okay, du hast mich überzeugt. Geh bloß nicht auf wie ein Hefekuchen. Dann lasse ich mich vorher überreden mit dir Sport zu treiben.«

Ich kniff die Augen zusammen. »Du oberflächliche Gurke«, schimpfte ich mit ihm.

»Sorry, aber so gern ich dich habe, den Körper mag ich ebenfalls. Ich bin auch nur ein Mann, der hin und wieder objektiviert.«

Ich verdrehte die Augen, zog ihn dann in einen Kuss, der viel intensiver ausfiel, als gedacht und meine Hose eng werden ließ.

»Mit den Auswärtsspielen werde ich klarkommen«, sagte Emil, als wir uns voneinander lösten. »Im Gegensatz zu Katharina bist du immer nur ein paar Tage und keine Wochen fort. Außerdem würde ich sehr gerne mit dir auf der Coach sitzen und Filme und Serien gucken.«

Ich lächelte zufrieden. Eines musste ich noch loswerden. »Bevor du dich vollkommen auf mich einlässt, solltest du zumindest wissen, falls einer der Spieler mich anrufen und meine Hilfe benötigen sollte, gehen sie vor. Patrick steht bei dir an erster Stelle, meine Mannschaft bei mir. Dafür bin ich viel zu sehr Trainer mit Leib und Seele.«

Emil lächelte. »Dann sind die Rahmenbedingungen festgelegt. Wie und wann ich mit Patrick reden möchte, muss ich noch entscheiden. Danach werde ich Katharina ebenfalls einweihen, sie ist Patricks Mutter und sollte wissen, wenn es in meinem Leben jemand Neuen gibt, der sich auf lange Zeit zu einer Bezugsperson von Patrick entwickeln könnte.«

»Dein Sohn, deine Regeln, dein Tempo. Wenn du ein halbes Jahr oder sogar zwei warten willst, bin ich damit fein. Hauptsache, ich sehe dich zwischendurch.« Ich stupste seine Nase an.

»Der große Karl Leister ist jetzt mein Freund?«, fragte Emil.

»Jepp und behalte deine Fanboy Momente bloß bei. Sie stärken mein Ego.«

Emil lachte. »Alles klar. Willst du heute Abend zum Essen vorbeikommen?«

»Sehr gerne. Mit Film gucken, sobald Patrick im Bett liegt?«

»Das klingt nach einer perfekten Planung.« Emil seufzte und sah auf die Uhr, die an der Wand hing. »So gern ich weiterhin mit dir hier stehen würde, ich muss leider mal was für mein Geld tun.«

»Wir sehen uns später.« Ich gab ihm einen Kuss, dann verließ ich die Schule und fuhr ins Trainingscenter, um mich auf den neuesten Stand zu bringen.

Kapitel 8

Emil

Der Film lief, ich war jedoch zu abgelenkt von meinem Freund neben mir. Den ganzen Tag schon, seit Karl die Schule verlassen hatte, flüsterte ich das leise vor mir her oder wiederholte es in Gedanken. Ich hatte einen Freund, wieder jemandem in meinem Leben, mit dem ich reden konnte. Sogar einen, bei dem ich ernsthaft erwog, ihn Patrick vorzustellen.

Das Grinsen begleitete mich seit heute Morgen und ich hatte dem Abend entgegengefiebert. Nun saß ich hier wie ein verliebter Teenager, konnte die Augen kaum von Karl lösen. In mir floss ein Strom von Glück, den ich schon sehr lange nicht gespürt hatte. Zuletzt mit Katharina, als Patrick noch ein Baby war.

Karls Hand lag auf meinem Oberschenkel und er fuhr mit dem Daumen über den Stoff. Die Jeans verhinderte nicht das Entfachen der Lust, die sich in meiner Körpermitte sammelte und dadurch ein Verlangen auslöste. Verdammt, warum lag Patrick nur im Nebenzimmer?

Bewusst atmete ich ein und aus, sah zum Fernseher, auf dem Menschen hin und her liefen. Warum machten sie das noch mal?

»Okay, es reicht.« Ich nahm Karls Hand von meinem Oberschenkel. »Wenn du so weitermachst, bin ich gleich steinhart und ich will nicht in meiner Hose kommen.«

Karl griente. »Nein? Wie denn?«

»Es macht es nicht besser, wenn wir drüber reden.« Mit meinem besten strengen Vaterblick sah ich Karl an.

»Du hast angefangen.«

Ich lehnte den Kopf gegen die Rückenlehne des Sofas. »Los, in mein Schlafzimmer, aber wir müssen leise sein. Patricks Tür steht offen.«

Karls Grinsen wurde breiter. »Heißt das, ich darf etwas dagegen machen?« Er legte seine Hand genau auf meinen Schritt und drückte fest zu. Sofort schwappte eine Welle von Lust und Erregung durch meinen Körper und ich presste meinen Unterleib gegen seine Hand.

»Verdammt ja.«

Er stand auf, zog mich mit sich ins Schlafzimmer und schubste mich aufs Bett. Dann schloss er die Tür.

»Nicht abschließen«, bat ich ihn und er nickte.

»Darauf warte ich seit unserem ersten Telefonsex Erlebnis.« Er kam zu mir herüber, zog sich dabei aus, bis er nackt vor dem Bett stand. Er nahm seinen noch nicht harten Schwanz in die Hand und fuhr daran auf und ab. Dieser Anblick pumpte mehr Blut in meinen, der mittlerweile schmerzhaft gegen meine Hose drückte.

»Wer hat dir erlaubt, dich auszuziehen?«, fragte Karl streng, als ich nach den Knöpfen meiner Hose griff. »Leg dich hin, mein Lieber, ich kümmere mich heute um dich. Du machst das den ganzen Tag für andere, nun bist du dran. Schön leise sein.«

»Du solltest dich beeilen, falls Patrick aufwacht, möchte ich nicht von ihm überrascht werden«, brachte ich hervor und kam seinem Wunsch nach, legte mich auf den Rücken und wartete darauf, was passierte. Karl krabbelte aufs Bett, hockte auf seinen Knien, ich dazwischen und rieb sich noch immer träge.

»Gefällt dir das? Mich so zu sehen?«

Ich nickte, mein Mund ausgetrocknet. Wie konnte es mir nicht gefallen? Sollte ich mich kneifen? Dieser Mann begehrte mich, der doch jeden und alle haben konnte. Ich wollte nie mehr aus diesem Traum erwachen.

Langsam streichelte ich seine Beine, die Innenseiten seiner Oberschenkel, seine Muskeln unter der Haut waren angespannt. Er beugte sich zu mir herunter, küsste mich, zärtlich, sanft, knabberte an meiner Oberlippe und mir entfuhr ein leises Keuchen.

»Schon sehr eng in der Hose?«

»Ja, verdammt.«

»Ts, ts, wir fluchen nicht mit solchen Kraftausdrücken.« Er knabberte an meinem Ohr, arbeitete sich nach unten und schob mein T-Shirt nach oben. Jeder freigelegte Zentimeter Haut wurde ausgiebig geküsst oder geleckt. Er biss in meine Nippel, was einen Schwall an Begehren durch meinen Körper schickte. Meine Hüften zuckten nach oben, wurden durch seine gestoppt und boten eine willkommene Reibung für meinen Schwanz. Ich wollte mehr, Karl in mir, ihn so nah wie nur möglich an mir.

»Wir sind ungeduldig heute. Gut zu wissen.«

Zu meiner Frustration wurde er noch langsamer. »Karl, bitte. Seit Wochen warte ich darauf, spiel nicht mit mir. Denk auch an Patrick.«

Er sah mir in die Augen, grinste schief und umfasste seinen Schwanz.

»Willst du dasselbe?«

»Ja.« Ich räusperte mich.

»Zieh dein T-Shirt aus.«

Noch nie hatte ich ein Stück Stoff so schnell ausgezogen. Ich liebte und hasste es gleichzeitig, wie er mit mir spielte, mich hinhielt. Karl küsste mich und legte sich der Länge nach neben mich, öffnete meine Hose, zog den Reißverschluss nach unten und der Druck ließ nach.

»Besser?«, fragte er, streichelte durch die kleine Öffnung der Hose über meine Boxershorts.

»Ja.« Zu mehr war ich nicht in der Lage, reckte ihm meine Taille entgegen, um mehr Reibung zu erhalten, doch mit jedem Zentimeter, der mich ihm näherbringen sollte, zog er sich ein Stück zurück. Ich verzehrte mich nach ihm, konnte nicht genug bekommen.

»Ganz ruhig, mein Lieber.« Karl küsste meine Wange, meine Nase, meinen Mund, bevor er sich erhob und nach unten krabbelte, sein Schwanz hing vor meiner Nase und ich reckte mich, um daran zu lecken. Hob meinen Kopf und die Schultern so weit an, bis ich die Spitze in den Mund nehmen konnte.

Ein leises Stöhnen war mein Lohn dafür.

»Wenn du so weiter machst, kann ich dich nicht ausziehen«, erwiderte Karl. Statt aufzuhören, stützte ich mich mit den Armen ab, um noch höher zu kommen, ihn weiter in mich aufzunehmen. Salziger Geschmack breitete sich in meinem Mund aus, als die ersten Lusttropfen austraten. Er schmeckte so gut.

»Emil.« Karl keuchte leise, sackte vorne mit den Schultern nach unten und stieß sachte mit dem Becken ein paar Mal zu, bevor er innehielt und ich ihn freigab. »So kann ich mich nicht um dich kümmern.« Er zog meine Jeans herunter, dann entzog er sich mir ganz, drehte sich um und mit einem Ruck war die Hose ausgezogen und landete auf dem Boden. Die Boxershorts und Socken folgten auf dem Fuße.

»Jetzt bist du dran. Dreh dich um. Zieh die Beine an.«

Ich leckte mir über die Lippen, konnte es nicht erwarten, gerimmt zu werden. Er schien der ungekrönte Weltmeister darin zu sein und brachte mich die paar Male, die er es getan hatte, jedes Mal an den Rand des Orgasmus.

Als er meine Backen auseinanderzog, drehte ich meinen Kopf zu ihm um.

»Nicht zu lange heute«, mahnte ich Karl, der teuflisch lächelte. Zumindest stellte ich mir so den Teufel vor, bevor er sich ans Werk machte.

»Wir werden sehen.« Den Worten folgte ein Biss in meine Arschbacke und ich musste einen überraschten Schrei unterdrücken, hielt mir die Hand vor den Mund und vergrub das Gesicht in den Kissen. Wie sehr ich es liebte, wenn er zwischen Verspieltheit und Rauheit wechselte.

Fünf Minuten später war mein Körper mit Schweiß bedeckt und ich hielt mich nur mit Mühe zurück, meinen Schwanz zu greifen und es zu Ende zu bringen. Jede einzelne Pore in mir war angespannt und ich völlig überreizt. Wenn ich nicht bettelte, stöhnte ich.

»Fick mich, bitte«, bat ich ihn zum fünfhundertsten Mal, aber alles, was ich erntete, war ein leises Lachen, das an meinem Eingang vibrierte und nur noch mehr Impulse durch meinen Körper schickte. Endlich hörte ich das Klicken des Gleitgelverschlusses und er bereitete mich vor, massierte meine Prostata und erntete eine Menge Flüche.

»Shh, ganz ruhig mein Lieber, Patrick schläft nebenan.« Sanft streichelte Karl mich.

»Dann mach endlich.«

»Dreh dich auf den Rücken.«

Sofort befolgte ich die Anweisung, zog meine Knie hoch und präsentierte mich ihm. Er sah so wundervoll aus, wie er sich konzentriert das Kondom überzog und danach ein Kissen unter meinen Arsch schob. So stellte ich mir die griechischen Götter vor, durchtrainiert, mit vor Schweiß schimmernder Haut.

»Willst du heute den Lahmarschpreis gewinnen?«, fragte ich mit sehr rauer Stimme. Karl griente, küsste mich als Antwort.

»Ich will deine Enge genießen. Davon habe ich mehrere Nächte im Urlaub geträumt.«

Als er in mir war, atmeten wir beide aus. Ich umfasste sein Gesicht, er sah mich so offen wie selten an. Lust, Verlangen, aber auch Zuneigung, Zärtlichkeit und Leidenschaft sprachen aus seinem Blick. Das galt alles mir und trieb mir die Tränen in die Augen. Dieser Mann mochte mich wirklich, wollte nicht nur Sex, sondern mehr.

Ich zog ihn zu mir, um meine Tränen zu verbergen, verwickelte uns in einen Kuss, der sanft begann und mit zunehmender Dauer gieriger wurde, hungriger, als ob es nie genug sein würde.

Dann begann er sich in mir zu bewegen. Stieß immer schneller zu, vergrub sein Gesicht in meiner Halsbeuge, seine Lippen an meiner Haut und unterdrückte sein Stöhnen.

Als er zwischen uns griff, meinen Schwanz im Rhythmus seiner Stöße pumpte, wurde es zu viel und ich kam, biss mir auf die Faust in meinem Mund. Schweratmend blieb ich liegen, spürte, wie es auch Karl ergriff und er auf mir zusammenbrach.

Ich schlang meine Arme um ihn. Strich über seinen feuchten Körper, malte kleine Kreise und Symbole auf seine Haut.

»Willkommen zu Hause«, flüsterte ich.

»Es ist schön nach Hause zu kommen mit dem Wissen, es wartet eine besondere Person auf dich.«

Herrgott, wie konnte er so was in solch einem Moment sagen? Wieder war ich nahe dran zu weinen und das nur, weil dieser Mann mich immer noch auf ein Podest stellte.

Er küsste mich in die Halsbeuge, zog sich aus mir zurück, stand auf, zog sich eine Boxershort über und verließ das Schlafzimmer, um das Kondom im Badezimmer zu entsorgen. Unschlüssig stand er danach im Zimmer.

»Komm her«, bat ich ihn.

»Ich sollte gehen. Was, wenn Patrick aufwacht und mich findet?«

Das stimmte und zerstörte die Zweisamkeit, in die ich mich die letzten Minuten gehüllt hatte. In denen ich die Gedanken an Patrick ausgeblendet und mich voll darauf konzentriert hatte, nicht nur ein Vater zu sein, sondern endlich mal wieder ein begehrenswerter Mann.

»Ein wenig Zeit haben wir noch. Ich muss gleich sowieso mit Felix raus. Dann können wir gemeinsam das Haus verlassen.«

Ein Lächeln breitete sich auf seinem Gesicht aus und er legte sich zu mir ins Bett, kuschelte sich an mich.

»Weißt du schon, wann du mit ihm reden willst?«

»Was hältst du davon, wenn wir Ende des Sommers mit ihm Burger essen gehen und es gemeinsam machen? Er liebt das *Game Time*.« Ende des Sommers? Hatte ich das wirklich gesagt? Das waren noch mindestens zwei Monate. Dabei wollte ich bereits jetzt alles und trotzdem existierte in mir diese innere Sperre, die mich davon abhielt, es zu überstürzen und mir zuflüsterte, vorsichtig zu sein.

»Find ich gut. Da wartet ein toller Preis für uns beide.«

Ich lachte, presste sofort eine Hand auf meinen Mund. Ich wurde zu laut. Kurz lauschte ich nach draußen, hörte allerdings nichts.

»Dafür kannst du solange nicht hier übernachten und wenn ich Patrick habe, ich auch nicht bei dir.«

»Das Warten ist es wert. Ich sitze gerne nur neben dir auf der Couch und sehe eine Serie oder einen Film.«

Womit hatte ich diesen Mann verdient? Wieso kam der Jackpot erst so spät zu mir?

»Okay. Aber an den Wochenenden können wir andere Sachen machen, wenn du Zeit hast. In den Zoo gehen oder den Waldklettergarten ausprobieren. Da ist ein Parcours für Kinder.«

»Du machst doch Sport.« Karl sah mich aufmerksam an, ich konnte ein Grinsen in seinen Mundwinkeln entdecken.

»Wer hat gesagt, ich klettere?«

»Willst du etwa andeuten, ich müsste mit deinem Sohn da rauf?«

»Einer muss die Fotos schießen und ich kenne Patricks Schokoladenseite.«

»Um keine Ausrede verlegen.«

Ich lachte leise. »Niemals, wenn es um körperliche Betätigung geht.« Karl piekste mich in die Brust. »Aua, was soll das?«

»Du würdest freiwillig welchen machen laut deinen Worten heute Morgen.«

»Solltest du die Motivation verlieren, stehe ich zur Verfügung.«

»Ich habe keine Lust mehr zum Sport«, erwiderte Karl prompt.

»Wir haben gerade Bettsport durchgeführt. Die kann gar nicht weg sein.«

Karl lachte und erstickte es, indem er sein Gesicht in die Matratze drückte.

Er drehte sich auf die Seite, fuhr mit dem Finger über meine Brust, ließ ihn bis zum Bauchnabel wandern und wieder zurück. Ich genoss unsere kleine Blase aus Vertrautheit, die sich eingestellt hatte, wollte uns darin einhüllen, wie in einen Kokon und nie mehr herauskommen.

»Ich sollte gehen.«

Ich seufzte. »Der Hund muss auch raus, damit der Kleine seine Miniblase erleichtern kann.«

Schwerfällig erhoben wir uns aus unserer schützenden Hülle, die erstaunlicherweise nicht gerissen war. Ich verschwand im Bad, wusch mich schnell, bevor ich mich anzog, und holte leise Felix aus Patricks Zimmer. Der Hund wedelte mit dem Schwanz, als er die Leine sah. Es passierten ihm immer noch kleine Unfälle in der Wohnung, die Zeiträume dazwischen wurden jedoch länger.

Vor der Tür küssten Karl und ich uns zum Abschied.

»Ich ruf dich morgen an«, sagte er, als er sich umdrehte, stehen blieb und noch einmal auf mich zukam. »Wehe du gehst nicht ran.« Er drückte mir einen weiteren Kuss auf die Lippen.

Konnte Glück einen Menschen zum Platzen bringen? Oder Verliebtheit? Eine Mischung aus beidem?

»Natürlich gehe ich ran. Der Klempner kann dich doch nicht hängen lassen.«

Karl lachte. »Wie kannst du dich nur für langweilig halten? Du bist bald schlimmer als jeder Eishockeyspieler.« Er umfasste meine Taille, küsste mich erneut. Felix streifte mit seiner langen Leine um unsere Beine und umwickelte uns. »Jetzt schau dir das an. Dein Hund will mich nicht gehen lassen.«

»Felix weiß schon sehr genau, was gut für uns ist.«

Karl beugte sich hinunter, befreite uns von der Leine und streichelte Felix, der mit wedelndem Schwanz da stand und es genoss.

Ich tippte Karls Knie mit meiner Fußspitze an. »Hey, das reicht. Ich bin auch noch da.«

»Eifersüchtig?« Karl erhob sich. »Musst du nicht. Ich sollte jetzt allerdings los, sonst stehen wir bis zum Sankt-Nimmerleins-Tag hier.«

»Bald bleibst du.« Sobald ich den Mut und die Sicherheit aufgebracht hatte, mit Patrick zu reden.

»Das schaffen wir.« Er küsste mich erneut. »Wir hören uns morgen.« Er strich mir über die Wange, beugte sich ein letztes Mal zu Felix, um ihn hinter den Ohren zu kraulen und ging dann rückwärts fort. Wir hielten Blickkontakt, bis er bei seinem Auto ankam, das unter eine Straßenlaterne parkte. Ich starrte ihm noch hinterher, nachdem er längst in seinem Auto in der Dunkelheit verschwunden war.

Wie würde es werden, wenn er bei mir übernachtete? Würde Patrick ihn auch als meinen Freund akzeptieren? Was würde ich machen, sollte Patrick es nicht tun? Den Papa vielleicht sogar in seinen Augen teilen zu müssen? Was er nicht müsste, da er meine oberste Priorität war und bleiben würde, doch verstand er das bereits?

Bisher kannte Patrick nur seine Mutter an meiner Seite. Könnte er Angst bekommen, Karl könnte mich ihm wegnehmen?

Felix strich um meine Beine.

»Du bist fertig und willst wieder schlafen, oder?« Ich bückte mich, nahm ihn auf den Arm, weil wir dann schneller die Treppen oben waren, als wenn er mit seinen kurzen Beinen jede Stufe einzeln nehmen musste.

Mit allerlei Gedanken legte ich mich ins Bett und fand erst sehr spät in den Schlaf, trotz der vielen Glückshormone, die durch meinen Körper strömten.

Kapitel 9

Karl

So sehr Emil und ich versuchten, viel Zeit miteinander zu verbringen, wir scheiterten. Zu einem gemeinsamen Ausflug kam es nicht. Immerhin schafften wir es an einigen Nachmittagen mit Patrick auf den Waldspielplatz inklusive Picknick. Meistens landeten wir dafür abends bei Emil auf der Couch. Die Zeit flog an uns vorbei und ehe ich mich versah, war der August da und die Saisonvorbereitung begann.

Im Sommercamp hatte Rainer, unser Athletiktrainer, die Jungs bereits hart rangenommen. Die ersten Vorbereitungen für das Training auf dem Eis.

»Karl?« Stefan riss mich aus meinen Gedanken. Ich betrachtete gerade ein Foto von Emil und mir, welches Patrick gemacht hatte bei einem der Ausflüge auf dem Waldspielplatz.

»Ja?«

Stefan stand im Türrahmen meines kleinen Büros. »David Jackson ist soeben eingetroffen und sitzt bei Coach Smith. Willst du dazu kommen?«

»Natürlich.« Ich steckte mein Handy ein und wir gingen die paar Schritte zu Coach Smith' Büro.

»Immer noch der Handwerker?«, fragte Stefan mich.

Natürlich musste Stefan nachfragen, so neugierig wie er war. Könnte fast mit Manni mithalten, der über alles und jeden Bescheid wusste.

»Emil ist kein Handwerker. Also schon, gelernter Elektriker, aber er arbeitet als Schulhausmeister.«

»Egal, was er ist, Hauptsache du hast mal jemanden gefunden.«

Ich hatte keine Zeit mehr, darauf etwas zu erwidern, denn wir betraten Coach Smith' Büro. Dort erwarteten uns zwei begeisterte kanadische Eishockey Fans, die über ihre Nationalmannschaft und das Finalspiel der Weltmeisterschaft gegen die Russen debattierten, das sie knapp verloren hatten.

»Sollen wir später wiederkommen?«, fragte Stefan trocken. »Ansonsten würde ich David gerne Karl vorstellen. Seinetwegen bist du nämlich hier.«

David sprang auf und kam mit ausgestreckter Hand auf mich zu.

»Entschuldige bitte, Coach. David Jackson, Verteidiger, Nummer 59 hier.«

Ich schmunzelte. So hatte ich mich früher in der NHL auch vorgestellt. Das gehörte einmal so automatisch zu mir, wie die Kufen an meinen Füßen.

»Karl Leister, Coach der Verteidiger.« Wir reichten uns die Hände. Die Gespräche zwischen Coach Smith und David hatten sich ausgezahlt, was mich ungemein freute, da er nun bei uns spielte. »Komm, ich stell dich der Mannschaft vor. Sie sind bereits da. Glaube, deine Sachen sind gestern eingetroffen.«

»So wurde es mir gesagt.« Er wandte sich zu Coach Smith um. »Sind wir fertig?«

»Absolut. Schön, dich hier zu haben, David.«

Er lächelte, folgte mir in die Kabine. Unterwegs unterhielten wir uns über seinen Flug, die derzeitige Unterkunft und wann er seine Familie nachholen würde.

»Ich hätte sie gerne beide jetzt schon dabei gehabt. Der Kleine ist allerdings erst fünf Wochen alt und meine Frau wollte so lange wie möglich bei unserem ersten Kind ihre Mutter in der Nähe haben.« Er holte sein Handy hervor und zeigte mir ein Foto. »Hier, das ist Liam. Ist er nicht süß?« Er sah das Bild ganz verliebt an und erinnerte mich an Emil, der Patrick hin und wieder ebenso betrachtete.

»Ja, sehr niedlich.« Ich schmunzelte, bevor ich wieder ernst wurde. »Dann wirst du die ersten Monate alleine hier sein?« Es war absolut nichts Ungewöhnliches, doch erfahrungsgemäß gewöhnten sich neue Spieler, gerade aus dem Ausland schneller ein, wenn sie ihre Familie bei sich hatten, und ich machte mir dezent Sorgen, ob es mit David auf diesem Weg klappen würde. Vor allem, da er erst vor kurzem Vater geworden war und seine Familie garantiert vermissen würde.

»Genau. Erst mal schauen, wie ich in Deutschland zurecht komme.«

Ich schluckte meine Bedenken hinunter. »Verständlich. Sag deiner Frau, sobald sie nachkommt, wird sie herzlich von den anderen Frauen und Freundinnen aufgenommen werden. Hier wird keiner alleine gelassen. Gerade, wenn es um die guten Kinderärzte und so geht.«

»Danke, das werde ich ihr ausrichten.« David lächelte mich an.

Dann kamen wir schon an der Kabine an, in der anscheinend der D.J. gewechselt hatte, denn es spielte nicht die dröhnende Technomusik von unserem Goalie Juli, sondern eine russische Balalaika. Es herrschte wie immer in der ersten Woche eine aufgeregte, vorfreudige Stimmung in der Kabine, da die Trainingszeit wieder losging und bald die Saison. Viele überspielten es, in dem sie sich gegenseitig Sprüche an den Kopf warfen. Das normale Chaos begrüßte uns, Hockeyschläger wurden getapet, Wasserflaschen standen herum, eine kleine Schlange bildete sich vor der Kabine an der Säge, um die Länge der Schläger zu ändern.

Manni, einer unserer drei Betreuer, befand sich daneben am Schleifgerät und schärfte die Kufen der Schlittschuhe.

Trotz des Sommercamps und ihrer individuellen Trainingseinheiten vorher, war der erste richtige Tag auf dem Eis jedes Jahr wieder etwas Besonderes.

»Ruhe«, rief ich über den Lärmpegel. Anatoli, einer meiner Verteidiger drehte die Musik aus. Aha, in dieser Saison würden unsere Ohren also mit russischer Volksmusik verwöhnt werden. Ob das besser oder schlechter war, als Julis Geschmack vermochte ich nicht zu entscheiden.

Unser Kapitän Sandro Gellermann, kurz Geller, wurde auf uns aufmerksam.

»Jetzt seid doch mal still«, rief er auch die Letzten zur Ordnung. Die Spieler aus dem Flur kamen hinzu. Noch waren es um die dreißig, die sich nach der Trainingsphase reduzieren würden. Ein Kader durfte nur aus zweiundzwanzig Spielern bestehen, trotzdem luden wir die Nachwuchsspieler ein, um zu testen, wie weit sie bereits waren.

»Männer, das ist David Jackson, einer unserer neuen Verteidiger.« Ich stellte ihm unseren Kapitän Sandro Geller und seine zwei Assistenzkapitäne Felix Amsel und Ibrahim Yelken vor. Stanislav, der das Amt bis zum letzten Jahr innegehabt hatte, bat darum, dieses Jahr außen vor zu sein, da seine Frau zurzeit das vierte Kind austrug und mehr im

Krankenhaus denn zu Hause war und er damit genug Sorgen hatte.

Anton Egger, unser Tiroler, der in der letzten Saison den verletzten Felix ersetzt hatte, bat ebenfalls aus privaten Gründen darum, diese verantwortungsvolle Position dieses Jahr auszuschlagen. Ich hatte großen Respekt sowohl für Anton als auch für Stanislav, die beide den Posten mochten, allerdings gut einschätzen konnten, ob sie zurzeit bereit dafür waren. Es fiel uns Trainern jedes Jahr aufs Neue schwer, die richtigen Personen für die Posten zu finden.

Ich überließ David unserem Kapitän Geller, der die Runde mit ihm machte, ihm seinen Spind zeigte und ging in mein Büro, in dem Tyler wartete, der endlich nach Deutschland gezogen war und vor zwei Wochen seinen neuen Posten angetreten hatte.

»Ein schnuckliger Typ, der neue Verteidiger«, meinte er, als ich mich setzte.

»Lass das nicht dein Glücksbärchi hören.«

»Bestimmt nicht, er würde mir den Hintern versohlen.«

Ich hob die Augenbrauen, Tyler zuckte mit den Schultern, er wirkte nicht so, als ob er etwas dagegen hätte.

»Ich will nichts über das Sexleben meiner Spieler oder Kollegen hören.« Ich schüttelte mich und Tyler lachte. »Wie kann ich dir helfen, Tyler? Du hast dich bestimmt nicht aus der zweiten Etage bis hierher bemüht, nur um einen Blick auf die neuen Spieler zu werfen.« Wobei ich ihm das durchaus zutrauen würde. Er war ein großer Eishockeyfan und freute sich sehr über die Verpflichtung von David.

»Nein, du hast recht. Ich hatte in Amerika eine Idee, als ich das Haus meiner Eltern ausgeräumt habe.« Sein begeisterter Gesichtsausdruck verdüsterte sich kurz, als er seine im letzten Jahr bei einem Flugzeugabsturz ums Leben gekommenen Eltern erwähnte. Ich konnte und wollte mir gar nicht vorstellen, wie schwer und schmerzhaft das für ihn gewesen sein musste. »Ich habe in den Unterlagen meiner Mutter eine alte Einladung aus ihrem College gefunden. Da gab es ein Benefizspiel aller Trainer aus verschiedenen Sportarten des Colleges gegen die Spieler.«

»Das ist nichts Neues, gibt es hier auch. Aktive und zurückgetretene Sportler spielen Fußball, um Geld für alles Mögliche zu sammeln.«

»Ja, schon klar. Aber was hältst du davon, wenn wir das aufs Eishockey übertragen? Spieler gegen Trainer, ausgewählt aus allen Teams der Liga? Die Trainer bekommen einen Spieler als Trainer an die Seite gestellt und andersherum. Wir machen ein anderes All-Star-Game daraus. Wie geschickt sind die Coaches, was können sich aktive Sportler noch von ihnen abschauen? Das Ganze veranstalten wir im nächsten Jahr vor der Saison als kleine Einstimmung und die Einnahmen kommen den U-Nationalmannschaften des DEBs zu Gute.« Tyler wirkte so aufgeregt wie ein kleines Kind zu Weihnachten.

»Hast du das schon in der DEL und dem DEB vorgeschlagen?«

»Nur mit Felix drüber gesprochen.«

Jedes Mal, wenn er Felix erwähnte, sah ich seinen kleinen, felligen weißen Namensvetter von Patrick und Emil vor mir, der rasant heranwuchs.

»Was hält er von der Idee?«

»Was denkst du denn? Es geht um Felix. Der würde alles machen, wenn er Hockey spielen und aufs Eis darf.« Tyler schmunzelte. »Stanni hat echt recht, Felix geht da einer ab.«

»Okay, das reicht.« Ich hob abwehrend die Hände, obwohl ich es oft mitbekam, wenn Stanni das laut heraus posaunte.

»Die Idee finde ich an und für sich nicht schlecht. Aber es wird schon eine Mammutaufgabe, die anderen Teams, die DEL und den DEB an Bord zu bekommen.«

»Wir könnten es live streamen und daraus eine große Familienshow aufziehen. Felix hat mir erzählt, es gäbe hier zwei Komiker oder so ähnlich, die für jeden Spaß im Fernsehen zu haben sind.«

Ich starrte ihn an. »Du hast große Pläne.«

»Ich will die Arena vollkriegen und den Sport in Deutschland bekannter machen.«

»Viel Glück. Meinen Segen hast du, nur könnten einige Coaches und Vereine etwas dagegen haben, es an den Anfang der Saison zu legen, aufgrund des Verletzungsrisikos.«

»Aber ihr haltet Testspiele ab. Da könnte das auch passieren. Felix hat sich in einem Pflichtspiel verletzt«, erwiderte Tyler und hielt gegen mein Argument.

»Richtig, doch so ein Spaßspiel, auch wenn es für den guten Zweck ist, ist eine andere Hausnummer. Bei Testspielen bekommen wir einen ersten Eindruck des Teams und der Zusammenarbeit.«

»Bullshit, es gibt Spieler, die in Testspielen total ablosen und in der regulären Saison aufdrehen. Oder andersherum, während der Testphase agieren sie wie vom anderen Stern, wecken Hoffnungen, bekommen es allerdings nicht aufs Eis, wenn es ernst wird.«

Da hatte er recht, trotzdem waren die Testspiele wichtig, um herauszufinden, wie gut eine Mannschaft bereits funktionierte und welche Spieler gemeinsam in einer Reihe stehen sollten. Es war die Phase Neue zu integrieren und sie in einer Drucksituation zu testen. Aber ich sparte mir die Ausführung.

»Ich werde weiter rumfragen. Mal sehen, was am Ende zustande kommt. Danke dir für deine Meinung.« Er stand auf und ging zur Tür. Dort blieb er stehen. »Übrigens, ich habe gehört, du hast einen Hausmeister? Wir sollten mal gemeinsam essen.«

Ich verdrehte die Augen. »Woher hast du das denn?« Er konnte es nur von Stefan gehört haben, denn ich ging nicht damit hausieren. Ich musste dringend mit Stefan sprechen, damit es keine weiteren Kreise zog. Am Ende landete es noch im *Krackersner Klatschblatt* oder schlimmer im *Hockey-Insider.*

»Du glaubst doch nicht, ich verrate meinen Informanten. Du solltest jedoch in Zukunft aufpassen, wem du in einer Schule alles über den Weg läufst.« Er grinste.

Ich runzelte die Stirn. Bisher war ich erst zweimal an der Grundschule von Emil gewesen. Das erste Mal nach dem Urlaub, das zweite Mal hatte ich Emil abgeholt, weil wir danach zu mir gefahren waren. Mir war allerdings kein bekanntes Gesicht aufgefallen. Ging eines der Kinder meiner Spieler auf die Schule?

»Behalte es bitte für dich, der Hausmeister ist Emil Jensen. Du wolltest schauen, was du für seinen Sohn ausrichten kannst bezüglich der Ausrüstung.«

»Bin ich dran. Ich gründe gerade eine Stiftung, die für Fälle wie Patrick da ist. Sobald alles in trockenen Tüchern ist, melde ich mich bei ihm. Leider könnte es erst in der nächsten Saison klappen.«

»Verdammt, reich müsste man sein.«

Tyler lachte. »Komm schon, du hast ebenfalls in der NHL gutes Geld verdient. Wer so gut wie du war, geht da mit mehreren Millionen raus. Du musst sie nur gut anlegen.«

Ich sah Tyler nur an, antwortete nicht darauf. Mit ihm

würde ich garantiert nicht über die Höhe meines Bankkontos sprechen. Arm war ich bestimmt nicht, doch ich versuchte, mit meinem Trainergehalt auszukommen. Gegen das Vermögen von Tyler konnte ich dennoch nicht anstinken.

»Ich freue mich auf jeden Fall für dich. Behalte deinen Hausmeister und sag ihm bitte noch nichts wegen seines Sohnes. Er soll sich keine Hoffnung machen, solange es nicht steht, aber ich arbeite daran.«

»Ich werde ihm ausrichten, du arbeitest noch eine Möglichkeit aus. Er glaubt schon, du hättest ihn vergessen.«

»In Ordnung. Nur bitte nicht mehr. Patrick wäre nicht der einzige, der gefördert werden würde.« Tyler lächelte.

Mein Handy piepte und erinnerte mich an das beginnende Training. »Ich muss in die Halle. Spieler über das Eis scheuchen. Viel Glück mit der Stiftung und deiner Idee. Das ist eine gute Sache, junge Talente zu fördern.«

Tyler verabschiedete sich.

Wie jedes Jahr wurde aus dem Trainingsauftakt ein großes Spektakel gemacht und die Tore öffneten sich für die Fans. Ich blieb an der Glasscheibe, durch die ich auf das Trainingseis schauen konnte, stehen. Die Trainingshalle füllte sich, das Stimmengewirr wurde lauter. Es war bereits fast voll, obwohl die Profis erst in einer Stunde von Coach Smith angeführt das Eis betreten würden. Im Moment wärmten die Jungs sich mit Rainer auf.

»Auf geht's in eine neue Saison.« Gerald Böhmer war zu mir getreten.

»Was würdest du darum geben, jetzt schon zu wissen, wie sie ausgeht?«, fragte ich aus einem Impuls heraus. Jedes Jahr aufs Neue erinnerte der Trainingsauftakt in einer vollen Halle mit Fans daran, warum ich das machte. Wir spielten nicht nur aus Spaß, sondern auch, weil wir anderen ein tolles Spiel bieten wollten.

»Nichts. Ich mag diese Ungewissheit, dieses nervöse Kribbeln im Bauch vor jedem Spiel. Vor allem vor dem ersten, wenn man noch nicht weiß, wie viel die Vorbereitung wert gewesen ist. Haben wir die richtigen Spieler ins Team geholt, gehen die Pläne des Coachs auf?«

»Ja. Genau das.« Ich schob die Hände in meine Hosentasche, stieß auf mein Handy und holte es heraus. Machte ein Video durch die Glasscheibe und schickte es Emil. Der antwortete fast sofort mit dem Herzchenaugensmiley.

»Interessant, sogar du kannst völlig verliebt lächeln.« Gerald Böhmer betrachtete mich belustigt.

»Was habt ihr alle auf einmal mit mir?« Ich schüttelte den Kopf. Die sollten sich um ihre eigenen Dinge kümmern und mich in Ruhe lassen. Demonstrativ sah ich in die Trainingshalle hinunter.

»Nichts, aber wenn es sogar anderen auffällt, scheint sie die Richtige zu sein.«

»Er.«

»Auch gut. Ich habe es nur noch nie an dir gesehen und wie lange kennen wir uns jetzt schon? Sechs Jahre? Sieben?«

»Acht. Du kamst gefühlt frisch von der Uni in die Finanzabteilung, während ich in meiner letzten Saison hier gespielt habe.«

»Ja, genau.« Er tätschelte mir die Schulter und ging davon.

Eine Stunde später betraten wir unter dem Jubel der Fans das Eis. Gerald Böhmer hatte vorher eine kurze Rede gehalten, von unseren Erwartungen gesprochen und sich für die

Treue bedankt. Jeder Platz war besetzt. Hatten sie sich alle extra Urlaub genommen, um an einem Montag hier sitzen zu können? Viele Kinder befanden sich unter den Zuschauern, wenig überraschend, denn sie hatten Ferien.

Leider konnte Emil nicht kommen. Patrick hätte seinen Spaß gehabt. Aber in den Sommerferien erledigte er viele Reparaturen in der Schule, zu denen er während des Schuljahres nicht kam oder die er im laufenden Betrieb nicht ausführen konnte.

Ich schüttelte den Kopf, um Emil aus meinen Gedanken zu bekommen. Ich musste mich dringend auf das Training und vor allem meine Verteidiger konzentrieren. Denn das war zurzeit wichtig und nicht Emil. Dafür sah ich ihn heute Abend wieder. Zur Feier des Tages wollten wir essen gehen, erneut ins Restaurant zu Bruni und Hinrich. Katharina holte Patrick nachher für einige Tage ab, sodass Emil und ich zumindest die Abende für uns hatten. Allein bei dem Gedanken, mal keine Rücksicht auf Patrick nehmen zu müssen, kribbelte es erwartungsfroh.

»Autsch!«, rief ich empört aus, als ein Puck mich unvermittelt am Schienbein traf.

»Wo bist du mit deinen Gedanken, Coach?« Anatoli lief an mir vorbei und grinste, sammelte den Puck wieder ein. Von der Tribüne drang Gelächter zu uns und ich lächelte. Der Verteidiger hatte recht.

Der Trainer ließ die Jungs ordentlich laufen vor den Zuschauern, danach übten sie verschiedene Schüsse aufs Tor, inklusive Penalty schießen. Es war Training, anstrengend und trotzdem fühlte es sich wie ein Spektakel für die Fans an. Doch ich wusste, spätestens am dritten Tag hatte auch der letzte einen mörderischen Muskelkater, denn zu den harten Einheiten auf dem Eis gesellten sich zusätzlich die Krafteinheiten vorher. Am meisten Spaß machten alle die Trainingsspiele am Nachmittag.

Heute hatten die Fans außerdem die Möglichkeit, nach der Einheit Autogramme zu sammeln und Fotos mit ihren Spielern zu schießen.

»Leider sind wir irgendwann sogar zum Coachen zu alt.« Coach Smith stellte sich neben mich, während er mit kritischen Blicken die Einheiten der Verteidiger beobachtete.

»Die Atmosphäre ist wirklich toll, Coach Smith und ein paar Jahre haben wir noch.«

Er musterte mich. »Du ja, ich nicht mehr. Mit Glück noch zehn Jahre. Für die jungen Spieler gehöre ich doch jetzt schon zum alten Eisen.« Er fuhr davon, bevor ich etwas erwidern konnte, pfiff die Jungs zu sich und beendete die Trainingseinheit. Ich beobachtete ihn. Er war über sechzig, der Job war fordernd, er wirkte jedoch kein Stück müde oder nachlässig. Zehn Jahre waren allerdings auch eine lange Zeit, die er hoffentlich hier in Krackers verbrachte und nicht in zwei Jahren, wenn sein Vertrag auslief, woanders noch einmal Fuß fasste.

Nach dem Auslaufen kam der spaßige Teil mit den Fans und ich zog mich ins Büro zurück. August, mit dem ich mir den Raum teilte, setzte sich wortlos an seinen Schreibtisch und schrieb seine Eindrücke in ein Notizbuch nieder. Seinem Beispiel folgend widmete ich mich ebenfalls der Arbeit.

Kapitel 10

Emil

$\mathcal{E}$s klingelte an der Wohnungstür. Durchgängig. Dann hörte ich meinen Handyrington. Dennoch konnte ich nicht von Patricks Bett aufstehen. Das elendige Gespräch mit Katharina lief wie ein grausamer Film in Dauerschleife in mir ab, ohne Unterbrechungen, kein Vorspann, Ende oder Werbung dazwischen.

Das Handy erstarb im Flur, nur um sofort wieder loszulegen. Ich machte Anstalten, mich zu erheben, plumpste aber direkt zurück auf das Bett. Das Holz knarzte unter mir, doch ich konnte nichts dagegen tun, mein Körper war so schwer, niedergedrückt von den Neuigkeiten, die Katharina mir mitgeteilt hatte.

Das Handy wurde still. Ich schloss die Augen, ließ mich auf die Seite fallen und vergrub mein Gesicht in Patricks Kissen. Sog seinen Duft ein. Ungeweinte Tränen brannten hinter meinen Lidern, meine Kehle schnürte sich immer mehr zu und mein Herz zerbarst wieder und wieder in tausend Teile.

Es hämmerte an die Wohnungstür, laut, drängend.

»Emil!« Das war Karls Stimme. Karl. Unsere Verabredung. »Emil, komm, mach die Tür auf, oder ich breche ein.«

Das glaubte ich ihm sofort. Er musste die Tür als Box-sack ansehen, so laut und heftig drang das Gehämmer bis ins Kinderzimmer. Was wohl die Nachbarn dachten? Es war mir egal.

»Mach auf!«

Aus seiner Stimme klangen gleichermaßen Angst und Sorge. Ich sammelte die wenige noch vorhandene Kraft in mir und erhob mich. Ich schlich zur Tür, hinter der Karl einen Rhythmus gefunden hatte. Ich öffnete die Tür und er fiel stolpernd in meinen Flur. Unter normalen Umständen hätte ich gelacht, nun wandte ich mich nur ab und schlurfte zurück in Patricks Zimmer.

»Emil, was ist los?« Karl musste sich aufgerappelt haben. Die Wohnungstür wurde geschlossen und ich hörte seine schnellen Schritte hinter mir. Doch ich konnte mich nicht um Karl kümmern, stattdessen ließ ich mich auf die Matratze fallen, dieses Mal ertönte sogar ein Knacken. Dem ollen Bett wurde ich anscheinend auch zu viel.

»Rede mit mir.« Karl kniete sich vor mich auf den Boden. Ich zog ein Kuscheltier an mich, das nach Patrick roch. Die Taubheit in mir nahm zu.

»Was ist passiert? Ist was mit Patrick?« Karl schüttelte mich leicht, seine Stirn vor lauter Sorge in Falten gelegt. »Sprich mit mir, verdammt, du machst mir Angst.«

»Sie nimmt ihn mir weg.« Meine Stimme brach, die Worte waren zu viel. Sie ausgesprochen zu haben, zerschmetterte einen Damm. Tränen strömten mir übers Gesicht.

»Du meinst, Katharina nimmt dir Patrick weg?«

Ich nickte, unfähig zu sprechen.

Karl machte Anstalten, sich zu mir aufs Bett zu legen, doch beim ersten gefährlichen Knacken, hielt er inne und setzte sich wieder davor.

»Hey, mein Lieber, wir stehen das durch. Sie kann ihn dir nicht so einfach wegnehmen.« Er streichelte sanft über meinen Rücken, beugte sich so weit vor wie möglich und umarmte mich, küsste meine nasse Wange.

»Wenn doch?«, schluchzte ich. Er war mein Sohn, mein Ein- und alles.

»Wo ist Patrick jetzt?«

»Bei ihr.«

Langsam versiegten meine Tränen. So ausgebrannt und leer hatte ich mich nicht einmal nach unserer Trennung gefühlt. Als ob jemand einen großen Teil von mir mit Gewalt herausgerissen und mitgenommen hätte und mir nicht mehr zurückbringen würde.

»Magst du mir erzählen, was genau passiert ist?«, fragte Karl und richtete sich auf. Ich vergrub meine Nase in dem Kuschelbär. Er roch so stark nach Patrick. Sofort zitterten meine Lippen erneut, doch ich drehte mich auf den Rücken.

»Sie kam wie immer, um ihn abzuholen. Patrick war bereit, seine Tasche mit Klamotten gepackt.« Ich hielt inne, wischte mir die Tränen von den Wangen. Karl wartete, nahm meine Hand und drückte sie. »Nachdem ich mich von Patrick verabschiedet habe, ist er mit dem Hund vorgegangen. Da hat sie gesagt … sie sagte …« Ich konnte es nicht noch einmal aussprechen.

»Lass dir Zeit.« Karl küsste meinen Handrücken.

»Sie will das gemeinsame Sorgerecht beantragen.« Ich hielt inne, wischte mir die Tränen von den Wangen. »Das ist in Ordnung, sie ist die Mutter. Aber dann …« Ich schluchzte, drückte den Teddy an mich, als könnte er mir den so dringend benötigten Halt geben. »Sie will ihn zu sich nehmen und das Aufenthaltsbestimmungsrecht beantragen, ich soll nur noch ein Umgangsrecht erhalten.«

Für einige Sekunden oder Minuten, ich konnte es nicht sagen, wurde es still im Zimmer.

»Das geht doch nicht so einfach.« Empörung klang aus Karls Stimme, die mir Wärme vermittelte, doch die Kälte in mir überdeckte sie sofort wieder. »Da müssen Anträge zum Gericht und so, oder?«

»Aber sie verdient mehr, hat die bessere Stellung und ist die Mutter.«

»Wie ist es denn jetzt geregelt?«

Ich sah Karl an. Sein Gesicht weniger sorgenvoll, aus seinen Augen sprach so viel Wärme und Zuversicht.

»Sie hat bei der Scheidung mir das komplette Sorgerecht überlassen, damit ich, sollte sie im Ausland nicht erreichbar sein, volle Entscheidungsgewalt habe. Gerade in medizinischer Hinsicht. Jedes Mal, wenn sie längere Zeit in Deutschland ist, nimmt sie ihn für ein paar Tage zu sich.« Ich wischte mir erneut die nassen Spuren aus dem Gesicht.

»Ihr seid seit vier Jahren getrennt, oder? Seit zweien ist die Scheidung durch, richtig?«

Ich nickte.

»Das heißt, seit vier Jahren kümmerst du dich ununterbrochen um Patrick, stehst nachts auf, bist da, wenn er krank ist. Da werden sie ihn dir doch nicht als wichtigste Bezugsperson wegnehmen und ihn zu seiner Mutter geben, damit du ihn nur noch alle vierzehn Tage sehen kannst?«

Vor meinen inneren Augen sah ich sie im Flur stehen. Patricks Tasche umgehängt, auf der anderen Seite den Stoffbeutel mit Felix' Sachen und den Hundekorb unter dem Arm gepresst. Ihre langen Haare zu einem Businesszopf geflochten.

»Sie will die Verantwortung mit mir teilen, die sie zu lange nur mir überlassen hat und mich entlasten laut ihrer Aussage.

Ich könnte doch viel freier sein, wenn Patrick bei ihr wohnt und wieder spontaner sein«, spie ich sarkastisch aus.

»Sorry, wenn ich jetzt deine Grundsätze verletze und in Kabinensprache rede, aber was für eine miese Kuh. Ist ihr nicht klar, was sie da macht?«

Das zauberte das erste zarte Lächeln seit über einer Stunde auf meine Lippen.

»Nein, ist es nicht, weil sie nur an sich denkt. Ich habe keine Ahnung, was sie damit bezweckt.« Ich atmete tief durch. Mit Karl darüber zu reden, hob ein klitzekleines Stück des riesigen Gewichts von meinem Herzen und langsam klärte sich der Nebel in meinem Gehirn. »Sie hat jetzt eine neue Stelle in der Firma und kann die Zeit fast komplett im Homeoffice mit freier Zeiteinteilung verbringen. Da könnte sie sich doch gut um Patrick kümmern und ich muss mir keine Sorgen mehr machen, wie seine Betreuung geregelt ist, wenn ich mal länger und vor allem in den Ferien arbeite.«

»Olle Pissnelke.« Karl strich mir über die Wange. »Hör zu, das geht bestimmt nicht alles von jetzt auf gleich. Wir stehen das durch, reden mit ihr. Sie sieht es garantiert ein, wenn du ihr darlegst, wie wichtig du für Patrick als Bezugsperson bist und er bei dir wohnen bleibt. Es hat doch keiner etwas dagegen, wenn sie ihn nach der Schule abholt, er weiterhin ein paar Tage bei ihr verbringt, er dennoch in seiner gewohnten Umgebung bleibt.«

Ich blickte Karl aus meinen brennenden Augen an. War ihm klar, was er gerade gesagt hatte? »Wir? Bei uns?«

»Ich bin doch immer öfter hier. Esse mit euch zu Abend und wir sind zusammen. Du bist nicht alleine. Ich bin hier.«

Das trieb mir erneut die Tränen in die Augen. Ich hatte zwar meine Eltern, die mir bei vielem mit Patrick halfen, aber seit Katharina und ich uns getrennt hatten, und auch schon davor, wenn ich es recht bedachte, stand ich alleine mit allem da. Trug die Hauptlast der Verantwortung und musste viele Entscheidungen treffen, ohne mich mit jemandem absprechen zu können. Schon sehr lange gab es kein *wir* mehr in meinem Leben. Es nun zu hören, tat so unendlich gut, wärmte mich von innen und brach die Kälte in mir.

Karl holte sein Handy hervor, wählte und hielt es ans Ohr. Neugierig beobachtete ich ihn.

»Bernd, Karl hier. Entschuldige, wenn ich dich im Feierabend störe, aber hast du eine Minute für mich? … Kennst du dich mit Sorgerecht aus? … Hast du eine Empfehlung für mich? … Nein, ich habe keine Kinder. Es geht um meinen Freund und seinen Sohn. … Warte mal.« Karls Hand mit dem Handy sank hinab. »Emil, das ist unser Anwalt aus dem Verein. Kann ich auf laut stellen und du erzählst ihm alles? Wenn nicht jetzt, dann morgen?«

»Einem Anwalt?«

»Wir werden einen brauchen, wenn es hart auf hart kommt. Er kann uns jetzt schon beraten, welche Schritte wir vornehmen müssen und uns vor Gericht vertreten.«

»Patrick weiß noch nicht mal von dir als meinem Freund und du redest immer von einem wir.« Konnte ein Herz gleichzeitig gebrochen und trotzdem vor Freude über den Mann vor einem, der sich ohne zu zögern, für mein Kind einsetzte, überschäumen?

Ich nickte, da Karl noch auf eine Antwort wartete.

»Bernd, du bist auf laut. Emil wird dir alles erklären. Falls du danach eine Empfehlung für uns hast, wäre das gut.«

»Ist Emil die Person, die dich neuerdings zum Lächeln bringt?«, ertönte Bernds Stimme aus dem Telefon und ein Schmunzeln war darin zu hören.

»Du auch?« Karl verdrehte die Augen und ich verstand nichts.

Lachen klang durch den Hörer, bevor Bernd ernst wurde. »Also Emil, ich hoffe, es ist in Ordnung, wenn wir uns duzen? Erkläre mir die Situation.«

Das tat ich. Bernd hakte hier und da nach.

»Gut, da du involviert bist, Karl, möchte ich das gerne in meinen Händen belassen, ziehe aber einen Anwalt für Familienrecht hinzu. So sollte nichts an die Öffentlichkeit dringen. Ich nehme an, das ist in eurem Interesse, oder?«

Öffentlichkeit. Daran hatte ich bis jetzt keine Gedanken verschwendet, dennoch hatte Bernd recht. Karl war zwar kein Trainer in der Fußball Bundesliga, doch gerade hier in der Stadt ein sehr bekanntes Gesicht. Wir hatten überhaupt noch gar nicht darüber gesprochen, wie wir das halten wollten. Patrick sollte auf jeden Fall nicht irgendwo mit seinem Bild oder gar seinem Namen erscheinen. Mein Herz rutschte mir ein Stück in die Hose. Das würde Katharina auch auf keinen Fall gefallen, und Futter für ihre Forderungen sein.

»Auf keinen Fall will ich, dass irgendetwas auch nur ansatzweise nach draußen dringt. Patrick ist ein Kind, wenn andere ihre Kinder in die Fernsehkameras und in Zeitungen abgedruckt sehen wollen, ist das ihr Ding. Bei mir passiert das nicht, du weißt, wie ich zur Zurschaustellung von Privatleben in der Öffentlichkeit stehe.« Karls Stimme klang hart und streng. Da war er, der Karl Leister, den ich als zurückhaltende Person kennengelernt hatte. Allein durch diese Aussage verliebte ich mich noch ein wenig mehr in Karl. Er sah mich mit gehobenen Augenbrauen an. »Das ist doch in deinem Sinne, oder?«

»Ja, unbedingt.« Ich nickte bekräftigend.

»Du hast es gehört, Bernd.«

»Gut, ich leite alles in die Wege. Wenn ich es richtig verstanden habe, wollt ihr es erst einmal mit Reden versuchen, oder?«

»Genau. Was müssen wir da machen? Beratungen in Anspruch nehmen? Einen Mediator einschalten oder so?« Langsam keimte wieder ein Hoffnungsschimmer in mir. Karls Zuversicht übertrug sich auf mich.

»Ich melde mich bei euch. Emil, ich brauche noch deine Personalien.«

Ich gab ihm alles, was er brauchte und Karl beendete das Gespräch. Erleichterter setzte ich mich endlich auf. Noch immer hielt ich den Teddybären in der Hand. Die Ohnmacht umgab mich jedoch nicht mehr, wir taten etwas. Wahrscheinlich wäre ich spätestens morgen so weit gewesen, hätte mir überlegt, welche Schritte ich zuerst unternehmen sollte. Mit Karl an meiner Seite ging es nun etwas schneller.

»Danke dir.« Ich wischte mir die Tränen aus den Augen. »Für alles.«

Er strich mir über mein Knie. »Natürlich. Komm, lass uns in die Küche gehen und schauen, was ich uns für ein köstliches Mahl zaubere. Ein *Ich-habe-keinen-Hunger* lasse ich nicht zu. Und wenn du nur eine Gewürzgurke isst, du brauchst jetzt Kraft.«

»Wir gehen es Tag für Tag an«, sagte ich mit einem Lächeln, denn er hatte meinen Protest direkt im Keim erstickt.

»Genau, du klaust mir meine ollen nichtssagenden Trainersprüche.«

»Zum ersten Mal begreife ich allerdings, was damit gemeint ist.« Ich legte das Kuscheltier beiseite, wischte mir übers Gesicht. »Karl, ich liebe dich.« Meine Augen wurden groß. Hatte ich das gerade gesagt? Karl schien mich zu spiegeln. »Du … du musst nicht antworten«, schob ich rasch hinterher. Was für ein Hin und Her heute mit den Gefühlen. Schlimmer als das schnellste Eishockeyspiel der Welt.

»Was, falls ich es möchte?«, fragte Karl.

»Ich halte dich nicht davon ab.« Ganz egal, wie seine Erwiderung aussah.

»Gut, denn sonst könnte ich nicht sagen, ich liebe dich auch.« Er lächelte mich an, seine Hand wanderte von meinem Knie bis zu meinem Gesicht. Ich musste schrecklich aussehen, völlig verheult, aber er sah mich an, als ob er nie etwas Schöneres gesehen hatte. Mein Herz quoll über bei seinen Worten und ich musste ihn endlich küssen. Bei all meiner Angst um Patrick, Karl war hier, half mir, stand mir bei. Sprach von wir und uns.

»Ich glaube, dein Preis ist unbezahlbar. Bei deiner Versteigerung hätte ich die Summe für dich nie aufbringen können.«

Karl lachte laut bei meinen Worten. »Jetzt habe ich endlich einen Wert für mich.« Er fuhr durch meine Locken, verhedderte sich in einem Knoten, was an der Kopfhaut ziepte. »Sorry, das wollte ich nicht. Na los, mein Lieber, die Gewürzgurken warten auf uns.«

»Es tut mir leid für den versauten Abend. Wir wollten doch essen gehen.«

»Nein, du hast gar nichts versaut. Patrick ist wichtiger als irgendein Restaurant.« Er stand auf, zog mich mit sich, was ein weiteres Protestknacken des Bettes nach sich zog. »Morgen kaufen wir Patrick ein neues. Bei diesem hier bekommt man es mit der Angst zu tun, es könnte jeden Moment unter ihm zusammenbrechen.«

»Ich habe kein …«

»Er kriegt es vorzeitig zum Geburtstag oder Weihnachten oder beides von mir. Das Bett ist alt.«

Dem konnte ich nicht widersprechen. »Aber das wird nicht zur Regel.« Ich hob meinen Zeigefinger an und sah ihn mit erhobenen Augenbrauen an. Es war mir ernst.

»Auf keinen Fall.« Er küsste mich, dann gingen wir in die Küche und durchwühlten den Kühlschrank. So sehr sich die Schlinge um mein Herz zusammengezogen hatte, sie lockerte sich ein kleines bisschen. Vielleicht würde tatsächlich alles gut werden.

Kapitel 11

Karl

Der Wecker riss uns beide aus dem Schlaf. Emil tastete auf seinem Nachttisch herum, bis er sein Handy fand und es ausstellte. Ich presste mich noch näher an ihn, schlang die Arme fest um ihn.

Er hatte sich in der Nacht nur hin und her geworfen und mich dadurch dauernd aufgeweckt. Wie gerne würde ich ihm all den Scheiß abnehmen, ihm versichern, alles würde gut werden, doch das konnte ich nicht. Dafür konnte ich für ihn da sein und ihn unterstützen.

»Morgen«, murmelte ich. Nach dem spärlichen Abendessen waren wir gestern Abend sofort ins Bett gegangen. Wir hatten viel über Patricks erste Jahre gesprochen. Emil hatte mir Fotos und Videos gezeigt, auf denen er mit tapsigen Schritten laufen lernte. »Wie geht's dir heute Morgen?« Ich platzierte einen Kuss in seinem Nacken.

»Ich weiß nicht so recht. Hätte ich ihr Patrick gestern besser nicht mitgeben sollen?«

»Du hast das Richtige getan. Ich habe zwar keine Ahnung, doch das kommt bestimmt wohlwollend beim Gericht an, da du guten Willen zeigst und sie weiterhin am Leben ihres Sohnes teilhaben lässt.«

Er drehte sich, bis er auf dem Rücken lag, kreuzte seine Arme hinter dem Kopf, sodass meiner nun auf seiner Ellenbogenbeuge lag. Mit dem Finger zeichnete ich Muster auf seine Brust.

»Du hast recht. Außerdem soll Patrick so wenig wie möglich unter der Situation leiden und nicht das Gefühl bekommen, hin und her gezerrt zu werden. Vielleicht hilft es tatsächlich, wenn wir noch einmal in Ruhe mit Katharina reden.«

»Warten wir ab, was der Anwalt rät. Danach können wir das immer noch machen. Oder besser du. Ich sollte mich da vielleicht zurückhalten.«

Emil seufzte und schloss die Augen.

»Am Samstag fahren Patrick und ich für zwei Wochen mit meinen Eltern in ein Ferienhaus an die See. Wie soll ich den Urlaub genießen mit diesem Damoklesschwert über meinem Kopf?«

Ich setzte mich über Emils Beine und beugte mich vor. Die Sorgenfalten auf seiner Stirn standen ihm überhaupt nicht und ich küsste eine davon, als könnte das sie wegzaubern.

»Du wirst diese Zeit mögen, weil du mit Patrick zusammen sein kannst. Gut, er kann dir nicht so tolle Sachen bieten wie ich, aber ihr werdet viel Spaß miteinander haben und du wirst nicht über die kommenden Wochen nachdenken.«

Er legte seine Arme um meinen Hals. »Du bist nicht böse, wie der gestrige Abend gelaufen ist und du mir die tollen Sachen nicht zeigen konntest?«

Ich runzelte die Stirn. »Das wäre ziemlich egoistisch gewesen, oder?«

»Es gibt Menschen, die hätten trotzdem drauf bestanden. Als Wiedergutmachung für ihre Hilfe.«

»Mag sein, zu denen gehöre ich nicht. Das hier mit uns meine ich ernst. Dich gibt es nur im Doppelpack und das wusste ich von Anfang an. Ich hätte nach unserem ersten Treffen davon laufen können, spätestens nach der Sache mit dem überraschenden Hund, aber für mich war es keine Frage ob oder ob nicht. Ich will dich, da gehört Patrick nun mal zu, so einfach ist das.« Ich beugte mich vor und küsste ihn.

Erneut ging der Wecker los. Emil löste sich aus dem Kuss, bevor mehr daraus werden konnte. »Ich muss leider aufstehen und zur Arbeit.«

»Ich sollte auch los und mir für die Zukunft Laufsachen und Wechselklamotten einpacken. Das habe ich vergessen.«

Emil lachte, worüber ich sehr froh war. Nach gestern Abend machte ich mir ernsthaft Sorgen, ihm wäre das bis auf unbestimmte Zeit vergangen.

Wir standen auf, duschten und frühstückten zusammen, bevor wir jeder in unterschiedliche Richtungen aufbrachen. Dieses Szenario konnte ich mir durchaus für die Zukunft vorstellen. *Verdammt, Karl, was denkst du da?* Dafür war das noch viel zu früh in eurer Beziehung. Genauso wie das Ich-liebe-Dich und zugleich fühlte es sich so richtig an, denn das tat ich. Ich liebte Emil. Dieses Gefühl hatte ich erst einmal erlebt mit jemandem und es war schief gegangen. Kurz zog sich mein Magen zusammen, doch ich wollte die negativen Gefühle nicht gewinnen lassen. Hoffentlich klappte es dieses Mal.

Im Trainingszentrum suchte ich als erstes das Büro von Bernd auf, der an seinem Schreibtisch saß und telefonierte. Er bedeutete mir, näher zu kommen und Platz zu nehmen.

»Gut … Ja, genau. Die Mutter hat das Sorgerecht bei der Scheidung komplett abgegeben und alles Emil Jensen überlassen. … Hm … Hm … Gut, ich mache einen Termin aus. Danke dir.« Bernd legte auf. Ich rutschte auf dem harten Stuhl herum, sah meinen Kollegen mit hochgezogenen Augenbrauen an.

»Was verstehst du an *Ich-melde-mich-bei-euch* nicht?«, fragte Bernd und schmunzelte.

»Ich habe es begriffen. Wollte nur mal nachfragen.«

»Das war eben ein befreundeter Anwalt, dem ich vertraue. Für uns gilt zwar auch eine Schweigepflicht, aber es gibt immer Mittel und Wege diese zu umgehen. Journalist sieht die offene Akte auf dem Bildschirm, der extra groß eingestellt ist, ich muss es nicht weiter ausführen, oder?«

»Verstanden. Was sagt er?« Ich faltete meine Hände im Schoß, um sie ruhig zu halten, doch meine Daumen verselbstständigten sich und drehten sich umeinander.

»Er nimmt sich eurer an und arbeitet mit mir zusammen. Emil sollte als Erstes für ein Beratungsgespräch zum Jugendamt gehen. Dasselbe wird wahrscheinlich die Ex-Frau auch machen. Er vermutet, sie wird erst danach die Anträge einreichen. Sobald die beim Familiengericht vorliegen, werden wir dem geteilten Sorgerecht beistimmen. Wir müssen abwarten, ob sie auch einen Antrag auf Aufenthaltsbestimmungsrecht einreicht, aber so wie es gestern am Telefon klang, hat sie es vor. Dem werden wir widersprechen.« Bernd trank einen Schluck Kaffee. »Vor allem sollten die beiden versuchen, alles in einem Gespräch zu klären. Da kann auch das Jugendamt eingeschaltet werden oder ihr nehmt euch einen Mediator zur Seite. Sollte die Ex-Frau zustimmen, stünde mein befreundeter Anwalt zur Verfügung. Er hat bereits Sorgerechtsstreitigkeiten als Mediator begleitet.«

»Danke dir. Ich werde es Emil mitteilen.« Ich stand auf und wollte mich gerade zur Tür wenden, als Bernd mich aufhielt.

»Karl, das Gericht sieht es gerne, wenn die Eltern alles friedlich miteinander klären. Dann ist der ganze Spuk innerhalb von sechs Wochen bis drei Monaten vom Tisch und die beiden haben geteiltes Sorgerecht.«

»Geb ich so weiter.« Ich verließ das Büro, noch völlig in Gedanken, als ich an der Kabine vorbeikam.

»Hier, frag mal Karl, wie beschissen es ist, wenn man die ganze Zeit Kinderbetreuung organisieren muss.« Mein Name ließ mich innehalten. »Er hat auch keinen zu Hause, der sich um das Kind kümmert. Sein Hausmeister arbeitet Vollzeit.«

Felix deutete auf mich.

»Was meinst du damit?«

»Na, dein Hausmeister, der hat doch ein Kind und arbeitet Vollzeit in der Schule.«

Mir mussten die Fragezeichen im Gesicht anzusehen sein, denn Stanni sprang ihm bei.

»Ach, David ist der Meinung, Glücksbärchi und Tyler könnten keine Kinder haben. Felix hat mit Adoption dagegen gehalten, doch im Grunde wollen sie keine, da sie beide zu unmöglichen Zeiten arbeiten.«

»Aha. Wie kommt ihr darauf, ich müsste mich um Kinderbetreuung kümmern?«, fragte ich skeptisch und zog die Augenbrauen zusammen. Stefan hatte mir gestern noch versichert, niemandem gegenüber etwas geäußert zu haben.

»Na, du bist doch mit dem aus der Schule zusammen. Übrigens, wie lange schon? Wie konntest du das vor uns geheim halten?« Anton trat zur Seite, um mich ansehen zu können. »Dieser Hausmeister hat doch ein Kind.«

»Woher wisst ihr das alle?«, fragte ich völlig sprachlos, dabei dachte ich, verschwiegen zu sein.

»Ich habe es von Ibrahim«, sagte Anton und zeigte auf den schwarzhaarigen Spieler.

»Ich von Anatoli«, verteidigte dieser sich. So ging es reihum. Die stille Post funktionierte einwandfrei und zu meiner Überraschung fehlerfrei. Am Ende blieb nur noch Geller übrig. Ich sah unseren Kapitän an.

»Und du?«, fragte ich genervt und verschränkte die Arme vor der Brust. Doch bevor er antworten konnte, betrat Rainer die Umkleidekabine.

»Sagt mal, wo bleibt ihr? Vor fünf Minuten war Trainingsbeginn. Was hältst du die Spieler ab, Karl? Du bekommst sie nachher auch noch. Sei nicht so ungeduldig.«

»Ich weiß es seit gestern von ihm.« Geller zeigte auf Rainer.

»Was denn?«, fragte dieser ahnungslos.

»Woher weißt du von Emil und seinem Kind?«

»Ach das.« Rainers Gesicht hellte sich auf.

»Also?« Ich starrte Rainer mit meinem besten Verteidigerblick nieder, doch dieser war es gewohnt und ließ sich nicht aus der Ruhe bringen.

»Meine Tochter geht auf die Schule deines Emils. Meine Frau hat dich neulich gesehen, als du ihn abgeholt hast. Ihre Freundin, die Gitte meinte, du seist sogar einmal in der Schule gewesen. Sie hat dich reingehen sehen. Die wiederum weiß von ...« Rainer verzog seine Lippen und tippte mit dem Zeigefinger darauf herum, während meine Augenbrauen immer höher wanderten. »Ich weiß nicht mehr wie sie heißt, auf jeden Fall geht ihre Tochter mit Emils Sohn gemeinsam in den Kindergarten und ihre Große auch auf Emils Schule.«

Ich setzte zweimal an, bis ich etwas sagen konnte. Sprachlos, welche Wege das hier an nur einem Tag genommen hatte. Ein Dorf war nichts dagegen.

»Großstadt. Wir sind hier in einer Großstadt und kein verdammtes Kuhdorf.«

»Sorry, aber die Welt ist nun mal klein.« Rainer zuckte mit den Schultern. »In spätestens einer Minute will ich euch alle in meinem Raum an den Geräten sehen.«

Ich schüttelte den Kopf. »Großstadt, verdammt noch mal. Könntet ihr wenigstens so tun, als wäre alles anonym?«

Gelächter verfolgte mich bis in mein Büro, in dem August bereits über Trainingsplänen brütete, daneben sein Notizbuch mit den einzelnen Seiten, die er pro Spieler führte.

»Weißt du es auch schon?«, fragte ich ihn gereizt. August blickte auf, sah aus wie jemand, der aus einer anderen Welt auf diesen Planeten zurückgekehrt war und sich erst einmal zurechtfinden musste.

»Weiß ich was schon?«

»Egal.« Ich winkte ab, setzte mich auf meinen Platz und beschäftigte mich mit den Spielerbögen, die Coach Smith mir von unseren Jugendspielern hingelegt hatte.

»Ach, du meinst deine Beziehung? Das ist bei mir angekommen.« Wenn ich nicht so genervt gewesen wäre, hätte ich gelacht, wie lange die Rädchen bei August gebraucht hatten, um sich zu drehen.

»Gut. Dann brauche ich wenigstens keinem was erzählen.«

August grinste. »Du weißt doch, so ein Team ist wie ein Dorf.«

Manni streckte seinen Kopf zur Tür herein. »Habt ihr drei Minuten Zeit für eine Kaffeepause?«

»Zum Tratschen oder was?« Ich klang giftig, was ich direkt bereute. Das hatte Manni nicht verdient.

»Ich wollte mit euch auf die neue Saison mit Kaffee anstoßen. Aber ich merke, wenn ich nicht gewollt bin.«

»Tut mir leid. Komm schon rein.«

Er hatte ein Tablett dabei, auf dem drei Tassen standen, die er verteilte und sich selbst auf die Kante eines Schreibtisches setzte. Wir philosophierten über die neuen Spieler, die anderen Teams und ihre Verstärkungen und wo wir am Ende der Saison stehen würden.

Trotz der gelockerten Stimmung ärgerte ich mich noch immer über die stille Post. Ich mochte das Wort privat in Privatleben, obwohl wir im Verein wie eine Großfamilie waren. Hoffentlich kam das mit dem Sorgerecht nicht raus. Das wäre Emil gegenüber unfair. Womit ich wieder beim Thema war. Es juckte mir in den Fingern, ihn sofort anzurufen, doch ich konnte mich nicht hier rausziehen, ohne aufzufallen. Außerdem hätte er wahrscheinlich eh keine Zeit.

Ständig schob sich mir der völlig verzweifelte Emil in Patricks Bett vor mein inneres Auge und es tat mir jedes Mal in der Seele weh. Hoffentlich klärte sich alles schnell und reibungslos. Ach Fuck, was für eine Scheiße!

Manni stupste mich an und ich zuckte zusammen. »Hey, wo bist du denn? Da sind ganze Gräben auf deiner Stirn.«

»Ich … egal. Was Privates.«

»Entweder die Eltern oder der Hausmeister«, meinte August. Ich schwieg nur.

»Er will es uns nicht verraten, obwohl er hier mit Freunden zusammensitzt.« Manni trank einen Schluck aus der Tasse und sah mich mit prüfendem Blick an.

»Tja, der Mann behält halt gerne seine Sachen für sich. Lassen wir ihn.« August lächelte mir zu. Ich erwiderte es, dankbar für sein Entgegenkommen. »Manni, wiederhole deinen Vorschlag noch mal.«

Manni seufzte. Er liebte Tratsch und Klatsch und war einer der am besten informiertesten Personen in diesem Verein. »Was haltet ihr davon, wenn wir alle einen Zettel nehmen, darauf schreiben, wie weit wir dieses Jahr kommen und nach dem letzten Spiel öffnen wir ihn? Derjenige, der am nächsten dran ist, lädt die anderen zum Essen ein. Die Zettel bleiben in unseren Portemonnaies«, schlug Manni vor.

»Wer macht alles mit?«, fragte August.

»Der komplette Trainer- und Betreuerstab.«

»Ich bin dabei.« Sofort griff ich mir ein Stück Papier und schrieb meine Platzierung hinter vorgehaltener Hand auf, faltete den Zettel und steckte ihn in meine Geldbörse. August tat dasselbe an seinem Schreibtisch.

»Schön, ich werde dann mal Handtücher falten. Bis später.« Manni sammelte unsere leeren Tassen ein und ging aus dem Büro. Ich vertiefte mich endgültig in die Spielerbögen, bis es Zeit für das Training auf dem Eis wurde. Die Gedanken und Sorgen um Emil konnte ich für kurze Zeit beiseiteschieben.

Kapitel 12

Emil

»*W*o lagerst du denn das Wasser? Die Flasche ist fast leer.« Karl hielt sie mir vors Gesicht. Ich lachte und schob sie beiseite.

»Hast du Angst ich glaube dir nicht, wenn du sie mir nicht zeigst? Du bist nicht Patrick.«

»Doch, aber ich wollte sichergehen, du verstehst, was ich meine.«

Ich verdrehte die Augen. »Die Kiste steht im Abstellraum.«

»Du hast einen Abstellraum? Wo?«

»Ich muss mein Urteil bezüglich des Versteigerungsdinners überdenken. Vielleicht gibt es doch eine Summe, die ich zahlen kann und du bist nicht unbezahlbar.« Grinsend drehte ich mich zu ihm. »Du warst jetzt so oft hier, hast hier übernachtet und noch nicht mitbekommen, wo dieser Raum ist?«

Karl piekte mich mit dem Flaschenkopf in die Seite. »Hey, ich bin jeden Cent wert.« Er kniff seine Augen zu und schob mich mit seinem Körper gegen die Anrichte in der Küche. Automatisch umschlang ich ihn. »Absolut jeden fucking Cent.« Dann küsste er mich. Wie sollte ich es nur zwei volle Wochen ohne ihn aushalten, wenn ich mit meinen Eltern an der See war? Morgen ging es los.

»Ich bin schon still«, sagte ich atemlos, als er von mir abließ. »Hast du dich denn nie gewundert, wohin die Tür in der Ecke im Wohnzimmer führt und weshalb das Bad an einer Stelle enger ist?«

»Nö, ehrlich gesagt nicht. Sie ist mir nicht mal aufgefallen.« Er verließ die Küche mit der leeren Flasche. Ich deckte den Tisch zu Ende. In etwa zehn Minuten musste Katharina mit Patrick hier sein. Seinen Koffer für den Urlaub hatte ich am Vortag gepackt. Das Hundefutter und alles, was man sonst so brauchte, befand sich bereits in meiner alten Klapperkiste. Über die hatte gestern noch ein befreundeter Mechaniker darüber geschaut. Er mochte mich nicht mit meinem Auto in den Urlaub fahren lassen, aber womit sollten wir sonst reisen?

Karl kehrte mit zwei vollen Flaschen zurück. Er sah auf die Uhr, von dort zu mir.

»Willst du sie drauf ansprechen oder warten, bis der Termin beim Jugendamt um ist?«

»Ich weiß es nicht. Besser wäre wohl später.« Ich fuhr mir durch die Locken, blieb an einem Knoten hängen, der sich mal wieder im Laufe des Tages gebildet hatte. Scheiß Haare, ich sollte sie ganz abrasieren und mit Glatze herumlaufen. Eine Sorge weniger.

Es klingelte an der Tür. Fünf Minuten früher als gedacht.

»Soll ich aufmachen, damit du sie nicht sehen musst?«, fragte Karl liebevoll.

»Nein. Es ist in Ordnung. Ich werde ihr von uns erzählen und wenn sie fort ist und wir beim Essen sitzen, weihen wir Patrick ein. Wie besprochen.« Sehr viel früher als geplant, aber ich wollte nicht mehr warten, trotz meiner immer noch unterschwellig schwelenden Angst, Karl könnte bald merken, wie langweilig ich war und das mit uns beenden.

Erneutes mehrmaliges Klingeln hintereinander. Patrick war ungeduldig. Ich atmete tief durch, mit jedem Schritt beschleunigte sich mein Puls, und ich drückte den Öffner.

Als ich die Wohnungstür aufriss, hörte ich bereits die vertraute Stimme von Patrick, wie er Felix anspornte, die Treppenstufen hochzulaufen. Mein Herz quoll über vor Freude, ihn gleich wieder bei mir zu haben. Jedes Mal, wenn Katharina ihn abholte, riss ein kleiner Fetzen meiner selbst ab, den ich mitgab. So sehr ich es leugnen würde, jedes Mal machte ich mir Sorgen, etwas Schlimmes könnte passieren und Katharina kam mit dem Passierten nicht klar.

Dieses Mal schwebte zusätzlich jede Sekunde die Angst über mir, Katharina würde ihn nicht zurückbringen. Niemals hätte ich das allerdings laut zugegeben.

»Papa, guck mal, wie gut Felix ist.« Patrick kam um die Ecke der Treppe in mein Sichtfeld. Ich setzte ein Lächeln auf, das gefror, als ich Katharina entdeckte.

»Richtig gut. Ist er etwa wieder gewachsen?«

»Bestimmt. Bald ist er ganz groß.«

So groß, wie Malteser werden konnten. Hoffe, Patrick war nicht zu enttäuscht, denn Felix war fast ausgewachsen.

Sie kamen bei mir an.

»Hallo Emil«, begrüßte Katharina mich freundlich.

»Hey. Kommt rein.« Ich nahm ihr die Taschen und Felix' Korb ab, stellte es im Wohnungsflur ab. Dann umarmte ich meinen Sohn ganz fest, bis er sich beschwerte. »Patrick schau mal, wer uns heute besucht.« Ich zeigte auf Karl, der in der Küchentür stand und winkte.

»Trainer Karl, guck mal, wie groß Felix schon ist.« Er klickte die Leine vom Halsband ab und lief mit dem Hund im Schlepptau zu meinem Freund. Der ging in die Knie und umarmte Patrick, streichelte mit der anderen Hand den Hund.

»Wollen wir in die Küche? Da können wir Felix' Wassernapf füllen. Der hat bestimmt Durst.« Karl lächelte mir zu, erhob sich und schloss die Tür hinter sich und meinem Sohn.

Ich wandte meinen Blick meiner Ex-Frau zu. »Katharina, wir müssen reden.« Ich hoffte, sie hörte die Sorge in meiner Stimme nicht.

»Was macht denn der wieder hier?«, sagte sie gleichzeitig.

»Du zuerst«, bot ich ihr an.

Sie deutete auf die geschlossene Küchentür. »Karl, wohnt er neuerdings auch hier oder warum ist er ständig da?«

»Genau darüber wollte ich mit dir reden.« Ich schluckte, räusperte mich und sagte dann mit fester Stimme: »Karl und ich sind zusammen.«

Sie presste die Lippen aufeinander. »Dieser Kerl ist mit dir zusammen?«, fragte sie mit kaum hörbarem sarkastischen Tonfall. Aber ich kannte sie gut genug, um ihn herauszuhören. Es gab mir einen Stich mitten ins Herz. Wir stritten uns, waren jedoch nie gemein zueinander.

»Was willst du damit andeuten? Ich bin nicht attraktiv genug, oder was?«, brach es aus mir heraus. Sie hatte genau meine empfindlichste Stelle getroffen. »Für dich hat es auch für acht Jahre gereicht.« Ich verschränkte die Arme vor der Brust, bereit einen neuen Kampf auszufechten, wenn es sein musste. Dieses Mal ließ ich mich nicht von ihr überrumpeln. »Bis du lieber an deiner Karriere als an deiner Familie arbeiten wolltest.«

»Das wirst du mir noch in zehn Jahren vorhalten, oder? Wir haben nicht schlecht gelebt. Du konntest zwei Jahre Elternzeit nehmen und dich um unseren Sohn kümmern.«

»Nur habe ich in der Zeit meine Frau verloren.«

Sie schrak zurück, als sie meinen kalten Ton hörte.

»Gut, du bist also mit dem Eishockey Trainer zusammen. Patrick redet nur noch von ihm. Hätte ich auch früher drauf kommen können.«

Ich atmete tief durch und beruhigte meinen weiter ansteigenden Puls. Sie schaffte es, allein durch ihren Tonfall von oben herab, mich wütend zu machen. Heute wollte ich ihr jedoch nicht die Genugtuung geben. Der Montagabend hatte gereicht.

»Als Patricks Mutter solltest du Bescheid wissen. Wir werden es ihm heute Abend sagen.«

»Na, da wirst du ja bald genügend Zeit für deinen Trainer haben, wenn Patrick bei mir wohnt und nicht mehr bei dir. Der wird dich schon auf Kurs bringen.« Sie tätschelte meinen Bauch und ich trat einen Schritt zurück. Nicht nur, weil sie mich angefasst hatte, sondern auch, weil der Stich saß. Tief hatte sie das Schwert mit Widerhaken reingedrückt, drehte es noch dreimal um und zerfleischte mich damit. Zumindest fühlte es sich genauso an. Früher war es ihr egal gewesen, wie ich aussah. Was hatte sich geändert? Wieso war sie so fies zu mir?

»Du solltest jetzt gehen.« Ich presste es zwischen meinen zusammengebissenen Zähnen hervor. Wenn sie länger blieb, würde ich sie anschreien, ihr ebenfalls Vorwürfe machen und beleidigend werden. Dann wäre ich Patrick ruckzuck los. Wahrscheinlich könnte ich nicht einmal mit ihm in den Urlaub fahren.

»Wir sehen uns in drei Wochen. Schick mir Bilder von Patrick, wenn er im Meer badet.«

»Natürlich, wie immer.« Unter meiner Haut brodelte es, kochte mein Blut. Sollte der Teufel in mir leben, freute er sich zurzeit über die Hitze. Entdeckte er doch gerade die Hölle inklusive aller Abgründe in mir. Vielleicht sollte ich nicht mehr zurückkehren, sondern mit Patrick in eine unbekannte Stadt unter falschen Namen an die See ziehen. Dann konnte sie mir meinen Sohn nicht wegnehmen.

»Ach, und genieße den Urlaub mit Patrick. Wenn ich das Aufenthaltsgenehmigungsrecht habe, bin ich mir nicht sicher, ob dann noch volle zwei Wochen drin sind. Immerhin geht der Junge dann in die Schule und hat nur noch begrenzt Ferien.« Sie ging an mir vorbei. »Ich sage meinem Sohn auf Wiedersehen.« Damit verschwand sie in der Küche und ließ mich wie eine Salzsäure erstarrt zurück.

Mir wurde schlecht, nur gedämpft drang der Abschied zwischen Katharina und Patrick zu mir. Danach marschierte sie ohne ein Wort des Grußes an mir vorbei.

Ich konnte weiterhin nur wie erstarrt da stehen und nichts machen. Wie ein Karussell drehten sich die Möglichkeiten in meinem Kopf, Patrick von ihr fernzuhalten. Sie hatte mich beleidigt, gedemütigt und weniger Zeit mit Patrick angedroht. Bei all den Streits, die wir hatten, war das noch nie vorgekommen.

Sie zog die Tür geräuschvoll hinter sich zu. Ich erwachte aus meiner Starre, hörte aus der Küche das Lachen von Patrick und Karl. Meinen beiden Herzensmenschen, denen ich in meinem jetzigen Zustand gegenübertreten musste, wozu ich nicht fähig war. Ich brauchte etwas, auf das ich einschlagen konnte, das ich zerstören konnte.

»Hey, alles in Ordnung?« Unbemerkt war Karl zu mir getreten. Er streckte die Hand aus, wollte mich wahrscheinlich, wie so oft in der Vergangenheit über den Oberarm streicheln, doch als er mein Gesicht sah, zog er seinen Arm zurück. »Was hat sie gesagt?«, fragte er.

»Kannst du zehn Minuten bei Patrick bleiben? Ich muss kurz raus.« Mehr konnte ich ihm nicht sagen, erst musste die Wut und meine Ohnmacht gegenüber Katharina und ihren Worten aus mir heraus und dafür musste ich die Wohnung verlassen.

Meine Ex-Frau nahm mir meinen Sohn weg, demütigte mich und schien das alles völlig in Ordnung zu finden. Sie würde ihn bekommen, weil sie die erfolgreiche Geschäftsfrau war, die sich zwischendurch auch wochenweise um unseren Sohn gekümmert hatte. Wir lebten in einer Welt, in der doch immer den Müttern die Kinder zugesprochen wurden, oder? Es schien, als würde alle Hoffnung, die Karl und Bernd mir gemacht hatten, gerade zerspringen wie ein Glas, das man in voller Absicht auf den Boden warf.

»Klar. Geh, solange du es brauchst.«

Ohne ein weiteres Wort nahm ich meinen Schlüssel aus der Schale auf der Kommode und verließ die Wohnung. Ich rannte die Treppenstufen hinunter. Atemlos kam ich unten an und sah mich um. Katharina war fort. Wohin sollte ich überhaupt gehen? Doch meine Füße hatten einen Plan, mechanisch schritt ich zur Stadtmauer. Dort war am frühen Abend einiges los, die Leute strömten bei dem schönen warmen Wetter nach draußen, gingen essen.

Na, da wirst du ja bald genügend Zeit für deinen Trainer haben, wenn Patrick bei mir wohnt und nicht mehr bei dir. Der wird dich schon auf Kurs bringen. Ach, und genieße den Urlaub mit Patrick. Wenn ich das Aufenthaltsgenehmigungsrecht habe, bin ich mir nicht sicher, ob dann noch volle zwei Wochen drin sind. Immerhin geht der Junge dann in die Schule und hat nur noch begrenzt Ferien.

Die Worte spielten sich in Dauerschleife in meinem Kopf ab, dröhnten darin, als wäre ein Verstärker angeschlossen. Meine Schritte wurden schneller, die Stadtmauer endete und ich bog links in den Stadtpark ein. Auch dort nutzten die Leute das schöne Wetter und gingen spazieren. Einige hatten auch einen Hund dabei.

Ich steuerte eine Ecke an, die ich für mich haben würde. Sie lag direkt hinter der Stadtmauer und war von Büschen umgeben. Patrick hatte sie vor einigen Wochen entdeckt, als Felix sich dorthin an der langen Leine verirrt hatte. Seitdem war es seine Höhle.

Dort angekommen stützte ich mich an der Mauer ab. Trat auf sie ein, leise Schluchzer entkamen mir, obwohl ich überhaupt nicht weinte. In meiner Vorstellung waren es keine aufeinander gemauerten Steine, die seit Jahrhunderten überdauerten, Kriege und Stadtstürmungen überlebt hatten, sondern Katharina, gegen die ich boxte. Bedachte man das Alter der Mauer, waren meine Tritte nur kleine Mückenstiche. Zusätzlich hieb ich mit der Faust auf sie ein.

Nun liefen mir die Tränen über die Wangen. Etwas löste sich in mir, setzte eine ungeahnte Wut frei und ich stieß einen Schrei aus. Sollten die vorbeigehenden Leute doch denken, was sie wollten. Ihnen wurde nicht das Kind weggenommen.

Wie sollte ich zwei Wochen Urlaub mit Patrick genießen, bei der Aussicht auf den Kampf, der mir bevorstand? Meine Eltern standen mir zwar bei, versprachen mir, während der Tage an der See nicht darüber zu reden, dennoch konnte ich das nicht einfach aus meinem Leben verbannen.

Was, wenn ich wiederkam und Karl es sich ebenfalls überlegt hatte und zum selben Ergebnis wie Katharina gekommen war? Dann würde ich beide verlieren.

Ein weiterer Schrei entfuhr meiner Kehle, ich trat und schlug noch härter auf die Mauer ein. Hinter mir bellte ein Hund.

»Entschuldigen Sie, ist alles in Ordnung?«, erklang eine weibliche Stimme ängstlich hinter mir. »Brauchen Sie Hilfe? Soll ich einen Rettungswagen rufen?«

Ich hielt inne. Warum interessierten sich die Leute auf einmal füreinander? Sonst gingen sie doch auch vorbei, wenn jemand um sein Schicksal trauerte.

»Sind Sie verletzt?«, fragte die fremde Frau erneut. Hastig wischte ich mir mit dem Handrücken übers Gesicht und drehte mich zu ihr um. Trat durch die Büsche auf den Weg.

»Nein, danke Ihnen.« Ich schluckte die restlichen Tränen hinunter, vorbei an dem dicken Kloß mit der schrecklichen Angst, die sich durch meine Eingeweide brannte und sich dort einnistete. »Ich musste nur meine Wut loswerden und habe keinen Boxsack zu Hause.«

Sie blickte mich prüfend an. »Da ist die Wand vielleicht besser. Der Boxsack hätte eventuell nicht gehalten.« Sie griff in ihre Umhängetasche und holte ein kleines rechteckiges Papier raus. »Ich habe zwar eine Wartezeit, aber sollten Sie reden wollen, rufen Sie an. Einen ersten Kennenlerntermin kann ich immer ausmachen.« Sie reichte mir eine Visitenkarte. Ich überflog den Text und blieb am Wort *Therapeutin* hängen.

»Das ist nett von Ihnen, aber ich brauche keine Therapeutin, sondern einen Auftragsmörder.« Ich schlug mir die Hand vor den Mund. »Das haben Sie nicht gehört.« Mir brach der Schweiß aus. »Hören Sie, ich bin nicht so einer. Das müssen Sie mir glauben.«

Sie lächelte. »Haben wir uns das nicht alle schon einmal gewünscht? Ich weiß nicht, in welchen Problemen Sie stecken, doch ich weiß, wer solch eine Wut hat, um auf Mauern einzuschlagen, könnte eventuell Hilfe gebrauchen. Und wenn es nur jemand ist, der zuhört.«

»Schatz? Kommst du endlich?«, rief eine männliche Stimme weiter vorn vom Weg. Ich konnte die Person dazu nicht sehen.

»Sofort«, antwortete sie. »Überlegen Sie es sich.« Damit nickte sie mir zu und ging weiter. Ich trat einige Schritte zurück, die Zweige der Büsche verschluckten mich erneut, bis ich mit dem Rücken gegen die Wand stieß. Sah hinauf in den wolkenlosen Himmel, der eine heile Welt versprach, die es überhaupt nicht gab. In einer solchen Welt hätte Katharina nur um das ihr zustehende Sorgerecht gebeten und mir viel Glück mit Karl gewünscht. Aber solche Dinge geschahen nur auf dem Traumschiff, wenn der Kapitän oder die erste Stewardess rettend zu Hilfe kamen. Wo waren sie nur im wahren Leben, wenn man sie mal brauchte?

Ich wischte mir erneut über das Gesicht, hoffte, die Tränenspuren beseitigt zu haben, und kehrte in die Wohnung zurück. Kaum war ich zur Tür rein, kam Patrick auf mich zugestürmt.

»Papa, Papa, guck mal. Felix kann Sitz.« Er griff nach meiner Hand und zerrte mich in sein Zimmer. Was hatte Karl ihm zu meiner plötzlichen Abwesenheit erzählt? Er fragte nicht nach.

»Ganz ruhig.« Ich zwang mich zu einem Lächeln, versuchte, meinem Sohn die heile Welt vorzuspielen, die mir genommen wurde. Er zeigte mir, was er anscheinend in den letzten Tagen mit dem kleinen Fellknäuel geübt hatte und reichte ihm ein Leckerli.

»Das funktioniert schon richtig gut. Bald geht es ganz ohne Belohnung.«

Patrick strahlte und streichelte seinen Hund.

»Wollen wir essen, bevor wir noch einmal mit Felix in den Park gehen?«

»Ja. Karl hat schon alles vorbereitet.«

Ich sah zu meinem Freund, der im Türrahmen stand, uns beobachtete und lächelte. Es zog mir das Herz zusammen, als ich wieder an meine Gedanken im Park erinnert wurde. Was, wenn er in den nächsten zwei Wochen feststellte, wie viel einfacher sein Leben ohne mich, Patrick und meinen Problemen wäre? Zudem könnte er einen trainierten Mann ohne Bauchpolster an seiner Seite haben. Oder eine Frau wie Katharina. Sollte ich unseren Plan, Patrick von uns zu erzählen verwerfen?

Ich sah Karl in die Augen, die mich mit so viel Zuversicht und Wärme ansahen und der mir zunickte. Scheiße, ich machte mir zu viele Gedanken. Karl war hier, kümmerte sich ohne Wenn und Aber um meinen Sohn, während ich durchdrehte. Er wollte das hier, es wäre unfair, jetzt einen Rückzieher zu machen. Ich nahm all meinen Mut zusammen.

»Bevor wir uns setzen, möchte ich dir noch etwas sagen, Patrick.«

Patrick wurde still und sah mich mit großen Augen an. Ihm musste die Ernsthaftigkeit in meiner Stimme aufgefallen sein. Wann war er so groß geworden? Ich schluckte und lächelte ihn an.

»Karl wird in Zukunft öfter hier übernachten. Bei mir im Bett. Ist das in Ordnung für dich?«

Patrick hielt inne, sah zu mir.

»Liebt ihr euch?«, fragte er und erstaunt sah ich zu Karl. Der zog die Augenbrauen hoch und erwiderte mit einem amüsierten Funkeln in den Augen meinen Blick. Dieser kleine Junge wurde definitiv groß und erfasste mehr, als ich ihm zutraute. Wärme kroch mir in den Magen, mit einem ängstlichen Kribbeln, wie er meine Antwort auffassen würde.

»Ja, das tun wir.«

»Werdet ihr später auch wieder getrennt sein, wie du und Mama?«

Die Frage schnitt mir ins Herz. Patrick konnte sich nicht an unser Familienleben erinnern. Er kannte es nur hin und wieder einige Tage bei seiner Mutter zu wohnen. Deswegen kam die Frage sehr überraschend für mich.

»Ich hoffe es nicht. Ich möchte mit Karl zusammenbleiben.«

»Zieht er irgendwann hier ein? So wie bei Chris' Mama? Da ist der neue Mann auch eingezogen.«

»Das weiß ich nicht.« Was sollte ich auch anderes antworten? Zusammenziehen lag für mich noch in so weiter Ferne, erst einmal musste ich sehen, wie sich alles mit Patrick entwickelte. Er hatte nicht einmal eine Ahnung davon. Hoffentlich hatte Katharina nicht mit ihm darüber gesprochen.

Patrick schien einen Moment zu überlegen. Ich zupfte an seiner Bettdecke. Doch dann erhellte sich sein Gesicht, als er den Blick zu Karl schweifen ließ, der noch immer im Türrahmen stand.

»Okay. Er kann gerne hier schlafen. Ich mag Trainer Karl.«

»Danke dir, Kumpel.« Ich hielt meine Faust hoch, gegen die er seine schlug. Mir purzelten tausend Steine von den Schultern. Das ging einfacher als gedacht.

»Schlag du auch ein, Karl«, forderte mein Sohn und Karl kam dem Wunsch nach. »Können wir jetzt essen? Ich habe Hunger.«

»Dann lass uns keine Zeit vergeuden.«

Wir gingen in die Küche und aßen. Danach spazierten wir mit Felix durch den Park und während Patrick und Felix tobten, erzählte ich Karl, was Katharina gesagt hatte.

»Ach Sch…« Er stoppte mitten im Wort. »Schande. Ich dachte, man könnte mit ihr reden. Das klingt eher nicht so. Warten wir ab, was bei der Beratung mit dem Jugendamt herauskommt. Bis dahin sind es noch zweieinhalb Wochen. Vielleicht ändert sie ihre Meinung.« Er griff nach meiner Hand, verschränkte unsere Finger miteinander, was mir Kraft gab. Karl war hier, hörte mir zu, teilte meine Sorgen. Wie konnte ich nur glauben, er würde mich im Stich lassen?

»Du kannst dir gar nicht vorstellen, wie sehr du mir hilfst, nur weil du da bist.« Ich führte seine Hand an meinen Mund, unsicher, ob er es zulassen würde, aber er zuckte nicht zurück. Dann küsste ich sie.

»Wehe du meldest dich nicht aus deinem Urlaub oder danach. Ich müsste mir einen neuen Bieter suchen.«

»Unterstehe dich. Wir telefonieren jeden Abend. Versprochen.«

»Eines sage ich dir: Ab nächstem Jahr machen wir gemeinsam Urlaub. Dieses getrennte fort sein ist beschissen.«

Ich schmunzelte, Erleichterung durchströmte mich. Karl plante voraus. »Wenn es klappt und unsere Zeiten passen, gerne.« Karl nickte, bevor er meinen Blick auf Patrick lenkte.

»Schau dir die beiden an.« Karl lachte. Sie rollten sich auf dem Rasen. Der Hund versuchte, Patrick alles nachzumachen. Lag Patrick auf dem Rücken, drehte sich Felix herum, stellte der Junge sich auf alle Viere, stand Felix daneben. Vielleicht tat der Urlaub doch gut, um auf andere Gedanken zu kommen. Mit den beiden würde es bestimmt nicht langweilig werden.

Kapitel 13

Karl

*D*ie zwei Wochen ohne Emil waren lang und gleichzeitig kurz, so paradox das auch klang. Das Training und die ersten Testspiele nahmen den Großteil meines Tages in Anspruch. Tagsüber fehlte Emil mir nicht, da ich keine Zeit hatte, überhaupt über seine Abwesenheit nachzudenken. Abends allerdings, wenn ich alleine zu Hause gesessen hatte, reichten mir unsere Telefonate oft nicht. Sie konnten keine Nähe ersetzen, keine Küsse verteilen und die Wärme eines Körpers ausstrahlen, der neben einem lag.

Hin und wieder überkam mich die Angst, weil sich alles so schnell zwischen uns entwickelt hatte. Aber andersherum konnte ich mir überhaupt nicht mehr vorstellen, wie eintönig mein Leben ohne Emil gewesen war, obwohl ich im Verein genug zu tun hatte.

Seit Samstag hatte ich ihn wieder und er kümmerte sich in der Schule um die Bälle auf dem Dach. Mein Vorschlag, doch lieber Hockeytore, Pucks und Schläger auszugeben, hatte er mit dem Hinweis abgetan, nicht noch mehr Wunden verbinden zu wollen. Außerdem hatte er mir von zerbrochenen Fensterscheiben und anderem Kram erzählt, sodass ich ihm leider recht geben musste.

Heute Nachmittag fand endlich der Termin beim Jugendamt statt. Hoffentlich lief es gut. Alle paar Minuten checkte ich meine Smartwatch, ob eine Nachricht von Emil angekommen war, dabei hatte sie nicht einmal vibriert. Hätte ich vielleicht doch mitgehen sollen? Coach Smith hätte bestimmt Verständnis gehabt, wenn ich um einen freien Nachmittag gebeten hätte. Ich starrte auf die Eisfläche, auf der zurzeit ein Trainingsspiel stattfand.

»Hey Coach, sollen wir nicht mal wechseln?«, fragte mich auf einmal Anatoli und holte mich zurück aufs Eis.

»Ja, klar.« Ich schüttelte den Kopf, musste ihn freibekommen. Dabei fiel mein Blick auf Felix, der mit seiner Reihe, Geller und Stanni, auf dem Eis lief. Sie versuchten, ihren neuen Spielzug durchzubekommen, wurden allerdings von David und Louis, unseren neuen Verteidigern, aufgehalten. Die beiden bildeten ein hervorragendes Paar, hatten schnell in den ersten gemeinsamen Einheiten geklickt und ich würde sie wahrscheinlich in Zukunft zusammen einsetzen.

»Du bist oft abwesend in den letzten Wochen.« Anatoli machte sich für den Wechsel bereit, noch waren alle ins Spielgeschehen eingebunden, aber es konnte sich nur um Sekunden handeln, bis sie tauschten.

»Sorry«, sagte ich nur, denn er hatte so recht mit seiner Aussage.

Auf beiden Seiten wechselten nun die Verteidiger. Nicht mehr lange und ich musste mich bei den jungen Spielern entscheiden, wen ich behalten wollte und wer in die zweite Liga zurückging. Spätestens am Montag musste ich sie Coach Smith nennen. Nur einer von dreien durfte bleiben.

Wieder fiel mein Blick auf Felix, der vom Eis ging und mit Anton wechselte. Er schien seine Schulter zu schonen, drehte den Arm mehrmals. Hatte er Schmerzen? Nahm er noch Schmerzmittel? Natürlich schluckte er die. Jeder hier schmiss Ibus wie Smarties ein. Vor allem nach einer besonders schweren Trainingseinheit. Doch nahm Felix noch die starken Pillen? Erinnerungen an meine letzte Zeit in Amerika poppten auf.

Ich blickte mich in der Kabine um, jeder war mit sich beschäftigt. Ich griff nach dem Döschen, das in meiner Ablage lag, drehte es auf und zählte rasch die Tabletten durch. Nur noch fünf Stück. Fuck. Wie konnten sie so schnell wieder leer werden? Rasch schüttelte ich eine heraus, legte sie mir auf die Zunge und trank einen Schluck Wasser aus der Flasche hinterher. Nur ein paar Minuten und die Schmerzen würden nachlassen.

»Hey, Karly, beeil dich.« Unser Kapitän schlug mir freundschaftlich auf die Schulter und ich zuckte zusammen, verschluckte mich und er klopfte mir auf den Rücken. »So schrecklich bin ich nicht.« Er lachte laut.

»Schon gut. War in Gedanken.« Unauffällig drehte ich das Röhrchen zu und schob es in meine Tasche. Sollte jemand auf die Idee kommen, sie zu überprüfen, würde derjenige schnell erkennen, welche Tabletten dort wirklich drin waren. Ich lächelte gezwungen. »Bin sofort fertig. Geht schon mal vor, der Coach wartet bestimmt. Ich muss nur noch das Jersey überziehen und die Skates zu binden.«

Der Kapitän nickte und die Kabine leerte sich. Ich atmete tief durch. Das war noch einmal gut gegangen. Trotzdem musste ich den Doc vom Denver Franchise anrufen. Ich brauchte dringend neue Tabletten.

Erleichterung durchströmte mich, als die Schmerzen in meinem Knie nachließen, und ich machte mich auf den Weg zum Training.

Coach Smith pfiff das Spiel ab und ich kehrte in die Gegenwart zurück. Verdammt, was war heute nur für ein beschissener Tag? Erneut checkte ich meine Smartwatch. Immer noch keine Nachricht.

»Gut gemacht, Jungs. An den Angriffen arbeiten wir morgen Vormittag weiter. Aber das sieht nicht schlecht aus. Schluss für heute.« Coach Smith packte seine Sachen zusammen und verließ die Halle.

»Alles gut bei dir?«, fragte John, als er auf dem Weg aus der Halle bei mir stehen blieb. »Du wirkst so abwesend.«

»Ach, es ist nichts. Emil hat heute seinen Beratungstermin beim Jugendamt.« John wusste Bescheid, er war der einzige, mit dem ich hin und wieder mal ein Bier nach dem Training trank und wir über Privates sprachen. Leider wohnte Georg über eine Stunde von hier entfernt, ansonsten hätte ich mit ihm gesprochen. Wir telefonierten öfter, aber unser beider Zeitplan ließ nicht viele Freiräume zu gemeinsamen Treffen.

»Das ist gut. Dann geht's vorwärts.« Er klopfte mir auf die Schulter. »Ihr schafft das schon.« John hatte einen ausgeprägten Optimismus, von dem ich gerne eine Scheibe ab hätte. Ich zwang mich zu einem Lächeln.

»Ich hoffe es. Ich bin mir nicht sicher, wie Emil es verkraftet, wenn er seinen Sohn nur noch alle zwei Wochen sehen darf.« Ich senkte die Stimme, denn einige der Spieler gingen an uns vorbei, andere liefen sich aus und räumten das Eis auf.

»Ich drücke euch die Daumen.« John eilte weiter, schnappte sich einen der jungen Spieler, mit dem er in den nächsten Tagen zusätzlich individuell trainieren wollte.

»Felix, hast du eine Minute für mich?« Ich hielt ihn auf, als er an mir vorbeiging.

»Klar.« Er zog sich die Handschuhe aus und nahm den Helm vom Kopf. Schweiß lief ihm über die Stirn.

Juli drängte sich an uns vorbei. Sein kleiner Teddy, den er zu jedem Training sowie Spiel schleppte und der seinen Platz im Netz des Tores fand, lugte aus seinem Fanghandschuh hervor.

Unsere Fans bekamen es bereits mit der Angst zu tun, wenn Juli im Tor stand, sein Teddy aber nicht an seinem vorbestimmten Platz lag. In der vorletzten Saison hatten die Fans sogar Teddys während der Pause über das Netz geworfen, aus Angst, Juli würde das Glück verloren gehen. Dabei war sein Teddy damals nur zur Reparatur, weil ein Spieler mit seinen Schlittschuhen drüber gefahren war. Für volle zwei Tage hatte der Goalie sich geweigert, aufs Eis zu gehen, sofern es kein Spiel gewesen war.

»Nicht hier. Komm mit.«

Wir gingen in mein Büro, in dem wir bis jetzt noch alleine waren und ich schloss die Tür hinter mir.

»Setz dich.«

»Na, du machst es aber spannend. Ist irgendwas vorgefallen?« Er setzte sich in den Stuhl, der vor meinem Schreibtisch stand.

»Wie geht es deiner Schulter?«, fragte ich ohne Umschweife. Ich mochte es direkt und ohne große Einleitungen.

»Gut, wieso?«

»Nimmst du noch Schmerzmittel?«

»Nein.« Seine Augenbrauen hoben sich.

»Du hast sie heute geschont, oder?«

»Ja, ein bisschen. Manchmal merke ich sie noch, wenn Rainer vormittags besonders hart mit uns trainiert hat. Aber dann werfe ich eine Ibu ein.«

»Mehr nicht?«

»Nein, sag ich doch«, sagte er leicht ungehalten. »Ich nehme das starke Teufelszeug nur so lange, wie ich muss.« Sein

Gesicht verdunkelte sich. »Glaubst du etwa, ich besorge mir die Schmerzmittel auf dem Schwarzmarkt und bin süchtig?«

Ich fühlte mich ertappt. Dabei gab es keine Veränderung in seinem Verhalten, die einen Missbrauch nahelegte. Damit kannte ich mich nur zu gut aus.

»Nein, das natürlich nicht.« Ich zögerte und griff nach einem Kugelschreiber. »Ich bin nur vorsichtig.«

»Sollte ich abhängig sein, glaubst du im Ernst, ich würde das sagen? Abgesehen davon, gebe ich so viel Pisse und Blut für Tests ab, da wäre das längst aufgefallen.« Er lehnte sich zurück. »Obwohl ich durch Ty schnell an das Zeug kommen könnte. Er hat die besten Verbindungen, richtig?« Felix grinste schief.

Ich biss mir auf die Lippe. »Leider habe ich bereits erlebt, was das aus Männern macht. Ich möchte dich auch nicht kontrollieren, einfach nur sichergehen, mehr nicht.«

Felix nickte. »Um mich musst du dir keine Sorgen machen. Aber gut zu wissen, dass jemand auf uns aufpasst.« Erneut das Grinsen. »Papa.«

Ich verdrehte die Augen. »Zieh Leine, bevor ich auf die Idee komme, dich solange Drills laufen zu lassen, bis du kotzt.«

Felix stand auf und hob abwehrend seine Hände. »Schon gut. Ich gehe mal aufs Ergometer. Bis später.« Er verließ mein Büro. Als er draußen war, sank mein Kopf auf den Tisch. Na, das lief nicht besonders gut.

»Bekommst du zu Hause so wenig Schlaf?«, ertönte Augusts amüsierte Stimme und ich setzte mich sofort aufrecht hin. »Coach Smith will uns sehen, um für das morgige Spiel gegen die Steelers die Taktik zu besprechen.«

»Ich komme.« Ich schnappte mir das Tablet vom Schreibtisch.

»Er schläft endlich.« Emil sank neben mir aufs Sofa. Bis jetzt konnten wir nicht reden. Er hatte mir nur eine kurze Sprachnachricht geschickt, in der er nichts über den Termin gesagt hatte.

Wir kuschelten uns auf seinem Sofa zusammen, er hatte eine Playlist angestellt, doch ich bekam kein Lied mit. Sie verschwommen zu einem Hintergrundrauschen, wie der Wind an der See, den man zwar wahrnahm, aber nie wirklich darauf achtete.

»Nun sag endlich, wie ist es gelaufen? Was hat sie genau gesagt?« Ich streichelte über Emils Oberarm.

Emil seufzte. »Katharina kann den Antrag auf geteiltes Sorgerecht einreichen und ich stimme zu oder lasse es. Natürlich werde ich zustimmen. Wir müssen uns nur auf das Aufenthaltsbestimmungsrecht einigen. Sollten wir das nicht hinbekommen, wovon ich derzeit ausgehe, kann ich einen Antrag beim Familiengericht einreichen.« Ein Schatten legte sich auf sein Gesicht. »Dann entscheidet das Gericht.«

»Hast du sie mal gefragt, ob sie einschätzen kann, wie ein Richter oder Richterin das Urteil fällt? Patrick sollte doch nicht aus dem gewohnten Umfeld gerissen werden. Vor allem jetzt mit der großen Umstellung durch seine Einschulung.«

Emil ruckelte ein wenig, bis er etwas tiefer lag, mit dem Kopf auf meinem Herzen.

»Angeblich sei das wohl schwer einzuschätzen, laut ihrer Meinung. Die Gewichtung liegt tatsächlich eher bei mir, da ich auch die Elternzeit gemacht habe und er jetzt bei mir lebt.« Er schauderte unter meinen Händen. »Aber was, wenn sie ihn mir doch wegnehmen? Ich kann nur noch darüber nachdenken.« Er klang so verzweifelt. Es schnitt mir so unsagbar ins Herz, ihn leiden zu sehen. Ich musste für ihn da sein und vielleicht schaffte ich es, ihn positiv zu stimmen.

»Hey, ganz ruhig. Jetzt warten wir erst mal ab, was Katharina überhaupt macht. Eventuell überlegt sie es sich noch einmal. Bisher hat sie nichts unternommen.«

Emil lachte trocken. »Nein, die zieht das durch. Wenn sie sich etwas in den Kopf gesetzt hat, beißt sie sich daran fest, wie Felix an seinem Spielzeug.«

Ich fuhr mit meinen Fingern durch Emils Locken, kraulte seinen Kopf und hätte ihm am liebsten seine Sorgen abgenommen. Am besten noch zerstreut und ihm die perfekte Lösung präsentiert. Aber so funktionierte die Welt leider nicht. Ich seufzte. Emil drehte sich in meinen Armen und sah mich an.

»Ich muss dich mal was fragen, du brauchst allerdings nicht drauf antworten.«

»Hui, was kommt jetzt? Schieß los.« Mit dem Daumen streichelte ich über seine Wange.

»Wolltest du nie eine Familie?«

Ich war auf die Frage vorbereitet. Früher oder später musste sie von Emil kommen. »Doch, ich hatte sogar schon die Frau dazu, nur wollte sie mich nicht mehr, weil ich ihr zu langweilig und zu viel unterwegs war. Danach habe ich nie mehr jemanden kennengelernt, mit dem ich es mir vorstellen konnte. Bis du gekommen bist.« Ich küsste ihn auf die Nasenspitze, die sich mir so perfekt präsentierte. »Du lieferst direkt das ganze Paket. Da musste ich einfach zugreifen.«

Emil schmunzelte. »Ein Hausmeister für alle Fälle.« Dann wurde er wieder ernst. »Ist es die, von der du mir neulich erzählt hast?«

»Genau.«

Er nickte verstehend, verfiel in Schweigen. Ich massierte seine Kopfhaut weiter.

»Hast du nie darüber nachgedacht, ein Kind zu adoptieren, wenn du schon keine tiefen Beziehungen mehr eingehen wolltest?«

»Doch, aber was hätte ich dem Kind bieten können? Einen abwesenden Vater, der mit dem Kopf viel zu sehr mit dem Eishockey verwachsen ist.« Wobei das nicht stimmte, wenn ich an das kurze Gespräch mit Anatoli heute dachte.

»Es ist nicht einfach, alleinerziehend zu sein. Manchmal kräfteraubend und oft genug wünsche ich mir jemanden, mit dem ich meine Sorgen teilen könnte. Aber du bekommst so viel Liebe und Schönes zurück. Wahrscheinlich hätte ich das an deiner Stelle jedoch auch nicht getan.« Erneut zog die Stille ein. »Erzählst du mir endlich, was Georg mit dem olympischen Dorf und seiner Verschwiegenheit angedeutet hat?«

»Sag mal, hast du heute wieder einen Berg Fragen gefuttert?«, fragte ich und grinste.

»Nein, ich suche nur Ablenkung von meinem Gedankenkarussell. Also, wie war das mit den Eroberungen?«

Ich seufzte. Er hatte mir die Frage immer wieder mal gestellt, jedes Mal, wenn er glaubte, ich wäre tiefenentspannt. Aber dieses Mal würde ich sie beantworten.

»Was ist denn an Eroberungen so falsch zu verstehen? Ich war die zwei Mal, die ich mit zu Olympia konnte, ungebunden.« Allein bei der Erinnerung an die Stimmung, die oft herrschte, wenn unsere Wintersportler nach der Siegerehrung und dem Presserummel ins Deutsche Haus zurückkehrten, bekam ich Gänsehaut. Das war mit nichts zu vergleichen. Viele Sportler, Funktionäre und Trainer aus den verschiedensten Sportarten kamen zusammen und feierten

gemeinsam. Ohne Neid oder Eifersucht. Es waren Höhen-
flüge, die einen zu mehr beflügelten. Man freute sich und
man verlor gemeinsam.

»Georg und ich teilten ein Zimmer, auf dem Eis war er
mein kongenialer Partner, auf dem Flirtparkett der perfekte
Wingman. Ich habe vor allem nach Siegen unserer Mannschaft unser Zimmer in Anspruch genommen. Er gab mir
immer eine Stunde. Wenn ich einen Mann mit nahm, half er
uns, unbemerkt zu bleiben.«

Emil richtete sich auf, kniff seine Augen zusammen.
»Wen hast du alles in deinem Zimmer gehabt?«

Ich lachte laut. »Also das werde ich dir nicht verraten.
Aus den verschiedensten Sportarten und nicht immer nur
Deutsche. Sogar zweimal einen Eishockeyspieler.«

»Hast du die Spieler später wiedergesehen?«

Ich grinste. Gegen einen der beiden hatte ich Wochen
danach in der NHL das Vergnügen. Wir hatten nie Num-
mern ausgetauscht, unsere Karrieren nicht verfolgt, für uns
beide war es eine einmalige Sache gewesen.

Als wir uns plötzlich in Amerika bei einem Spiel gegenüberstanden, starrten wir uns überrascht an. Der große
schwedische Stürmer gegen den großen deutschen Verteidiger. Unsere Teams bekamen nicht mit, wie wir uns in der
Nacht bei mir trafen, um ein erneutes Stelldichein zu haben.
Er spielte über zehn Jahre in Amerika, wurde zu einem der
großen Stars und holte dreimal den Stanley Cup. Irgendwann heiratete er und bekam Kinder. Nach seinem Rücktritt
verfolgte ich ihn nicht mehr. Bis heute wusste ich nicht, ob
er die Frau aus Liebe oder aus Pflichtgefühl, um nicht aufzufallen geheiratet hatte.

»Einen, ja. Den anderen nicht mehr.« Ich hatte keine
Ahnung, was aus ihm geworden war.

»Habt ihr in einer Mannschaft gespielt? In welcher?«

»Ha, du glaubst doch nicht, ich liefere dir weitere Details. Am Ende weißt du noch, um wen es sich handelt.«

»Das ist der Spaß daran.« Er kitzelte mich, fand genau die Stellen, an denen ich besonders empfindlich war. Ich wand mich unter ihm, wehrte mich allerdings nicht zu sehr. Viel zu glücklich ihn mal lachen zu sehen.

»Ich verrate nichts.« Es stand mir nicht zu, ihre Geheimnisse preiszugeben.

»Nimm das, du verschwiegener Lump.« Er krabbelte über mich, seine Hände gefühlt überall auf mir und ich konnte nur noch lachen. Plötzlich drückten sich seine Lippen auf mich, unterbrachen mein Lachen. Seine Zunge fuhr über sie, strich unter meinem T-Shirt über meine Haut. Gänsehaut bildete sich bei der Berührung.

»Wie ist es als Trainer?«, fragte er atemlos, als er sich von mir löste. »Bekommt man da viele Angebote?«

Ich zuckte mit den Schultern. »Keine Ahnung, ich habe keine bekommen. Manchmal ergab sich etwas, wenn ich feiern war.«

Emils Hände fanden meine Nippel unter dem Shirt und drückten sie. Lust schwappte durch meinen Körper bis in meine Körpermitte, sammelte sich in meinem Schwanz. »Ich biete mich dir an. Ist schon wieder viel zu lange her.«

»Der Meinung bin ich auch«, erwiderte ich und zog Emil zu einem Kuss zu mir herunter. Wie verliebte junge Leute begannen wir auf dem Sofa rumzumachen, rieben uns aneinander durch den Stoff unserer Hosen.

»Bett, jetzt«, befahl Emil nach einer Weile, in der die Jeans offen waren, damit es nicht allzu sehr drückte. Er stand auf, zog mich mit sich. Im Schlafzimmer entledigten wir uns in Rekordzeit der Klamotten. Emil fackelte nicht lange, holte sofort Gleitgel und Kondom hervor. Ich legte mich auf den Bauch vor ihn.

»Na los, mach schon«, forderte ich ihn auf und sah über meine Schulter zu ihm.

Er lächelte. »Leise sein. Patrick schläft nebenan.«

»Sind wir das nicht immer, mein Lieber?«

Statt einer Antwort beugte er sich vor, drückte mir einen Kuss auf meine Arschbacke, fuhr mit der Zunge in meine Ritze und stupste meinen Eingang an. Ich reckte ihm mein Becken entgegen, seufzte leise in das Kissen, auf dem ich lag. Lange hielt er sich nicht mit Spielereien auf, sondern bereitete mich schnell und sanft vor, baute trotzdem meine Lust ins Unermessliche auf, die sich bis in jede Pore meines Körpers erstreckte.

»Dreh dich um«, bat er. Rasch kam ich seinem Wunsch nach. Er zog sich das Kondom über und umfasste meine Beine, drang langsam in mich ein, wartete, bis ich mich an ihn gewöhnt hatte, aber dann vergaß er alle Zurückhaltung. Um unsere Geräusche zu ersticken, küsste er mich, zog die Bettdecke über uns, tat alles, damit wir so leise wie möglich waren. Hitze staute sich, Schweiß rann mir die Stirn herab und versickerte in der Matratze.

Ich stand kurz vor der Explosion, gereizt bis in die Haarspitzen, bis ich mich nicht mehr zurückhalten konnte. Ich erstickte meinen Schrei an Emils Schulter, die ebenso feucht war, wie meine. Nur vage spürte ich, wie Emil kam, ich schwebte noch zu sehr auf einer anderen Wolke. Fest schlang ich meine Arme um ihn.

Als ein kalter Luftzug mich traf, öffnete ich die Augen. Emil hatte die Decke von uns gezogen, wand sich aus meinen Armen und richtete sich auf.

»Lass uns duschen und mit Felix eine Runde drehen.«

»Du bist überhaupt kein Kuschelbär, wenn der Hund da ist«, beschwerte ich mich mit einem kindischen Schmollmund.

»Ach, du armes Tütüchen. Nicht traurig sein, Mami kauft morgen neue Püppi.«

»Was?«, entfuhr es mir, ich hatte keine Ahnung, was er da gesagt hatte.

Emil lachte. »Na, wenn du kindisch sein willst, bekommst du auch die passende Antwort.«

»Das habe ich wohl verdient.«

Er stupste meine Nase mit seiner an, bevor er mir einen schnellen Kuss aufdrückte. Für wenigstens ein paar Stunden schien er etwas abgelenkt zu sein von seinen Sorgen, worüber ich froh war. Ich hatte schon Angst, sie fraßen ihn auf und hinterließen nur noch ein Gerippe.

»Du kannst natürlich auch liegen bleiben, wenn dir das lieber ist.«

»Nix da. Am Ende kommt noch irgendjemand anderer herbei, auf den du bieten willst. Da rufe ich mich besser mit meiner Präsenz an deiner Seite in Erinnerung.«

»Dann auf.« Er stand auf und wartete an der Tür auf mich. Schwerfällig erhob ich mich und zog meine Boxershorts an.

Er schmunzelte. »Patrick hat durchaus schon nackte Männer gesehen.«

»Dich, ja, wir müssen ihm aber nicht vor Augen führen, was sein Vater mit seinem Freund macht außer küssen.«

»Ach ja, in wenigen Jahren weiß er eh Bescheid.«

»Aber nicht heute.« Mit diesem Schlusssatz schloss ich mich Emil an.

156

Kapitel 14

Emil

*N*ur noch eine Stunde bis zum Beginn des Testspiels gegen die Domhauer Steelers. Patrick hüpfte aufgeregt neben mir her, als wir uns auf den Weg machten. Zum ersten Mal blieb unsere kleine Fellnase Felix über einen längeren Zeitraum alleine zurück und ich hoffte, keine auseinander genommene Wohnung vorzufinden, ebenso wie keine Nachbarn, die sich beschwerten, weil der Hund nur gejault hatte, wenn wir zurückkamen. Wir hatten es zumindest geübt in den letzten Wochen. Die Zeiträume immer weiter ausgedehnt, in denen Felix alleine geblieben war. Da hatte es am Ende super geklappt.

»Ich darf später wirklich in die Kabine, Papa?«

»Karl hat es doch versprochen, oder?«

»Ja.« Er strahlte. Ich hatte Patrick nach der Schule damit überrascht. Es war ein Freitag und nichts sprach dagegen, wenn es heute später wurde.

Wir betraten mit vielen anderen Fans die Arena, zeigten unsere Karten vor und suchten den Aufgang zu unseren Plätzen.

»Dann sehe ich den Felix, oder? Und Stanni auch?«

»Du wirst beide in der Kabine antreffen.«

»Das wird schön.« Er seufzte zufrieden. Für ihn kamen wahrscheinlich Weihnachten und Ostern an einem Tag zusammen. Genauso wie im Frühsommer das Training mit den Profis.

Wir fanden unsere Plätze. Patrick sah sich mit großen Augen um. Dies war erst sein zweiter Besuch zu einem Spiel und ihn faszinierte noch alles. Die Spieler kamen zwar erst in einer halben Stunde zum Aufwärmen aufs Eis, Patrick würde die Warterei allerdings nichts ausmachen. Er hatte den großen Würfel über der Eisfläche entdeckt.

»Willst du etwas essen?«, fragte ich ihn, der die Augen nicht von dem Jumbotron trennen konnte, auf dem schlicht Werbung lief oder die Spieler vorgestellt wurden. »Patrick?« Ich stieß meinen Sohn sanft an.

»Was?« Er schenkte mir kurz seine Aufmerksamkeit.

»Ob du etwas essen willst?«

»Eine Wurst.« Damit sah er wieder auf den Würfel.

»Bleibst du hier? Dann gehe ich alleine.«

Er nickte.

»Gehen Sie ruhig, wir passen auf Ihren Jungen auf«, sprach mich ein Mann an, der neben Patrick saß. Skeptisch blickte ich ihn an. Ich wollte meinen Sohn nicht in der Obhut Fremder belassen, andersherum war ich eben drauf und dran gewesen, ihn alleine zurückzulassen.

»Emil?« Ich wandte mich um. Tyler Roth kam auf mich zu, die Arme voll mit Bechern und Essen, die er in einem Pappkarton trug. »Das ist ja schön, dich hier zu sehen. Habt ihr die Karten von Karl? Warum hat er euch keine VIP-Tickets gegeben? Ich muss mit ihm sprechen.« Er grinste mich an.

Irritiert, Tyler hier zu treffen, sah ich ihn einfach nur an. Er hob seine Augenbrauen und ich erwachte. »Wollte er, aber Patrick und ich möchten lieber hier mitten drin sitzen. Was machst du hier?«

»Ich habe eine Dauerkarte für den Platz.« Er deutete auf einen leeren Sitz hinter mir. »So oft es geht schaue ich mit Leif und zwei anderen von hier die Spiele.» Er zeigte auf den fremden Mann, der neben Patrick saß. Der winkte Tyler und mir zu.

»Oh. Das wusste ich nicht.«

»Woher auch? Ich habe gehört, Patrick wurde zum Probetraining eingeladen? Wann ist es?«

»Dein Junge kann hier vorspielen?« Leif sah bewundernd zu Patrick.

Völlig überraschend war heute der Brief bei mir in den Briefkasten geflattert. Karl hatte hoch und heilig geschworen, nichts damit zu tun zu haben. »Im nächsten Jahr. Dieses Jahr ist es schon zu spät. Aber Patrick weiß noch nichts davon.« Ich sah auf ihn hinab, der noch immer gefesselt von dem Würfel war. Ich hatte weiterhin keine Ahnung, wie ich das bezahlen sollte, würde er genommen werden.

»Dann halten wir den Mund.« Leif lächelt mich an. »Wenn du was zu essen holen willst, wir passen auf.«

Tyler räusperte sich, beugte sich zu mir vor. »Wahrscheinlich wird Patrick einer der ersten sein, der von unserer Stiftung profitiert. Es ist allerdings noch nicht in trockenen Tüchern.« Er lächelte. »Du kannst übrigens hier was von ab haben. Wie immer zu viel gekauft.« Tyler hielt mir den Karton entgegen.

Ich starrte ihn an. Wie konnte er von Essen reden, wenn gleich zwei gute Nachrichten an einem Tag hereinkamen?

»Was ist?«, fragte Tyler und lachte.

»Das … das ist nett, aber … ich hole schnell selbst etwas«, stammelte ich. Doch dann boxte mir mit Wucht die Realität in den Magen. Würde ich die Stiftung und all das überhaupt noch alles benötigen, wenn Patrick zu seiner Mutter käme? Würde sie zustimmen, sollte unser Sohn bei den Junioren der Kraken einen Platz bekommen? Wir hätten zwar geteiltes Sorgerecht, doch sollte das Aufenthaltsbestimmungsrecht bei ihr liegen, könnte sie solche Entscheidungen ganz ohne mich treffen. Ich sah zu meinem Sohn, musste erneut das dringende Bedürfnis unterdrücken, ihn zu packen und fort zu fahren. Irgendwohin, wo wir nicht zu finden wären und uns keiner aufspüren könnte.

»Emil? Alles in Ordnung?« Tyler zwängte sich an mir vorbei, stellte die Getränke und das Essen auf seinem Sitz ab und trat erneut neben mich. Sanft stupste er mich an. »Du bist ganz blass geworden.« Er runzelte die Stirn, musterte mich kritisch.

Ich nickte und zwang mich zu einem Lächeln. »Klar. Zwei gute Nachrichten und ein Eishockeyspiel an einem Tag bewirken das bei mir.« Ich musste mich zusammenreißen, ansonsten würde Patrick etwas mitbekommen und nachfragen.

Wie gerne hätte ich jetzt Karl bei mir, um mich bei ihm anzulehnen. Stattdessen atmete ich tief durch.

Immer noch beäugte Tyler mich, schien nicht überzeugt zu sein, ließ es allerdings auf sich beruhen. »Also, sollen wir auf Patrick aufpassen?«

»Das wäre lieb, danke dir.«

»Wie du meinst, nur hab ich wirklich zu viel geholt.«

»Das macht er immer, weil er denkt, wir sind verfressene Säcke.« Leif lachte und Patrick schenkte ihm zum ersten Mal Gehör.

»Verfressene Säcke?«, wiederholte er und ich seufzte. Wieso hörte der Junge immer das, was er nicht sollte?

Leif verzog entschuldigend das Gesicht. »Sorry. Das wollte ich nicht. Vergiss das wieder. Ich habe nichts gesagt.« Über der Reihe von uns kam ein weiterer Mann hinzu.

»Was ist das hier? Haben wir Zuwachs bekommen? Ich bin Norbert, hallo.« Er hielt mir die Hand hin, die ich ergriff.

»Emil und das ist Patrick.«

»Willkommen in unserer kleinen Runde.« Norbert trug ebenfalls etwas zu essen und zu trinken bei sich. »Wie immer ist Tyler schneller als ich.« Er hielt seine Errungenschaften in die Höhe.

»Wie du siehst, ist genügend für alle da.«

Ich gab mich geschlagen und ließ mir zwei Würstchen im Brötchen für Patrick und mich reichen. Tyler setzte sich auf seinen Platz. Zwischen ihm und Leif fehlte anscheinend noch einer, denn der Sitz blieb leer. Die drei teilten das Essen und die Getränke unter sich auf, während Patrick und ich aßen und verfielen in ein Gespräch über die kommende Saison.

»Sie kommen.« Patrick zog an meinem Sweater und zeigte auf die Eisfläche, auf der die Spieler nacheinander aufliefen und ihre Aufwärmübungen machten. Kaum war die Heimmannschaft auf dem Eis, folgten auch die Steelers. »Das ist so toll.«

Die Reihen füllten sich. Ich hätte nicht gedacht, wie viele Fans bereits zu einem Testspiel kamen. Nun wurde mir klar, weshalb die Kraken mittlerweile auf die Arena auswichen und nicht mehr ihre Trainingshalle nutzten. Wir hatten einen perfekten Blick auf die Bank der Kraken, die sich unter uns befand.

Patrick plapperte nun ohne Punkt und Komma, was Leif dazu animierte mit ihm über die Spieler zu sprechen. Stolz erzählte mein Sohn von seinem Training mit Stanni am Ende der letzten Saison, von Karl, der öfter bei uns übernachtete, was mir einen überraschten Blick einbrachte und ich nur mit einem Lächeln und Schulterzucken quittierte.

Als das Spiel endlich begann, wurde es laut in der Arena. Dies hatte schon fast die Atmosphäre eines Ligaspiels, in dem es um Punkte ging. Auch unten auf dem Eis kämpften die Mannschaften verbissen um ein Tor. Juli war heute Starting Goalie und natürlich atmeten die Fans vor dem ersten Bully in der Arena kollektiv auf, als er seinen Teddybären ins Netz zu seiner Flasche legte, was Patrick sehr amüsierte.

Die Hälfte des ersten Drittels war fast um, als es unter uns auf der Heimbank unruhig wurde. Ich reckte den Kopf, um etwas zu sehen, aber bis auf die Helme der Spieler und einem Mann im Anzug, der kniete und sich mit etwas oder jemanden abmühte, konnte ich nichts erkennen. Dafür war der Platz dort viel zu eng. Selbst die Trainer konnten sich kaum hinter der Bank der Spieler bewegen.

»Was ist da los?«, fragte ich unsinnigerweise, da die anderen ebenso viel sahen, wie ich.

»Keine Ahnung. Da muss jemand zusammengebrochen sein. Da, schaut, Sanitäter kommen.« Marco, einer von Tylers Freunden, der es erst rechtzeitig kurz vor dem ersten Bully geschafft hatte, zeigte nach unten. Tatsächlich.

»Das ist Coach Smith«, rief Tyler und alle, die ihn in seiner näheren Umgebung gehört hatten, drehten sich zu ihm um. »Ich muss da hin.« Er zwängte sich an uns vorbei. Auf der Eisfläche lief das Spiel noch einige Sekunden weiter. Erst als die Spieler zur Bank kamen, um zu wechseln, kam es zu einer Unterbrechung. Ihre Gesichter wurden in Nahaufnahme auf den Würfel übertragen und zeigten einen entsetzten Gesichtsausdruck. Schlagartig wurde es still in der Halle.

»Da ist irgendwas Schlimmes passiert«, flüsterte Leif und rieb sich den Nacken, holte sein Handy hervor und tippte darauf herum. Als ob das Internet jetzt schon Bescheid wüsste.

»Papa, was ist da los?«

»Ich weiß es nicht, Kumpel.«

»Die spielen gar nicht.«

»Wir müssen abwarten.« Alles in mir drängte danach, zu Karl zu gehen, zu sehen, ob mit ihm alles in Ordnung war und ein Eisenring legte sich um mein Herz, drückte es schmerzhaft zusammen. Dann erschien sein Gesicht auf dem Würfel, blass und mit einem sehr ernsten Gesichtsausdruck, wie ich ihn noch bei ihm gesehen hatte, sprach er mit dem Kapitän. Was auch immer passiert war, in diesem Moment durchfuhr mich Erleichterung, ihn zu sehen.

Karl war noch auf dem Würfel zu sehen. Er fuhr sich durch die Haare und zerrte an seinem Krawattenknoten. Ich wollte zu ihm, nur konnte ich es nicht. Bis zur Kabine käme ich gerade nicht durch. Stattdessen hockte ich hier auf der Tribüne und war machtlos.

Die Schiedsrichter trafen sich mit den Trainern der Kraken und der Steelers. Viel Genicke, ernste Gesichter.

»Coach Smith fehlt«, sagte Norbert über uns. »Da stimmt was ganz gewaltig nicht.«

Ich fasste nach Patricks Hand, dann kam Gerald Böhmer hinzu, sprach ebenfalls kurz mit allen. Er hielt ein Mikrofon. Mit einem letzten Nicken zerstob der Kreis aus Trainern und Referees und Gerald Böhmer ging in die Mitte der Eisfläche.

»Liebe Fans, wir müssen das Spiel leider abbrechen. Unser Head Coach Ian Smith wird soeben ins Krankenhaus gebracht, wir wissen noch nicht, was genau passiert ist und müssen die Untersuchungsergebnisse abwarten. Ich hoffe, Sie haben für den abrupten Spielabbruch Verständnis. Sobald wir mehr wissen, werden wir es auf unserer Website und den sozialen Medien bekannt geben.« Er setzte das Mikrofon ab, drehte sich im Kreis, bevor er weitersprach. »Es tut mir wirklich leid.«

Die Spieler verschwanden von den Bänken und gingen wahrscheinlich in die Kabinen. Auch Gerald Böhmer verließ das Eis.

»Was heißt das, Papa?«

»Ich denke, wir fahren nach Hause. Tut mir leid, Kumpel, du wirst heute wohl nicht in die Kabine können. Der Trainer ist schwer krank geworden und muss ins Krankenhaus.«

Traurig sah Patrick mich an.

»Ein anderes Mal.« Ich strich ihm über die Haare und er nickte. Mein Herz quoll über vor Liebe. Wenn es drauf ankam, war Patrick verständnisvoll trotz Enttäuschung.

»Das ist nicht gut«, sagte Norbert über uns.

»Gar nicht gut«, bestätigte Marco.

Überall in der Arena begannen Gespräche, Mutmaßungen, was dem Coach passiert sein könnte, wurden geäußert. Ich beschloss, zu gehen, holte mein Handy hervor und schrieb Karl, falls er heute noch reden oder einfach nicht allein sein wollte, würde ich zu Hause auf ihn warten.

»Wird Coach Smith wieder gesund?«, fragte Patrick.

»Bestimmt. Wir brauchen ihn doch.«

Ich verabschiedete mich von den drei Männern, die noch tief in der Diskussion steckten, als mein Handy vibrierte. Karl rief mich an.

»Hey«, begrüßte ich ihn.

»Wenn ihr wollt, kommt zu uns«, sagte er, was ich nur zu gern gemacht hätte, doch hatte ich das Gefühl dort nicht hinzugehören. Ich kannte niemanden aus der Mannschaft, war ein Außenstehender, der nur der Freund des Verteidiger Coaches war.

»Meinst du wirklich? Du solltest beim Team sein und dich nicht um deinen Freund kümmern.«

»Die anderen haben ihre Familien auch hier. Ich möchte dich bei mir haben.«

Seine Bitte wärmte mein Herz. Er wollte mich bei sich haben. Es klang fast wie: Ich brauche dich.

»Sag mir, wohin wir müssen.«

Rasch erklärte er mir den Weg, den Patrick und ich trotz der Menschen, die mit uns die Arena verließen, in Rekordzeit zurücklegten. An einer versteckten Tür wurden wir abgeholt und zur Mannschaft geführt. Die Umkleidekabine war überfüllt. Überall standen und saßen Männer und Frauen, Kinder dazwischen, die zum Teil miteinander spielten. Die Spieler hatten noch ihre Ausrüstung an, zum Teil die Schlittschuhe. Trotz der vielen Menschen erdrückte die Stille einen beinahe, meine drei Schritte in die Kabine klangen überlaut in meinen Ohren.

Einige sahen auf, lächelten mir zu, als ich fast schüchtern nach Karl Ausschau hielt, ihn an einer Tür entdeckte, die zu einem kleineren Büro führte. Mit Patrick an der Hand schoben wir uns durch den Raum. Er umarmte mich fest.

»Coach Smith hatte einen Herzinfarkt, kaum noch Puls. Der Doc hat ihn mit Herzdruckmassage wiedergeholt. Wir wissen nicht, was gerade passiert und warten auf Nachricht aus dem Krankenhaus«, flüsterte er mir zu. Das klang noch schlimmer als gedacht. Patrick sah sich um, zupfte an meiner Hose. Ich beugte mich zu ihm.

»Papa, sind die alle traurig?« Er versuchte zu flüstern, was danebenging.

»Wir sind besorgt«, antwortete Stanni ihm. »Komm her, kleiner Spieler, ich erzähle dir eine Geschichte von einem riesigen russischen Bären, dem ich in meiner Heimat im Wald begegnet bin.«

Patricks Augen wurden groß.

»Na los, geh zu ihm, wenn du magst. Du kennst Stanni doch«, ermunterte ich meinen Sohn. Das schien das Eis zu brechen, denn um uns herum begannen leise Gespräche. Patrick war nicht als einziges Kind hier, von daher war es erstaunlich ruhig.

Patrick ging zu Stanni, setzte sich zwischen Felix und ihn und hörte der Geschichte zu. Bewundernswert, wie der Mann so positiv und freundlich sein konnte, bei all dem, was er gerade zu Hause erlebte. Seine Frau lag nur noch im Krankenhaus, wie Karl mir erzählt hatte, wenn er denn mal Internes preisgab. Sie hatte das Kind fast verloren, aber die Ärzte konnten es retten. Meistens war Karl, was das private und berufliche seiner Spieler anging, verschwiegen.

Ich wandte mich Karl zu, nun, da es von leisen Gesprächen in der Kabine summte, mochte ich endlich die Frage stellen, die mir, seit ich diesen Raum betreten hatte, auf der Zunge lag.

»Wie geht's dir?« Ich griff nach seiner Hand, drückte sie und verschränkte unsere Finger miteinander. Dieses Mal konnte ich für ihn da sein. Es tat gut, mal derjenige zu sein, der Halt gab, als ihn zu benötigen.

Karl sah zu Patrick, der an Stannis Lippen hing, dann zog er mich in den kleinen Raum, ließ aber die Tür offen.

»Ich habe so schreckliche Angst um Coach Smith. Erst stand er normal neben mir. Hat auf seinem Brett Positionen verändert, mir mitgeteilt, was er ändern wollte, wie immer, bis er das Gesicht verzog, sich an die Brust gegriffen hat und schon war er weg. Einfach so zusammengebrochen. Konnte nicht mal richtig auf dem Boden fallen, weil so wenig Platz ist. Stattdessen ist er auf einen der Spieler gefallen.« In seiner Stimme lag noch immer Unglaube über das Geschehene. »Ich habe mich automatisch gebückt, ihn hingelegt, keinen Puls, keine Atmung gefühlt und so gut es ging mit der Herzmassage angefangen, bis der Doc mit dem Defibrillator kam.«

»Du hast alles richtig gemacht.« Was hätte ich sonst sagen sollen? Ich zog ihn in eine Umarmung, hielt ihn fest. Er war völlig verspannt, stand unter Strom und zitterte.

»Ich weiß, aber er war doch faktisch tot, oder? Er kam mir heute Morgen schon so verändert vor. Blass und abwesend. Ich hätte was sagen sollen, oder?«

»Er hätte doch gar nicht auf dich gehört, Karl. Du hast alles richtig gemacht. Und ob er faktisch tot war? Keine Ahnung, ob das so ist. Glaube, wenn sein Herz nicht noch Kraft gehabt hätte, hättet ihr ihn nicht wiederbeleben können. Das Wichtigste ist doch, er lebt und ist in guten Händen. Daran musst du dich festhalten.«

Er nickte an meiner Schulter, seine Arme fest um mich geschlungen.

»Hört mal her«, erklang nebenan Gerald Böhmers Stimme und wir traten zurück in die Kabine. »Coach Smith wird in den OP geschoben. Der Doc hat mich gerade angerufen. Das wird wohl einige Stunden in Anspruch nehmen. Macht euch fertig und fahrt nach Hause. Sobald ich mehr weiß, gebe ich jedem Bescheid, auch mitten in der Nacht. Ansonsten treffen wir uns morgen um zehn Uhr im Besprechungsraum.« Er kam auf Karl und mich zu. »Karl, du kommst bitte um neun zu mir ins Büro. Ich möchte mit euch Trainern besprechen, wie es weitergeht.«

»Ist gut.« Er wandte sich den Spielern zu. »Ihr habt es gehört. Geht duschen, nehmt eure Familien und ab nach Hause.« Sein Blick fand meinen. Betriebsamkeit brach um uns herum aus. Patrick kam zu mir.

»Patrick und ich gehen dann mal. Sehen wir uns später? Soll ich dich abholen oder draußen warten?«

»Ich fahre gleich ins Krankenhaus, das lässt mir sonst keine Ruhe. Jemand muss seiner Frau beistehen.«

»Gut. Wir sehen uns morgen oder du kommst mitten in der Nacht, wenn du nicht allein sein willst.«

Karl lächelte mich traurig an. »Danke dir.« Dann küsste er mich. Es zerriss mir das Herz, ihn zurückzulassen, doch ich konnte nicht mit ihm mitfahren. Zu Hause wartete ein Hund und mein Sohn musste ins Bett. Ich seufzte, drückte Karl noch einmal an mich.

»Kommst du klar?«, fragte ich ihn, als er sich an mich schmiegte. »Ich könnte meine Eltern anrufen. Sie würden bestimmt auf Patrick und Felix aufpassen.«

»Das ist so lieb von dir, aber ich kann nicht sagen, wie lange es dauert. Fahr nach Hause, kümmere dich um deine beiden. Ich komme nach.«

»Wenn du das möchtest. Ich bin wach, egal wie spät es ist.«

Karl lächelte sanft und nickte. »Bis später.«

Ich nahm Patrick an die Hand und fuhr mit ihm nach Hause. Trotz all der Aufregung und nach einem kurzen Gespräch über die Ereignisse schlief mein lieber Sohn relativ schnell ein, womit ich nicht gerechnet hatte. Ausnahmsweise durfte Felix neben ihm schlafen, was die kleine weiße Fellnase mit Freuden tat.

Ich stand bei ihnen am Bett, beobachtete meinen Sohn, hörte seinen regelmäßigen Atem. Es spendete mir Trost, ihn zu sehen, zu wissen, mit ihm war alles in Ordnung. Was sollte nur werden, wenn er dauerhaft bei Katharina wohnte und ich ihn nur alle zwei Wochen für ein Wochenende sah?

Die Gedanken schob ich weit von mir. Genoss, was ich gerade hatte. Trotz der friedlichen Stimmung hier konnte ich nicht verhindern, mir durchgängig Sorgen um Karl zu machen. War er überhaupt fahrtüchtig? Hätte ich nicht doch besser mit ihm fahren sollen? Meine Eltern wären ohne zu zögern hergekommen.

Ich fuhr mir durch die Locken, ging aus dem Zimmer und setzte mich im Dunkeln auf mein Bett. Stützte die Ellenbogen auf den Knien ab und verbarg mein Gesicht in den Händen. Plötzlich ertönte gedämpft durch meine Hose die Melodie der Sendung mit der Maus und ich zuckte zusammen. Rasch holte ich mein Handy hervor und ging ran.

»Das komplette Team, Spieler, Betreuer und Trainer sind im Krankenhaus. Sogar Gerald Böhmer. Anscheinend hatten wir alle denselben Gedanken.«

»Dann kann es nur gut gehen mit dem Coach.« Ein Teil meiner Angst um Karl fiel ab.

»Danke dir, Emil, für alles.«

»Habe gehört, so was ist normal in Beziehungen.«

Leises Lachen erklang am anderen Ende, aus dem Erschöpfung herausklang.

»Ich bin so froh, dich kennengelernt zu haben. Patrick natürlich auch. Soll ich nachher klingeln oder anrufen?«

»Ruf mich an. Dann wecken wir Patrick nicht.«

»Bis später, mein Lieber.« Er legte auf und ich lächelte. Trotz seiner Sorge um den Coach dachte er an mich. Es war ein gutes Gefühl, gebraucht und geliebt zu werden von einem Erwachsenen und nicht nur von einem Kind.

169

Kapitel 15

Karl

*D*ie Nacht war kurz gewesen. Bis knapp vor drei Uhr hatten wir im Krankenhaus gesessen und auf das Ende der Operation gewartet. Der Coach hatte einen Bypass erhalten und noch war fraglich, wann er wiederkehren würde. Nun trieb alle die Frage herum: Wie geht's in der Zwischenzeit weiter?

Auf die Schnelle einen Interimscoach zu finden, würde nicht leicht werden. Wir behielten zwar den Markt im Auge, doch so richtig beschäftigt hatte sich niemand mit der Frage, welcher Coach zur Verfügung stand. Warum auch, wir hatten einen. Das war allerdings der Grund, weshalb wir Trainer nun müde und erschöpft bei Gerald Böhmer im Büro saßen.

Ich gähnte verhalten, griff nach meiner Tasse mit dem schwarzen Wachmacher Gold. Derjenige, der den Kaffee gekocht hatte, war großzügig mit dem Pulver umgegangen. Der Löffel stand fast in dem Gebräu.

»Was hast du dir gedacht?«, fragte John Gerald direkt ohne große Umschweife, nachdem wir den gestrigen Abend kurz Revue passieren lassen hatten. Stefan und Gerald wechselten einen Blick. Für einen Moment war es still im Büro, nur der Regen prasselte gegen das Fenster.

»Wir haben keine endgültige Lösung. Wollten erst eure Meinung hören, was ihr davon haltet.«

Wie lange hatten Gerald und Stefan gestern noch zusammengesessen? Stefans Augenringen nach zu schließen, hatte er überhaupt nicht geschlafen. Wir Trainer hatten natürlich ebenfalls miteinander gesprochen, wie es weitergehen könnte, jedoch niemanden gefunden, der infrage käme. Es würde wahrscheinlich jemand von uns interimsmäßig übernehmen müssen.

»Dann lasst mal hören«, forderte John die beiden freundlich auf. Er war der älteste in unserem Trainergespann.

Ich war ebenso gespannt, wie alle anderen. Sie konnten keinen neuen Head Coach aus dem Hut zaubern, von daher ging ich von August oder John aus. Beide hatten genügend Erfahrung gesammelt in ihrem Trainerleben und wurden von allen respektiert.

»Wenn ihr nichts dagegen habt, plädiere ich für Karl, bis Coach Smith wieder da ist.« Gerald Böhmer richtete seinen Blick direkt auf mich.

Ich riss die Augen auf. Der Kaffee schwappte über, als ich meine Tasse heftig auf dem Tisch abstellte. Mit einem Mal war ich hellwach, da brauchte ich auch kein Koffein.

»Ich weiß, wir überrumpeln dich damit, aber du hättest mir die Idee nur wieder ausgeredet, wenn wir vorher drüber gesprochen hätten«, sagte Gerald. Er lächelte und zuckte leicht mit den Schultern.

»Aber … bitte … was?«, stammelte ich erstarrt. Stefan grinste mich an. »Das geht nicht. John, August oder Freddie sind prädestinierter als ich. Haben sehr viel mehr Erfahrung und wollen das bestimmt auch.«

»Also ich nicht.« Freddie, unser Goalie-Coach, lehnte sich zurück, setzte einen zufriedenen Gesichtsausdruck auf.

»Das ist gut«, sagte August und fiel mir in den Rücken.

»Leute, ehrlich, ihr seid viel länger dabei als ich. Das ist doch eine große Verantwortung.«

»Du kennst von allen Trainern hier den Laden am besten. Es kommt vor allem den Spielern zugute, wenn sie einen Interims Head Coach bekommen, der den Verein atmet, für ihn lebt«, erklärte Gerald. Er wandte sich an die anderen. »Entschuldigt bitte, ich weiß, ihr steht ebenfalls hinter uns.«

»Schon gut. Besser hätte ich es auch nicht ausdrücken können«, erwiderte John. »Außerdem bist du der derjenige, der seit Beginn an mit Coach Smith an unserer Philosophie gearbeitet und sie mit erarbeitet hat. Keiner steckt da so drin, wie du. Ihr sitzt stundenlang zusammen, redet und plant.« Ich setzte an, um John zu widersprechen, kam jedoch nicht dazu. »Lass mich ausreden. Verstehe mich nicht falsch. Ihr bezieht uns natürlich mit ein, aber ihr habt das so vor Augen, wie weder August, Freddie noch sonst irgendwer in diesem Team. Es ist eine gute Wahl, bis Coach Smith wiederkommt.«

Wie mit einem Eimer kalten Wassers übergossen, saß ich da, blickte von einem zum anderen.

»Was ist? Sagst du ja?« Freddie boxte mich freundschaftlich gegen den Oberarm.

»Dann fehlt uns ein Trainer. Wer kümmert sich um meine D-Men?«

»Egal wer den Job übernimmt, es fehlt uns eh ein Trainer.« John lächelte mir zu. »Ich werde deine Verteidiger übernehmen. Wir müssten die Trainingszeiten für das individuelle Training anpassen, das bekommen wir allerdings hin.«

Sprachlos sank ich in die Rückenpolster des Sofas, auf dem ich saß. Niemals hätte ich mit dem rückhaltlosen Vertrauen der älteren Coaches gerechnet.

»Der Rest kann so bleiben, oder? Ich möchte ungern im Rhythmus etwas ändern.« Stefan sah sich um. Einstimmiges Nicken. »Gut, dann setze ich die Vertragsänderung für die Zeit, in der Coach Smith fehlt an. Karl, willst du es selbst dem Team sagen oder sollen wir das machen?«

»Ich … ähm …« Ich war völlig überfordert. Die Gedanken wirbelten in meinem Kopf wie die Kugeln in der Trommel der Lottozahlen. Keiner war greifbar, flutschte sofort wieder davon.

Gerald lächelte mich an. »Am besten sage ich erst etwas, dann kann Karl ein paar Worte an das Team richten, oder?«

Ich nickte, griff meine Tasse, die in der Kaffeepfütze stand und trank einen Schluck, um wenigstens etwas zu tun zu haben. Von dem Becher tropfte es auf mein blau-weißes T-Shirt der Krakens und kleine Kaffeeflecken bildeten sich darauf.

»Okay, dann können wir an die Arbeit gehen. Karl, brauchst du Unterstützung beim Umzug ins neue Büro? Willst du diesen Tag für dich haben, um dich zurechtzufinden? Leider können wir dir nicht mehr Zeit geben, um dich in die neue Position einzufinden. Die Saison geht in zwei Wochen los.« Gerald sah mich entschuldigend an.

»Neues Büro? Ich soll Coach Smiths Büro nutzen?« Es kam mir wie Verrat vor. Kaum war der eine aus dem Haus, wurden schon seine Sachen an den Nächstbesten verhökert, obwohl es nur vorübergehend war. Noch immer saß ich ungläubig da, wurde von Entscheidungen überrollt, mit denen ich nie im Leben gerechnet hatte. Ich als Head Coach, derjenige der festlegte, wer wann wie zu spielen hatte.

»Auf jeden Fall. Das festigt deine Stellung.«

Ich fuhr mir über den Nacken und nickte. »Ich brauche keine Hilfe, aber den Tag nehme ich gerne.«

»Schön, dann lasst uns beginnen. Wir treffen uns um zehn Uhr im Besprechungsraum wieder.« Gerald löste die Besprechung auf und wir Trainer gingen eine Etage tiefer. Alle gratulierten mir noch einmal, sagten mir jedwede Unterstützung zu und schlugen mir wohlwollend auf die Schultern.

Ich konnte nur mit dem Kopf schütteln und in mein Büro gehen. Dort suchte ich meine paar Sachen zusammen, die ich gebrauchen könnte. Den Rest ließ ich an Ort und Stelle. In einigen Wochen würde ich wiederkommen. Genau, ich hielt den Platz für Coach Smith nur warm, damit es nicht zu kalt für ihn wurde, wenn er wiederkam. Mit dieser Einstellung ging es mir bereits besser.

Minutenlang stand ich im Türrahmen von Coach Smith' Büro. Erst als ich die Eingangstür hörte, erwachte ich aus meiner Starre und betrat es. Entweihte das Heiligtum, in dem Coach Smith seine Magie ausübte und seine Pläne ausfeilte, sich in stundenlanger Arbeit durch Videomaterial gegnerischer Teams kämpfte, obwohl wir dafür extra Analysten hatten. Sich seitenlange Notizen machte zu Spielern, Ideen entwickelte, wie wir sie schlagen könnten.

Oft saßen Coach Smith und ich noch weit in den Abend hinein hier, debattierten über Taktiken, Spielphilosophien und wie wir das an die vorhandenen Spieler anpassen könnten. Unsere Taktik mit einem ausgeprägten Drang auf das gegnerische Tor umsetzen, es vielleicht sogar noch schneller machen konnten.

Erst wenn er mit seiner Strategie zufrieden war, stellte er sie dem kompletten Trainerteam vor und wir feilten am letzten Schliff.

Ich schloss die Tür und legte meine Sachen auf dem Schreibtisch ab, auf dem das normale Coach-Smith-Chaos herrschte. Beschriebene Blätter in seiner unverwechselbaren krakeligen Schrift, die kaum jemand entziffern konnte. Alles auf Englisch oder Französisch, da er aus dem französischen Teil Kanadas stammte. Bei ihm wusste jeder sofort, sprach er in seiner Muttersprache und nicht Englisch oder Deutsch, wurde er emotional, Flüche klangen aus seinem Mund wie die schönsten Sprüche von Postkarten. Trotzdem nahm jeder diesen Zustand ernst, denn ein wütender Coach Smith bedeutete gerne auch mal zwei drei Runden mehr auf dem Eis.

»Was soll ich nur machen?« Vor dem Schreibtisch blieb ich stehen. Sobald ich ihn umrunden und mich in den bequemen Drehstuhl setzen würde, wurde es real. Ich musste mit Emil reden, seine Stimme hören und zu meiner alten Sicherheit finden. Aus meiner Hosentasche holte ich mein Handy hervor und rief ihn an. Hoffentlich ging er ran.

»Hey, alles in Ordnung?« Direkt beim dritten Klingeln meldete er sich.

»Ich bin der neue Interims Head Coach der Krackersner Kraken«, sagte ich nur.

»Nicht dein Ernst!«

»Doch.«

»Wohoo! Herzlichen Glückwunsch. Die wissen, was gut ist.«

»Ich bin überhaupt nicht geeignet dafür, völlig überfordert und weiß nicht, wo ich anfangen soll«, sagte ich in einer verzweifelten Stimmlage. Ich raufte mir die Haare. »Gleich muss ich mich vor die Mannschaft stellen und denen irgendwas erzählen. Dabei weiß ich nicht mal was.«

Ein leises Lachen drang zu mir. »Ganz ruhig, Karl.« Mit Ernsthaftigkeit in der Stimme sprach Emil weiter: »Ich bin mir sehr sicher, du wirst das wunderbar packen und umsetzen, obwohl du zurzeit weder Anfang noch Ende siehst. Es wird sich alles fügen, du wirst sehen. Gib dir Zeit.«

»Die habe ich nicht.«

Im Hintergrund von Emil knallte etwas und er fluchte.

»Alles in Ordnung bei dir?«

»Mir ist der Schraubenzieher runtergefallen.« Andere Geräusche, die ich nicht zuordnen konnte, erklangen. Baute er seine Wohnung um? »Das glaubst du jetzt, doch niemand erwartet von dir Perfektion. Stell dir vor, die komplette Mannschaft wäre deine Verteidigung. Für die hast du auch einen Plan, den du mit den anderen abstimmst, oder? Das Prinzip wendest du auf das Team an. Du bist nicht alleine. Da gibt es noch weitere Trainer, die dir zur Seite stehen.«

Ich lachte trocken. »Das klingt so einfach bei dir. Aber es geht doch nicht nur darum. Ich muss zum Training kommen und einen Plan haben, was wir machen wollen, damit nicht nur rumgeeiert wird. Woran wollen wir arbeiten, was muss geübt werden? Ich sollte mir jetzt schon die Mannschaften anschauen, gegen die wir spielen, da ich nicht die Routine wie Coach Smith habe.« Ich lamentierte so weiter, während Emil mir geduldig zu hörte.

»Ich würde mal sagen, du hast einen Plan. Jetzt guckst du die Sachen von Coach Smith durch und erstellst dir daran einen Grundplan, an dem du dich entlang hangeln kannst.«

Ich öffnete den Mund und schloss ihn wieder. Emil hatte recht. Bei meinem ganzen Gejammere hatte ich bereits eine To-do-Liste aufgezählt, die ich nur abzuarbeiten hatte.

»Ich liebe dich, das weißt du, oder?«, fragte ich.

»Jupps, absolut. Und hättest du mir nicht verboten, zu hinterfragen weshalb, würde ich es wieder tun.«

»Ich habe dir nichts verboten, sondern gesagt, du bist ein toller Kerl, woran du selbst endlich mal glauben sollst. Du strahlst so eine Ruhe aus, wirkst immer, als stündest du mitten im Leben und weißt, was du willst.«

Auf der anderen Seite wurde es kurz still.

»Heute Abend feiern wir. Dich, mich, uns, alles. Auch Coach Smith' erfolgreiche Operation.«

Ich lachte befreit auf. Mit Emil über meine neue Verantwortung zu reden, hatte mir geholfen, das unendliche Gewicht, welches mich zu Boden drücken versuchte, zu heben. Immerhin wurde der Trainer immer als erstes entlassen, sobald es nicht mehr lief.

»Liebst du mich auch noch, wenn ich versage und ohne Job dastehe?« Ich musste ihn das fragen, denn ich konnte mich nicht selbst infrage stellen und so in eine Spirale geraten, die mich noch weiter herunterzog. Ich brauchte mein Selbstvertrauen, um neben sehr großen Fußstapfen meine zu hinterlassen.

»Ich würde dich sogar lieben, wenn du in meiner Schule Toiletten putzen würdest. Wie du sagst, es kommt nicht auf den Job, sondern auf die Person an.«

»Danke, mein Lieber. Bis später.«

Wir legten auf und ich traute mich zum ersten Mal hinter den Schreibtisch. Fast ehrfürchtig setzte ich mich auf den Stuhl meines großen Vorbildes. Ich atmete tief ein, dann begann ich die Papiere zu entziffern und zu sortieren. Dabei machte ich mir auf einem leeren Blatt Notizen, damit ich meine Gedanken nicht vergaß.

Völlig vertieft in die Dokumente auf dem Schreibtisch, zuckte ich zusammen, als es an der Tür klopfte und sie direkt geöffnet wurde.

»Kommst du?«, fragte Stefan. »Es ist kurz vor zehn.«

»Klar.« Schlagartig erhöhte mein Puls seine Geschwindigkeit. Ich hatte mir überhaupt nicht überlegt, was ich sagen sollte, mal ganz davon abgesehen, was die Spieler dachten, sobald sie von meiner kurzfristigen Beförderung erfuhren. Sie dauerte hoffentlich nicht zu lange und Coach Smith würde spätestens zur zweiten Hälfte der Saison wieder dabei sein.

Ich stand auf und folgte Stefan in den Konferenzraum. In meinem Bauch herrschte dieses typische Durcheinander von Kribbeln und Magengrummeln. Ich war überzeugt, mich gleich übergeben zu müssen, wie früher vor einem Spiel, bevor ich die Eisfläche betrat und mich in meinem Element befand.

Es waren alle da. Die Spieler saßen auf ihren Plätzen, die Coaches und Betreuer standen am Rand, Gerald in der Mitte und lächelte mir zu. Ich stellte mich zu den Trainern, wünschte mich ganz weit weg von hier. Die Antarktis erschien mir gerade sehr verlockend.

Leider hatte ich völlig vergessen, mich umzuziehen und trug noch immer das Shirt mit den Kaffeeflecken. Na, das machte bestimmt einen guten Eindruck auf die Jungs, dachte ich sarkastisch.

Gerald begann mit den neusten Informationen aus dem Krankenhaus. Anscheinend war Coach Smith erwacht und es ging ihm den Umständen entsprechend gut. In ein paar Tagen sollte er von der Intensivstation auf eine Normale verlegt werden, sofern es zu keinen Komplikationen kam. Auf fast allen Gesichtern der Spieler, die nicht minder müde aussahen, wie wir Trainer, zeichnete sich Erleichterung ab.

»Kommen wir zu der Frage, wer Coach Smith vertreten wird, während er gesund wird.« Gerald sah zu mir, was mein

Herz schneller klopfen ließ. Meine feuchten Hände wischte ich unauffällig an meiner Hose ab. »Wir haben uns auf Karl geeinigt.«

Die Jungs klatschten spontan in die Hände und trampelten in Ermangelung der Stöcke, die sie normalerweise auf den Boden schlagen würden, mit den Füßen.

»Wohoo« und »Yeah« Rufe erklangen.

»Karl, komm her und richte deine ersten Worte als Interims Head Coach an das Team.«

Zögerlich kam ich Geralds Aufforderung nach. Noch immer wusste ich nicht, was ich sagen sollte. Es herrschte absolute Leere in meinem Kopf. Ich blickte in die gespannten Gesichter der Spieler, der ein oder andere lächelte mir zu.

»Danke Gerald, Stefan und auch an die anderen für euer Vertrauen.« Ich nickte den Trainern, dem sportlichen Leiter und dem Geschäftsführer zu. Dieser Einstieg klang nicht schlecht. Die Spieler wurden ruhig. »Es wird hoffentlich nur ein kurzes Gastspiel und Coach Smith steht bald wieder hier. Nichtsdestotrotz werden wir weiter hart arbeiten, um unser Ziel zu erreichen, am Ende der Saison endlich den verdammten Pokal in die Höhe zu recken.« Erneute Zustimmung erklang. »Ich werde, so wie ihr auch, mein Bestes geben. Meine Tür steht euch wie immer offen, falls ihr Redebedarf habt. Jetzt noch mehr als sonst oder ruft mich an, wenn ihr es nicht hier vor Ort besprechen wollt.«

Viele nickten zustimmend.

»In den nächsten Wochen werden sich ein paar Dinge ändern. John wird in Absprache mit euch die Trainingszeiten für das individuelle Training anpassen und sich um die D-Men kümmern. Der Rest bleibt wie gehabt.« Die Anspannung fiel von mir ab und das Gewicht wurde endgültig von mir genommen, auch wenn ich die Verantwortung und den damit einhergehenden Druck, die mit diesem neuen Amt einhergingen, sehr deutlich spürte.

Doch es lief bisher gut, wenn man bedachte, wie planlos ich in dieses Teammeeting gegangen war. Die Mannschaft schien hinter mir zu stehen und das machte mir Mut und ich brauchte die Gewissheit, wie mir auf einmal klar wurde. Vielleicht hatte ich bis heute Abend einen vorläufigen Plan erstellt, wie ich die nächsten Wochen vorgehen wollte.

»Gut, gehen wir es an.« Ich klatschte in die Hände. Warum konnte ich selbst nicht sagen, aber alle folgten dem. Dann erhob sich Geller.

»Ich möchte mich auch kurz zu Wort melden und ich schätze, die Mannschaft sieht das ebenso wie ich.« Sandro sah sich um. »Ich freue mich sehr, dich als unseren neuen Head Coach zu begrüßen und wir werden uns den Arsch aufreißen, um am Ende ganz oben zu stehen. Auch für Coach Smith.«

Zustimmendes Gemurmel begleitete seine Worte von allen Seiten und Wärme breitete sich in mir aus, gefolgt von einer Ruhe, die meinen inneren Aufruhr zum Schweigen brachte.

Dann stand Felix auf. »Ich freue mich wirklich für dich, Karl, kann ich trotzdem noch eine andere Frage stellen?«

»Selbstverständlich.«

»Wie sieht es mit Besuchen bei Coach Smith aus? Wann können wir hin?«

»Sobald es möglich ist, geben wir Bescheid. Vielleicht erstellt Geller bis dahin eine Besuchsliste. So wie ich euch kenne, steht ihr alle am ersten Tag in seinem Zimmer. Das ist wahrscheinlich nicht gut für seine Genesung. Bitte immer nur drei oder vier Leute pro Tag«, antwortete ich Felix, bevor Gerald überhaupt den Mund aufmachen konnte.

»Alles klar.« Felix Blick schweifte zu Geller und die beiden nickten sich zu. » Ich kümmere mich darum. Er wird vermutlich frühestens in einer Woche Besuch erhalten dürfen, oder?«, fragte Felix.

Gerald trat neben mich. »Ich gebe Bescheid. Wenn alles geklärt ist, beginnen wir mit dem Training. Ich nehme an, es wird heute etwas ruhiger zugehen.« Mit einem Lächeln wandte er sich zu mir und ich nickte nur.

»Das lief doch gut«, sagte John zu mir, als alle aufstanden und den Raum verließen.

»O ja. Da bin ich auch ganz froh drum.«

»Hast du etwa was anderes erwartet?«, fragte August.

»Ehrlich gesagt, weiß ich nicht, was ich erwartet habe.«

Wir gingen Richtung Ausgang, an dem ein kleiner Stau entstanden war.

»Kannst du mir gleich mal deinen Plan für die Verteidiger mitteilen?«, fragte John leise, sodass die Spieler ihn nicht hörten.

»Klar, lass uns ins Büro gehen.«

Als wir endlich rauskamen, steuerte ich automatisch das gemeinsame Büro von August und mir an. Stoppte allerdings, als John nicht mitkam, sondern viel früher stehen blieb. Ich sah mich nach ihm um und er grinste mich schief an. Ich verdrehte die Augen. Daran musste ich mich ebenfalls gewöhnen.

»Kommt noch«, meinte er zu mir.

»Hoffentlich.« Ich öffnete die Tür und keine Minute später vertieften John und ich uns in meine Trainingspläne.

181

Kapitel 16

Emil

*H*ätte ich einen freien Kopf gehabt, würde ich mich garantiert umsehen. Wie oft kam man schon ins Allerheiligste seines Lieblingsvereins, ins Herz, an den Ort, an dem der Schweiß des Trainings haftet? Genauso roch es auch, nach alten abgestandenen Schuhen und Socken.

Der Mitarbeiter der Information führte mich durch den Flur zu Karls Büro, doch ich entdeckte ihn bereits viel früher. Er stand an einem der langen Fenster, die zum Trainingseis hinausgingen.

»Da ist er.« Der Mitarbeiter lächelte und zeigte auf Karl. Ich blieb stehen und betrachtete ihn im Profil. Im Gegensatz zum Telefonat heute Morgen wirkte er ruhiger, gesettelter. Die Hände in die Taschen geschoben, beobachtete er etwas oder eher jemanden auf dem Eis. Er murmelte vor sich hin, legte den Kopf schief oder gab einen zustimmenden Laut von sich.

Dieser Mann, mit dieser unglaublichen Ausstrahlung, von der er nicht mal ansatzweise ahnte, gehörte zu der Sorte Mensch, zu der man sich automatisch umdrehte, sobald sie einen Raum betrat. Und er liebte mich. Viel zu oft musste ich mir das immer wieder sagen, um es zu glauben.

Ich lächelte und ging auf ihn zu, dabei war mir alles andere als danach zumute. Der Brief von Katharinas Anwalt brannte in meiner Tasche. Obwohl ich mit dem Schreiben gerechnet hatte, schnürte mir der Inhalt die Luft ab. Zerhackte mein Herz in tausend Stücke und ließ mich zerstört am Boden liegen.

»Hey«, begrüßte ich ihn leise. Er sah zu mir und seine Lippen verzogen sich von einem konzentrierten Zug zu einem Schmunzeln.

»Hallo mein Lieber, was machst du denn hier?« Er schlang einen Arm um meine Taille und küsste mich.

»Schlechte Nachrichten. Heute ist anscheinend ein Tag voller Achterbahnfahrten.«

Karl betrachtete mich kaum eine Sekunde, bevor er sich in Bewegung setzte und mich mit sich zog. »Lass uns ins Büro gehen.« Er deutete auf eine geöffnete Tür.

»Nein, erst will ich wissen, wem du so interessiert zugesehen hast.« Ich sah auf die Eisfläche hinaus. Felix, Stanni, Geller und Juli trainierten dort mit drei jungen Spielern, deren Namen ich noch nicht auf dem Schirm hatte.

»Felix hat das initiiert, um den Jungs mehr Sicherheit zu geben. Sie üben Angriffe, Penalty schießen und vor allem bekommen sie Tipps, um schneller auf dem Eis werden.«

»Das ist gut, oder?«

»Klar. Felix hat das gemacht, weil John weniger Zeit hat für die jungen Spieler. John ist für die D-Men zuständig, solange ich …« Karl runzelte die Stirn, schien nach Worten zu suchen, was ich noch nicht von ihm kannte. »Solange ich übernehme.«

Ich grinste unwillkürlich, trotz der miesen Nachrichten, die in meiner Tasche nur darauf warteten an die Luft zu kommen und sich nicht verbannen ließen.

»Du kannst Interims Head Coach nicht aussprechen? Sogar der *Hockey-Insider* hat nur gute Worte für dich.«

Karl stöhnte. »Sag mir nicht, du liest den Schund.«

»Was glaubst du denn, woher ich meine ganzen Infos habe? Bekommst du das wirklich erst jetzt mit?«

»Offensichtlich.« Er wandte sich wieder dem Fenster zu. »Sollten wir Felix halten können und er nicht doch noch einen Lockruf aus Schweden erhalten und dem folgen, könnte das unser nächster Kapitän werden.«

Ich blickte ebenfalls zu Felix, der sich gerade einen jungen Spieler geschnappt hatte und ihm einen Griff am Schläger zeigte.

»Er muss nur Vertrauen in seine verheilte Schulter bekommen«, murmelte er.

»Ist sie noch nicht in Ordnung?« In den Testspielen hatte ich nichts davon mitbekommen. Er schien wie immer mit vollem Körpereinsatz zu spielen.

»Doch, aber siehst du das?« Karl deutete auf Felix, der gerade ausholte, um den Puck ins Netz zu schießen. »Er bringt nicht seine volle Kraft in den Schlagschuss. Er schont sich, lässt die Schulter hängen. Auf Dauer kann das zu einer Fehlhaltung führen.«

»Hast du mit ihm gesprochen?«

Karl nickte. »Klar.« Er sprach nicht weiter und ich fragte nicht, ansonsten hätte er mehr gesagt. Er wandte sich mir zu. »Kommen wir zu dir. Wollen wir ins Büro gehen?«

Ich nickte und seufzte.

»Ich muss mit jemandem reden.« So gern ich den Brief in meiner Tasche vergessen wollte, so unmöglich war es. Wir gingen ins Büro und Karl schloss hinter uns die Tür. Ich blickte mich um, an einer Wand hing ein großer Fernseher, der zurzeit aus war. Es war größer als mein Verschlag in der

Schule, wenn auch ebenfalls ohne Fenster und nur durch das Licht der langen Lampen erleuchtet. Karl setzte sich hinter seinen Schreibtisch, auf dem sich an einer Seite Berge von Papier stapelten, einen zugeklappten Laptop vor sich. Er deutete auf den Stuhl davor und ich nahm Platz.

»Schieß los.«

»Katharina macht ernst. Sie hat mir über ihren Anwalt, der ebenfalls die Scheidung geregelt hat, ein Schreiben zukommen lassen.« Ich holte es heraus, reichte es Karl, der es auseinanderfaltete und überflog. Es tat so unendlich weh, zu sehen, wie wenig gesprächsbereit Katharina war. Dieses Mal bekamen wir es nicht geregelt. Sie schien nicht einmal Patricks Interesse im Sinn zu haben, sondern nur ihr eigenes.

»So eine elendige Bitch«, fluchte Karl. »Die will Patrick aus seiner gewohnten Umgebung herausholen.« Er stand auf, kam um den Schreibtisch herum und zog mich in eine Umarmung, in die ich mich fallen ließ. »Wie geht's dir?«

»Wie schon, wenn man mir mein Herz rausreißt?« Mir wurde wieder schlecht, wie vorhin, als ich das Anwaltsschreiben das erste Mal gelesen hatte. »Sie wird nicht mit sich reden lassen.« Mir versagte die Stimme. Ich klammerte mich an ein klein wenig Hoffnung, die mir geblieben war und in der die Richterin oder der Richter erkannten, wie gut und beständig Patricks Leben unter meiner Obhut war. In seiner gewohnten Umgebung, bei seiner wichtigsten Bezugsperson. Katharina und ich könnten trotzdem geteiltes Sorgerecht haben und alles so belassen wie bisher. Sie hatte immer mitgeredet. Weshalb sie auf einmal alles für sich beanspruchen wollte, erschloss sich mir nicht. Wie konnte sie von mir verlangen, mein Kind wegzugeben und nur noch alle vierzehn Tage zu sehen?

»Wollen wir zu Bernd gehen?«

»Einen Moment.« Ich schmiegte mich enger an Karl, versuchte von seiner Kraft etwas in mich aufzunehmen. Nie im Leben hätte ich gedacht, jemals um meinen Sohn kämpfen zu müssen. Irgendwo in Katharina musste doch noch ein Fünkchen von der liebevollen Frau stecken, die ich als junger Mann bei den Nachbarn meiner Eltern kennengelernt hatte. Anscheinend war das alles in ihrem von Männern dominierten Job verloren gegangen. Dabei konnte sie eine wirklich tolle Mutter sein.

Ich reckte mich, um mir einen Kuss von Karl zu stehlen. »Wir können.«

Im Büro des Anwalts las dieser sich das Schreiben durch. »Wie gesagt, das Sorgerecht fechten wir nicht an. Aber das Aufenthaltsbestimmungsrecht.« Bernd sah Karl und mich an. »Weiß der Junge schon Bescheid?«

»Bisher noch nicht. Ich möchte Patrick so lang wie möglich heraushalten. Er soll nicht mitbekommen, wie Katharina und ich uns um ihn streiten.«

Bernd nickte. »Aber irgendwann muss er Bescheid wissen. Ihr könnt es ihm nicht auf Dauer verschweigen.« Er seufzte, als er wahrscheinlich sah, wie meine Schultern nach vorne sackten. Karl griff nach meiner Hand und drückte sie. »Also, Emil, der Anwalt, den ich kontaktiert habe, ist Fachanwalt und Mediator in Familienrecht. Er vertritt die These miteinander reden anstatt gegeneinander prozessieren. Ich werde ihm den Brief weiterleiten und wir machen einen gemeinsamen Termin aus, sollte Katharina zustimmen.«

Ich nickte. »Versuchen wir es.«

»Hey, das wird schon.« Karl drückte erneut meine Hand. Es änderte nichts daran, wie meine Welt zurzeit völlig auf den Kopf gestellt wurde. Rein rational betrachtet, wurde mir

Patrick nicht weggenommen. Ich sah ihn jeden Tag in der Schule und laut Katharina konnte er jedes zweite Wochenende bei mir verbringen. Trotzdem fühlte es sich völlig verkehrt an.

»Sollte es tatsächlich vor Gericht gehen, wird das ein unglaublich komplexes Verfahren mit sehr vielen Beteiligten. Das gilt es zu vermeiden, auch zum Wohle von Patrick.« Bernd stand auf und ging zu einem großen Kopierer an der Wand. »Ich scanne mir das Schreiben eben ein. Du hast das Mandat bei ihm unterschrieben, oder?«

»Ja, noch vor meinem Urlaub.«

Bernd drückte einige Knöpfe und das Blatt wurde durch den Kopierer durchgezogen. »Ich nehme an, er wird sich morgen bei dir melden, um alle weiteren Schritte abzusprechen. Ich werde immer dabei sein.«

»Okay.« Mehr brachte ich nicht heraus. Wieso nur musste Katharina alles ändern? Es lief doch und sie konnte Patrick sehen, wann immer sie wollte.

Ich fuhr mir mit den Händen übers Gesicht, versuchte den schmerzhaften Kloß im Hals zu ignorieren.

Bernd gab mir den Brief zurück, den ich ordentlich zusammenfaltete, nur um ihn dann in meine Hosentasche zu packen.

»Gut, wenn wir hier fertig sind, lass uns nach Hause fahren. Patrick ist bestimmt noch bei deinen Eltern, oder?« Karl stand auf.

»Ja.« Ich erhob mich ebenfalls. Wir verabschiedeten uns von Bernd und gingen zu seinem Büro zurück. Einige Leute kamen uns entgegen, tauschten ein paar Worte mit Karl. Ich lächelte ihnen automatisch zu, aber hätte ich sagen müssen, wen wir getroffen hatten, wäre ich nicht dazu in der Lage gewesen.

»Ich fahre. Morgen früh nehme ich dich mit her. Braucht Patrick noch einen Sitz oder so?«

Langsam kamen die Informationen bei mir an. Viel zu sehr beschäftigte mich die Frage, was Katharina zurzeit bewegte. Sollte ich sie alleine aufsuchen und mit ihr reden? Woher kam die plötzliche Anwandlung die Hauptbezugsperson für Patrick zu sein? Anfang des Jahres war sie noch zufrieden damit, wie es lief und relativ ungebunden zu sein trotz des Kindes.

»Emil? Hast du mir zugehört?«

Verständnislos sah ich Karl an.

»Braucht Patrick einen Autositz oder so?«, wiederholte er geduldig.

»Sitzkissen ist in meinem Auto.«

Er suchte seine Sachen zusammen, erzählte dabei, wie er den ganzen Tag mit Kaffeeflecken auf dem T-Shirt herumgelaufen war, bis die Spieler ihm beim Mittagessen eine Serviette umgehängt hatten.

An den entsprechenden Stellen gab ich zustimmende Laute von mir, zumindest hoffte ich es. Denn genau hörte ich nicht zu.

»Ich könnte dir jetzt erzählen, mit dem ganzen Team herumgemacht zu haben und von dir käme nur ein Hm, oder?«

»Hast du?«, fragte ich und fiel in den Stuhl, der vor dem Schreibtisch stand. Karl ordnete einige Papiere. Wollte er nicht seine Sachen holen, damit wir loskamen? Hielt ich ihn von der Arbeit ab? Sie waren in der Vorbereitungsphase und er hatte bestimmt viel zu tun, vor allem da er heute erst seinen neuen Posten übernommen hatte.

»Du hörst ja doch zu.«

»Nur die wichtigen Dinge.« Ich fuhr mir durch die Locken. Wieder zwei Knoten drin. Wie bekam ich das nur jedes Mal hin? »Ich halte dich nicht auf, oder? Du kannst jetzt auch Feierabend machen? Heute Morgen klang es, als ob du jede Menge zu tun hättest.«

Karl lächelte leicht. »Mach dir keine Gedanken um mich. Ich habe alles, was ich heute erledigen kann, gemacht. Mein Kopf braucht jetzt Ruhe und nicht noch mehr Input.«

Sofort bekam ich ein schlechtes Gewissen, weil ich ihn zusätzlich mit meinen Problemen belastete. »Ich hätte nicht kommen sollen.« Ich erhob mich aus dem Stuhl, bereit, alleine nach Hause zu gehen und ihm die benötigte Ruhe zu geben. »Du hast genug zu tun. Jetzt muss du dich auch noch mit mir und Patrick auseinandersetzen.«

»Hey, das will ich nie mehr hören.« Sofort kam er um den Tisch herum, schlang seine Arme um mich. »Ich will das wissen, möchte unbedingt Teil deines Lebens sein und mit dir deine Probleme teilen und dir beistehen. Das macht man doch in einer Beziehung, oder?« Sanft drückte er mich zurück in den Stuhl, kniete sich davor und legte seine Arme auf meine Oberschenkel.

Gerührt sah ich ihn an und konnte nur nicken.

»Dann sind wir uns also einig. Es war eine sehr gute Idee, direkt zu kommen. Wir konnten sofort mit Bernd sprechen und ich habe dich bei mir, um dich zu drücken.« Er stemmte sich hoch, küsste mich zärtlich und sanft.

»Danke dir. Ich bin es nicht mehr gewohnt, jemanden an meiner Seite zu haben, mit dem ich meine Probleme besprechen kann.«

»Ja, das Gefühl kenne ich, aber das ist jetzt vorbei. Wir haben uns, können miteinander reden.« Eindringlich blickte Karl mich an. »Du brauchst nie wieder ein schlechtes Gewissen haben, ob du mich in irgendeiner Weise störst oder zu viel bist, okay? Das wirst du nie sein.«

Womit hatte ich diesen Mann nur verdient? Ich umfasste Karls Gesicht und küsste ihn. Legte alle meine Gefühle für ihn in den Kuss. Wie war es möglich, sich so schnell zu verlieben?

»Da wir das geklärt haben. Was geht dir noch durch den Kopf?« Karl ging in die Hocke, blickte zu mir hoch.

Ich musste schmunzeln. Er sah aus wie ein großer Junge, der die spannendste Serie überhaupt im Fernsehen schaute. »Ich will so gerne wissen, was Katharina antreibt, was dahinter steckt.«

»Das werden wir wohl nicht erfahren, schätze ich. Vielleicht hat sie Angst, schon zu viel verpasst zu haben oder sie will sich und anderen beweisen, dass sie eine gute Mutter ist und Karriere machen kann. Es gibt so viele Vielleichts und Spekulationen. Ihr mögt bisher immer in der Lage gewesen sein, miteinander zu reden, aber das sehe ich hier nicht.« Karl seufzte. »Es bringt einfach nichts, sich darüber den Kopf zu zerbrechen. Lass uns lieber schauen, eine friedliche Lösung zu finden.«

»Ich weiß.« Ich sackte leicht auf dem Stuhl zusammen. »Es tut nur so weh. Irgendwo auf unseren unterschiedlichen Wegen haben wir nicht nur unsere Liebe verloren, sondern auch mehr.«

Karl rutschte näher, umfasste meine Beine. »Nicht die Hoffnung aufgeben. So sehr ich sie verfluche und aus eurem Leben verbannen will, für Patrick und dich hoffe ich auf ein friedliches Ende, mit dem alle leben können.«

»Ja, darauf hoffe ich auch.« Auch wenn ich die Hoffnung zurzeit mit der größten Lupe der Welt suchen musste.

Karl stand auf, hielt mir seine Hände entgegen, die ich ergriff und er zog mich hoch. »Wir holen Patrick ab und fahren nach Hause.«

Wieder lächelte ich. »Du lernst gleich meine Eltern kennen und du sagst nach Hause.«

»Oh, das war mir überhaupt nicht klar.« Ein schiefes Lächeln zeichnete sich auf seinen Lippen ab. »Heute ist ein Tag voller Überraschungen.«

»Du musst nicht mitkommen. Garantiert halte ich dich von deiner Arbeit ab, oder? Ich kann Patrick auch alleine abholen und wir treffen uns dann bei mir.«

»Quatsch, wir fahren da jetzt gemeinsam hin. Danach lade ich euch zur Feier des Tages ins *Game Time* ein. Felix, Stanni und Juli haben bestimmt nichts dagegen, wenn wir ihnen Umsatz bringen.«

Mir ging das Herz auf. Für Karl gab es nur das Gesamtpaket. Er diskutierte nicht, sondern nahm es, wie es kam ohne Wenn und Aber und machte das Beste daraus. Allein dafür liebte ich ihn. Das erhellte meinen Tag und holte mich aus meinem Stimmungstief.

»Da wird sich Patrick freuen.«

»Du willst wirklich mit reinkommen?« Ich erntete nur einen leicht genervten Blick.

»Wie oft fragst du noch? Ich habe viermal Ja gesagt. Ich ändere meine Meinung nicht mehr. Oder willst du mich nicht deinen Eltern vorstellen?«

»Natürlich«, rief ich empört aus und stieg aus dem Auto aus. Karl folgte mir und lachte. Er hatte es während der kurzen Fahrt geschafft, mich aufzuheitern. Das war auch dringend nötig, damit Patrick mir bloß nichts anmerkte.

»Sie haben hoffentlich kein Problem mit meinem fleckigen Shirt.« Er blickte an sich herunter und zog an dem Stoff.

»Sie haben einen Sohn und einen Enkel. Glaube mir, mit Dreck können sie umgehen.« Ich holte meinen Schlüssel hervor und ließ uns ins Haus. »Mama? Papa? Patrick?«, rief ich durch den hellen Hausflur.

»Küche«, hallte die Stimme meiner Mutter zu uns. Ich leitete Karl durch den kargen Flur, von dem aus eine Treppe ins Obergeschoss führte und hinter den drei anderen Türen links und rechts versteckten sich das Wohnzimmer, eine Gästetoilette und der Hauswirtschaftsraum. Wir gingen geradeaus weiter in die geräumige Küche, von der aus man auch direkt in den Garten kam.

Es war schon merkwürdig, ihnen wieder jemanden vorzustellen, mit dem ich mein Leben teilen wollte. Das letzte Mal war es Katharina gewesen und davor der Nachbarsjunge, mit dem ich erste Erfahrungen in Sachen Beziehung gesammelt hatte. Viel Übung im Vorstellen des Freundes oder Freundin hatte ich nicht.

Kurz vor der Küche blieb ich stehen, atmete tief durch und wischte mir die Hände an der Hose ab. Karl strich mir sanft über den Rücken und sofort wurde ich ruhiger. Sie würden ihn akzeptieren, im Prinzip wussten sie bereits Bescheid, so oft wie Patrick von Karl sprach. Ich setzte ein Lächeln auf und betrat die Küche.

»Hallo Papa. Wir haben Kekse gebacken.« Patrick strahlte, kam auf mich zu und hielt mir einen hin, den ich mit einem Danke entgegennahm. Aus den Augenwinkeln bekam ich den neugierigen Blick, den meine Mutter Karl zuwarf, mit. Auch mein Vater konnte seine Neugierde nicht gut verbergen und beugte sich vor, um um mich herum zu schauen.

Doch bevor ich etwas sagen konnte, erkannte Patrick meinen Freund hinter mir. »Trainer Karl, du kriegst auch einen.« Er lief zum Tisch, der neben der Terrassentür stand, holte einen Keks und reichte ihn Karl. Der biss direkt rein und riss theatralisch die Augen auf.

»Hm, so leckere Kekse kannst du backen? Ich muss dich als Keksbäcker für das Team anstellen.« Patrick lachte, was wie Musik in meinen Ohren klang.

Ich aß meinen ebenfalls und trat an den Küchentisch heran, um mir einen weiteren auszusuchen. Sie waren wirklich gut. Die Leckereien lagen ausgebreitet nebeneinander und anscheinend waren sie dabei sie zu verzieren.

Wieder wurde mir schmerzlich bewusst, wie sehr ich es vermissen würde, sollte Patrick nicht bei mir bleiben. Und was würde aus den Zeiten, die meine Eltern mit ihm verbringen konnten? Wenn er nur noch alle zwei Wochen bei mir sein durfte? Statt mir das jedoch anmerken zu lassen, zwang ich mich, weiter zu lächeln. Meine Mutter, die selbstverständlich Bescheid wusste, musterte mich kritisch. Sie kannte mich zu gut, konnte meine Gesichtsausdrücke genau deuten.

»Aber ich muss in die Schule.« Patricks Erwiderung auf das Jobangebot von Karl riss mich aus meinen Gedanken.

»Ach ja, das habe ich ganz vergessen. Dachte, du bist schon groß, weil du so toll backen kannst.«

»Oma und Opa haben mir geholfen.«

Das war mein Stichwort und ich schaltete mich dazwischen. Mein Herz klopfte schneller.

»Karl, das sind meine Eltern. Maria und Ludger Jensen.« Ich zeigte auf die beiden Menschen, auf die ich mich bisher immer verlassen konnte. »Das ist Karl.« Ich ging zu ihm und legte ihm einen Arm um die Schulter.

»Karl ist Papas Freund«, fügte Patrick stolz an und ich wuschelte ihm über den Kopf, was er abwehrte.

»Genau.«

Meine Mutter, die ihre schulterlangen braunen Haare schnell ordnete und ihre Hände an einem Trockentuch abwischte, ging auf Karl zu. »Du bist also der berühmte Karl.«

»Oh, ich bin nicht berühmt.« Karl schüttelte meine Hand.

»Mama meint, weil Patrick nur von dir spricht.«

»Ah, ja, dann bin ich das.« Karl schmunzelte.

Mein Vater ging auf ihn zu und sie gaben sich ebenfalls die Hand.

»Glückwunsch zur Beförderung. Eine große Verantwortung.«

»Danke sehr.« Karl errötete leicht. Natürlich hatte mein Vater ebenfalls den *Hockey-Insider* und die Pressemitteilung der Krakens gelesen. »Allerdings. Ich hoffe, wenigstens ein paar Fußstapfen neben den Großen von Coach Smith zu hinterlassen.«

»Das wird schon. Unsere Verteidiger sind mit die besten der Liga.«

Der Rotton im Gesicht wurde tiefer. Karl räusperte sich. »Ich gebe mein Bestes.«

»Darauf kommt es an.« Mein Vater nickte zustimmend, wobei seine drei Härchen auf dem Kopf mit wippten, so heftig bewegte er sich.

»Wie sieht es aus, bleibt ihr zum Essen?«, fragte meine Mutter und nahm die Schürze ab, die ihr T-Shirt und die Jeans geschützt hatte.

»Ich wollte Patrick und Emil ins *Game Time* einladen, wenn Sie nichts dagegen haben. Sie sind auch herzlich eingeladen.«

»Sehr freundlich von Ihnen, aber macht das ruhig alleine. Wir holen das nach.«

Patrick hüpfte und jubelte vor Freude. »Burger essen.«

»Na los, hol deine Sachen, damit wir loskönnen.« Mein Sohn flitzte aus der Küche. Meine Mutter packte uns derweil eine Dose mit Keksen ein.

Fünf Minuten später saßen wir im Auto, einen aufgeregten Patrick hinten, der es kaum erwarten konnte. Würde da nicht dieses riesige Damoklesschwert über uns hängen, wäre es ein perfekter Abend. Aber ich schob die Gedanken daran beiseite, atmete tief ein und tat so, als ob alles in bester Ordnung war. Heute hatte ich meine beiden Herzensmänner bei mir und wollte mit ihnen lachen und nicht Trübsal blasen.

Kapitel 17

Karl

»Gut, wir sind uns mit der Taktik einig?« Ich fuhr mir über die müden Augen. Die halbe Nacht hatte ich über eine Spieltaktik gebrütet, Spieler wie auf dem Schachbrett auf unserer Taktiktafel hin und her geschoben. Mir Videosequenzen der Dullerstorfer Frosty Falcons, momentaner amtierender deutscher Meister, von den Testspielen und aus dem letzten Jahr immer wieder von vorne angesehen. Möglichkeiten durchgespielt, wie wir den besten Stürmer der letzten Saison aus dem Spiel nehmen oder zumindest stören könnten.

»Vollkommen«, sagte John und nippte an seiner Tasse. Seit zwei Stunden saßen wir in Coach Smith', nein, momentan meinem Büro zusammen, feilten an der Taktik, während die Mannschaft mit Rainer ein lockeres Athletiktraining absolvierte.

Die Luft war abgestanden und warm, den Kaffeegeruch empfand ich nicht mehr als angenehm. Die Zu- und Abluft schaffte es nicht, gegen die Ausdünstungen der Vielzahl an Menschen in diesem Raum anzukommen.

John räumte zum gefühlt hundertsten Mal den Stapel mit Coach Smith' Aufzeichnungen von einer auf die andere Seite auf meinem Schreibtisch, weil er ständig seinen Laptop umstellte. Immerhin war die Tischplatte so aufgeräumt wie seit Jahren nicht mehr.

»Uns kommen die wenigen Änderungen innerhalb des Teams und des Trainerstabs zugute«, meinte Freddie, unser Goalie Coach. »Andersherum können sich natürlich die Gegner eher auf uns einstellen.«

»So viele Änderungen gab es in den anderen Teams auch nicht. Von daher haben wir dieselben Vorteile«, entgegnete John.

»Lasst uns noch mal die endgültige Startaufstellung durchgehen.« August las die Namen vor. Dies war mein erstes offizielles Spiel als Head Coach und zu behaupten, ich wäre nervös, war die Untertreibung des Jahrhunderts. Mir zitterten bereits jetzt die Knie und wie ich es schaffte, meine Hände still zu halten, würde für immer ein Rätsel bleiben. Ich hatte noch keinen Bissen herunterbringen können. Selbst vor meinem ersten Profispiel war es nicht so schlimm gewesen.

Der erste Bully fand erst um halb acht heute Abend statt und wir hatten es jetzt zehn Uhr am Vormittag. Das würde ein verdammt langer Tag werden, bis das Spiel endlich losging.

»Hey Karl, du machst einen guten Job. Wir haben die Falcons in der letzten Saison zweimal in der Hauptrunde geschlagen, wir werden es heute wieder schaffen. Denk nicht an die Playoffs«, munterte Freddie mich auf. »Meine Goalies sind bereit.«

Ich lächelte ihn dankbar an. Er schien zu spüren, wie es mir ging.

»Das erste Saisonspiel ist eh immer etwas besonderes. Die erste Standortbestimmung, das endgültige Team findet sich, die Testspiele kannste nie zählen. In den letzten Jahren haben wir es immer gewonnen und in diesem Jahr steht sogar der Heimvorteil hinter uns.«

»Ihr habt recht.« Ich rieb meine feuchten Hände aneinander. »Dann lasst uns jetzt das Eistraining machen, danach die Besprechung mit der Mannschaft.« Das war es also. Zum ersten Mal hatte ich statt Coach Smith diese Worte gesprochen, würde ich vor dem Team stehen und sie auf das Spiel einschwören. Damit konnte die Serie gebrochen sein. Meine Glückssocken hatte ich nicht umsonst bereits heute Vormittag angezogen. Ich war nicht allzu abergläubisch, aber wenn es half, ein Spiel zu gewinnen, würde ich mich sogar nackt hinter die Spielerbank stellen.

»Klopf klopf«, ertönte Geralds Stimme vom Türrahmen. »Ich muss euch kurz stören.«

»Kein Thema, wir sind gerade durch. Was gibt es?« Es musste etwas Wichtiges sein. Niemals würde Gerald ohne Grund in eine Trainerbesprechung an einem Spieltag hereinplatzen.

»Ian ist auf eine normale Station verlegt worden und darf ab heute Besuch empfangen.« Gerald lächelte breit, als er uns das mitteilte, was ein kollektives Seufzen der Erleichterung bei uns Trainern auslöste. »Ich werde nachher zu ihm fahren. Du könntest das der Mannschaft gleich mitteilen. Ab Montag kann für sie der Besuchsplan greifen. Bis dahin dürft nur ihr vorbeikommen. Seine Frau bat darum.«

»Das sind verdammt gute Nachrichten und wird die Spieler zusätzlich motivieren«, sagte ich. Vielleicht stand Coach Smith spätestens Weihnachten wieder hinter der Bande.

»Absolut.«

»Dann gehen wir mal an die Arbeit, damit er eine gut trainierte Mannschaft sieht.« August stand auf, die anderen folgten ihm. Gerald blieb noch einen Augenblick, schloss die Tür hinter ihnen und setzte sich auf einen freigewordenen Stuhl.

»Wie geht's dir?«

»Wäre besser, wenn du das nicht fragst. Das macht es nur schlimmer.«

Gerald lachte. »Nur damit du es noch einmal hörst, wir glauben alle an dich. Jeder hat gesehen, wie hart du gearbeitet hast. Egal, wie es heute ausgeht, du hast meine volle Rückendeckung.«

Ich atmete tief ein. Auch wenn es gut gemeinte Worte waren, sie erhöhten nur den Druck. Natürlich wollte ich es jetzt erst recht besser machen.

»Danke dir. Ich hoffe schwer, wir gewinnen. Unsere Verteidiger sind großartig, auch die neuen, Sandro, Felix und Stanni klicken wie noch nie miteinander. Die jungen Spieler fügen sich ein.« Ich gab meinem inneren Drang endlich nach und mein Zeigefinger trommelte unrhythmisch auf den Tisch. »Wir sind gut vorbereitet, schauen wir mal, was wir draus machen.«

»Playoffs sind immer unser Ziel. Das müssen wir mit der Mannschaft schaffen.« Bloß nicht den Druck erhöhen, darin war Gerald Meister. Nicht. Innerlich seufzte ich, aber gab ihm recht. Zustimmend nickte ich. Dann stand Gerald auf. »Ich lasse dich jetzt arbeiten. Wir sehen uns später.«

»Hey, wach auf. Es ist Zeit.« Emil streichelte mir über die Wange. Wie in alten Spielerzeiten hatte ich mich am Nachmittag hingelegt. Ein wenig Routine vor dem großen Spiel beruhigte meine Nerven. Ich gähnte und reckte mich.

»Danke dir. Bist du schon lange zu Hause?«

»Vor zehn Minuten zur Tür rein. Ich hatte einen Weckauftrag, damit du drei Stunden vor dem Spiel im Stadion bist.«

In dem Moment ging mein Handywecker los. Zerknirscht sah ich Emil an.

»War mir nicht sicher, ob du es rechtzeitig schaffst.«

Emil winkte ab. »Schon gut, hätte ich auch gemacht.«

»Kommst ihr gleich zum Spiel?«, fragte ich, schlug die Decke beiseite und setzte mich auf. Mit den Händen fuhr ich mir übers Gesicht und wischte den letzten Schlaf fort.

»Klar, ich hole Patrick bei meinen Eltern ab und los. Wir lassen uns doch nicht dein erstes Spiel als Head Coach entgehen, wenn du uns schon Karten besorgst.«

»Vielen Dank für deine Unterstützung und dein Bett.« Ich küsste Emil. »Ob du es glaubst oder nicht, allein dein Geruch beruhigt mich.«

»O mein Gott, du kannst mir doch nicht so was sagen. Da wird mein Fanboy Moment noch größer.« Er lächelte mich warm an. »Natürlich lasse ich dich hier schlafen. Was glaubst du denn? Mir die Gelegenheit entgehen lassen, den Coach der Krakens anzuhimmeln und damit angeben zu können, bei wem er seine Naps abhält?«

Das brachte mich zum Lachen. Ich lehnte mich gegen ihn, genoss seine Nähe, bevor ich aufstand und mich in die Höhle des Löwen begab.

»Ich habe noch was für dich.« Emil erhob sich und bedeutete mir, ihm zu folgen.

Im Flur an der Kommode hielt er an, zog eine der vielen kleinen oberen Schubladen auf und kramte in den Handschuhen, herum, bis er ein Kästchen fand. Das wirkte hochoffiziell, wie er es in der Hand hielt und neugierig betrachtete ich es.

»Dies ist für dich, Coach.« Er grinste und überreichte es mir. Ehrfürchtig nahm ich es in die Hand und öffnete es. Eine goldene Krawattennadel lag auf schwarzem Satin. In die Nadel war eine Vertiefung eingearbeitet, in der ein Eishockeyspieler, ebenfalls in Gold, mit Stock und Puck stand. Vorsichtig, als ob ich sie beschädigen könnte, strich ich darüber. Erfasste jede Unebenheit des Spielers, den kleinen Mini-Puck und Schläger.

Mir verschlug es die Sprache. Die musste Emil ein Vermögen gekostet haben.

»Ich hab sie durch Zufall gesehen und musste sofort an dich denken. Gefällt sie dir?«

»Sie ist wunderschön und wird gleich angelegt, sobald ich meinen Anzug und die Krawatte um habe.« Ich trat ganz nah an Emil heran, seine Wärme kroch durch mein dünnes Schlafshirt und ich küsste ihn. »Vielen lieben Dank. Für alles.«

Emil lächelte. »Sehr gerne. Nun mach dich fertig, sonst kommst du zu spät und die Spieler sind alle vor dir da.«

»Pah, das wird nicht geschehen.« Ich blickte erneut auf die Nadel, die in ihrem Samtbett schimmerte und freute mich so über diese kleine Aufmerksamkeit. »Ich bin so froh, dich getroffen zu haben, bevor ich ganz alt und grau werde.«

»Aber echt mal.« Emil gab mir einen Schmetterlingskuss auf die Lippen. »Ansonsten hätte ich einen Rollator bei der Versteigerung geboten.«

Ich lachte. »Immerhin könnte ich so meinen Wert vor mir herschieben.« Mit der Krawattennadel verschwand ich im Badezimmer und zog mich für das Spiel um.

Als ich fertig war, ging ich ins Wohnzimmer, in dem Emil aufräumte. Ich drehte mich einmal im Kreis.

»Kann ich so gehen?«

»Du siehst immer so gut in Anzügen an.« Er kam auf mich zu, rückte meine Krawatte zurecht und danach die Nadel. »Sie passt wirklich gut zu dir.«

»Danke.« Ich küsste ihn auf die Nasenspitze. »Wir sehen uns später, mein Lieber.«

»Viel Glück heute Abend.«

»O verdammt, Emil, das spricht man doch nicht vor einem Spiel aus. Das bringt Unglück.«

Emil blickte mich erschrocken an. »Du bist doch nicht abergläubisch. Ich nehme es zurück.«

»Ausgesprochene Worte können nicht zurückgenommen werden.« Ich seufzte. »Bin ich auch nicht, aber man sollte seine Rituale vor einem Spiel nicht ändern. Was glaubst du wohl, warum ich immer dieselben Socken zum Spiel trage?« Ich zog meine Hosenbeine hoch und blaurote Strümpfe mit abgedrucktem Popcorn, lose und in Tüten, kamen zum Vorschein. Emils Mundwinkel zuckten, als er das sah. »Das ist nicht witzig.«

»'Tschuldigung, aber du hast Popcorn-Socken zu einem wichtigen Spiel an. Doch, das ist richtig lustig.« Er drückte sich eine Faust zwischen die Zähne, um das Lachen zu unterdrücken, was ihm nur mäßig gelang. Sein ganzer Körper bebte.

»Vor vier Jahren, zu meinem ersten Spiel als Verteidiger Coach hatte ich kaum noch saubere Socken im Schrank, also griff mir die erstbesten, die dort lagen und wir gewannen. Beim zweiten Spiel hatte ich die wieder an, erneut ein Sieg für uns. Was glaubst du wohl, warum ich die immer trage?«

Emil wischte sich eine Lachträne aus dem Augenwinkel. »Alles klar, nicht abergläubischer Coach. Geh und siege mit den Socken und der Nadel. Ihr habt in den letzten Jahren immer das erste Spiel der Saison gewonnen.«

Ich stöhnte auf. »Nicht du auch noch. Es zerstört eine Serie, wenn man ständig drüber redet. Ist das denn niemandem klar?« Ich küsste Emil zum Abschied, drehte mich um und ging zur Wohnungstür. »Außerdem stand sonst Coach Smith auf der Trainerbank und nicht ich. So, jetzt habe ich es endlich ausgesprochen. Du hast heute bereits so viel Unglück hervorgerufen, dann kann ich das auch sagen.«

Emils Lachen begleitete mich die Treppe hinunter und verklang erst, als ich die Haustür hinter mir schloss.

Nach einer letzten Ansprache an das Team ging es los. In meinem Bauch rumpelte es heftig und mir war schlecht. John hielt mir ein Kaugummi hin, ich schlug es jedoch aus. Ständig zog ich an der Krawatte, dabei verrutschte die Nadel, die ich wieder gerade rückte.

Alle klopften mir beim Rausgehen auf die Schulter. Ich wollte als Letzter die Kabine verlassen, hörte bereits die Gesänge in der Arena. Die Luft schien zu vibrieren vor Spannung und sich auf die Spieler und Trainer zu übertragen. Keiner konnte mehr die Zeit abwarten, bis zum ersten Bully.

Als alle an mir vorbeigegangen waren, atmete ich tief den Geruch der Kabine ein, suchte den Punkt in mir, der mich immer wieder vorantrieb, erst als Spieler, später als Assistent und seit vier Jahren als Trainer. Als sich ein Gefühl von Sicherheit in mir ausbreitete, machte ich mich auf den Weg in die Arena, bewaffnet mit meinem Tablet.

Dort herrschte die Stimmung, die ich liebte. Die Jungs pushten sich ein letztes Mal, bevor sie zum Begrüßungsritual aufs Eis fuhren. Manche rammten sich gegenseitig, andere sprangen hoch konzentriert auf der Stelle. Bei jedem war der Körper bis in die letzte Faser gespannt. Geller sprach mit jedem seiner Mitspieler, hielt ihnen seine Fäuste hin, in die sie einschlugen.

Ich eilte an ihnen vorbei zu unserer Heimbank, stellte mich dahinter und sah auf meine Notizen, statt auf den großen Würfel, auf dem die Mannschaft vorgestellt wurde.

Das Eis war bereitet, die Fans schrien die Nachnamen der Spieler mit, feuerten das Team an, obwohl noch keiner auf dem Eis stand. Das Licht wurde nun komplett gelöscht. Gänsehaut breitete sich auf meiner Haut aus, wie immer bei diesem Moment.

Die Feuerkanonen starteten mit einem lauten Knall und das Feuer erhellte das Eis. Die Spieler enterten das Eis, umrundeten einmal die gesamte Fläche und stellten sich um den Mittelkreis auf. Mit einem weiteren Knall wurde das Licht angestellt.

Die Fans jubelten frenetisch, skandierten die ersten Lieder an und bis auf die startenden Spieler kam der Rest auf die Bank. Ich drehte mich um, sah zur VIP-Tribüne hinauf. Irgendwo da oben saßen Emil und Patrick.

Langsam überkam mich die altbekannte Ruhe, wie bei jedem Spiel kurz vor dem Bully. Ich nickte dem gegnerischen Coach zu, der mir erst vorhin die Hand geschüttelt und Coach Smith alles Gute gewünscht hatte.

»John, hast du jetzt das Kaugummi für mich?« Ich wandte mich dem Trainer zu und er grinste.

»Klar.« Er hielt es mir hin, ich packte es aus und schob es mir in den Mund. »Dann lasst uns mal das Spiel gewinnen.« Das Tablet legte ich ab und verschränkte die Arme vor der Brust. Ich wollte Ruhe ausstrahlen, keine Hektik ins Spiel bringen, auch wenn ich hektisch auf dem Kaugummi kaute.

Das Spiel begann, ab nun zählte nur noch Eishockey. Ruhig blieb ich an meinem Platz stehen, verließ ihn nur, wenn ich Anweisungen gab oder Lob für die gelungenen Spielzüge aussprach. Es war ein enges Spiel. Die Falcons spielten mit breiter Brust, sich wohl bewusst, Deutscher Meister geworden zu sein und uns im Halbfinale aus den Playoffs geworfen zu haben. Völlig unerwartet, doch sie zehrten noch von ihrem Erfolg. Vor allem ihr Kapitän Fiete Ackermann trieb seine Mannschaft nach vorne. Er kämpfte, ackerte, checkte und pushte seine Teamkollegen.

Mein Team hingegen wurde immer unruhiger, ihr Spiel hektischer.

»Leute, ihr seid verdammt gut. Bleibt ruhig, konzentriert euch und spielt nach vorne. Lasst euch nicht von den Mätzchen der Falcons beirren, sie wollen euch durch die vielen kleinen Unterbrechungen aus dem Spielfluss bringen. Macht dabei nicht mit. Dann kommt das Tor von ganz alleine«, rief ich meinen Jungs über den Lärm der Fans zu. Ich tippte die nächsten Stürmer an, die sich bereitmachten. Unter ihnen unser neuer junger Spieler Martin Zerker.

Das erste Drittel neigte sich dem Ende zu und noch stand es unentschieden. Konny zeigte mal wieder alle seine Künste als Goalie und bewies einmal mehr, weshalb er die Nummer eins bei uns und in der Nationalmannschaft war. Allerdings verteidigte der Goalie der Falcons sein Tor ebenso verbissen.

Zur Hälfte des zweiten Drittels stand es weiterhin unentschieden. Unsere Spieler waren noch immer unruhig, drängten zu sehr auf das erste Tor und machten Fehler. Pässe kamen nicht an, wenn sie an der Bande hinter dem gegnerischen Tor spielten, verloren sie den Puck, ließen sich durch einfache Checks aus der Konzentration reißen. Ich musste mich zwingen, ruhig zu bleiben und nicht wie ein

HB-Männchen in die Luft zu gehen. Das würde allerdings meine Jungs noch mehr verunsichern. Ich nahm Geller beiseite, der gerade wechselte und nach seiner Trinkflasche griff.

»Der letzte Spielzug war wirklich gut. Bekommt ihr den noch einmal hin?«

»Der war spontan.«

»Macht weiter so. Vertraut eurem Gefühl, ihr wisst, was ihr könnt.« Ich klopfte ihm auf den Helm.

»Alles klar, Coach.« Er spritzte sich Wasser ins Gesicht und setzte sich. Sprach mit Felix und Stanni, zeigte auf das Eis. Dann geschah es und ich musste einen großen Fluch unterdrücken.

Die Falcons eroberten die Scheibe und in einem wundervollen Odd-Man Rush stürmten sie auf unser Tor zu. David versuchte, wie wir es trainiert hatten, so schnell wie möglich rückwärts abzusichern und wenn möglich den Schuss zu blocken, doch die Falcons waren blitzschnell. Unsere Jungs kamen nicht hinterher, die Gegner stürmten mit drei Leuten auf Konny und David zu.

Dann zog von der Seite einer ihrer Stürmer ab, der Puck flog Millimeter über Konnys Fanghandschuh, der seine Hand eine Sekunde zu spät hochgezogen hatte und es stand eins null für die Falcons.

Ich atmete tief durch, während die Falcons zu ihrer Bank liefen und sich abklatschten. Das war noch nicht das Ende.

Ich klatschte in die Hände.

»Das ist nur ein Tor. Wir wissen, wie schnell es gehen kann. Denkt daran, was wir geübt haben. Anatoli, Louis, ihr seid dran.« O Mist, ich hatte Johns Job übernommen. »Entschuldige«, flüsterte ich ihm zu.

»Alles gut. Passiert.«

Fieberhaft überlegte ich, wie wir die Taktik der Falcons durchbrechen, wie wir sie aus der Ruhe bringen konnten. Das Tor brachte ihnen einen weiteren Höhenflug ein.

Anfang des dritten Drittels glichen wir nach einem Kampf von David mit einem Verteidiger der Falcons endlich aus. David handelte sich eine Zeitstrafe von zwei Minuten ein, aber wir konnten während des Powerplays der Falcons zuschlagen, wodurch auf beiden Seiten ein Spieler fehlte. Felix' Tor löste einen Knoten. Für die restlichen fünfzehn Minuten spielten sie alle wie entfesselt. Sogar unsere Youngster, die noch nicht viel Eiszeit bekamen, wurden von dem Sog mitgezogen und Martin Zerker gelang beinahe sein erstes Tor.

»Noch drei Minuten. Anton, du gehst für Konny raus.« Ich nickte Freddie zu, der verstand. Konny kam auf die Bank und Anton sprang auf das Eis. Ich mochte es nicht, wenn wir ohne Goalie spielten, aber vielleicht gab es den letzten Schub für die Spieler, um das Siegtor zu erreichen. Adrenalin rauschte durch meinen Körper, wenn ich gekonnt hätte, wäre ich am liebsten selbst aufs Eis gegangen. Ich verschränkte die Arme vor der Brust.

Die letzte Minute brach an, wir gingen auf die Verlängerung zu und dann geschah es. Felix fand eine Lücke, rutschte hindurch, nahm den perfekten Pass von Stanni an und lenkte die Scheibe ins Tor. Der Goalie der Falcons hatte keine Zeit, sich rechtzeitig zu drehen, da er auf Geller und Stanni konzentriert war.

Ich riss die Arme in die Höhe und jubelte laut. Das Tor wurde anerkannt. Alle sprangen auf und die Spieler kamen an die Bande, um abzuklatschen.

Nur noch dreißig Sekunden, als wir bei zehn standen, zählten die Fans lautstark mit runter. Dann war es geschafft.

Wir hatten das erste Spiel der neuen Saison gewonnen. Vor lauter Freude umarmte ich die Trainer alle nacheinander. Klopfte jedem Spieler auf den Helm und schüttelte ungläubig den Kopf.

Das Team lief eine Ehrenrunde auf dem Eis, manch einer hielt an der Bande und küsste die Frau, Freundin oder das Kind. Ich sah wieder nach oben, konnte aber zwischen all den Menschen Emil und Patrick nicht ausmachen. Stattdessen ging ich in die Kabine, setzte mich in das kleine Büro und atmete tief durch. Stützte mich mit den Ellenbogen auf dem Schreibtisch ab und verbarg mein Gesicht in den Händen. Diesen ruhigen Moment brauchte ich für mich, um zu begreifen, was da draußen passiert war.

Die Spieler kamen zurück. Unser Presseverantwortlicher hatte sich bestimmt zwei oder drei herausgepickt, die Interviews gaben. Russische Balalaika erfüllten den Raum. Ich stand auf und trat in die Kabine.

»Das war großartig. Die ersten zwei Drittel haben wir gehadert, aber dann lief's«, rief Geller in die Runde.

»Dem schließ ich mich an. Im dritten Drittel habt ihr einen fantastischen Job abgeliefert. Martin, beim nächsten Mal trifft die Scheibe ins Netz. Das war ein toller Schuss. Darauf können wir aufbauen.« Die Mannschaft klopfte mit ihren Stöckern auf den Boden. »Ich möchte gerne die alte Tradition wieder einführen und den Spieler des Spiels küren.«

Aus dem Büro holte ich den Hut des verrückten Hutmachers aus Alice im Wunderland inklusive angeklebten roten lockigen Haaren und einem braunen Tuch darum geschlungen. Ich hatte ihn zu Hause auf dem Dachboden gefunden. Vor Jahren hatte ich ihn zu einer Halloweenparty bei einem Teamkollegen in Amerika getragen.

Bei dem Anblick des Hutes brach lautes Gelächter aus.

»Also, wer hat ihn verdient?« Ich sah jedem in die Augen, sie alle funkelten vor Übermut, wahrscheinlich pumpte noch das Adrenalin durch sie. Dann ging ich auf Martin Zerker, unserem jungen Leftwinger, zu und setzte ihm ihn auf.

»Mach weiter so. Du hast die Zeit auf dem Eis sehr gut genutzt.«

»Ein hoch auf Martin!«, rief Sandro und klopfte mit dem Stock. Die anderen folgten ihm und Martin wuchs noch ein paar Zentimeter in die Höhe.

»Jetzt ab aufs Eis und feiert mit den Fans.« Das ließen sie sich nicht zweimal sagen. Martin behielt sogar den Hut auf.

Stefan trat zu mir. »Das war ein enges Spiel. Herzlichen Glückwunsch.«

»Danke dir. Es lief noch nicht alles, aber der Sieg zählt. Er wird uns Selbstvertrauen geben.«

»Du musst zum Interview und dann zur Pressekonferenz«, erinnerte er mich. Der Part, den ich immer gehasst hatte und ich seufzte.

»Dann wollen wir mal.« Mein längstes Playoff Spiel in der NHL fiel mir in diesem Moment ein. Es ging viermal in die Verlängerung über die vollen zwanzig Minuten und am Ende schliefen wir fast im Stehen ein, waren trotzdem total aufgekratzt, weil wir es ins Finale geschafft hatten.

Genauso erging es mir jetzt. Ich hätte ins Bett fallen und mindestens einen Tag durchschlafen können, gleichzeitig war ich so aufgedreht über den ersten Sieg als Head Coach. Stillsitzen während der Pressekonferenz fiel mir unheimlich schwer. Ständig griff ich nach der vollen Flasche Wasser vor mir, drehte sie auf und wieder zu. Mein Fuß wippte in einer Tour. Irgendwann nahm unser Presseverantwortlicher mir die Flasche weg und ich griff automatisch nach dem Stift, der vor mir lag. Brav beantwortete ich alle Fragen, hörte kaum die Antworten des gegnerischen Coaches und atmete erleichtert auf, als ich entlassen wurde.

Eine Stunde später räumte ich meine Sachen zusammen, als Emil und Patrick auf mich zukamen. Die Mannschaft saß im Nebenraum beim Abendessen. Ich hörte sie bis hierher scherzen.

»Da ist der glückliche Sieger.« Emil lächelte. »Du hast so toll ausgesehen dort unten. Konzentriert, ruhig, fokussiert.« Er küsste mich, tippte auf die Krawattennadel. »Die wirst du übermorgen auch tragen.«

»Auf jeden Fall.«

Patrick sprang um mich herum und sang lautstark die Fanlieder nach. Ich hockte mich vor ihn.

»Hey, du bist schon ein Super-Fan.« Ich hielt ihm die Faust hin, in die er einschlug.

»Ja und weißt du was?«, fragte er, was ich verneinte, gespannt, was nun kam. »Ich kann aus der Hand lesen.« Er nahm meine, dreht die Innenseite nach oben und fuhr die Linien nach. »Wir werden alles gewinnen.«

»Das siehst du aus der Hand?«

Er nickte ernst. »Das steht alles hier drin.«

»Sehr gut.« Ich wuschelte ihm über den Kopf. »Ich muss noch einmal zur Mannschaft. Fahrt ihr schon nach Hause, es ist spät.« Ich schlang einen Arm um Emils Taille und küsste ihn.

»Kommst du nach oder fährst du zu dir?«

»Selbstverständlich schlafe ich neben dir, wo sonst?«

Ich verabschiedete die beiden und ging zum Team. Martin hatte den Hut wieder auf, immerhin hatte er ihn für die Dusche abgesetzt.

Schmunzelnd ließ ich mich bei den anderen Trainern nieder, griff nach der Flasche Wasser und trank einen großen

Schluck. Folgte den Gesprächen, Frotzeleien. Einen besseren Zusammenhalt in einer Mannschaft hatten wir bisher noch nie gehabt. Sogar Olli, der in der letzten Saison Probleme mit Felix nach seinem Outing hatte, integrierte sich wieder. Vielleicht könnten wir dieses Jahr unseren Namen auf den Pokal gravieren.

Stopp. Nicht weiterdenken, das bringt nur Unglück. Wir hatten gerade das erste Spiel hinter uns. Ich schüttelte sachte den Kopf, trank erneut und schob mir eine Gabel mit Essen in den Mund.

Gerald gesellte sich zu uns, in genau dergleichen Feierlaune, wie jeder andere. Morgen standen die Uhren wieder auf null und die Vorbereitung auf das nächste Spiel ging los. Heute sollten sie allerdings den Sieg genießen und feiern.

Kapitel 18

Emil

*J*ch kam heute nicht aus dem Quark. Müde schleppte ich mich seit einer Stunde durch die Wohnung, selbst Kaffee half nicht. Ich saugte Staub, packte mit Patrick eine Tasche mit Klamotten, da Katharina ihn gleich abholen würde. Doch Patricks Laune war nicht besser als meine. Karl konnte uns auch nicht aufheitern, denn er war direkt nach dem Frühstück zum Training aufgebrochen, wollte mit dem Videoanalysten die Szenen des letzten Spiels durchgehen, die er mit der Mannschaft besprechen würde.

Gegen sechs Uhr war Patrick bereits wach geworden und ins Schlafzimmer gestürmt. Hatte Karl und mich geweckt, obwohl er den Abend vorher sehr viel später als normal ins Bett gekommen war.

»Patrick, wie weit bist du?«, rief ich über den Lärm des Staubsaugers. Bis Mittwochabend blieb er bei seiner Mutter, dann musste sie wieder los. Ich hatte ein mulmiges Gefühl, ihr Patrick mitzugeben. Am liebsten würde ich ihn in sein Zimmer einsperren und nicht mehr raus lassen.

»Sofort fertig«, kam die Antwort. Ich verdrehte die Augen, stellte den Staubsauger aus und ging zu ihm. Natürlich spielte er mit Felix, statt die Sachen zusammenzusuchen.

»Hast du die Hundeleine, die Kottüten und Snacks einge-packt?«

»Nein. Ich mach das noch.«

»Patrick, bitte. Mama kommt gleich. Sofort bedeutet auch sofort und nicht in fünf Minuten oder einer Stunde«, erwiderte ich genervt.

»Ja, Papa.« Mein Sohn spielte allerdings in aller Seelenruhe weiter. Versuchte, dem Hund eine Rolle beizubringen, dabei konnte er gerade mal so Sitz.

»Patrick, jetzt!«, sagte ich schärfer und er zuckte zusammen.

»Ich mach ja schon«, rief er ebenso zickig zurück, stand mit wütendem Gesicht auf und stampfte an mir vorbei in die Küche. Felix immer hinter ihm. »Ich finde die Tasche nicht.«

»Die hängt an deinem Stuhl, dort wo du sie vorhin hinge-hängt hast.« Ich fuhr mir durch die Locken.

»Aber da ist sie nicht«, beharrte mein Sohn und stellte sich zwischen die Türpfosten, die geballten Fäuste in die Taille gestemmt. Fast hätte ich losgelacht. Er war in diesem Moment das Mini-Ebenbild seiner Mutter, wenn wir gestritten hatten. Sie stand genauso da wie er jetzt.

»Um wie viel wollen wir wetten?«

Patrick überlegte kurz. »Eine Tüte Gummibärchen.«

Ich nickte. »In Ordnung«, sagte ich, ging an ihm vorbei in die Küche und nahm die Stofftasche, die zur Wandseite hing von seinem Stuhl. »Ich nehme Wettschulden auch später entgegen.«

»Wie soll ich die denn dort sehen? Die war von der Wand verdeckt.« Er schnappte sich die Tasche und holte aus der Küchenschublade, die wir für Felix eingerichtet hatten, zwei Tüten mit Snacks heraus.

Ich schüttelte den Kopf. Der Junge war um keine Ausrede verlegen. Mit der Tasche in der Hand spazierte er in den Flur, nahm eine der drei Leinen von der Kommode und verschwand mit dem Hund, der an dem Beutel schnupperte in sein Zimmer.

»Hast du deine Schulsachen eingepackt?«, fragte ich.

»Jaha!«

Ich gluckste leise, folgte ihm ins Zimmer und kontrollierte seinen Tornister und den Schreibtisch.

»Ich habe alles eingepackt.« Er nahm mir den Tornister aus der Hand und schloss ihn.

»Schon gut. Ich wollte nur sichergehen.«

Er schnaubte. Ich packte sein Kuschelkissen in die Tasche mit seinen Klamotten, zog den Reißverschluss zu und stellte sie auf den Flur. Patrick räumte Felix' Lieblingsspielzeuge in eine weitere Tasche. Eines musste ich dem Jungen zugutehalten, um Felix kümmerte er sich sehr gut. Der wurde ihm nicht zu langweilig wie so viele seiner Spielsachen nach kurzer Zeit vorher. Wobei der Hund nicht mit einem Spielzeug verglichen werden konnte.

Ich begab mich wieder ins Wohnzimmer, um zu Ende zu saugen. Heute musste ich unbedingt an die Sofas denken, auch wenn Felix nicht haarte, ging ich lieber auf Nummer sicher.

Plötzlich zog Patrick an meinem Shirt.

»Papa, Mama ist da.« Ich drehte mich um, da hörte ich die Klingel auch.

»Dann öffne ihr.«

Patrick flitzte in den Flur und öffnete die Tür. Ich kam ihm hinterher. Felix scharwenzelte um seine Füße und er griff nach dem Halsband, damit der Hund nicht entwischen konnte.

Katharina erschien in der Tür und begrüßte unseren Sohn mit einer Umarmung. Ich lehnte an der Kommode, die Arme vor der Brust verschränkt. Nun wurde Felix gestreichelt, der schwanzwedelnd an Katharinas Beinen hochsprang. Sie konnte so liebevoll sein. Wie konnte sie mir dagegen so hart gegenüber sein?

»Hol schnell deine Sachen«, forderte sie Patrick auf, der in sein Zimmer lief.

»Hallo Katharina«, begrüßte ich sie kühl, nahm ein Stück Papier von der Kommode, auf der ich Patricks Stundenplan notiert hatte. »Hier, damit du Bescheid weißt.« Patrick schleppte den Hundekorb in den Flur, stellte ihn zu der Tasche mit seinen Klamotten und ging zurück in sein Zimmer. Dabei redete er ununterbrochen mit seinem Hund.

»So kühl heute?«, fragte Katharina und betrachtete mich prüfend.

»Jetzt tu nicht so, als ob du nicht wüsstest weshalb.« Ich wollte mehr sagen, Patrick kam jedoch mit seinem Tornister und der Tasche mit Felix' Sachen zurück.

»Mama, du hast Hundefutter, oder?«, fragte er. »Ich habe Papa gesagt, ich muss keines mitnehmen.«

»Da ist noch welches und zur Not kaufen wir Montag Neues.«

»Okay.« Er stellte alles ab.

»Ich parke direkt vor der Tür, willst du schon deine Schulsachen und Felix' Sachen nach unten bringen?«

Patrick sah zu dem Haufen, seufzte schwer, wie es nur Kinder können, die sich mit einer Aufgabe betreut sahen, auf die sie überhaupt keine Lust hatten.

»Na gut.«

Katharina reichte ihm ihren Autoschlüssel und er stapfte mit dem Hundekorb als erstes los.

»Aber langsam gehen, hörst du?«, rief ich ihm hinterher.

»Jaha«, antwortete er genervt. Ich schnappte mir derweil Felix, der ihm folgen wollte und hielt ihn auf dem Arm fest.

»Ich habe ein Recht darauf, meinen Sohn ganz bei mir zu haben«, sagte sie.

»Du siehst ihn doch regelmäßig, er schläft mehrere Nächte bei dir. Warum das Ganze auf einmal?« Ich zog die Augenbrauen zusammen und runzelte die Stirn.

»Weil es ab Oktober möglich ist und eine Entlastung für dich.« Sie seufzte, hob die Arme und ließ sie wieder fallen. »Herrgott Emil, ich nehme dir Patrick nicht weg. Du wirst ihn doch weiterhin sehen.«

Ich richtete mich auf und musste Felix, der in meinen Armen zappelte gut festhalten, damit er mir nicht entkam. »Hast du überhaupt irgendeine Ahnung, was das für Patrick bedeutet? Du reißt ihn aus seiner gewohnten Umgebung, seinem Alltag, der sich gerade neu findet mit der Schule«, sagte ich mit kalter Stimme, die die Eisfläche in der Arena noch weiter gefrieren lassen würde.

»Es ist doch nichts anderes als jetzt. Er wohnt nur bei mir statt bei dir. Ich mache auch mit ihm Hausaufgaben, spiele mit ihm und gehe mit dem Hund raus.«

»Nein, es ist nicht dasselbe und das weißt du genauso gut wie ich. Laut dem Schreiben deines Anwalts soll ich nur alle vierzehn Tage ein Umgangsrecht erhalten.« Bernds Rat fiel mir wieder ein und ich stoppte mich, bevor ich etwas sagte, was ich hinterher bereuen würde. »Wir sollten gar nicht darüber reden. Wir sehen uns am Montag. Dann haben wir genügend Zeit das auszudiskutieren.« Ich deutete auf die restlichen Taschen, die sie aufnahm.

»Er ist nicht nur dein Sohn, Emil.« Mit eisigem Blick sah sie mich an. »Ich habe ihn geboren, gestillt und ebenfalls nächtelang durch die Gegend getragen, wenn er nicht schlafen konnte. Du trägst mir weiterhin nach, Karriere gemacht zu haben, statt zu Hause geblieben zu sein und mich um Patrick zu kümmern. Du musstest den Hausmann spielen, während ich durch die Gegend geflogen bin.«

»Bitte was?« Mehr fiel mir zu dem Vorwurf nicht ein. Wie verständnislos konnte man sein. Ich ballte die Hände zu Fäusten und in mir begann es nun richtig zu brodeln. »Glaubst du im Ernst, deswegen gehe ich so auf die Barrikaden? Ich habe es geliebt, mit Patrick zu Hause zu sein. Seine ersten Worte und Schritte mitzubekommen, die wenigsten Väter haben die Möglichkeit dazu. Aber weil ich zu Hause war, kenne ich ihn besser als du. Wenn er zu dir zieht, nimmt er nicht nur ein paar Sachen mit, sondern seine Spielsachen, Kuscheltiere, Klamotten.« Ich schrie Katharina an, zeigte in die Richtung von Patricks Zimmer. Hitze stieg mir nun bis in den Kopf.

In dem Moment kam Patrick zurück in die Wohnung. Er blickte mit großen Augen und verängstigt zwischen Katharina und mir hin und her.

»Papa?«, fragte er unsicher.

Mist. Genau das wollte ich vermeiden. Ich schloss die Augen und atmete mehrfach tief ein und aus. »Schon gut, mein Sohn.« Ich ließ Felix, der in meinen Armen nicht mehr aufhörte zu strampeln, auf den Boden und kniete mich zu Patrick. »Mama und ich haben nur etwas besprochen.«

»Ihr habt euch gestritten. Wieder wegen Felix? Ich kümmere mich doch um ihn.« Traurig blickte er auf den Boden, streichelte seinen Hund. Dieser kleine Mann war so empfänglich für die Stimmungen zwischen seiner Mutter und mir.

»Nein, nicht wegen Felix. Wir haben gestritten, weil Mama und ich manchmal genauso wie du und ich unterschiedlicher

Meinung sind. Das ist normal und gehört zum Leben. Hinterher verträgt man sich wieder und redet darüber.«

Patrick sah auf. »Okay.«

Katharina hielt ihm die Stoffbeutel mit Felix' Sachen hin. »Hier, bring die zwei Taschen nach unten.«

Er nahm sie entgegen. »Hört ihr auf zu streiten?«

»Klar. Wir reden nur eben zu Ende.«

Patrick wandte sich um und ich griff nach Felix' Halsband, damit das Fellknäuel nicht hinterherrannte. Von unten sah ich nach oben zu Katharina. Ich biss mir auf die Unterlippe. Der Vulkan in mir drohte auszubrechen. Diese Einlage war völlig unnötig und Patrick musste es ausbaden. Er fühlte sich jetzt schon schuldig, wenn wir uns stritten und wusste nicht mal, worum es ging.

»Willst du das wirklich? Ihn verwirren? Hat dir das eben nicht gereicht? Mir geht es um unseren Sohn und nicht um irgendwelche eg...« Ich stoppte mich erneut, bevor ich etwas sagte, was sie mir vorwerfen konnte. Mein Ausbruch eben hatte gereicht. So eine Scheiße. Ich biss die Zähne aufeinander.

»Na? Worum geht es bei mir? Klär mich auf?« Sie stützte die freie Hand in die Hüfte. »Anscheinend ist es in deiner kruden Weltvorstellung nicht möglich, mich als die treu sorgende Mutter zu sehen, die zu Hause ist.« Ihre Lippen verzogen sich zu einem Strich.

»Geh einfach und schick Patrick nach oben, damit ich mich verabschieden und er Felix mitnehmen kann. Wir sehen uns am Mittwoch, wenn ich ihn bei dir abhole.« Ich stand auf und ging mit Felix im Arm ins Wohnzimmer. Dort setzte ich mich aufs Sofa.

Warum konnten wir nicht mehr miteinander reden? Katharina war so uneinsichtig. Sonst hatte sie mir vertraut, wenn es um Patrick ging. Auf einmal war das vorbei und ich hatte keine Ahnung, weshalb.

»O nein, so kommst du mir nicht davon.« Katharinas Stimme schreckte mich auf. Sie war mir unbemerkt ins Wohnzimmer gefolgt. »Was glaubst du eigentlich, warum ich Patrick bei mir wohnen haben möchte?«

Ich sah hoch, Katharina stand mit hochrotem Kopf im Türrahmen zum Wohnzimmer, die Hände in die Taille gestemmt, genauso wie vorhin Patrick. Dieses Mal entlockte es mir kein Lächeln, sondern erhöhte nur meine Wut. Doch ich riss mich zusammen, kraulte mechanisch den Hund auf meinem Schoß und hoffte, dass er mir die Ruhe gab, die ich innerlich nicht hatte.

Ich zuckte mit den Schultern, was sie garantiert noch weiter auf die Palme bringen würde.

»Ich weiß es nicht, Katharina. Aber in den letzten sechs Jahren war es dir immer recht, wenn du so wenig Verantwortung wie möglich für Patrick tragen musstest. Hast sogar dein Sorgerecht abgetreten. Sag mir doch einfach, was sich verändert hat«, erwiderte ich bissig.

Felix zappelte auf meinem Schoss und ich hatte Mühe, ihn festzuhalten.

»Das ist nicht fair.« Sie hob die Hände, ließ sie wieder fallen. »Ich habe gearbeitet, zahle Unterhalt für Patrick. Ich bin mir meiner Verantwortung durchaus bewusst.«

»O ja, weil da auch nicht mehr zu gehört, wenn man ein Kind hat«, meinte ich sarkastisch und stand auf. Dabei konnte Felix sich befreien und sprang auf den Boden. Sofort lief er aus dem Wohnzimmer.

»Mist. Felix, komm her!«, rief ich dem Hund hinterher und setzte mich selbst in Bewegung. Katharina war schneller und fing den Hund an der Wohnungstür ein. Sie nahm eine Leine und band ihn an. Dann drehte sie sich zu mir um. Hochrot im Gesicht.

»Du hast keine Ahnung, wie es ist alleine zu sein. Wenn nicht mal das eigene Kind bei einem lebt. Die langen Nächte, die ich wach in fremden Hotelbetten überall auf der Welt lag und mir überlegt habe, was ihr jetzt macht.« Ein wenig der alten Katharina blitzte in den Worten auf, tatsächlich nahm ich ihr den Schmerz ab, ließ mich allerdings nicht davon beeindrucken. Das war noch kein Grund, so egoistisch über Patricks Kopf hinweg zu handeln.

»Das hast du dir selbst ausgesucht, keiner hat dich gezwungen. Wir hätten es auch ohne deinen Superjob geschafft. Du wolltest ihn und warst glücklich, als die Firma dir das Angebot gemacht hat.« Ich seufzte. Ich konnte mich nicht mit ihren Schuldgefühlen auseinandersetzen. Wir hatten damals gemeinsam die Entscheidung getroffen und als ich ihre strahlenden Augen gesehen hatte, hatte ich zugestimmt. Ich wollte ihr nicht die Möglichkeit nehmen, die sie sich so sehr ersehnt hatte: Als Frau in einer Männerdomäne zu bestehen. »Du hättest dich auch auf Deutschland und gelegentliche Reisen beschränken können. Vielleicht wären wir dann sogar noch eine Familie. Ich wäre trotzdem zu Hause geblieben. Eine Karriere war mir nie so wichtig wie dir.«

»Du hast doch damals gesagt, wenn ich das will, soll ich es machen.«

»Ja, und das muss ich mir genauso vorwerfen wie dir. Mir war nicht klar, wie sich das auf Dauer auf das Familienleben auswirkt. Außerdem wollte ich dir nicht im Weg stehen, sondern dich glücklich sehen. Es hat nicht geklappt. Leider.« Müde strich ich mir über die Augen, massierte mir die Stirn. »Jetzt müssen wir uns halt damit auseinandersetzen, wie wir deine und meine Wünsche erfüllt bekommen, ohne unseren

Sohn mit hinein zu ziehen. Patrick steht bei mir ganz oben. Er soll nicht unter der Situation leiden.« Mir fiel noch etwas ein zu dem, was sie im Wohnzimmer gesagt hatte. »Außerdem, wenn du schon davon sprichst, ich wäre unfair. Wenn es so wäre, hätte ich jedes Recht dazu, dir den Umgang mit Patrick zu verweigern. Allerdings bin ich kein Unmensch so wie du. Du kannst von Glück reden, unseren Sohn noch regelmäßig sehen zu können.« Mit jedem Wort wurde ich lauter, ließ meine Wut heraus. Katharina sah mich nur aus zusammengekniffenen Augen an. Ihre Nasenflügel bebten und sie schien sich nur mit äußerster Not zurückhalten zu können.

»Soll ich jetzt vor Dankbarkeit vor dir auf die Knie fallen? Ist es das was du willst?«, presste sie schließlich zwischen zusammengebissenen Zähnen hervor.

»Nein, ich will Ehrlichkeit. Eine Möglichkeit mit dir finden, die für uns alle gut ist. Glaubst du wirklich, es wäre so gut, Patrick von heute auf morgen mir zu entziehen und nur alle vierzehn Tage zu mir zu kommen?«

»Du siehst ihn doch jeden Tag in der Schule. Wo verdammt, nehme ich dir ihn weg?« Nun wurde auch Katharina lauter.

»Das ist nicht dasselbe, als wenn er hier leben und wir es weiterhin halten wie bisher und wir uns das Sorgerecht teilen!«

»Was ist, wenn er bei mir leben will statt bei dir?«, spie sie aus und sah mich herablassend an. »Ich kann ihm wesentlich mehr bieten als du mit deinem Gehalt!«

»Natürlich wird er das wollen, genauso, wie er hier leben will. Er kann jedoch überhaupt nicht einschätzen, was alles daran hängt. Er ist sechs, keine zwölf oder achtzehn. Was erwartest du von ihm?« Wir drehten uns im Kreis.

Abgesehen davon hatte ich den absoluten Grundsatz meines Anwaltes komplett verletzt. Wir standen hier, schrien uns an und ich hatte keine Ahnung, wie wir aus dieser Einbahnstraße herauskommen sollten.

Ich fuhr mir durch die Haare, während wir uns verkniffen anstarrten. Ich fühlte mich so hilflos der Situation und dem System ausgeliefert. Es kam mir vor, als würde ich zurzeit jeden Tag aufstehen und gegen eine Wand laufen, sobald ich über Katharina und Patrick dachte. »Du solltest jetzt gehen.«

Patrick erschien im Türrahmen. »Fertig. Können wir losfahren?«

»Ja. Nimm Felix mit und verabschiede dich von deinem Vater. Ich gehe schon mal vor.« Sie überreichte das Ende der Hundeleine an Patrick, schulterte Patricks Tasche und wandte sich mir noch einmal zu. »Wir sehen uns Montagnachmittag bei der Mediation.«

Ich nickte und sie ging. Dies war heillos in die Hose gegangen. Hoffentlich nutzte sie es bei unserem Termin nicht und verdrehte mir die Worte im Mund.

Patrick nahm Felix auf den Arm und kam zu mir. Ich umarmte ihn und drückte die beiden fest an mich.

»Auf Wiedersehen, Kumpel. Hab eine schöne Zeit bei Mama.«

»Tschüss, Papa.« Ich gab ihm einen Kuss auf die Stirn und dann stürmte er mit Felix auf dem Arm zur Tür hinaus, als ob er es nicht erwarten konnte, so schnell wie möglich von hier zu verschwinden. Es war mir noch nie so schwer wie heute gefallen, ihn gehen zu lassen.

Ich seufzte, ging zurück ins Wohnzimmer und ließ mich aufs Sofa fallen. Wie jedes Mal, wenn Patrick bei Katharina war, erfüllte mich auf einmal eine innere Leere. Ich konnte und wollte mir nicht vorstellen, wie es mir gehen würde, wenn Patrick zu seiner Mutter zog und ich ihn nicht mehr täglich außerhalb der Schule sehen konnte.

Ich sah auf die Uhr, noch eine Stunde bis zum Mittag. Karl konnte ich nicht anrufen, obwohl ich unbedingt mit ihm sprechen wollte. Ich musste seine Stimme hören. Vielleicht erwischte ich ihn nach dem Training, bevor er ins Krankenhaus fuhr. Ich sah zum Staubsauger, trat dagegen und schloss die Augen.

Kapitel 19

Karl

$\mathcal{J}$ch fuhr vom Parkplatz des Trainingszentrums und wählte über die Freisprechanlage Emils Nummer an. Es tutete mehrfach und ich wollte schon auflegen, als er das Gespräch doch noch entgegennahm.

»Hallo?« Er klang desorientiert.

»Hab ich dich etwa gerade geweckt?«

Rascheln im Hintergrund und ein Gähnen. »Ja, ich muss wohl eingeschlafen sein, nachdem Katharina Patrick abgeholt hat.«

»Tut mir leid. Ich wollte nur wissen, wie es gelaufen ist. Bin auf dem Weg ins Krankenhaus.«

Ein tiefes Seufzen. Also nicht so gut, wie ich mir schon gedacht hatte. Ich brauchte all meine Willenskraft, um das Auto nicht zu Emil, sondern zu Coach Smith zu lenken.

»Wir haben gestritten, uns Vorwürfe gemacht und natürlich habe ich sie gefragt, warum sie auf einmal alles ändern will.«

»O nein, das tut mir leid. Wie schlimm war es?« Ich unterdrückte den Impuls, ihm vorzuhalten, was der Anwalt gesagt hatte. Jetzt war es eh zu spät. Abgesehen davon, hätte ich wahrscheinlich genauso gehandelt.

»Wir haben uns dieses Mal keine Gemeinheiten an den Kopf geworfen. Oder vielleicht nicht so schlimme wie beim letzten Mal. Na ja, ich glaube, bis wir wieder zu einem normalen Umgang finden, dauert es, wenn überhaupt. Erst muss alles geklärt sein.«

»Du weißt also immer noch nicht, weshalb sie alles ändern will?«

Emil seufzte erneut. »Sie möchte eine verantwortungsbewusste Mutter sein. Was sie bis zu einem gewissen Grad ist. Immerhin will sie Patrick immer sehen, wenn sie hier ist und kümmert sich um ihn.«

Ich blinkte und bog rechts ab. Das Krankenhaus kam bereits in Sicht. »Was ist denn, wenn Patrick eine Woche bei dir und eine Woche bei ihr wohnt? So viel anders als das, was ihr jetzt praktiziert wäre es nicht«, schlug ich vor und bog in die Einfahrt des Parkhauses.

»Hab ich auch schon überlegt und werde es nächste Woche vorschlagen.«

»Mach das, vielleicht ist sie damit einverstanden.« Ich kurvte über die Parkdecks, hielt Ausschau nach einem Platz. »Mal was anderes. Ich wollte heute Nacht zu Hause schlafen. Willst du zu mir kommen? Dann bist du nicht alleine und ich kann dich von Katharina und eurer Situation ablenken. Aber ich warne dich vor. Georg kommt ebenfalls mit seiner Familie. Sie wollen sich unbedingt morgen das Spiel ansehen. Er hat mich vorhin überraschend angerufen.«

»Das ist eine gute Idee.« Emils Stimmung schien sich aufzuhellen, was mich freute. »Ich komme gerne. Soll ich deine schmutzige Wäsche mal mitbringen, die sich ansammelt?«

Ich konnte ihn regelrecht grinsen sehen, als er mich das fragte. »Mist, ist meine Taktik doch nicht aufgegangen? Ich gebe dir dafür dann morgen saubere Wäsche mit.«

»Alles klar, ich räume meine Sachen raus, damit mehr Platz für deine ist.« Er lachte laut, was mir runterging wie Honig. Er war viel zu ernst in letzter Zeit gewesen. »Wann bist du zu Hause?«

»Spätestens gegen acht Uhr. Dann ist Georg mit Familie da.«

Wir legten auf und ich betrat das Krankenhaus. Direkt in der großen Eingangshalle blieb ich stehen. Mehrere Gänge zweigten von hier ab, neben der Doppeltür befand sich die Information, daneben ging es in die Notaufnahme. Wie oft hatten wir hier schon wegen eines Spielers gesessen.

Plötzlich schob sich eine Erinnerung vor meine Augen, die ich immer erfolgreich unterdrücken konnte, sobald ich nicht alleine hier war.

Derselbe Geruch nach Reinigungsmittel und Desinfektion. Ich stand damals alleine da, hatte niemanden eingeweiht. Alle dachten, ich wäre mit Freunden im Urlaub. Eine der bisher dunkelsten Zeiten in meinem Leben, die ich so nicht mehr erleben wollte.

Da stand ich also. Blickte mich um. Die Halle war kurz vor Mitternacht leer, der Boden blitzte vor Sauberkeit, die Bänke an den Seiten nicht besetzt, es herrschte absolute Stille. Nicht einmal ein Telefon an der Anmeldung klingelte.

Kalter Schweiß perlte auf meiner Stirn, ich zitterte vor Kälte und wahrscheinlich verlangte mein Körper die nächste Tablette. Die Letzte hatte ich gestern Vormittag genommen.

Nur noch wenige Schritte bis zur Anmeldung. Das konnte ich schaffen. Stattdessen trugen meine Füße mich rückwärts. Ich prallte gegen jemanden.

»Passen Sie doch auf, wohin Sie laufen. Man geht in Sichtrichtung«, erklang eine erboste, männliche Stimme hinter mir.

Ich drehte mich zu ihr um. »Entschuldigen Sie, bitte.« Selbst meine Stimme bebte und war alles andere als sicher. Ich stand einem Arzt gegenüber, der auf sein Handy geschaut haben musste, ansonsten wären wir bestimmt nicht zusammengeprallt. Sein Atem roch nach Zigarettenrauch. Er musterte mich, wurde ernst.

»Kommen Sie mit.« Er führte mich in den dritten Gang zu einem Behandlungszimmer. »Setzen Sie sich. Ich bin Doktor Gerber und nun erzählen Sie mir, was Sie hergeführt hat.«

»Ich bin Eishockeyspieler, Karl Leister, Nummer 44 und wahrscheinlich nach einer Knieverletzung süchtig nach Schmerztabletten.« Da, ich hatte es zum ersten Mal laut ausgesprochen. Auf einmal wurde es real. Ich sackte auf der Liege zusammen.

»Das Knie ist wieder in Ordnung?«, fragte Doktor Gerber. Ich konnte nur nicken. Erleichterung und Angst vor dem Kommenden fluteten gleichzeitig meinen Körper. »Gut. Kommen wir zu den Tabletten. Sie haben Ihr Problem erkannt und das ist der erste Schritt.« Der Arzt stellte mir mehrere Fragen, doch ich bekam sie nicht mit. Völlig überwältigt saß ich vor ihm.

Endlich erhielt ich die Hilfe, die ich benötigte, um mich aus der Abwärtsspirale zu befreien. Tränen drückten hinter meinen Augen und fanden ihren Weg nach draußen. Auf keinen Fall wollte ich so enden, wie andere vor mir, die tablettensüchtig waren, wollte nicht an einer Überdosis sterben, weil irgendwann eine gewisse Menge nicht mehr reichte.

Ich holte tief Luft. »Einfach weitergehen, wie immer. Du bist nur hier, weil du jemanden besuchst, nicht, weil du dein Problem nicht im Griff hast«, murmelte ich und setzte mich wieder in Bewegung.

Durch Gerald wusste ich bereits, wohin ich musste und suchte die Station auf. Verlief mich einmal, weil ich den falschen Farben gefolgt war, und brauchte fünfzehn Minuten, bis ich endlich vor dem Zimmer des Coaches stand. Ich klopfte an und nach einem »Herein« trat ich ein.

Coach Smith lag im Bett, das Kopfteil hochgestellt, damit er aufrecht sitzen konnte. In der Hand hielt er ein Buch, das nun in seinen Schoß sank.

»Karl, was bin ich froh, dich zu sehen. Da habe ich eine glaubwürdige Ausrede für meine Frau, warum ich nicht weiterlesen kann. Sie meint, es wäre eine gute Methode um abzuschalten.« Er schnaubte, klappte das Buch, einen Krimi, zusammen und legte es beiseite.

»Hallo Coach. Es geht dir besser.« Auch wenn er noch blass aussah und der weißen Bettwäsche Konkurrenz machte. Doch das verkniff ich mir lieber.

»Setz dich. Wie läuft das Training?«

»Ganz gut, wir finden uns langsam zurecht.« Ich zog mir einen Stuhl vom Tisch gegenüber dem Bett, der übersät mit Geschenken war, und setzte mich. »Sandro, Stanni und Juli trainieren oft noch mit den jungen Spielern, wenn das Eis frei ist. John hat die Verteidiger übernommen.«

Coach Smith hatte ein geräumiges Einzelzimmer mit zwei Fenstern, die viel Licht spendeten. Ansonsten wirkte es genauso trist wie jedes andere Krankenhauszimmer. Die Wände weiß inklusive des klinisch weißen Schranks.

»Ich hab das erste Spiel gesehen. Du hast deine Sache gut gemacht. Bist ruhig geblieben, als die Mannschaft hektisch wurde.« Er lächelte mich anerkennend an.

Das Lob vom Coach bedeutete mir sehr viel und stolz wuchs ich bestimmt zwei oder drei Zentimeter in die Höhe.

»Ich lerne vom Besten.«

»Ach ja, bis jetzt habe ich noch mit keiner Mannschaft das große Finale gewonnen. Nicht mal dran gerochen.«

»Du standst als Head Coach im Stanley Cup Finale. Du

hast ziemlich nah dran geschnuppert. Ist das etwa nichts? Das kann nicht jeder von sich behaupten«, widersprach ich ihm energisch. Das war einer der Gründe, warum die Krakens ihn als Trainer hatten haben wollen. Sie hatten nur ein Jahr gebraucht, um ihn zu überzeugen, hier in Deutschland etwas Neues aufzubauen. Den Ausschlag hatte die freie Hand bei der Mannschaftsgestaltung gegeben. In Amerika war das nicht überall möglich.

»Aber gewonnen habe ich ihn nur als Spieler.«

»Das allerdings gleich dreimal.«

Er lächelte müde. »Wie gerne hätte ich für Kanada bei den Olympischen Spielen gespielt.«

»Eine Schande für euch Profis. Immerhin hat die NHL mittlerweile ein Einsehen.«

»Nun spielen allerdings die Franchises und Versicherungen nicht mehr mit.« Coach Smith seufzte. »Ich wäre gerne mal gegen die Russen bei einer Weltmeisterschaft oder den Olympischen Spielen angetreten. Das wäre was gewesen, wenn wir die geschlagen hätten.« Wehmütig sah Coach Smith an die Wand. Was er wohl vor Augen hatte? Er hatte nur außerhalb der NHL-Saison in einem Freundschaftsspiel gegen die Russen in der kanadischen Auswahl gespielt, die nur aus Profis bestand. Sie wurden vernichtend geschlagen.

»Du bist ganz schön sentimental heute«, sagte ich, um die merkwürdige Stimmung, die sich zwischen uns breitmachte, zu durchbrechen.

»Ich hatte einen Herzinfarkt. Wenn ich jetzt nicht sentimental werden darf, wann dann?« In seinen Augen lag ein amüsiertes Blitzen.

Ich zuckte mit den Schultern. »Auch wieder wahr.«

»Wie geht's mit den Jungs?« Coach Smith wandte sich mir zu, hatte sein strenges Trainergesicht aufgesetzt.

»Super. Nicht nur Sandro, Stanni und Felix, sondern wirklich alle ziehen mit. Sie vermissen dich, wir alle tun das, nicht nur dich als Trainer, auch als Mensch.«

»Schön, wenn das Training klappt.« Er klang erleichtert, wirkte gleich friedlicher, als ob er die Bestätigung von mir brauchte. Ich mochte mir gar nicht ausmalen, wie viele Gedanken er sich um uns machte. Ob er wohl Angst hatte, wir rissen nun alles ein, was er die Jahre über mühsam aufgebaut hatte? Oder ob wir schluderig wurden, nun da seine strenge Oberhand fehlte?

»Wenn sie gedurft hätten, wären die Jungs sofort am Freitag geschlossen hierhergekommen. Aber Sandro und Felix haben den Auftrag erhalten, einen Besuchsplan aufzustellen. Sie machen sich alle schreckliche Sorgen um dich.«

Coach Smith lachte. »Ja, das habe ich gemerkt.« Er zeigte auf den überladenen Tisch. »Sandro, Anton, Konny und Anatoli haben mir ein selbst gebasteltes Ergometer mit einem Herz-Kreislauf-Trainingsplan geschenkt. Dazu haben sie geschrieben: Wir kennen da einen der besten Trainer, der bekommt dich wieder fit, Coach Smith.«

Ich lachte mit ihm. »Sehr originell.«

»Absolut. Stanislav, Felix und Juli haben seit dieser Woche das Coach-Smith-Herz-Menü im *Game Time*. Sie haben mir versprochen, ich müsste bei der Bestellung dieses Menüs nichts bezahlen. Niemals. Alles andere, ob einzeln oder als Menü bestellt, kostet mich das Dreifache. Unterschrieben mit: Das kommt von Herzen.«

Ich schüttelte den Kopf. »An schlechten Ideen hat es bisher noch keinem von ihnen gemangelt.«

»Allerdings.« Er fuhr mit einer Hand über die Decke und lächelte versonnen. »Ich bin der Gesprächsstoff Nummer eins auf dieser Station. Morgens wird vom Pflegepersonal als erstes der Tisch auf neue Geschenke untersucht und die Kreativität bewertet. Erst dann bin ich an der Reihe.«

»Du selbst predigst ständig, wir müssen Prioritäten setzen. Nichts anderes machen die hier.« Außerdem war es ein gutes Zeichen und Coach Smith auf dem Weg der Besserung.

Er wurde bei meinen Worten ernst und legte mir eine Hand auf den Unterarm, der auf meinem Oberschenkel ruhte.

»Ich soll mich zwar schonen und bin tatsächlich noch sehr angeschlagen, schnell erschöpft und müde. Aber Karl, wenn du eine Frage hast oder reden möchtest, weil es dir zu viel wird, du einen Rat brauchst oder was auch immer, dann zögere nicht, mit mir zu sprechen. Dir ist von heute auf morgen eine große Verantwortung übertragen worden. Du hattest keine Vorbereitungszeit und wir Trainer werden nun mal an der Leistung der Spieler gemessen.«

Ich legte eine Hand auf seine. Es wäre jetzt einfach zu sagen, er sollte sich keine Sorgen machen, wir würden das schon schaffen, aber das war nicht das, was Coach Smith brauchte. Auch er wurde von jetzt auf gleich rausgerissen, hatte keine Zeit gehabt, sich darauf vorzubereiten für länger auszufallen. Coach Smith benötigte die Gewissheit, weiterhin gebraucht zu werden und zu keinem Ausstellungsstück degradiert zu werden, mit dem man sich früher gerne geschmückt hatte.

»Danke für das Angebot. Ich werde unter Garantie darauf zurückkommen.« Das meinte ich so ernst, wie das Amen in der Kirche.

»Sag es bloß meiner Frau nicht. Die ist froh, wenn Eishockey mal keine Priorität spielt und ich zur Ruhe komme.«

»So eine Schande, von wem soll Stanni seine deutschen Sprichwörter lernen? Für ihn scheint ein kanadischer Coach prädestiniert dafür zu sein.« Ich lächelte, was Coach Smith erwiderte, bevor ich fortfuhr. »Ich werde es niemandem sagen. Du kannst dich drauf verlassen.«

»Das weiß ich. Sag Stanni, es gibt so was Seltsames, das sich World Wide Web nennt. Da gibt es eine Menge Seiten. Hin und wieder nutzt das sogar der verstaubte alte Kauz von Coach.«

»Das lass ich lieber. Am Ende kommuniziert er nur noch mit Sprichwörtern und keiner weiß, was er sagen will.«

Das brachte Coach Smith zum Lachen. Selten erlebte man ihn so entspannt.

»Also, ich sollte mich wieder auf den Weg machen.« Ich drückte seine Hand und erhob mich.

»Danke für deinen Besuch. Bring mir beim nächsten Mal die Besucherliste von Sandro mit. Dann kann ich mich darauf einstellen.«

»Mach ich.« Ich reichte ihm die Hand. Seinen versteckten Code mit der Liste hatte ich verstanden. Garantiert hatte er hier irgendwo schon Notizen zu jedem Spieler liegen, die er sich während des Spiels gemacht hatte, und würde sie mit ihnen durchgehen. Es half bestimmt bei der Genesung, wenn er sich mit Dingen beschäftigte, die er gerne tat als nutzlos im Bett zu liegen und Bücher zu lesen, was er gar nicht mochte.

Ich verabschiedete mich von ihm und machte mich auf den Weg zum Trainingszentrum.

Kapitel 20

Emil

»Emil, richtig?« Georg biss sich auf die Unterlippe. »Ich habe ein mieses Namensgedächtnis.«

»Genau. Hallo, schön dich wiederzusehen.« Wir reichten uns die Hände und mein Fanboy-Herz schlug schneller. Obwohl wir uns bereits im Mai während der Weltmeisterschaft hier bei Karl getroffen hatten, war es wieder etwas Besonderes für mich ihn zu treffen. Immerhin war er ein ehemaliger Spieler, dem ich regelmäßig zugejubelt und bei seinen Spielen mit gefiebert hatte.

»Kennst du noch Amelie?« Er zeigte auf eine Frau, die zu uns auf die Terrasse getreten war und vorher bei den zwei Kindern im Garten gewesen war. Ihre Haare fielen in kleinen feinen Locken über die Schultern und ihre Augen funkelten vor Freude. Sie zupfte an ihrem Sommerkleid, das für diesen zwar noch warmen Septemberabend ging, doch sobald die Sonne verschwand, würde es kühl werden.

»Natürlich. Hallo.«

»Wo ist dein Sohn?«, fragte Amelie und blickte sich um.

»Bei seiner Mutter. Sie hat ihn heute Vormittag abgeholt.« Ich lächelte gezwungen. Unser Streit ging mir nicht aus dem Kopf. Hoffentlich kam ich doch noch auf andere

Gedanken, wenn ich den Abend mit Karl und seinen Freunden verbrachte.

»Hier das Bier für die Herren und der Wein für die Dame.« Karl kam aus dem Haus zu uns und reichte uns die Getränke. »Auf einen schönen Abend und ein gutes Spiel morgen.«

Wir stießen miteinander an und setzten uns an den Tisch. Karl musterte mich von der Seite, beugte sich zu mir vor.

»Bist du wieder im Fanboy-Modus?«, flüsterte er. Hitze kroch mir den Nacken hoch. »Schon gut. Mach ruhig alles, was dich lächeln und ein wenig vergessen lässt.« Er legte mir eine Hand auf den Oberschenkel und drückte zu.

»Ihr zwei passt wirklich gut zusammen«, sagte Amelie und schmunzelte. Mir wurde noch heißer.

»Danke sehr. Der Meinung bin ich auch. Habe ich euch schon meinen neuen Glücksbringer gezeigt? Hat Emil mir gestern zu meinem ersten Hauptrundenspiel als Interims Head Coach geschenkt.« Karl sprang auf und verschwand im Haus. Vom Garten her scholl Jubel von einem der Kinder zu uns herüber. Maike hatte gegen ihren Bruder ein Tor geschossen.

Der Abend könnte nicht besser sein, wenn da nicht diese dunkle Wolke über mir schweben würde. Ich holte mein Handy hervor und spähte drauf. Katharina hatte sich nicht gemeldet. Es war allerdings noch früh am Abend, meistens riefen sie kurz vor dem Schlafengehen an. Trotzdem legte ich das Telefon auf den Tisch, damit ich nichts verpasste.

Karl kam zurück. Beim Vorbeigehen strich er mir sanft über den Nacken. Ein leichtes Kribbeln fuhr mir durch den Körper und ich lächelte unwillkürlich.

»Hier, diese Krawattennadel hat er mir geschenkt.« Er reichte sie Georg, der sie entgegennahm.

»Die ist wunderschön.« Georg gab sie Amelie. »Ich kann immer noch nicht verstehen, warum sie den Bock zum Gärtner gemacht haben.« Er grinste breit.

»Sie wissen, was gut ist.« Karl reckte das Kinn in die Höhe. »Dieses Jahr holen wir den Pokal. Ihr werdet schon sehen«, foppte er zurück.

Georg riss die Augen auf und schlug sich die Hände vor den Mund. »O nein, du hast es ausgesprochen. Der Fluch wird über euch kommen und ihr werdet ab jetzt nicht mehr gewinnen.« Georg hielt theatralisch inne, bevor Karl und er losprusteten.

»Da soll einer sagen, ihr wärt nicht abergläubisch«, meinte Amelie trocken, legte die Krawattennadel auf den Tisch und wandte sich zu mir. »Wirklich schöne Nadel. Wo hast du sie gefunden?«

Während Georg und Karl weiter übereinander spotteten, kamen Amelie und ich ins Gespräch. Wir tauschten uns über Schwierigkeiten bei den Hausaufgaben mit unseren Kids aus, gaben uns Haushaltstipps bei Kinderkrankheiten und kamen darüber zu Ideen bei Kindergeburtstagen.

»Patricks nächster Geburtstag findet natürlich in der Eishalle bei uns statt. Ist doch logisch, oder?«, wandte Karl auf einmal ganz selbstverständlich ein. »Wenn ich schon Trainer bei den Krakens bin, kannst du das auch nutzen.«

Ich starrte ihn an. »Aber …«

»Was? Patrick würde sofort Ja sagen. Das wäre sein bester Geburtstag.«

Ich konnte nur nicken. Er kannte meinen Sohn bereits so gut und dachte über seinen Geburtstag nach, der erst im November war. Mir quoll das Herz über vor lauter Freude und Liebe.

»Da ist jemand schnell zum Papa mutiert.« Georg lächelte.

Karl zuckte mit den Schultern. »Emil gibt es nur im Doppelpack, was ich sehr gerne nehme.«

Falls es überhaupt dann noch Thema wäre. Ich sprach es nicht aus, erneut legte Karl mir jedoch eine Hand auf den Oberschenkel und drückte zu. Aufmunternd lächelte er mir zu. Er sagte es nicht, ich konnte allerdings die unausgesprochene Versicherung in seinen Augen lesen: Wir schaffen das.

Abrupt stand ich auf. Es wurde mir zu viel. Licht und Schatten lagen heute so nah beieinander. »Entschuldigt mich einen Augenblick. Ich muss mal …« Ich deutete ins Innere des Hauses und verkrümelte mich in die Küche. Vor lauter Rührung waren mir die Tränen gekommen. Karl stand zu mir und ich wusste immer noch nicht, warum und mit welchem Recht.

Ich wischte mir die Tränen aus den Augen.

Was, wenn ich ihm doch bald zu langweilig wurde? Er widersprach mir zwar vehement, dennoch konnte ich das irrationale Gefühl nicht abschütteln. Katharina war die Karriere auch wichtiger gewesen als ihre Familie. So oft hatte ich das Gefühl, sie wäre in ihre Arbeit geflüchtet, sogar an Sonntagen, als lieber Zeit mit mir und Patrick zu verbringen.

Ich lief in der großen Küche um die Kücheninsel, raufte mir die Haare. Langsam sollte ich Karl vertrauen. Natürlich tat ich das, jedoch nicht in diesem Punkt.

»Wenn der Graben tief genug ist, gibst du bitte Bescheid. Ich werde Überführungen zu meiner Kücheninsel bauen lassen.« Karl stand auf einmal angelehnt im Türrahmen, die Arme vor der Brust verschränkt.

»Entschuldige.« Ich blieb stehen. Er kam auf mich zu, zog mich in die Arme.

»Ich sage es dir so oft, wie du es brauchst. Ich liebe dich, du bist nicht langweilig und du bist es definitiv wert, mit dir zusammen zu sein.« Ein Schmetterlingskuss landete auf meiner Nase.

Allein, dass er wusste, was in mir vorging, rührte mich nur noch mehr. »Ich will niemand anderen. Bisher war ich nur einmal so glücklich wie mit dir. Dieses Mal lasse ich mir das nicht nehmen und die Sache mit Katharina stehen wir gemeinsam durch, auch wenn ich nicht bei den Terminen dabei sein kann. Patrick ist mir ebenso wichtig und ans Herz gewachsen, wie du. Ich will euch beide in meinem Leben haben.«

Ich sah zu ihm auf. »Geht das nicht alles ein wenig schnell? Was, wenn du es in einem halben Jahr anders siehst?« Ich war derjenige, der mit einem gebrochenen Herzen zurückblieb und dazu einen Sohn hatte, dem ich erklären musste, das so was zum Leben gehörte. Dabei war er noch viel zu jung dafür und die Trennung von seiner Mutter war schlimm genug gewesen.

»Liebe richtet sich nicht nach Zeiträumen, sie passiert in ihrem Tempo. Manchmal geht es schnell, manchmal dauert es länger. Dies hier hält.« Er blickte mich intensiv an. »Kennst du das Gefühl, wenn du genau weißt, hier gehörst du hin? So ergeht es mir mit dir. Ich weiß es einfach.«

Ich fuhr mit meiner Zunge über meine Lippen. »Ja, das kenne ich sehr gut und es macht mir eine Heidenangst.«

Karl schmunzelte. »Dann haben wir auch die zusammen. Nur lassen wir uns nicht von ihr, sondern von dem guten Bauchgefühl leiten und es wird was Phänomenales herauskommen. Garantiert werden wir zwischendurch die Wolken verlassen und streiten, aber hey, solange wir miteinander reden können und uns grundsätzlich einig sind, wie eine Beziehung funktioniert, sehe ich da keine Probleme. Grenzen ausloten gehört ebenso dazu, wie die rosarote Brille.«

»An dir ist ein Poet verloren gegangen, Coach. Ich muss mich mal in deine Mannschaftsbesprechungen vor einem Spiel mogeln.«

»Unbedingt, nur kann ich mich dann nicht auf die Spieler konzentrieren.« Karl runzelte die Stirn. »Vielleicht lassen wir das doch lieber. Ich möchte schon gewinnen.« Er strich mit einem Finger über meine Wange. Ich lächelte und ein Kribbeln breitete sich in mir aus. Manchmal reichte ein kleiner Satz so nebenbei gesprochen. »Kommst du wieder mit raus?«

Ich nickte. »Danke dir.«

»Immer.« Er küsste mich.

Wir gingen gemeinsam raus. Maike und Malte standen am Tisch bei ihren Eltern und quengelten.

»Ich schmeiße den Grill an, oder?«, schlug Karl vor und lächelte. »Sonst verhungern eure Kinder, so wie sie klingen.«

»Ich helfe dir.« Georg stand auf und sie kümmerten sich um den Grill und das Essen.

Amelie wandte sich ihren Kindern zu, die weiter an ihrem Kleid zupften. »Geht noch eine Runde spielen, dann sind Papa und Karl fertig mit dem Essen.« Die Kinder murrten, kamen allerdings der Aufforderung nach.

Während des Essens kontrollierte ich ständig mein Handy, es kam jedoch weder eine Nachricht noch Anruf von Katharina. Es ging auf acht Uhr zu und normalerweise hatten sie sich längst gemeldet.

»Vielleicht sind sie unterwegs«, meinte Karl leise, dem es anscheinend nicht entgangen war.

»Wo sollen sie denn jetzt noch sein?«

»Bei Katharinas Eltern?«, schlug er vor.

Ich nickte nur und schob mir eine Gabel mit grünem Salat in den Mund. So recht schmeckte mir das Essen nicht, ich machte mir Sorgen. Was, wenn doch etwas passiert war und Katharina mit Patrick ins Krankenhaus musste?

Die Kinder spielten erneut im Garten Eishockey und ich beobachtete sie. Wie schön wäre es, diese Unbeschwertheit mal wieder zu erleben? Seine Aufgaben zu erledigen, ohne sich ständig Sorgen zu machen, es könnte etwas passieren?

»Alles gut bei dir?«, fragte Amelie und riss mich aus meinen Gedanken.

»Klar. Ich warte nur auf einen Anruf meiner Ex-Frau. Patrick wünscht mir abends immer noch gute Nacht.«

Sie sah mich mitfühlend an. »Macht sie bestimmt gleich.«

Karl und Georg sprachen über das kommende Spiel und wir beteiligten uns an dem Gespräch, sofern ich etwas mitbekam. Langsam sank die Sonne und es wurde kühler.

»Lasst uns hier aufräumen und reingehen.« Karl stand auf und wir anderen folgten ihm. Amelie rief die Kinder zu sich, um sie ins Bett zu bringen. Mit viel Gemurre gingen sie mit ihrer Mutter rein und nach oben.

Nachdem wir Männer alles weggeräumt hatten, setzten wir uns ins Wohnzimmer. Doch ich hielt es nicht mehr aus, entschuldigte mich und ging in die Küche. Dort holte ich mein Handy raus und rief Katharina an. Nur die Mailbox und ein Festnetztelefon besaß sie nicht. Ich starrte auf das Telefon, wählte erneut. Landete auf dem Anrufbeantworter.

»Keine Ahnung, was ihr macht, aber melde dich bitte mal«, sprach ich drauf. Immerhin klang ich nicht zu besorgt oder ärgerlich.

»Immer noch nichts?«, fragte Karl von der Tür her. Ich schüttelte den Kopf.

»Sie wird doch nicht …?« Ich ließ den Satz im Raum stehen und eisige Kälte griff nach meinem Herzen, schien es einzufrieren.

»Bestimmt nicht. Die sind nur unterwegs.« Er klang so sicher und gleichzeitig schwang Hoffnung darin mit.

Vom Flur her hörte ich das Knarzen der Treppenstufen. Amelie schien zurückzukommen.

»Was, wenn doch?« Ich begann auf und ab zu gehen.

»Dann rufen wir die Polizei.«

»Woher sollen wir denn wissen, ob sie abgehauen ist?« Ich kniff die Lippen aufeinander. Am liebsten würde ich direkt zu ihr fahren und nachschauen, ob alles in Ordnung war.

»Soll ich ein Taxi rufen?«, fragte Karl. »Wir dürfen nicht mehr fahren.«

Kurz stockte ich. »Habe ich das laut gesagt?«

Karl nickte und lächelte.

»Das wäre zu übertrieben. Bisher habe ich Katharina immer vertrauen können.« Trotzdem nagte es an mir. Wir befanden uns in einer anderen Situation als früher.

»Lass uns zurückgehen.« Ich holte drei Flaschen Bier aus dem Kühlschrank und wir gingen zu den anderen.

An den Gesprächen konnte ich mich allerdings kaum beteiligen. Mein Handy legte ich nicht aus der Hand, schrieb Katharina noch eine zusätzliche Nachricht, die nicht bei ihr ankam. Da stimmte vorne und hinten etwas nicht und ich bekam Angst um meinen Sohn.

Abrupt stand ich auf. »Lass uns hinfahren. Ich kann nicht rumsitzen, solange ich nicht weiß, was los ist.«

Amelie hob die Augenbrauen. »Du hast immer noch nichts gehört?«

Ich schüttelte den Kopf. »Ich erreiche nur die Mailbox und Nachrichten gehen nicht durch.« Mir verknotete sich der Magen.

»Ich rufe uns ein Taxi.« Karl nahm sein Handy und telefonierte. Amelie stand auf, schloss mich in ihre Arme.

»Es gibt bestimmt eine einfache Erklärung. Vielleicht sind sie eingeschlafen und deine Ex-Frau hat ihr Telefon ausgestellt.«

Ich nickte nur. Wie sollte Amelie wissen, dass Katharina ihr Handy nie ausstellte, falls jemand von der Arbeit anrief. Schweiß brach mir aus, denn auch von ihrer Firma konnte sie niemand erreichen und das war ein neues Level.

»In zehn Minuten ist es hier.« Karl war zu uns getreten, schlang nun seinerseits seine Arme um mich, als Amelie mich losließ.

»Wir bleiben hier, aber ruft an, sobald ihr etwas wisst«, sagte Georg, der sich ebenfalls erhoben hatte.

»Klar.«

»Ich gehe schon mal raus.« Ich wand mich aus Karls Armen und marschierte zur Haustür.

»Warte!«, rief Karl mir hinterher. An der Tür blieb ich stehen. »Du solltest einen Pullover überziehen. Draußen ist kalt geworden.« Er lief in den Hausflur und die Treppe nach oben, ließ mir keine Zeit zu antworten. Ob es kalt oder warm war, war mir gerade völlig egal. Ich wollte nur meinen Sohn in Sicherheit wissen.

Das Taxi hielt vor Katharinas Wohnhaus. Hier gab es sechs Einheiten und es lag in der feineren Gegend von Krackers, von der aufgrund der Dunkelheit wenig zu sehen war.

Kaum stand das Auto, riss ich bereits die Tür auf und stürmte zur Haustür. Im Eingangsbereich leuchtete eine Lampe über der Tür auf und spendete Licht. Ohne zu zögern, drückte ich auf den Klingelknopf. Ich ließ den Finger drauf liegen, doch nichts rührte sich.

»Du solltest ihr wenigstens Zeit geben, zur Tür zu kommen«, meinte Karl hinter mir.

»So groß ist die Wohnung nicht.« Ich trat zurück, sah zum zweiten Stock hinauf, doch durch die Fenster schien kein Licht. Normalerweise brannte in einem immer ein kleines Lämpchen. »Siehst du das? Alles dunkel.« Wieder drückte ich auf den Klingelknopf. »Sie ist nicht da.« Ich rüttelte an der Haustür, die sich allerdings nicht öffnen ließ.

»Vielleicht sind sie doch bei ihren Eltern.«

Mit zitternden Händen holte ich mein Handy hervor und wählte deren Nummer. Es dauerte, bis sich jemand meldete.

»Baier«, erklang endlich eine tiefe, verschlafene Stimme am anderen Ende der Leitung.

»Emil hier, hallo Günter. Sind Patrick und Katharina bei euch?«

»Warum rufst du um diese Uhrzeit an und versuchst es nicht bei Katharina?« Mit jedem Wort klang Günter wacher.

»Ich würde euch nicht anrufen, wenn ich sie erreicht hätte. Ich stehe vor der Wohnung von Katharina, keiner macht auf und es ist alles dunkel. Wo ist sie?«

Am anderen Ende wurde es still.

»Günter!«, rief ich ins Telefon. »Wo ist mein Sohn?« Nun bebte ich am ganzen Körper. Er wusste doch etwas oder warum wurde er ruhig und antwortete mir nicht?

»Ich weiß es nicht. Sie hat uns nichts gesagt. Wollte nur morgen Nachmittag mit Patrick zum Kuchen essen vorbeikommen. Warte mal.« Es raschelte im Hintergrund, dann wurde gemurmelt, was ich nicht verstand. »Angela weiß es auch nicht. Du hast sie nicht erreicht und sie öffnet nicht die Tür?«

»Nein, verdammt, habe ich doch gerade gesagt.« Langsam verlor ich die Beherrschung. Katharina war mit Patrick getürmt. Sie hatte meinen Sohn entführt, nur damit er bei ihr leben konnte. »Ich gehe zur Polizei und zeige sie an.«

Karl trat hinter mich und ich lehnte mich gegen ihn. »Bitte zeig sie nicht an. Das könnte ihr schlecht ausgel…«

»Mir ist scheiß egal, wie ihr was ausgelegt werden könnte«, fiel ich Günter ins Wort. »Ich will meinen Sohn zurück. Sie ist mit ihm abgehauen.«

»Ganz ruhig«, wisperte Karl mir ins Ohr.

Ich drückte auf die kleine Sprechmuschel meines Handys. »Wie soll ich ruhig sein, wenn mein Sohn verschwunden ist?« Verstand mich denn überhaupt niemand? Dann hielt ich das Handy wieder ans Ohr. »Ich gehe zur Polizei. Du wirst mich nicht davon abhalten.«

»Sie ist vernünftig und würde nie mit Patrick verschwinden«, meinte Günter, wobei er nicht mehr so ruhig klang wie noch ein paar Minuten zuvor.

»Ist mir egal. Mein Sohn ist verschwunden«, sagte ich kalt, erschrak fast vor mir selbst. Ohne mich zu verabschieden, beendete ich das Gespräch. »Ich will zur Polizei.«

»Emil«, begann Karl sanft, »Katharina könnte auch mit Patrick weggefahren sein.«

»Mir ist scheiß egal, was sie gemacht hat. Sie ist nicht erreichbar oder auffindbar mit meinem Sohn und hat nicht mal das Sorgerecht oder das Aufenthaltsbestimmungsrecht. Normalerweise gibt sie Bescheid, wenn sie fortfahren.« Ich brüllte fast. Irgendwo öffnete sich ein Fenster und jemand rief »Ruhe«. Das Taxi stand noch am Straßenrand und ich lief darauf zu.

Mein Bauch schmerzte und ich rang nach Atem, so sehr schnürte es mir vor Angst und Sorge die Kehle zu. Warum begriff keiner, was wirklich los war? Katharina war garantiert mit Patrick abgehauen, weil sie aus welchen Gründen auch immer, unbedingt beweisen musste, was für eine tolle Mutter sie war.

Ich stieg in das Taxi.

»Kommst du?«, rief ich Karl zu. Sollten die Nachbarn sich doch beschweren, ich war nicht in der Lage jetzt Rücksicht auf andere zu nehmen.

Karl schob sich neben mir auf die Rückbank und schloss die Tür.

»Wo geht's hin?«, fragte der junge Taxifahrer gelangweilt und drehte sich zu uns um. Seine blonden Haare waren im Nacken zusammengebunden und verteilten sich elektrisch aufgeladen an der Kopfstütze. Ich hätte glatt gelacht, würde ich nicht in meiner jetzigen Situation stecken, denn es sah aus wie ein Spinnennetz.

»Zur nächsten Polizeiwache.«

»Alles klar.« Der Taxifahrer fuhr los.

»Willst du das wirklich?«, fragte Karl. »Es ist erst halb zwölf.«

»Verdammt, warum bist du überhaupt mitgekommen, wenn du mir jetzt alles ausreden willst?«

»Das möchte ich gar nicht, nur dir vor Augen halten, was das auslösen könnte.« Karl griff nach meiner Hand und drückte sie. »Ich stehe dir bei. Aber wenn du sie jetzt anzeigst und sie nur mit Patrick in einem Freizeitpark gewesen ist, könnte dir das vielleicht schlecht ausgelegt werden.«

»Dann hätte sie ihren Mund aufmachen müssen. Noch hat sie kein Sorgerecht und das Aufenthaltsbestimmungsrecht liegt bei mir. Schon rein rechtlich muss ich Bescheid wissen, wo sie sich mit Patrick aufhält.« Es laut zu sagen, beruhigte mich, denn natürlich wollte ich nichts tun, was man mir im Streit mit Katharina um das Sorgerecht negativ auslegen könnte.

»Sie ist allerdings die Mutter.«

Ich schnaubte. »Eine feine Mutter, die nur dann für ihren Sohn Zeit hat, wenn die Arbeit es zulässt.« Ich entzog Karl meine Hand und starrte aus dem Fenster. Es war unfair ihm gegenüber, er wollte mir nur helfen und hatte wahrscheinlich recht, ich konnte allerdings nicht anders, hier ging es um Patrick. Meinen Sohn, den sie mir wegnehmen wollte. Nichts anderes war es, wenn ich ihn nur alle vierzehn Tage für zwei Tage bei mir haben durfte.

»Wir sind da.« Der Taxifahrer hielt auf einem kleinen Parkplatz, auf dem zwei Polizeiwagen standen. Auf dem Gebäude prangte in weißer Schrift auf blauen Hintergrund Polizei auf einem beleuchteten Schild.

Karl zögerte nicht, sondern reichte dem Fahrer eine Kreditkarte. Ich stieg derweil aus, nicht mehr sicher, ob es wirklich so klug war, reinzugehen. Das graue Gebäude aus den Siebzigern war nicht groß, nur ein Stockwerk hoch und die Fenster in der oberen Etage waren nicht beleuchtet. Von der Straße erklang hin und wieder das Geräusch eines vorbeifahrenden Autos, ansonsten herrschte hier Ruhe.

Karl trat neben mich. Das Taxi fuhr davon. Nun griff ich nach seiner Hand. Er sagte kein Wort, stand nur da wie ein Fels in der Brandung und gab mir Halt.

»Ich kann nicht hier stehen und gar nichts machen«, sagte ich. »Ich muss wenigstens fragen, wie man sich in so einem Fall verhält. Die haben bestimmt mehr Erfahrung als ich.«

»Wie du möchtest. Ich werde Bernd ebenfalls anrufen.« Karl zog sein Handy hervor, wählte und hielt es sich ans Ohr. Ich blieb bei ihm stehen, wollte nur schnell rein und es hinter mich bringen, aber vielleicht hatte er recht. »Bernd, guten Abend. Entschuldige die späte Störung. ... Ja, genau, Katharina hat Patrick und sie ist weder erreichbar noch zu

Hause. Wir stehen bei der Polizei, weil Emil eine Vermisstenanzeige aufgeben will. ... Okay. Wir werden nichts
machen, so lange du nicht da bist.« Karls Blick fiel auf mich,
während er zuhörte und nickte. Dann beendete er das
Gespräch und steckte sein Handy fort. »Bernd wird herkommen und vorher den Familienanwalt kontaktieren. Wir
sollen keinen Schnellschuss machen, bevor er da ist.«

»In Ordnung. Trotzdem werde ich mich beraten lassen.
Etwas werden sie bestimmt auch sagen können.« Tränen tra-
ten mir in die Augen. »Es geht um Patrick. Mein Ein und
Alles.«

Karls Blick wurde sanft und er zog mich in eine Umarmung. »Schon gut. Wir gehen rein.«

Gemeinsam betraten wir die Dienststelle. Stille empfing
uns. Leises Gemurmel war zu hören, jemand tippte etwas an
einem Computer.

»Guten Abend«, begrüßte uns eine Polizistin mittleren
Alters und lächelte. In der Hand hielt sie eine Tasse, aus der
es dampfte und nach Kaffee roch.

»Ich ... mein Sohn.« Mir fehlten die Worte. Nun, da es
ernst wurde, konnte ich nicht mehr reden.

»Die Ex-Frau meines Partners hat ihren gemeinsamen
Sohn dieses Wochenende, ist seit Stunden nicht erreichbar
und auch nicht zu Hause. Ihre Eltern wissen ebenfalls nicht,
wo sie sich aufhalten könnten. Nachrichten gehen nicht
durch und es meldet sich nur der Anrufbeantworter.«

Das Lächeln der Polizistin wandelte sich in einen ersten
Gesichtsausdruck. »Kommen Sie mit.« Sie führte uns durch
den Raum an einigen nicht besetzten Tischen vorbei zu
einem an der Wand.

Sie zeigte auf zwei Stühle und zog sich den dritten heran.
»Setzen Sie sich.« Wir folgten ihrer Aufforderung und sie

setzte sich ebenfalls. »Ich bin Anna Wilder. Jetzt noch einmal von vorne. Ihr Sohn ist bei der Mutter, die verschwunden ist mit Ihrem Sohn? Ist sie ebenfalls sorgeberechtigt?«

Ich schüttelte den Kopf. »Das Sorgerecht liegt komplett bei mir. Sie ficht es jedoch gerade an.« Ich fuhr mir mit der Hand über mein Gesicht. »Es ist etwas kompliziert gerade, trotzdem wollte ich meinem Sohn die Mutter nicht vorenthalten. Sie hat ihn heute Vormittag abgeholt und seitdem habe ich nichts mehr gehört.«

»Das ist nicht normal?«, hakte sie nach, griff nach einem Block und machte sich Notizen.

»Nein. Normalerweise melden sie sich am Abend gegen sieben Uhr, spätestens um halb acht. Mein Sohn Patrick wünscht mir eine gute Nacht und ich ihm. Unter der Woche auch früher, wenn er Schule hat.«

Sie stellte Fragen nach Vereinbarungen, der Häufig- und Regelmäßigkeit von Patricks Aufenthalten bei Katharina, notierte sich alles und rief einen älteren Kollegen herbei.

»Wollen Sie Ihre Ex-Frau anzeigen und eine Vermisstenmeldung für Ihren Sohn aufgeben?«, fragte der Kollege, zog sich einen Stuhl heran und setzte sich. Karl sah mich aufmerksam an.

»Ich weiß es nicht«, gab ich zu und hörte meine Verzweiflung in meiner Stimme. »Mein Anwalt ist auf dem Weg hierher und meint, ich sollte keinen Schnellschuss machen.«

»Das ist wohlüberlegt. Glauben Sie denn, sie ist mit Ihrem Sohn geflüchtet? Hat sie eine zweite Staatsbürgerschaft? Dokumente, die sie als Patricks Mutter ausweisen, sollte sie die EU verlassen?«

Hilflos zuckte ich mit den Schultern. Es wurde auf einmal alles so real. Hier zu sitzen und mit den Polizisten zu reden, machte mir noch mehr Angst.

»Sie hat nur die deutsche Staatsbürgerschaft und die Dokumente habe ich alle. Patrick besitzt noch keinen Reisepass. Sie können also nur innerhalb der EU unterwegs sein.« Was mir ebenso Angst machte. Egal in welchem Land, sie könnte untertauchen und wir würden nie wieder von hören.

»Okay, eine Flugreise und Länder außerhalb der EU können wir ausschließen« Frau Wilder sah mich ernst an. »Sie kennen Ihre Ex-Frau, wissen, ob Ihr Sohn in Gefahr ist und ob sie so etwas machen könnte. Sobald Sie eine Vermisstenanzeige aufgeben, starten wir die Suche nach Ihrem Sohn. Die Rechtslage ist bei Minderjährigen ganz klar.«

Ich blickte Karl an, holte mein Handy hervor und öffnete den Chat mit Katharina. Meine Nachrichten waren noch immer nicht angekommen.

Hinter uns knallte die Eingangstür zu und ich zuckte zusammen.

»Wo ist er?« Die wütende Stimme, die durch die Polizeistation hallte, erkannte ich sofort. Das war Günter, mein Ex-Schwiegervater.

»Beruhigen Sie sich!« Ein Beamter redete auf ihn ein. Ich wandte mich dem Geschehen hinter mir zu. Katharinas Eltern. Das hatte mir jetzt noch gefehlt. Seit der Trennung von ihrer Tochter warfen sie mir vor, die Familie zerstört zu haben. Sie nun hier zu haben, konnte ich überhaupt nicht gebrauchen.

»Ich will jetzt sofort wissen, wo er steckt, verdammt noch mal!« Günther hatte sich nicht beruhigt. Der Polizist stand vor ihm, redete auf ihn ein. Günthers schlohweiße, noch volle Haare waren ungekämmt und er schien sich nur schnell etwas übergezogen zu haben. Normalerweise würde er nie in Jogginghose und Pullover aus dem Haus gehen. Angela sah nicht besser aus.

»Ich soll mich beruhigen? Das niederträchtige Schwein bezichtigt meine Tochter der Entführung ihres eigenen Kindes. Wie würden Sie wohl reagieren?«, polterte er los. Sogar im hintersten Winkel dieses Gebäude musste er zu hören sein. Nun entdeckte er mich, schob den Beamten beiseite und stürmte auf mich zu. »Du …«, fing er an, unterbrach sich selbst. Sein Gesicht lief hochrot an. »Du wirst hier nichts machen.«

Der Polizeibeamte folgte ihm und stellte sich vor ihn. »Passen Sie auf, was Sie machen«, sagte er mit drohendem Unterton. Er war zwar älter, wirkte trotzdem jünger und stärker als mein übergewichtiger Ex-Schwiegervater.

Karl setzte sich neben mir kerzengerade auf, spannte die Schultern an und auf seinem Gesicht erschien sein bester Verteidigerausdruck. Obwohl ich gerade andere Sorgen hatte, entging mir nicht die Gefährlichkeit, die mein Freund gerade ausstrahlte. Die hatte ich so noch nie an ihm wahrgenommen. In diesem Modus wollte ich ihm nicht in einer dunklen Gasse über den Weg laufen. Grimmig sah er zu Günter und war bereit, für mich zu kämpfen. Bei all meiner Angst und Sorge um Patrick breitete sich Wärme in mir aus.

Angela stellte sich neben ihren Mann, warf einen Blick auf Karl und ihre Augen weiteten sich. Ungeschminkt und mit völlig wirren Haaren sah sie aus, als ob sie aus dem Bett direkt in die Polizeiwache gefallen war. Sie fing sich und deutete mit dem Finger auf mich.

»Glauben Sie dem kein Wort«, keifte sie. »Er macht nur unsere Tochter schlecht.«

Ich kniff die Augen zusammen, fühlte mich vollkommen überfordert mit der Situation und hatte keine Ahnung, was ich machen sollte. Ich stand auf, stemmte die Fäuste in die Taille. Karl legte mir eine Hand auf den unteren Rücken, doch ich konnte mit seiner Nähe, seiner Beruhigung nicht umgehen. Ich musste mir innerlich Luft machen, ansonsten platzte ich vor all den Emotionen in mir, die um die Vorherrschaft kämpften.

»Habt ihr Katharina erreicht? Wisst ihr, wo sie sich befindet und was sie mit Patrick vor hat? Nein? Dann haltet euren gottverdammten Mund, es geht um meinen Sohn!«

»Er ist auch unser Enkelsohn«, ereiferte sich Günter.

»Es reicht. Sie kommen jetzt mit mir mit und beruhigen sich.« Der Beamte, der sich zu uns gesetzt hatte, stand auf und stellte sich zu seinem Kollegen. Der zeigte auf die Tür, die zum Flur führte.

»Ich werde nirgendwo hingehen.«

Karl hatte sich die ganze Zeit zurückgehalten, doch jetzt stand er auf und baute sich hinter den Beamten, die sich vor Günter und Angela befanden, auf.

»Wenn Sie nicht sofort den Aufforderungen der Polizei folgen, werde ich Sie höchstpersönlich hinaus begleiten und das wird nicht so sanft ablaufen, wie es die Polizisten machen werden.« Seine Stimme war ruhig, trotzdem drohend und tief. Zum zweiten Mal an diesem Abend bekam ich einen Eindruck, wie er auf seine Gegenspieler auf dem Eis gewirkt haben musste. Mit der Ausrüstung musste es noch gefährlicher ausgesehen haben.

»Es reicht, wir sind hier nicht auf irgendeinem Rummel, sondern auf einer Polizeidienststelle«, sagte der ältere Polizist nun ruhig, aber fest und sah Karl warnend an. »Sie werden keine weitere Drohung aussprechen. Haben wir uns verstanden?« Der nickte.

Angela sah zwischen den beiden Polizisten zu mir. »Das ist also dein Neuer. Katharina erwähnte, mit wem du zusammen bist. Statt sich mit ihr auszusöhnen und zu versuchen, die Beziehung zu kitten, suchst du dir lieber jemand anderen.« Angela musterte Karl abfällig. Ich stellte mich neben ihn. »Er ist doch beruflich genauso viel unterwegs wie sie, warum ziehst du ihn ihr vor?«

Für einen Augenblick starrte ich Angela an. »Was zwischen Katharina und mir vorgefallen ist, geht dich nichts an. Ebenso wenig wie meine Beziehung zu Karl. Abgesehen davon, glaubst du im Ernst, ich würde jetzt noch mit ihr zusammen sein wollen?«

»Sie fordert nur ihr Recht als Mutter, aber das verstehst du nicht. Du bist keine.« Angela wurde nun ebenfalls so rot wie ihr Mann.

»Es ist genug diskutiert. Sie haben hier nicht mitzureden, wenn Sie keine Sorgeberechtigten sind.« Der ältere Polizist brachte Angelas Mutter zum Schweigen und hielt die Hand hoch, als auch Günter zum Sprechen ansetzte, aber den Mund dann wieder schloss. Gleichzeitig mit dem Polizisten rief ich: »Ach nein? Ich bin ein Vater!« Mit einem Ruckeln schüttelte ich Karls Hand ab, die er mir auf die Schulter gelegt hatte. »Wer hat sich denn die ganzen Jahre um Patrick gekümmert, während sie in der Weltgeschichte herumgegondelt ist?«

»Ach, das wirfst du ihr jetzt vor? Du hast es doch mit entschieden«, warf Günter nun doch ein. Seine Halsschlagader trat gefährlich hervor.

»Es reicht endlich.« Anna Wilders Stimme hallte autoritär durch den Raum und brachte uns endgültig zum Schweigen. »Wir sind hier doch nicht in einer Soap«, rief sie und trat zu uns. »Sie beide«, sie zeigte auf Karl und mich, »setzen. Sie beide, raus hier.«

Angela schnaubte, Günter wollte zum Sprechen ansetzen, doch einer der Polizisten kam ihm zuvor. »Wenn Sie nicht sagen können, wo sich Ihre Tochter aufhält, verlassen Sie den Raum. Wenn Sie kein Sorgeberechtigten sind, verlassen Sie den Raum. Sobald mit Herrn Jensen alles geklärt ist, können Sie draußen weiter streiten.« Der Polizist sah die beiden mit hochgezogenen Augenbrauen an.

Widerwillig drehten die beiden um und verließen mit den zwei Beamten vor ihnen den Raum. Karl und ich setzten uns wieder hin.

»Gut, wollen Sie jetzt eine Anzeige aufgeben oder wollen Sie auf Ihren Anwalt warten? Trauen Sie Ihrer Ex-Frau eine Flucht zu?«, setzte Frau Wilder an der Stelle fort, an der wir unterbrochen wurden.

»Ich …« Was sollte ich machen? In mir brodelte es und ich wusste nicht, wohin mit all den Emotionen, die in mir um das Vorrecht stritten. Vorhin war noch alles so klar, doch mittlerweile war ich mir nicht mehr so sicher.

»Emil?«, fragte Karl mich leise.

»Sie können die Meldung zurückziehen, doch wenn Sie sie jetzt aufgeben, werden wir mit der Suche beginnen.«

»Ich … wir warten auf den Anwalt.« Hilflos sah ich Karl an. Wir waren keinen Schritt weiter als vorher.

»Gibt es hier einen Warteraum?«, fragte er an die Polizistin gewandt.

»Klar.«

»Unser Anwalt müsste jeden Augenblick da sein. Ich hoffe, es ist kein Problem, weil wir bereits Ihre Zeit in Anspruch genommen haben?«

»Nein, überhaupt nicht. Sie können auch abwarten und morgen Vormittag eine Vermisstenmeldung abgeben, wenn sich bis dahin Ihre Ex-Frau noch nicht gemeldet hat. Ihr Anwalt wird Sie da sicherlich auch beraten.«

Ich nickte nur.

Frau Wilder wandte sich mir zu. »Ich werde trotzdem mit Ihren ehemaligen Schwiegereltern reden. Vielleicht erinnern Sie sich an einen Satz oder so, der nebenbei gesagt wurde.« Mitfühlend sah sie mich an.

Karl musterte mich. »Ist das so in Ordnung für dich?«

»Ja.« Ich fuhr mir durch die Haare, mein Kopf war leer und ich nicht in der Lage, einen vernünftigen Gedanken zu fassen. Wie dankbar war ich Karl, dass er das Gespräch übernommen hatte.

»Kommen Sie mit, ich zeige Ihnen den Warteraum.«

Wir standen auf. Alles lief nur noch mechanisch bei mir ab. Karl hatte mich untergefasst, führte mich hinter der Polizistin her. Es drang alles nur gedämpft zu mir durch, als ob ich in Watte gepackt worden wäre.

Sie brachte uns in einen Raum, in dem mehrere Stühle und sogar ein Sofa standen und es eine Spielecke für Kinder gab. Die Wände waren schlicht weiß gestrichen, Fotos von Krackers hingen dort.

Erschöpft ließ ich mich auf das Sofa fallen, Karl sprach noch kurz mit der Polizistin, doch ich bekam die Worte nicht mit. Stattdessen holte ich mein Handy hervor und suchte ein Foto von Patrick heraus, scrollte durch andere. Tränen stiegen mir in die Augen.

Wo war mein Sohn? Hatte er Angst? Katharina würde ihm nie wehtun, dessen war ich mir zumindest sicher. Was sollte ich nur machen?

Auf einmal setzte ich mich auf.

»Felix. Wir haben überhaupt nicht an Felix gedacht. Sie haben einen Hund bei sich. Einen kleinen weißen Malteser.«

»Sollten Sie eine Vermisstenmeldung aufgeben wollen, fügen wir das bei«, sagte Frau Wilder, nickte Karl zu und ging. Der kam zu mir herüber und setzte sich.

»Er ist bestimmt bald wieder da.« Karl sah mich ernst an. Einen Moment schwiegen wir. Karl ließ mich nicht aus den Augen. In meinem Kopf rotierten die Gedanken. »Was willst du machen, wenn Bernd dir zu einer Anzeige rät, Emil?«, fragte er mich schließlich und griff nach meinen Händen. »Solltest du eine Vermisstenmeldung aufgeben, könnte das mit in die Entscheidung des Richters einbezogen werden, solltet ihr euch nicht außergerichtlich einigen können. Wenn Katharina jetzt eine gute Erklärung hat …« Er brach ab.

Das wusste ich auch. Ich nickte mal wieder, wahrscheinlich hatte Karl recht. Trotzdem war ich hin und her gerissen. Rational gesehen war es vernünftig noch zu warten und keinen Schnellschuss abzugeben, aber emotional würde ich Katharina einfach wegsperren lassen und meinen Sohn nicht mehr hergeben wollen. Ganz egal, ob sie seine Mutter war oder nicht. Sie kam unserer unausgesprochenen Abmachung nicht nach und meldete sich nicht.

Die Uhr über der Tür zeigte kurz nach Mitternacht an. »Ich kann nicht glauben, dass sie das gemacht hat.«

»Also möchtest du nichts machen?« Karl griff nach meiner Hand, drückte sie. Ich zuckte nur mit den Schultern.

»Hat er es getan? Hat unsere Tochter angezeigt? Sie ist Patricks Mutter und darf sich um ihren Sohn kümmern«, drang die tiefe und durchdringende Stimme von Günter zu uns in den Raum und ich zuckte zusammen. Die Antwort des Beamten oder der Beamtin bekam ich nicht mit. Stattdessen rutschte ich an Karl heran, der mich an sich drückte, und ließ endlich meinen Tränen freien Lauf.

Kapitel 21

Karl

Emil beruhigte sich langsam und wischte sich über das Gesicht. Ich konnte mir nicht im Mindesten vorstellen, wie es für ihn sein musste, nicht zu wissen, wo Patrick sich aufhielt. Für mich war es schon schwer, mich zerriss es und hier untätig herumsitzen, war das Schwerste, was ich bisher getan hatte.

Patrick war mir ans Herz gewachsen, er gehörte zu Emil und allein schon deswegen zu mir. Doch in den letzten Tagen und Wochen war er in gewisser Hinsicht auch zu meinem Kind geworden, so merkwürdig es klang. Ich wollte für ihn da sein, ihn aufwachsen sehen und ihm helfen, seinen Weg im Leben zu finden.

In dem Moment betrat Bernd mit Frau Wilder den Raum. Ich tippte Emil an, der sich an mich gelehnt hatte, und er blickte auf.

»Ich lasse Sie mal allein. Sie finden mich an meinem Schreibtisch.« Frau Wilder verließ den Raum.

Emil und ich standen auf, traten Bernd entgegen und begrüßten ihn.

»Jetzt bitte noch einmal von vorne«, bat er, als wir uns wieder hingesetzt hatten. Er holte aus seiner Aktentasche, die er mitgebracht hatte, einen Block und Stift. Emil wiederholte seine Geschichte, inklusive des Streits, den er mit Katharina gehabt hatte. Bernd stellte zwischendrin dieselben Fragen, wie die Polizisten vorhin und schrieb mit. »Ich habe natürlich auch meinen Freund kontaktiert. Die Rechtslage ist da ganz klar, Emil. Auch wenn deine Ex-Frau kein Sorgerecht besitzt, hast du ihr trotzdem Patrick anvertraut. Da sie die nachweislich die Mutter ist, geht für den Zeitraum, in dem Patrick bei ihr ist, für die kurze Zeit das Aufenthaltsbestimmungsrecht auf sie über. Sie darf allerdings nicht das Land verlassen. Sie muss dir auch nicht Bescheid geben. Sie könnte sich jetzt in Nord- oder Süddeutschland aufhalten und es wäre rechtens.«

Ich nahm Emils Hand. Er war immer blasser geworden, während Bernd uns alles erklärte.

»Das heißt, eine Anzeige würde auch nichts bringen?«, fragte er. Er klang immer brüchiger und ich zog ihn an mich.

»Das kannst du natürlich machen. Sie verhält sich im Gegensatz zu sonst merkwürdig. Aber erst im Laufe der nächsten Tage, wenn sie sich gar nicht melden, Patrick am Montag nicht in der Schule auftaucht, ob sie wirklich mit fortgefahren ist. Wenn der Fall eintritt, können wir immer noch die Vermisstenanzeige aufgeben.«

Emil schniefte an meiner Seite und ich küsste ihn auf den Scheitel.

»Es wird sich alles klären und Patrick wird wohlbehalten zu uns zurückkehren.« Es war schwer, nachdem was Bernd uns mitgeteilt hat, daran zu glauben, aber einer von uns musste daran glauben. Diese Ungewissheit war schlimm.

»Das sie telefonisch nicht erreichbar und nicht zu Hause ist, zählt nicht als Indiz oder so?« Emils Stimme klang rau und erschöpft und er schien nach jedem noch so kleinen

Strohhalm zu greifen. Ich konnte ihn verstehen, wollte ebenso wissen, wo Patrick steckte, wie er. Wenn ich gekonnt hätte, wäre ich sofort losgefahren, um ihn seiner Mutter zu entreißen und in sein Bett zu stecken.

»Wie gesagt, es ist ungewöhnlich, da sie es sonst nicht macht. Aber ihr habt nie schriftlich festgelegt, dass sie dir Bescheid geben muss, wohin sie mit Patrick fährt.«

Emil sackte in sich zusammen.

»Es tut mir wirklich leid. Aber mehr können wir gerade nicht machen. Mein Freund rät dringend davon ab, eine Anzeige zu erstatten.«

Emil nickte. »Danke dir, Bernd. Auch für deine schnelle Hilfe.«

Bernd lachte trocken. »Welche Hilfe? Es ist, auf gut Deutsch, eine beschissene Sache. Aber das habt ihr jetzt nicht gehört.«

Ich lächelte müde und wandte mich Emil zu, der sich gerade hingesetzt hatte, trotzdem noch meine Hand hielt.

»Was kann ich machen, um dir zu helfen? Sollen wir die Eltern von Patricks Freunden anrufen? Vielleicht ist er dort über Nacht?«

»Nicht, wenn er bei Katharina ist. Sie macht das nicht, weil sie jede Minute mit ihm genießen möchte.« Emil setzte sich auf, holte ein Taschentuch aus seiner Hosentasche und schnäuzte sich.

»Kennt sie die Freunde denn?«, fragte Bernd.

»Ja. Ganz selten mal, wenn Patrick bei ihr ist, geht er zu einem Kindergeburtstag und sie begleitet ihn.«

Ich fischte mein Handy hervor und schrieb Georg und Amelie, wo wir uns befanden. Die beiden hatte ich völlig vergessen in der Aufregung der letzten Stunde. Kurz darauf bekam ich eine Antwort mit »Viel Glück« und das bei ihnen alles in Ordnung sei zurück. Wenigstens etwas. Den Abend hatte ich mir anders vorgestellt.

»O nein!«, rief Emil auf einmal aus und hielt sich eine Hand vor den Mund. Bernd uns gegenüber zuckte zusammen. Mit großen Augen sah Emil mich an. »Du hast morgen das Spiel und musst dich ausruhen. Ich Nuss zerre dich auf die Wache und erwarte, dass du mir beistehst.«

»Es ist alles gut. Ich könnte jetzt gar nicht schlafen, solange ich nicht weiß, was los ist.« Ich strich beruhigend über seinen Arm. »Ich bin genau dort, wo ich hingehöre.«

Emils Gesichtszüge entspannten sich etwas. Es würde eine lange Nacht werden und morgen ein noch längerer Tag. Auch das würde ich überstehen, solange nur Patrick zu uns zurückkehrte.

Ich hielt inne und musste unwillkürlich lächeln. Zu uns. Selbst in Gedanken klang das so wunderschön. Sanft zog ich Emil wieder an mich.

»Was ist los?« Er blickte zu mir auf.

»Trotz dieser Scheiße mit Katharina und diesen felshohen Sorgen um Patrick bin ich froh, in deinem Leben zu sein und dir beistehen zu können. Ich mag dieses *uns* in meinem Leben sehr und hatte nicht mehr damit gerechnet, es noch mal erleben zu dürfen.«

»Das ist mein Stichwort. Ich fahre wieder heim.« Bernd stand auf, verabschiedete sich und ließ uns alleine.

»Du hast den Glauben an die Liebe verloren«, nahm Emil den Faden von eben auf und kuschelte sich an mich.

»Vielleicht.« Ich gähnte. »Wollen wir heimfahren? Hier können wir nichts mehr ausrichten.«

Emil setzte sich auf und nickte. Die Erschöpfung war ihm anzusehen, tiefe dunkle Ringe gruben sich unter seine blutunterlaufenen Augen, die mich nun müde anblickten. Er saß zusammengesunken wie ein Häufchen Elend auf dem Sofa. Wenn ich gekonnt hätte, wäre ich sofort losgelaufen, um Patrick zu holen und ihm in die Arme zu drücken.

»Ich rufe uns ein Taxi.« Mein Handy hatte ich noch in der Hand und wählte nun erneut das Taxiunternehmen an. »Wollen wir draußen warten?« Er nickte erneut, schien nicht mehr in der Lage zu sein, etwas zu sagen und wir gingen hinaus. Katharinas Eltern begegneten wir nicht mehr, ich wusste nicht mal, ob sie noch da waren. Es war mir allerdings auch völlig egal. Sie hatten Emil angegriffen, statt ihm beizustehen und zu helfen, die Situation aufzuklären. Katharina war nicht auffindbar oder erreichbar. Reichte ihnen das etwa nicht als Beweis, dass etwas ganz und gar nicht stimmte?

Das Taxi fuhr vor und ich nannte dem Fahrer meine Adresse. Emil sagte überhaupt nichts mehr, sondern ließ sich von mir führen. Zu Hause angekommen, fanden wir Georg und Amelie auf dem Sofa vor. Sie lagen aneinander gekuschelt und schliefen. Das Bild entlockte mir ein Lächeln.

»Ich gehe nach oben.« Emil fuhr sich übers Gesicht. »Ich habe keine Kraft, ihnen Fragen zu beantworten.«

»Ich komme gleich nach.« Bevor Emil verschwinden konnte, griff ich nach seinem Arm, zog ihn noch mal an mich und küsste ihn sanft.

Tränen schimmerten in Emils Augen. Er entzog sich mir und ging. Leise seufzend wandte ich mich meinen Freunden auf dem Sofa zu. Sie warteten auf Nachricht und ich wollte sie ihnen nicht vorenthalten. Sanft schüttelte ich Georgs Schulter, der sich reckte und die Augen aufschlug. Als er mich erkannte, fuhr er in die Höhe.

»Was gibt es Neues?« Er weckte nun seinerseits seine Frau, die sich ebenfalls aufrichtete.

»Nichts. Emil wollte erst eine Vermisstenmeldung aufgeben, hat sich dann allerdings anders entschieden. Unser Anwalt hat uns auch dringend abgeraten. Sie handelt vollkommen rechtens laut dem Gesetz.« Ich sank neben Georg auf das Sofa, lehnte mich gegen die Lehne und legte den Kopf darauf ab. In Kurzfassung wiederholte ich Bernds Worte. Georg und Amelie schüttelten nur missbilligend den Kopf. »Es ist so beängstigend nicht zu wissen, wo sich Patrick befindet und ob er sich sicher fühlt.«

Georg tätschelte meine Schulter. »Er ist doch bei seiner Mutter, der er bis jetzt vertraut hat, oder? Geh mal davon aus, dass er sich sicher fühlt.«

Ein dicker Kloß machte sich in mir breit. Zum ersten Mal konnte ich auch loslassen. Ich nickte nur, nicht fähig zu sprechen.

»Ihr habt das Richtige gemacht und vielleicht wissen wir morgen schon mehr.« Amelie stand auf und setzte sich auf meine andere Seite. »Patrick und seine Mutter machen bestimmt nur einen schönen Ausflug und kommen wieder zurück, garantiert.«

»Was wirst du morgen machen? Kannst du dich überhaupt auf das Morgentraining und das Spiel konzentrieren?«, fragte Georg.

»Ich habe keine Ahnung.« Zurzeit herrschte nur Leere in meinem Kopf und ich vergrub mein Gesicht in meinen Händen. »Es stellt sich im Prinzip die Frage gar nicht, was ich morgen mache. Ich bin den Jungs verpflichtet und habe ihnen gegenüber eine Verantwortung übernommen«, sagte ich durch meine Hände und seufzte. »Ich möchte Emil aber auch nicht alleine lassen.«

»Kaum zu glauben, du entwickelst dich zu einem Familienvater.« Georg klang erstaunt und stolz zugleich.

»Was soll das denn heißen?« Ich hingegen gereizt. »Nur weil es nie funktioniert hat, heißt das nicht, ich will keine Familie.«

»So war das nicht gemeint.« Georg stupste mich freundschaftlich an. »Ich kann deinen Zwiespalt nachvollziehen. Du solltest morgen mit eurem Geschäftsführer und den Trainern reden und ihnen die Situation schildern. Wie willst du dich konzentrieren, wenn deine Gedanken doch nur bei Emil und Patrick sind?« Nun wurde er ernst und ich nahm meine Hände von meinem Gesicht.

»Was anderes bleibt mir nicht übrig, oder?« Es war das Letzte, was ich wollte, meine Jungs im Stich lassen, aber Emil war ebenso wichtig und was wäre ich für ein Freund, ihn jetzt alleine zu lassen?

»Leg dich schlafen. Emil und du, ihr braucht Ruhe und Kraft.« Amelie legte ihre Hand auf meine. Sie strahlte Wärme und Beruhigung aus.

Ich nickte und stand auf. In der Tür drehte ich mich zu ihnen um. »Danke für eure Unterstützung.«

»Selbstverständlich. Gute Nacht.« Georg lächelte mir zu.

Im Schlafzimmer lag Emil komplett angezogen auf dem Bett und starrte an die Decke. Ich legte mich zu ihm und zog ihn in eine Umarmung, wie schon gefühlt den gesamten Abend. Er bebte noch immer.

»Sie könnte längst im Ausland sein. Die Niederlande sind nicht weit. Belgien, Luxemburg, Frankreich. Alles um die Ecke. Dann werde ich Patrick nie wiedersehen«, murmelte er an meiner Schulter.

»Das kann ich mir nicht vorstellen. Da müsste sie doch alles vorbereitet haben. Wo soll sie so schnell unterkommen?« Obwohl genau das mir auch bereits durch den Kopf gegangen war. Sie hätte genügend Möglichkeiten gehabt, es zu organisieren, wenn sie für ihre Firma außerhalb von Deutschland tätig war. Oft für ein viertel oder halbes Jahr an einem Ort.

»Sie hat mittlerweile so viele Bekannte überall. Arbeitskollegen und so, da könnte sie erst einmal untergeschlüpft sein.« Es schüttelte Emil und ich drückte ihn enger an mich. Meine Schulter wurde nass und leise Schluchzer entkamen ihm. Was konnte ich nur für ihn machen, damit es besser wurde?

Nach einer Weile wurde er ruhiger und atmete gleichmäßig. Er schien zumindest für den Moment eingeschlafen zu sein.

Ich zog eine Decke über uns. Den kommenden Tag konnte ich nicht für die Jungs da sein, so lange wir keine Klarheit hatten. Dem Team nicht bei ihrem Spiel beistehen zu können, zerriss mich zusätzlich zu der Sorge um Patrick.

Was sollte nur aus Emil werden, falls Katharina und Patrick sich nicht mehr meldeten? Was würde aus uns werden? Könnte Emil jemals wieder glücklich werden oder würde er sich ewig Selbstvorwürfe machen, weil er Patrick mit seiner Mutter hatte mitgehen lassen?

Ich schreckte hoch. Mein Handywecker klingelte durchdringend und vibrierend in meiner Hosentasche. Rasch holte ich es hervor und stellte es aus. Ich gähnte und rieb mir die Augen. Gerade einmal vier Stunden geschlafen. Emil musste sich irgendwann in der Nacht von mir fortbewegt haben, er lag auf der anderen Bettseite und regte sich nun ebenfalls.

»Wer war das?«, fragte er mit kratziger Stimme und setzte sich auf. Er sah so knitterig im Gesicht aus, wie ich mich fühlte.

»Niemand, nur der Handywecker.« Ich sank wieder auf das Kissen. Emil rutschte zu mir. Wir rochen beide nach Schlaf und mein Mund fühlte sich schmutzig an. »Willst du versuchen weiter zu schlafen? Wir müssen noch nicht aufstehen.«

»Nein.« Auf seiner Stirn bildeten sich wieder Falten. Er griff zu seinem Handy und schaute darauf. Sein enttäuschter Gesichtsausdruck sagte alles. »Wie konnte ich ihn nur mitgehen lassen? Aber sie ist seine Mutter. Ihr steht es zu, ihren Sohn zu sehen.«

Zärtlich strich ich über seine Wange, sein Kinn und seine Stirn. »Du hast alles richtig gemacht. Das hätte doch keiner ahnen können.«

Seine Augen waren geschwollen und er blickte müde zu mir. Ein verzweifeltes Lachen entkam ihm. »Nein. Niemals hätte ich damit gerechnet. Katharina und ich haben uns immer wieder zusammenraufen können.« Er seufzte schwer. »Ich muss duschen.« Emil setzte sich auf.

»Das ist eine gute Idee. Da komme ich glatt mit.«

Bevor ich mich aufsetzen konnte, legte er mir eine Hand auf die Brust und hielt mich zurück. »Nein, ich muss mal alleine sein. Du kannst nicht verstehen, wie es ist …« Er brach ab, wirkte so verletzlich und allein, wie ich ihn noch nie erlebt hatte und es zerbarst mir das Herz. Es stimmte, ich hatte keine Ahnung, wie es für ihn sein musste, doch ich konnte sein Halt, seine Stütze sein. Begann es bereits? Entzog er sich mir? »Sei mir bitte nicht böse.«

»Natürlich nicht«, erwiderte ich und schluckte meine Ängste hinunter. Dafür war jetzt nicht die richtige Zeit.

Er stieg auf der anderen Seite aus dem Bett, küsste mich nicht mal mehr, nahm seine Tasche mit seiner Wechselkleidung und verschwand im Bad.

Meine Brust zog sich schmerzhaft zusammen und das Atmen fiel mir schwer. Nun stierte ich an die Decke, als ob sie Antworten für mich parat hatte. Am liebsten wäre ich ihm hinterhergelaufen, hätte ihn sogar angefleht, mich nicht außen vor zu lassen und mit mir zu reden. Mir zu sagen, was ich für ihn tun könnte, doch ich unterdrückte den Zwang, ließ ihm den Raum, den er anscheinend brauchte.

Liegenbleiben konnte ich jedoch auch nicht und stand auf. Tigerte nach unten und kochte Kaffee. Im Haus herrschte Ruhe, selbst die Kinder von Amelie und Georg schliefen noch. Ich ging ins Wohnzimmer, räumte die Gläser und Flaschen vom Vorabend fort und brachte sie in die Küche. Befüllte die Spülmaschine mit dem schmutzigen Geschirr.

Bei all den Tätigkeiten schnürte es mir immer mehr die Kehle zu. Sie konnten mich nicht vom Gedankenkarussell ablenken. Ich wollte weder Emil noch Patrick verlieren, sondern sie in meinem Leben haben und mit ihnen wachsen. Mit ihnen hatte ich eine Familie gewonnen, die mir entglitt, kaum dass ich sie gefunden hatte.

Meine Lippen zitterten und ich presste sie aufeinander. Tränen drückten hinter meinen Augen, die ich nicht zulassen wollte. Noch war nichts verloren, es waren erst ein paar Stunden vergangen und Katharina würde sich hoffentlich bald melden. Emil brauchte nur Zeit für sich, um alles für sich zu regeln. Er hatte mir vorhin keine Abfuhr erteilt.

»Verdammte fucking Scheiße!«, rief ich und warf das Glas in meiner Hand mit voller Wucht an die Wand neben dem Küchenfenster. Es zerschellte in viele kleine Einzelteile und ich brach neben der Spülmaschine zusammen.

Von wegen ich wusste nicht, wie es war Vater zu sein. Tränen der Wut und Angst strömten hinaus, die ich seit gestern Abend zurückgehalten hatte, in dem Versuch, für Emil stark zu sein. *Verdammt, du bist doch überhaupt keine Heulsuse.* Unwirsch wischte ich mir über die Wangen.

Plötzlich legten sich Arme um meine Schultern, Beine umschlangen meine und ich schrak zusammen. »Es ist gut. Du darfst auch weinen«, flüsterte Emil mir heiser ins Ohr, während er sich noch enger hinter mich setzte. »Du darfst wütend sein und Angst um Patrick haben.«

Ich umfasste seine Arme, hielt mich an ihnen fest. »Geh nicht fort, Emil. Bleib bei mir«, wisperte ich.

Statt einer Antwort erhielt ich einen Kuss auf den Hinterkopf und er schmiegte seine Wange an meine. »Ich bleibe.« Dieses Mal zog er mich fester an sich, gab mir, was ich brauchte. Seine Nähe und Zuversicht, nicht alleine zurückzubleiben. Zumindest für den Moment. So saßen wir eine Weile da, bis aus der oberen Etage das Klappern von Türen erklang, Kindergelächter zu uns drang und die Stimme von Amelie für Ordnung sorgte.

»Ich sollte die Sauerei wegräumen, bevor die Kinder kommen.« Sanft drückte ich Emil einen Kuss auf seinen Arm, der mich noch immer hielt und wand mich widerwillig aus seiner Umarmung.

»Ich mach das. Geh du dich duschen und umziehen.« Er stand auf und ich folgte ihm. Er holte einen Becher aus meinem Küchenschrank und schenkte mir Kaffee ein. »Hier, nimm ihn mit. Du kannst ihn wahrscheinlich ebenso gut wie ich gebrauchen.«

»Danke dir.« Ich nahm ihm den Becher ab, stellte ihn auf die Ablage und küsste ihn. »Eines sage ich dir, nach dieser Aktion wird sie Patrick nicht zugesprochen bekommen. Garantiert nicht. Es mag rechtens sein, aber sie hat dich nicht in Kenntnis gesetzt wie sonst. Bernd hat doch gesagt, Richter und Richterinnen mögen es, wenn die Eltern miteinander reden. Das hat sie nicht getan.« Ich unterstrich meine Worte mit erhobenem Zeigefinger.

Emil lächelte zaghaft. »Es tut mir so leid, dich damit reinzuziehen. Du hast heute das Spiel, gleich noch Training, musst dich auf die Besprechung vorbere…«

Ich unterbrach seinen Redefluss, indem ich ihm einen Finger auf seine Lippen legte. »Wir sind zwar jeder ein Individuum, trotzdem gibt es ein *wir*. Das bedeutet, ich will an deiner Seite stehen, egal was passiert und dir helfen.«

»Okay.« Es klang rau und er räusperte sich. »Ich kann mir niemand Besseren vorstellen.« Er nahm meine Hand in die seine und drückte mir einen Kuss darauf. »Jetzt geh duschen und Zähne putzen.«

Ein Lächeln schlich sich auf meine Lippen trotz der Sorgen, die wir uns um Patrick machten, und ich griff nach dem Becher. Der Kaffee duftete verführerisch und würde mich wachhalten an diesem ewig langen Tag, von dem ich noch nicht wusste, wie er verlaufen würde.

Im oberen Geschoss wurde es laut, die Kinder stritten sich und Amelie und Georg versuchten, zu schlichten.

Eine halbe Stunde später saßen wir in der Küche am Tisch und frühstückten. Wobei ich keinen Appetit hatte und nur der Form halber ein Brötchen hinunter würgte, das wie Blei in meinem Magen lag. Wir mieden das Thema Patrick, solange die Kinder mit am Tisch saßen und taten ihnen zuliebe so, als wäre alles in Ordnung.

Dabei konnte man sowohl Emil als auch mir ansehen, wie es uns ging. Emils Augen waren leicht geschwollen, sein Lächeln wirkte gezwungen mit einem harten Zug um die Mundwinkel, den ich noch nie bei ihm gesehen hatte. Mit Sicherheit sah ich nicht besser aus. Beide gaben wir ein Bild von Müdigkeit und Erschöpfung ab.

Immer wieder blickte ich zur großen Wanduhr, die unerbittlich weiter tickte und nicht stehen blieb. Ich hätte längst auf dem Weg zum Training sein müssen, wenn ich als erster da sein wollte, doch ich konnte mich nicht aufraffen. Es war kurz nach acht, als das Frühstück endlich beendet war. Die Kinder spielten im Wohnzimmer.

Zögerlich stand ich auf. »Wir sehen uns nachher in der Arena.«

»Rede mit deinem Chef«, sagte Georg eindringlich. »Du bist doch gar nicht in der Verfassung, dich auf das Spiel einzulassen.«

»Mach ich. Aber ich habe auch …«

»Papperlapapp hast du. In erster Linie geht es hier um einen Jungen, von dem ihr seit gestern Morgen nichts mehr gehört habt. Wer dafür kein Verständnis hat, besitzt kein Herz«, unterbrach Amelie mich.

»Er ist nicht mein Sohn.« Es fühlte sich so verdammt falsch an, es auszusprechen, obwohl Emil und ich noch nicht mal so lange zusammen waren.

Emil stand auf, legte mir seine Hände auf die Schultern und drückte zu. »Er gehört zu mir und ich zu dir. Das ist doch dasselbe.« Dann küsste er mich und bedeutete mir, zu gehen. »Bis später. Melde dich, sobald du mit Böhmer und deinen Trainern gesprochen hast und weißt, ob du heute zumindest den Tag frei hast. Ich werde es gleich erneut bei Katharina versuchen.«

Ich nickte. »Bis später.« Dann wandte ich mich ab, ging zur Garderobe, um mir Schuhe anzuziehen und meine Jacke vom Haken zu nehmen. Da hörte ich die unverkennbare Melodie von der *Sendung mit der Maus*, die direkt nach den ersten Tönen unterbrochen wurde. Sofort flitzte ich in die Küche. Emil hatte sein Handy am Ohr, die Augen weit aufgerissen und die Faust an den Mund gepresst. Er atmete heftig.

»Hm, sehr schön«, brachte er endlich hervor, nachdem er eine Weile nur zugehört hatte. In seinen Augen schimmerte es, eine Träne löste sich, die er hektisch wegwischte, bevor er auf einen Stuhl sank. »Wirklich toll. Du hattest viel Spaß?«, fragt er gebrochen.

Ich kniete mich vor ihn. »Stell laut«, bat ich und er nickte. Nahm das Handy vom Ohr und hielt es zwischen uns.

»Karl ist auch hier«, sagte er mit brüchiger Stimme. Er krallte sich an meinem Oberarm fest.

»Hallo Patrick. Wie geht's dir? Wo bist du?«

»Mit Mama im Urlaub. Wir haben gestern Minigolf gespielt im Mondlicht.« Mir fiel ein Gebirge von meinem rasenden Herzen. Trotzdem wurde mein Hals eng vor Erleichterung und unterdrückter Tränen. »Dann haben wir Burger gegessen. Die schmecken nicht so gut wie im *Game Time*. Felix kann das viel besser.«

Emil und ich lachten und die Erlösung von Patrick zu hören, war Emil deutlich anzusehen. Er strahlte regelrecht.

Georg und Amelie standen auf und verließen die Küche, schlossen die Tür hinter sich und ließen uns unseren Freiraum.

»Papa, bist du böse, dass ich nicht angerufen habe? Mamas Akku ist leergegangen und dann war es so spät. Ich war so müde, ich habe Felix' Leine verloren und er ist weggelaufen zu einem anderen Mann. Da bin ich hinterhergelaufen und über eine Blume gestolpert. Jetzt habe ich ein Pflaster auf dem Knie.« Patrick gähnte.

»Tut es doll weh?«, fragte Emil.

»Nein, ich werde ein Eishockeyspieler. Denen tut nichts weh.«

Wieder lachten Emil und ich. Außerdem machte ich mir eine mentale Notiz, unbedingt mit Patrick über Eishockey und Schmerzempfinden zu sprechen.

»Was ist mit Felix? Hast du ihn gefangen?«, fragte ich.

»Natürlich. Er hat an dem fremden Mann geschnüffelt. Die Halle war so groß, Papa, ich musste Felix voll lange hinterherlaufen.«

»Wann kommt ihr denn nach Hause?« Emil ließ endlich meinen Arm los, der schon schmerzte von seinem unbarmherzigen Griff.

»Heute Abend. Morgen sehen wir uns in der Schule wieder, Papa. Dann zeig ich dir mein kaputtes Knie mit dem Dinopflaster.«

»Super. Magst du mir Mama einmal geben?«

»Ja, warte. Sie ist im Bad und macht sich hübsch.« Im Hintergrund ertönte Geraschel, eine Tür wurde geöffnet. »Mama, Papa will dich haben.« Ein leises Knacken erklang.

»Emil, hallo.« Kühl und distanziert klang sie.

»Warum zum Henker hast du mich nicht angerufen?« Emil bebte vor unterdrückter Wut. »Hast du nicht gesehen, wie oft ich versucht habe, dich zu erreichen? Weißt du eigentlich, welche Sorgen ich mir gemacht habe?«

»Dein Pech. Mir jedoch direkt die Polizei auf den Hals zu schicken, ist auch nicht die feine englische Art. Ich wurde eben von meinen Eltern angerufen.« Katharina klang nicht besser, für meinen Geschmack eine Spur zu hochnäsig. Doch ich hielt mich zurück, sie musste nicht wissen, dass ich mithörte.

»Ich war nur bei der Polizei, um mich zu informieren, was ich tun kann, um euch zu finden. Kannst du dir vorstellen, welche Ängste ich durchgemacht habe?« Emil atmete tief durch. »Scheiße man, Katharina. Ich habe nur deine Mailbox erreicht, du hast keine Nachrichten gelesen und wir müssen nicht darüber reden, wie ungewöhnlich das für dich ist. Was hätte ich denn denken sollen?«, brach es aus Emil heraus. »Patrick hat nicht angerufen, wie sonst, zu Hause warst du auch nicht. Was zum Henker hätte ich denn denken sollen?« Seine Fingerknöchel stachen weiß hervor, so fest umklammerte er das Telefon. »Du willst das Sorgerecht für Patrick inklusive Aufenthaltsbestimmungsrecht. Was hättest du denn an meiner Stelle angenommen? Natürlich dachte ich, du wärst mit unserem Sohn abgehauen! Vor allem nach unserem Streit gestern Morgen.«

»Wir haben nie abgesprochen, dass ich dich anrufe, wenn Patrick bei mir ist. Ich habe das nur gemacht, weil er es wollte. Gestern hat er diesen Wunsch nicht geäußert, warum hätte ich dich also anrufen sollen?« Sie wurde mit jedem Wort lauter, schien sich zum Ende hin allerdings zu bremsen.

Wie gerne hätte ich ihr Patrick für immer entzogen. Wie konnte sie nur so gefühllos gegenüber Emil agieren? Sie hätte sich doch denken können, was in ihm vorging.

Emils Nasenflügel bebten, als er nun zischend Luft einsog. »Du ...« Ihm fehlten die Worte und ich rieb ihm beruhigend über seine Oberarme. »Er hat sich verletzt. Du hast ihn zu lange wach gehalten. Da hätte auch Schlimmeres passieren können. Er hätte sich den Kopf aufschlagen können oder so.«

»Meine Güte, Emil, nun bleib mal ruhig. Als ob er bei dir nicht mal länger aufbleiben darf. Wir sind in Wanheim und haben gestern Abend Moonlight Minigolf gespielt. Danach waren wir essen. Es war vielleicht gegen zehn oder elf Uhr. Als ob er sich bei dir noch nie verletzt hätte.«

Emil knirschte mit den Zähnen. »Mach das nie wieder, ohne es mit mir abzusprechen. Du kannst nicht einfach mit

ihm in eine andere Stadt fahren. Noch habe ich das Sorgerecht und die Verantwortung für Patrick.« Ohne eine weitere
Antwort abzuwarten, legte Emil auf.

Wahrscheinlich kannte Katharina die Rechtslage mittlerweile ebenso gut, wie Emil und ich. Im Grunde genommen
konnte er nichts dagegen machen, sollte sie ihr gestriges Verhalten wiederholen. Es war so ungerecht und unfair.

Er atmete heftig und sank mit seiner Stirn an meine. »Es
geht ihm gut. Er ist da.«

»Ja.« Ich brauchte selbst ein paar Sekunden, um es zu
begreifen, nachdem wir uns seit gestern Abend so viel Sorgen um ihn gemacht hatten. Emils Handy klingelte erneut.
Katharinas Name erschien auf dem Display, doch Emil
drückte den Anruf weg.

»Ich kann jetzt nicht mit ihr reden. Dafür bin ich zu
wütend und sage Dinge, die sie gegen mich verwenden kann.«

Mit beiden Händen umfasste ich sein Gesicht. »Bist du
dir sicher, Patrick für die geplante Zeit bei ihr zu lassen?«

Emil nickte. »So schwer es mir fällt. Ich will nicht, dass
sie irgendwas negativ gegen mich auslegen kann.« Erneut
schimmerte es in seinen Augen und ich streichelte mit den
Daumen über seine Wangen.

»Patrick geht es gut und das ist das Wichtigste.«

Er nickte nur, presste die Lippen aufeinander. »Du musst
los«, brachte er nach ein paar Sekunden hervor.

»Ja.« Ich küsste ihn. »Willst du mitkommen? Du könntest
bei mir im Büro sitzen oder so.«

»Nein. Ich verbringe den Tag mit Georg und Amelie. Wir
wollen ins Spielzeugmuseum. Geh du dich um deine Jungs
und das Spiel kümmern, wir lenken uns anderweitig ab.«

Erneut küsste ich ihn. Wollte ihn nie mehr loslassen, aber
ich musste. Schwerfällig erhob ich mich und ließ ihn in der

Küche zurück. Noch nie fiel mir der Gang zum Training schwerer. Nicht mal, als ich mit viel zu starken Schmerzen im Knie gespielt hatte und jede Menge harter Substanzen eingeworfen hatte, um sie zu überspielen.

Kapitel 22

Emil

Ich hockte in der Halle, tat so, als würde ich die Stühle kontrollieren und behielt dabei die Eingangstür im Auge. Um mich herum lachten und quatschten die Schüler, tauschten sich über das vergangene Wochenende aus und stellten hin und wieder auch mir Fragen. Die meisten bekam ich nur am Rande mit und gab einsilbige Antworten, die hoffentlich Sinn ergaben.

»Entweder hat die Tür einen Riss, den nur du sehen kannst oder du wartest auf deinen Sohn.« Evelyn stand auf einmal neben mir und ich blickte zu ihr auf. Heute trug sie einen knallpinken Sweater und eine schwarze Stoffhose. »Ich tippe auf Zweiteres.«

»Da könntest du recht haben.« Ich deutete auf ihr Oberteil. »Hoffst du darauf, die Schüler mit deinen knalligen Farben zu blenden, sodass sie weniger Zeit haben, im Unterricht Unsinn anzustellen?«

Evelyn lachte herzhaft und nach den letzten zwei Tagen tat es so gut, jemand Unbeschwertes zu hören. Schon gestern beim Spiel, das Karl und seine Mannschaft gewonnen hatten, wurde ich abgelenkt von den Sorgen. Ein kleiner Lichtblick in der mich umgebenden Dunkelheit.

»Da kommt er. Er war bei seiner Mutter dieses Wochenende, oder?« Evelyn lächelte mich an und ich stand auf. Da kam er durch die Glastür, erzählte seinem Freund mit Händen, Füßen und leuchtenden Augen etwas. Ich ging ihnen entgegen und Patrick entdeckte mich.

»Papa!«, rief er und blieb stehen. Ich hätte ihn so gerne umarmt, ihn fest an mich gedrückt und nie wieder losgelassen. Doch Patrick war das peinlich in der Schule. Er hatte mich nach den ersten Tagen darum gebeten, es nicht zu machen. Also schob ich meine Hände in meine Hosentaschen, um bloß nicht in Versuchung zu geraten oder seine Haare durch zu wuscheln.

»Hallo, Kumpel. Alles gut bei dir?« Ich lächelte ihn an, so erleichtert, froh und glücklich meinen Sohn zu sehen. Selbst mein Herz raste bei seinem Anblick.

»Natürlich, Papa.« Er winkte ab, eine Geste, die er sich bei seinem Großvater abgeschaut hatte und ich musste mir das Lachen verkneifen. »Willst du noch bei Mama bleiben?«

»Ja.«

»Schön.« Mein Lächeln wurde starrer und ich musste meinen Instinkt niederkämpfen, ihn jetzt zu greifen, nach Hause zu bringen und ihn in sein Zimmer einzuschließen.

»Papa, ich muss weiter. Karim will alles vom Minigolf wissen.«

Draußen erblickte ich Katharina, die mit einer anderen Mutter im Gespräch war. Sofort stieg in mir Hitze hoch und es begann zu brodeln. Ohne vorher nachzudenken, was ich ihr sagen sollte, eilte ich auf den Eingang zu, drückte die Tür auf und ging ich zu ihr.

»Entschuldigen Sie uns bitte?«, sagte ich so freundlich wie möglich zu der anderen Mutter. Katharina umfasste ich am Oberarm und zog sie fort.

Sie entzog sich mir und blickte mich giftig an. »Was soll der Scheiß?«

»Erklär du es mir. Noch habe ich das alleinige Sorgerecht für Patrick.« Ich hob meine Hand und deutete mit Zeigefinger und Daumen einen kleinen Spalt an. »Ich bin so kurz davor dir Patrick vorzuenthalten, wenn du weiterhin so einen Scheiß machst wie am Wochenende.« Ich presste meine Lippen aufeinander. Seit gestern Morgen kämpfte ich gegen das Verlangen an, die Macht des alleinigen Sorgerechts auszunutzen.

Karl und auch Bernd, mit dem wir bereits heute sehr früh telefoniert hatten, hatten mich davon abgehalten.

»Ja, mach das ruhig. Alles Dinge, die ich gegen dich verwenden kann, sollte die Mediation scheitern.« Sie grinste mich höhnisch an. »Wenn es das war, wir sehen uns heute Nachmittag. Patrick ist in der Zeit bei meinen Eltern, nur damit du Bescheid weißt.« Sie ging an mir vorbei und ließ mich alleine stehen. Verdutzt drehte ich mich um. Das heizte den Kessel in mir nur noch mehr an. Bis heute Nachmittag musste ich unbedingt auf ein normales Level zurückkommen, wenn ich ihr entgegentrat.

Hocherhobenen Kopfes schritt sie über den Vorhof zum Parkplatz. Vereinzelte Schüler kamen an mir vorbei, die in das Gebäude eilten, da es in wenigen Minuten klingelte.

Tief atmete ich ein und ging wieder hinein. Evelyn stand noch an derselben Stelle und blickte mir entgegen. Die Arme vor der Brust verschränkt.

»Ärger?«, fragte sie nur, als ich bei ihr ankam.

»Kann man so sagen.« Mehr war ich nicht bereit preiszugeben. Dennoch war sie die Klassenlehrerin von Patrick. Vielleicht war es nicht ganz verkehrt, sie zu informieren. »Katharina will das geteilte Sorgerecht und zusätzlich das

Aufenthaltsbestimmungsrecht und mir nur das Umgangsrecht überlassen.« Es fiel mir so schwer, es jemand außerhalb der Familie gegenüber auszusprechen. Meine Eltern wussten Bescheid und nun auch Georg und Amelie, die gestern ihr Bestes getan hatten, um mich abzulenken.

»Das tut mir leid. Was sagt Patrick?«

Ich zuckte mit den Schultern. »Er weiß es noch nicht. Ich möchte ihn so spät wie möglich mit einbeziehen. Katharina und ich wollen es erst mal mit einer Mediation versuchen, bevor es vors Gericht geht.«

Es klingelte in dem Moment durchdringend zur ersten Stunde und gemeinsam gingen Evelyn und ich zum Lehrerzimmer, damit sie ihre Sachen holen konnte.

»Lange dürft ihr das aber nicht vor ihm geheim halten. Bezieht ihn bald mit ein.« Streng sah sie mich an.

Ich nickte nur. »Mit einem geteilten Sorgerecht hätte ich überhaupt kein Problem. Sie ist ebenso seine Mutter, wie ich sein Vater bin, aber Patrick aus seinem gewohnten Alltag ziehen? Ihn mir wegnehmen?«

Wir blieben vor dem Lehrerzimmer stehen, die Tür öffnete sich und zwei Kollegen kamen heraus. Rasch traten wir beiseite und ließen sie passieren.

»Ich kann dich verstehen, aber vergiss nicht, hier geht es um Patrick und nicht um irgendwelche Animositäten zwischen dir und deiner Ex-Frau. Ihr solltet ihn fragen, was er möchte und nicht davon ausgehen, ihr wüsstet es.«

»Ich weiß.« Die mahnenden Worte Evelyns nahm ich mir zu Herzen.

»Tut mir leid, wenn ich unser Gespräch hier abbreche, aber ich muss in meine Klasse.«

»Schon gut, geh nur und bring meinem Sohn ordentlich Lesen und Schreiben bei.« Ich versuchte mich an einem

Lächeln, das sich völlig fehl platziert anfühlte und ging in mein Büro, um die Reparaturzettel durchzusehen.

Ich zog an dem Jackett des Anzugs, den ich für den Termin mit Katharina angezogen hatte. Mit Bernd, der mich begleiten würde, war ich direkt am Trainingszentrum verabredet. Natürlich nahm ich die Gelegenheit wahr, schnell bei Karl vorbeizusehen, wenn er denn Zeit erübrigen konnte und sie überhaupt noch da waren. Heute fuhren sie los zu direkt zwei Auswärtsspielen und würden erst in ein paar Tagen wieder zurück sein.

Das war ein beschissener Zeitpunkt, da die Spiele und die Mediation aufeinanderprallten und wenn ich nachher nach Hause kommen würde, war keiner da, da auch Patrick erst am Mittwoch wiederkommen würde. Im Moment hätte ich sogar Felix, den Hund, nicht der Spieler, akzeptiert, nur um nicht allein zu sein. Er wäre kein menschlicher Ersatz, trotzdem hätte ich ein lebendiges Wesen um mich gehabt und würde mich vielleicht nicht ganz so allein fühlen.

Der Mitarbeiter an der Information hatte mich wieder in das heilige Trainingszentrum gelassen, in dem ich mich immer noch verlief. Doch irgendwann hatte ich mich durch das Labyrinth gekämpft und stand nun am Fenster zur Trainingshalle.

»Ah, du bist schon da. Hallo Emil.« Bernd kam auf mich zu und schüttelte mir die Hand.

»Ja, lieber zu früh, als zu spät.«

»Der Termin ist um sechzehn Uhr. Spätestens eine halbe Stunde vorher sollten wir los. Hast also noch etwas Zeit.« Er musterte mich. Hoffentlich konnte er keine Gedanken lesen.

»Bist du bereit? Hast du dich im Griff? Mit Vorwürfen kommen wir nachher nicht weiter. Was am Wochenende passiert ist, sollte nicht ausschlaggebend für die heutigen Gespräche sein.« Bernd lächelte freundlich, was bei mir eher gezwungen wirken musste. Allein der Gedanke daran brachte in mir wieder alles zum Brodeln und ich knirschte mit den Zähnen.

»Es geht um Patrick. Ich werde alles machen, was du sagst.«

Bernd klopfte mir freundschaftlich gegen den Oberarm. »Wir werden eine Lösung finden. Wenn nicht heute, dann vielleicht beim nächsten Termin. Ich hole dich hier um halb vier ab. Muss noch etwas erledigen.« Er ging davon und ich wandte mich den Fenstern zur Eisfläche zu. Die Spieler knieten um Karl herum, der auf einer Tafel auf einzelne Punkte zeigte, Linien malte und Kleinigkeiten aufschrieb, alles mit Gesten untermalte. Auf der Tribüne konnte ich um die zwanzig Fans entdecken, die dem offenen Training heute folgten.

Ich seufzte. Wie gerne hätte ich Karl nach diesem unsäglichen Termin zum Reden da gehabt. An eine Lösung durch diese Mediation glaubte ich nicht. Vor allem nach heute Vormittag. Das musste ich Bernd noch beichten. Auch Karl wusste nichts davon.

Die Spieler stoben auseinander, nahmen verschiedene Positionen auf dem Eis an, schön sortiert nach den Farben ihrer Trikots. Weiß zusammen, blau auf die andere Seite. Karl pfiff auf der Pfeife, die er umhängen hatte und glitt elegant in die Mitte. Er hatte noch dieselbe Anmut wie zu seinen Spielerzeiten. Ein Lichtblick an diesem für mich düsteren Tag.

»Hallo.« Ein älterer und fremder Mann stellte sich neben mich. Sein Gesicht kam mir vage bekannt vor, nur woher fiel mir nicht mehr ein. »Ich bin Manni. Einer der Betreuer. Wir haben uns neulich schon einmal gesehen in der Kabine beim abgebrochenen Spiel.«

Ich erinnerte mich und lächelte. »Genau, hallo. Ich bin Emil.« Er nickte wissend und ich wechselte das Thema, in dem ich mit dem Kopf zum Eis runter deutete. »Ungewöhnlich, jetzt noch zu trainieren, oder?«

»Karl wollte vor dem Start ein paar Spielzüge auf dem heimischen Eis üben. Sie steigen gleich direkt nach dem Umziehen in den Bus und fahren los.« Manni betrachtete mich. »Schön, endlich mal den Grund für Karls Dauerlächeln kennenzulernen.« Er sah durchs Fenster, dort rief Karl einem Spieler etwas zu, der zurückglitt und sich einen Puck schnappte, um neu zu starten. »Warten Sie auf ihn? Sie sind fast fertig.«

»Nein, auf Bernd. Wir haben gleich einen Termin.« Wobei ich nichts dagegen hätte, mich ein weiteres Mal von Karl zu verabschieden.

Manni sah mich neugierig von der Seite her an, aber ich hielt den Mund. Er musste nichts von meinen Problemen wissen.

»Zeit für einen Kaffee? Ich freue mich immer, beim Zusammenlegen der Handtücher Gesellschaft zu haben.«

»Ein Kaffee wäre nicht schlecht.« Auch wenn er meine Nervosität wahrscheinlich weiter anheizen würde. Ich hatte keine Ahnung, was nachher auf mich zukam, wie Katharina und ich überhaupt noch ein vernünftiges Gespräch miteinander führen sollten.

»Dann komm mal mit, Emil.«

Ich folgte ihm weiter in die Katakomben des Trainingszentrums in einen Raum, in dem eine feuchte Hitze herrschte und der nur von den Neonröhren an der Decke erleuchtet wurde. Ich griff mir unter den Kragen meines Hemdes und zog daran.

Die Türen der Industriewasch- und Trocknermaschinen standen offen, in einer lagen noch Handtücher. In der Mitte des Raumes befand sich ein großer metallener Tisch, auf dem sich ein weiterer riesiger Haufen Handtücher befand.

»Ich hol schnell den Kaffee.« Keine zwei Minuten später kam Manni mit zwei Bechern zurück. »Setz dich doch.« Er zeigte auf einen Stuhl, der an einer Wand stand.

»Danke dir.« Ich nippte an dem Gebräu, das stark und wachrüttelnd war. »Musst du nicht den Wagen beladen, wenn ihr nachher losmüsst?« Karl hatte mir mal erklärt, wie solche Auswärtsspiele abliefen.

»Schon erledigt. Es fehlen nur noch die Handtücher.«

»Machst du das gerne? Den Jungs hinterher räumen und ihnen alles zurechtlegen?«

Manni hielt inne beim Falten. »Für mich gibt es keinen besseren Job. Ich trage mit meinem Teil zum Erfolg der Mannschaft bei. Ohne mich und den anderen beiden Betreuer würden sie nie irgendwelche Sachen finden.« Er sah zu mir. »Du bist Hausmeister in einer Schule? Karl hat es nie bestätigt, trotzdem lässt er uns immer durchgehen, wenn wir von dir als seinem Hausmeister sprechen.«

Ich schmunzelte. Ja, so kannte ich ihn. »Genau, Hausmeister in einer Grundschule.«

»Dann kennst du das doch.« Ein Schmunzeln legte sich in Mannis Züge. »Die gute Seele, die für alle alles repariert und Mülleimer zugleich ist.«

»Stimmt. An manchen Tagen bräuchte man mindestens zehn Hände.«

Manni lachte. »O ja. Aber trotzdem machen wir es gerne und wollen das Beste für die Menschen in unserem Umfeld.«

Manni sah mich prüfend an, als ob er mir bis auf den Grund meiner Seele schauen konnte. Ich rutschte auf dem Stuhl hin und her. »Auch wenn es manchmal wehtut, oder?«

Ich nickte nur, versteckte mich hinter der Tasse, als ich einen Schluck trank. Patrick. Was war das Beste für ihn? Bei mir zu bleiben oder doch zu Katharina? Zu seiner Mutter? Alles in mir wehrte sich gegen den Gedanken, Patrick könnte bei seiner Mutter leben und ich ihn nur alle vierzehn Tage sehen.

Mannis Haufen verringerte sich in einem erstaunlichen Tempo. Das machte er nicht zum ersten Mal.

»Wie bist du hierhergekommen?«, fragte ich, um von mir abzulenken.

»Ach, das ist eine lange Geschichte. Alles begann mit der Ausbildung zum Schuster«, fing er an und zog einen großen Bogen über Umschulungen zum Maurer und ehrenamtlicher Tätigkeit als Zeugwart in einem Amateurfußballverein. Als die Stelle als Betreuer bei den Kraken ausgeschrieben war, hatte er sich drauf beworben. »Das war vor zwanzig Jahren.«

Ich trank den letzten Schluck aus meiner Tasse. »Wow, da hast du einiges erlebt.«

»O ja, das sag ich dir.« Er warf einen Blick zur Uhr. »Wann hast du den Termin mit Bernd?«

Ich schrak zusammen, als ich die Uhrzeit sah. »In fünf Minuten. Ich sollte zurück auf den Gang.« Manni nahm mir die Tasse ab.

»Viel Glück. Wobei auch immer. Aber du siehst aus, als wenn du es gebrauchen könntest.«

»Danke.« Ich trat aus dem Raum und sah mich um, suchte den Weg aus diesem Labyrinth zurück zum großen Flur. Gerade rechtzeitig kam ich zeitgleich mit Bernd an. Mit jedem Schritt, den ich ihm näherkam, wuchs die Angst vor dem Kommenden. In meinem Bauch herrschte ein einziger Aufruhr und der Kaffee brannte bis zur Kehle hinauf. Ich hätte ihn nicht trinken sollen.

»Da bist du ja. Lass uns fahren.«

Wir stiegen aus und ich starrte auf das alte weiße Gebäude mit der Stuckfassade, ursprünglich mal eine Villa, in dem sich die Anwaltskanzlei befand. Das Haus stammte aus dem vorherigen Jahrhundert, hatte unerklärlicherweise im Zweiten Weltkrieg keine Bombe abgekommen, obwohl es mitten in der Stadt lag. Dadurch waren die vielen Verzierungen erhalten geblieben und es wirkte wie aus der Zeit gefallen zwischen den modernen Bauten drum herum.

Mein Puls hämmerte hart unter meiner Haut und in meinen Ohren rauschte es. Katharinas Auto stand bereits auf dem Parkplatz und ich schloss kurz die Augen, atmete tief durch. Hier ging es einzig um das Wohl von Patrick und nicht darum, um jeden Preis gegen Katharina zu gewinnen. Evelyn hatte mich heute Morgen noch mal eindringlich daran erinnert.

»Alles klar?«, fragte Bernd.

Überhaupt nicht, schrie es in mir. Ich will das alles nicht.

»Natürlich.« Ich zwang mich zu einem Lächeln.

»Denk dran, lass dich nicht reizen. Ich möchte keine Vorwürfe hören. Sobald du ihr als Mutter Patrick überlässt, hat sie zeitweilig das begrenzte Aufenthaltsbestimmungsrecht. Sie durfte mit Patrick in das Hotel fahren und sie war nicht verpflichtet, dich zu informieren. Falls das in Zukunft so sein soll, werden wir das schriftlich festhalten. Allerdings würde ich das dann für beide Seiten vorschlagen.« Bernd sah mich mit Nachdruck an. »Wir wollen auf ein gemeinsames Sorgerecht hinaus mit dem Hauptlebensmittelpunkt bei dir. Das erreichen wir nicht, indem wir uns streiten.«

Ich nickte, presste die Lippen aufeinander und folgte Bernd zum Eingang. Wir betraten das Gebäude und wurden freundlich von einer Mitarbeiterin empfangen, die uns in einen Saal führte mit hohen Stuckdecken und hellen Wänden. Sogar die Fenster hatten noch wie früher Sprossen.

Fast hätte ich ausprobiert, ob es hallte, wenn man laut genug rief, allerdings wäre das bestimmt nicht gut angekommen. In der Mitte des Raumes stand ein langer Tisch, der auf Hochglanz poliert war, sodass sich die Flaschen und Gläser auf der Oberfläche spiegelten. Ansonsten war er komplett leer.

Am Tisch saßen Katharina und ihr Anwalt. Höflich begrüßten wir uns und Bernd und ich setzten uns ihnen gegenüber. Fehlte nur noch Bernds Freund, der die Runde führen würde.

»Entschuldigt bitte, ich hatte ein Mandantengespräch, das länger dauerte.« Doktor Kornelius Gäbber rauschte herein, kam auf mich zu und reichte mir die Hand. Zum ersten Mal sah ich die Person zur Stimme am Telefon. Ein untersetzter Mann mit Halbglatze und freundlichen Augen in einem grauen Nadelstreifenanzug stand mir gegenüber, der sich nun Katharina und ihrem Anwalt zuwandte, um sie ebenfalls zu begrüßen.

»Kommen wir gleich zum Punkt«, begann er, als wir uns alle gesetzt und Wasser eingeschenkt hatten. Bernd hatte mir im Auto geraten, unbedingt Stilles zu nehmen, damit es nicht zu unangenehmen Situationen kam, weil ich aufstoßen musste. Ich saß ruhig da, während Doktor Gäbber unseren

Fall zusammenfasste. Meine Hände hatte ich unter dem Tisch im Schoß gefaltet, damit ich nicht nach einem Stift oder meinem Glas griff und herum spielte.

Stattdessen gingen meine Gedanken auf Wanderschaft, als ich über die Wortwahl von Doktor Gäbber nachdachte. Fall, das klang so kalt, abgeklärt, als ob es nicht um Menschen gehen würde, die sich einmal geliebt hatten.

Ich betrachtete Katharina, die perfekt geschminkt und frisiert war. Sie hatte einen dunklen Blazer an, darunter trug sie eine schlichte weiße Bluse. Auf gewisse Weise liebte ich sie noch immer, sie war die Mutter meines Sohnes. Dem größten Geschenk in meinem Leben. Doch es würde nie mehr so sein wie früher. Wir hätten vielleicht Freunde werden können, wenn wir uns nach der Trennung bemüht hätten.

»Gut, kommen wir noch mal zu Ihren Forderungen«, holte mich Doktor Gäbber aus meinen Gedanken zurück. Er wandte sich an Katharina. »Sie halten weiterhin an Ihrem Wunsch nach geteiltem Sorgerecht plus Aufenthaltsbestimmungsrecht für das Kind fest?«

»Ja«, antwortete Katharinas Anwalt Graf. Katharina sah nur auf ihre Hände, die ruhig vor ihr auf dem Tisch lagen, gab durch keine Regung preis, wie es in ihr aussah. Dieselbe Frage stellte er uns und Bernd bestätigte.

Doktor Gäbber holte nun zu einem Monolog aus, in dem er erklärte, wie diese Mediation ablaufen würde. Er würde als neutraler Vermittler zwischen Katharina und mir schlichten, damit wir zu einer Einigung kamen, ohne das Gericht einschalten zu müssen. Er legte einige Regeln mit uns fest, an die wir uns in den Diskussionen zu halten hatten. Außerdem wies er auf den Sinn und das Ziel der Mediation hin. All das gab mir einiges an Ruhe und nahm mir etwas die

Angst, zu explodieren und mich als Elternteil darzustellen, bei dem auf keinen Fall Kinder leben durften.

Er begann mit einigen einleitenden Fragen, in denen Katharina und ich unsere Standpunkte wiederholten, weshalb Patrick am besten bei mir oder bei ihr mit seinem Lebensmittelpunkt aufgehoben war, wie wir es in unseren vorherigen Diskussionen schon getan hatten. Dabei stellte sich mir immer wieder die Frage, was das Beste für Patrick war.

Hier zu sitzen und mit Katharina über sein weiteres Leben zu entscheiden, kam mir plötzlich so falsch vor, bereitete mir Übelkeit und in meinem Magen verknotete sich alles.

»Stopp«, unterbrach ich Doktor Gäbber mitten in einer Frage. Er sah mich mit gerunzelter Stirn an. Genauso wie alle anderen. »Ich kann das nicht.« Ich wühlte mit den Fingern durch meine Locken, entwirrte einen Knoten, während ich versuchte, die durcheinanderwirbelnden Gedanken zu sortieren.

»Was kannst du nicht?«, fragte Katharina gereizt. Das erste Anzeichen, wie nah ihr selbst dieser Termin ging. So kaltschnäuzig, wie sie sich heute Vormittag gegeben hatte, war sie nicht.

»Das hier, wir.« Ich breitete die Arme aus. »Bisher haben wir es immer geschafft, miteinander zu reden und eine Lösung zu finden. Wieso jetzt nicht mehr?« Ich legte beide Hände auf dem Tisch ab und faltete sie wie zum Gebet. »Gut, das mit dem letzten Wochenende war total daneben. Ich hatte wirklich Angst, du wärst mit Patrick verschwunden.«

»Emil, du so…«

»Lass mich aussprechen, Bernd«, bat ich ihn und er seufzte, nickte allerdings. Ich blickte zu Katharina. »Warum willst du so unbedingt, dass Patrick bei dir lebt? Weshalb redest du nicht mehr mit mir?« Evelyns Worte gingen mir nicht aus dem Kopf. *Ihr solltet ihn zumindest fragen, was er möchte und nicht davon ausgehen, ihr wüsstet es.* »Wir haben Patrick nicht gefragt, was er will. Wie können wir ohne seine Meinung eine Entscheidung treffen?«

»Aber …« Katharina zog die Augenbrauen zusammen und eine steile Falte bildete sich dazwischen. »Du warst doch derjenige, der immer wieder gepredigt hat, dass ein Sechsjähriger die Konsequenzen seiner Entscheidung in solch einem Ausmaß nicht absehen kann.«

Ich griff nach meinem Wasserglas, überlegte mir, was ich darauf antworten sollte. Unsere Anwälte blieben still, beobachteten nur und ließen uns reden.

Selbst Doktor Gäbber sah gespannt zu mir. »Herr Jensen? Möchten Sie darauf etwas sagen?«, fragte er schließlich.

Bevor ich antwortete, gab ich mir noch einen Moment und drehte das Glas in meinen Händen.

»Ja, das dachte ich wirklich, aber ich glaube, wir unterschätzen ihn. Er ist mittlerweile ein Schulkind, kein Kleinkind mehr und weiß ganz genau, was er will. Wir sollten mit ihm reden. Oder jemand Außenstehender, der ihn nicht beeinflusst, wie wir es wahrscheinlich bewusst oder unbewusst machen würden. Hier geht es doch um unser Kind, Katharina, nicht um uns.«

»Ist das jetzt umgekehrte Psychologie, die du anwendest? Willst mich in die Irre führen, nur damit Patrick bei dir wohnen bleibt? Kannst du dir nicht vorstellen, dass ich als Mutter mehr Anteil am Leben meines Sohnes haben möchte?«

Das konnte ich tatsächlich, nur fiel es mir schwer, ihr in der Hinsicht zu vertrauen. Sie hatte ihr Leben nach der

Scheidung bisher frei und ungebunden gelebt. Zwar hatte sie sich immer liebevoll um Patrick gekümmert, aber nur, wenn er gerade zeitlich reinpasste.

»Sollte Patrick bei dir leben wollen …« Ich hielt inne, spürte schon jetzt die Leere in mir und mein völlig zersplittertes Herz in meiner Brust, die sich schmerzhaft verengte. »… werde ich nicht dagegen angehen. Du solltest dir jedoch im Klaren darüber sein, dass es dann nicht nur fröhliche Tage geben wird. Es werden schwere Zeiten auf euch zukommen, Streitereien und es wird nicht nur alles gut laufen, so wie es jetzt ist, weil ihr euch nur mal eine Woche seht.«

Sie schnaubte. »Als ob mir das nicht klar wäre. Ich habe jahrelang mit euch zusammengelebt.«

»Auch da warst du mehr im Ausland unterwegs als zu Hause«, sagte ich traurig.

Es herrschte für ein paar Sekunden Stille. Katharina presste die Lippen aufeinander, ihr Blick hart auf mich gerichtet. Mit der Zeit wurde er weicher und sie nickte.

»Sie sind sich also einig, erst zu einer Lösung zu gelangen, nachdem mit Patrick gesprochen wurde?« Doktor Gäbber sah zwischen mir und Katharina hin und her. Beide sagten wir klar und deutlich Ja.

»Gut, dann werde ich das veranlassen und Ihnen einen Termin mitteilen. Nach dem Gespräch treffen wir uns wieder und werden das Ganze fixieren und den Antrag auf Sorgerecht beim Gericht einreichen. Bitte nennen Sie mir Ihre zuständige Person beim Jugendamt.«

Wieder bestätigten wir und klärten die Einzelheiten. Ich wünschte mir in diesem Moment so sehr Karl herbei, der meine Hand drücken konnte, mir sagen würde, dass alles gut werden würde und mich hielt. Aber er war unterwegs. Eine

Situation, die ich nur zu gut kannte. Trotzdem war es dieses Mal anders, da er nicht wochen- oder monatelang fort war, sondern nur immer für ein paar Tage. Außerdem war er meistens jederzeit erreichbar.

Doktor Gäbber fügte noch einige Schlussworte an, dann standen wir auf und verabschiedeten uns.

»Woher kam das auf einmal?«, fragte Bernd, als wir in seinem Auto saßen, auf dem Weg zurück ins Trainingszentrum.

»Ich will für Patrick kämpfen, aber nicht vor Gericht und auf keinen Fall auf seinem Rücken irgendwas ausfechten. Das ist nicht fair dem Jungen gegenüber.«

Bernd warf mir einen Blick zu, als er an einer roten Ampel hielt.

»Ich hoffe, deine Ex-Frau sieht das genauso.«

Darauf erwiderte ich nichts mehr. Die Hoffnung begleitete mich, seit wir den Raum verlassen hatten. Den Rest der Fahrt schwiegen wir. Als wir auf den Parkplatz fuhren, war der Bus der Mannschaft bereits fort. Nur noch die Betreuer beluden einen Transporter mit den letzten Kisten.

Bleierne Müdigkeit machte sich in mir breit gepaart mit einer mentalen Erschöpfung. Ich war ganz froh, mich heute Abend nicht mehr um Patrick kümmern zu müssen. Vor Augen zu haben, was ich vielleicht verlieren könnte.

Kapitel 23

Karl

*N*ach dem Abendessen saßen wir noch zusammen. Es war längst acht Uhr durch und Sandro gesellte sich zu den jüngeren Spielern, die ihr erstes Auswärtsspiel bei den Profis hatten. Wahrscheinlich ging er mit ihnen den Ablauf der nächsten Tage durch. Stanni, Felix und Juli brüteten über irgendwelchen Plänen ihres neuen *Game Times*, das sie in Lemerswik bauen wollten. Anatoli und die anderen Verteidiger kümmerten sich um die beiden Neuen im Team. Weihten sie in die Geheimnisse des Brettspiels *Maus und Mystik* ein, das Ende letzter Saison der neuste Renner bei langen Busreisen geworden war. Sie hatten das Spiel zweimal gekauft, sie zusammen gepackt und die Regeln für sich angepasst, sodass sie mit mehr als vier Personen spielen konnten.

»Es ist schon witzig, wie Anatoli die Spielkarten übersetzt.« August stupste mich an und grinste.

»So lernen sie wenigstens direkt ein wenig Deutsch«, erwiderte ich lächelnd.

»Auf jeden Fall gut zu sehen, wie schnell sie sich integrieren und David in Deutschland zurechtkommt. Hoffentlich bekommt er nicht noch später einen Kulturschock.«

»Das stimmt allerdings.« Ich beugte mich zu August vor. »Wäre es vermessen, wenn ich als Head Coach jetzt schon auf mein Zimmer gehen würde? Coach Smith ist immer bis zum Schluss geblieben.«

»Quatsch, geh ruhig.« August winkte ab. »Mach dir keine Gedanken. Telefoniere ungestört mit deinem Hausmeister.« John schien unser Gespräch mitbekommen zu haben und grinste mich nun anzüglich an. Wenn ihr nur wüsstet. Keinem von ihnen hatte ich von den letzten Tagen oder von Emils Termin heute erzählt und Bernd unterlag der Schweigepflicht. Das kommende Telefonat würde garantiert nicht leicht werden und mir wurde mulmig.

»Ich dachte, aus dem Alter sind wir raus«, sagte ich scherzhaft und stand auf, verabschiedete mich von allen, ermahnte die Spieler nicht zu lange zu machen und ging auf mein Zimmer.

Seit Emils Nachricht brannte es in mir, endlich mit ihm zu telefonieren. Aus seiner kurzen Mitteilung konnte ich nicht herauslesen, wie der Termin gelaufen war, nur wie schnell er vorbei gewesen war. Dabei sollte er mindestens bis zu zwei Stunden dauern. War das ein gutes Zeichen? Hatten sie sich vielleicht schon geeinigt? Oder stand das Wochenende endgültig zwischen ihnen und es ging vor Gericht?

Mit wachsender Unruhe wählte ich Emils Nummer. Es tutete mehrmals, bis er nach dem fünften Klingeln endlich abhob.

»Was ist passiert?«, begann ich, ohne große Einleitung.

Ein tiefer Seufzer entkam ihm und ich konnte ihn vor mir sehen, wie er auf dem Sofa saß oder im Bett lag und sich durch die Haare fuhr, in einer Locke hängen blieb und sie entknotete.

»Ich konnte nicht in dem Termin sitzen und über Patricks Kopf hinweg entscheiden, was aus ihm werden soll. Also hab ich abgebrochen.«

»Ach, mein Lieber. Das tut mir leid.«

»Es kam mir vor, als würde ich um meinen Sohn schachern.«

Ich legte mich aufs Bett, legte einen Arm unter meinen Kopf. »Wie geht's dir jetzt?«

»Nicht besser, als ob ich in der Luft hängen würde und jeder, der vorbeikommt, klopft einmal gegen meinen Kopf. Es ist so ermüdend und erschöpfend.« Seine Stimme klang leise und heiser.

»Ich wäre jetzt so gerne bei dir, um dich zu trösten und zu umarmen.«

»Ich bin es ja gewohnt allein zu sein«, sagte Emil und ich hörte den Hauch von Bitterkeit in seinen Worten. Ich schloss die Augen, alles in mir verzehrte sich danach, in diesem Augenblick neben ihm zu sitzen oder zu liegen, ihn aufzubauen und für ihn dazu zu sein.

»Traurig genug. Du solltest das nicht sein.« Das schlechte Gewissen kickte nun zusätzlich rein, da ich mich nicht besser fühlte.

»Hätte, Wenn und Aber.«

Für einige Sekunden breitete sich Stille zwischen uns aus.

»Wie geht's jetzt weiter?«, durchbrach ich die Ruhe.

»Unsere zuständige Jugendamtsmitarbeiterin wird mit Patrick sprechen und ich richte mich danach.« Am anderen Ende hörte ich, wie Emil laut durchatmete. »Natürlich will er dann bei Mama wohnen. Sie hat bisher nur halb so viele Regeln wie ich.« Seine Stimme brach, trotzdem sprach er weiter. »Dort ist oft Spaß angesagt, bei mir Alltag.«

Ich konnte den Schmerz hören, der tief in ihm saß.

»Du machst das Richtige, mein Lieber.« Was anderes fiel mir nicht ein. Ich konnte nicht mal ansatzweise nachempfinden, wie es ihm ging.

»Lass uns von was anderem reden. Wie war eure Fahrt?«

Ich nahm den Themenwechsel hin. Wenn es das war, was Emil brauchte, bekam er es. Also erzählte ich ihm, wie unsere Busfahrten abliefen. Die Langeweile, die einen ergreifen konnte, wie wir Trainer uns auf das kommende Spiel vorbereiteten, die Spieler im Deck über uns, Karten oder Brettspiele spielten. Andere versuchten zu lernen, weil sie ein Fernstudium absolvierten. Auch Anatolis Versuche, David Deutsch beizubringen, ließ ich nicht aus. Anatoli übersetzte sich selbst alles erst ins Russische, um es dann ins Englische zu bringen.

Immerhin entlockte ich Emil durch meine Erzählungen hin und wieder ein Lachen und er fragte mich aus.

»Kommen wir zum Wichtigsten: Welche Taktik wählst du morgen gegen die Betheimer Sharks?«

»Ha, als ob ich dir das erzählen würde. Das erfährt selbstverständlich morgen als Erstes die Mannschaft. Am Ende rufst du bei den Sharks an und plauderst alles aus.«

»Was?«, rief er empört aus. »Das traust du mir zu? Ich bin durch und durch ein Kraken-Fan.«

Ich lachte. »Man hat schon Pferde vor der Apotheke kotzen sehen. Hat Stanni vorhin noch gesagt, als Felix, er und Juli über ihren Plänen für das neue Diner hockten. Keine Ahnung, weshalb gerade dieser Spruch. Aber bei Stanni müssen die nicht immer passen.«

»Ich werde mir merken, was du mir alles zutraust und Stanni noch mehr deutsche Sprichwörter beibringen, die er dann völlig falsch platziert bringen kann. Das könnte eine neue Verwirrtaktik für eure Gegner werden.«

»Ganz schön hinterhältig, mein Lieber«, sagte ich mit einem knurrenden Unterton. »Das werde ich den anderen Trainern vorschlagen.«

Wir lachten beide und es tat so gut, Emil mal wieder fröhlich zu erleben und nicht nur bedrückt. Plötzlich gähnte er herzhaft und ich sah auf die Uhr. Kurz nach zehn Uhr.

»Ich hab dich viel zu lange wach gehalten«, gab ich erschrocken von mir.

»Schon gut, ich habe vorhin etwas geschlafen.«

»Hey Emil, es tut mir leid, heute nicht für dich da gewesen zu sein. Du kennst meinen Job und ich kann dir nicht versprechen, wie oft das noch vorkommen wird.«

»Danke dir. Mit dir zu reden hilft schon und außerdem bist du nur ein paar Tage unterwegs und keine Wochen.«

»Ich ruf dich morgen Abend wieder an.«

»Egal welche Uhrzeit, ich gehe ran.«

Wir verabschiedeten uns und ich legte mein Handy auf den Nachttisch. Die räumliche Trennung von Emil fiel mir schwerer als gedacht. Vor allem, nachdem wir nach unseren Urlauben so gut wie jede Nacht miteinander verbracht hatten. Sein warmer Körper neben mir an den ich mich kuscheln konnte, sein regelmäßiger Atem, all das gab mir eine Ruhe, die mir nun fehlte.

Dabei kannten wir uns erst einige Wochen, trotzdem wollte ich ihn nicht mehr in meinem Leben missen.

Ungläubig starrte ich auf den Würfel an der Arenadecke, auf dem das Ergebnis drei zu vier stand. Wir hatten das vierte Saisonspiel gewonnen. Das vierte Spiel in Folge. Ich rieb mir die Augen, guckte erneut nach oben.

John klopfte mir auf die Schulter. »Sehr gut gemacht. War ein schwieriges Spiel, aber die Jungs sind perfekt eingestellt reingegangen.«

Die Spieler hatten nicht immer sauber gespielt oder so entfesselt wie im letzten Drittel des ersten Spiels, trotzdem schafften sie es am Ende zu gewinnen und nicht den Glauben an sich zu verlieren.

»War ein verdammt enges Spiel, hätte auch anders ausgehen können«, antwortete ich John, der noch immer neben mir stand.

»Auf Sandro ist Verlass«, erklang Augusts Stimme von der anderen Seite. »Der hat schon öfter in der Verlängerung Spiele entschieden. Weißt du doch.« Er grinste breit.

Mein Blick schweifte zu der feiernden Mannschaft auf dem Eis, die sich diesen Sieg verdient hatten. Musste ich ihre Euphorie in Zaum halten? Andersherum zehrten wir davon, fuhren mit breiter Brust zum nächsten Spiel. Allerdings lud es auch dazu ein, schluderig zu werden. Es war eine Gratwanderung für einen Trainer, damit die Mannschaft nicht übermütig wurde.

»Müssen wir sie zur Ruhe mahnen?« Ich sah jeden meiner Co-Trainer einzeln an.

»Lass sie heute Abend feiern. Morgen nachdem Frühstück bei der Teambesprechung holen wir sie zurück und besprechen ihre Fehler. Sie brauchen das.«

»Okay, so machen wir es.« In meiner Hosentasche vibrierte es und ich holte mein Handy hervor. Emil sendete mir eine Menge Kusssmileys, was mein Herz noch höher schlagen ließ, als es eh schon tat.

»Karl, kannst du bitte ein Interview geben?« Unser Pressesprecher, der in der Bank vor mir auftauchte, riss mich aus meiner Trance.

»Natürlich.« Ich folgte ihm aufs Eis und stellte mich vor die Interviewwand. Er lieferte mich bei dem Reporter für den Pay-TV Sender ab, der die Spiele live übertrug.

»Herr Leister, Sie haben die Mannschaft völlig überraschend eine Woche vor der Saison übernommen. Jeder hatte Befürchtungen, wie die Spieler und auch Sie die Erkrankung von Ian Smith überstehen. Aber so wie es aussieht, scheint es Sie zu bestärken. Oder wie erklären Sie die starke Performance der ersten Spiele?«

Ich wusste schon, warum ich gerade diesen Teil meines Jobs hasste. Bisher konnte ich mich immer gut drücken, doch nun gehörte es dazu. Genauso wie die immer gleichen Fragen nach jedem Spiel. Also setzte ich mein freundlichstes TV-Lächeln auf.

»Zunächst habe ich den Vorteil, die Mannschaft und das Trainerteam zu kennen. Wir arbeiten seit Jahren zusammen. Natürlich hat uns der Ausfall von Coach Smith im ersten Moment geschockt und ich will nicht darüber nachdenken, wie es ausgesehen hätte, wäre es anders ausgegangen. Nichtsdestotrotz ist das unser Beruf, unsere Berufung. Wir werden dafür bezahlt, unser Bestes zu geben, und das machen die Männer jeden Tag. Sie arbeiten hart und ernten nun die Früchte.«

»Wie stellen Sie die Mannschaft vor einem Spiel ein? Sie scheinen Nerven aus Stahl zu haben, sind bisher nach jedem Rückstand wieder zurückgekommen und haben das Spiel gedreht.«

Ich verschränkte die Arme vor der Brust. »Ich weise daraufhin, was wir können, wozu wir in der Lage sind und dass sich alles innerhalb von Sekunden ändern kann. Wir konnten das Spiel heute gewinnen, weil die Mannschaft nicht aufgehört hat zu kämpfen. Sie sind in die Zweikämpfe gegangen, die nötig waren und haben keine Zeit mit unnötigem Geplänkel verbracht. Es sind diese engen Spiele, die man gewinnen muss, um Selbstvertrauen zu tanken. Genau das haben wir gemacht.« Ich zog meinen Pullunder zurecht, den ich über meinem Hemd und die Krawatte gezogen hatte. Emils Krawattennadel war leider nicht zu sehen, dennoch trug ich sie.

»Im *Hockey-Insider* ist heute ein kurzer Bericht über Sie erschienen, der Sie lächelnd mit einem Mann zeigt. Ist das ebenfalls ein Grund, warum Sie in dieser Saison wirken, als würden Sie völlig in sich ruhen? In den letzten Jahren hat man Sie oft sehr aufgebracht auf der Bank erlebt.«

»Ich werde wie gehabt nicht über mein Privatleben reden, das gehört nicht hier her.« Hoffentlich sah man mir die Verärgerung über die Frage nicht an und wechselte schnell das Thema. »Was meine momentane Ruhe anbelangt: Ich bin der Meinung, gerade als Head Coach ist es meine Aufgabe, der Mannschaft genau diese zu vermitteln. Wenn wir hektisch werden, machen wir Fehler und im schlimmsten Fall verlieren wir. Ich bin bis zur Rückkehr von Coach Smith in einer anderen Rolle und nicht mehr nur für die Verteidiger zuständig.«

»Ist die Meisterschaft bereits ein Thema für Sie?«

Beinahe hätte ich die Augen verdreht, konnte mich allerdings rechtzeitig zurückhalten.

»Kommen Sie, das war gerade einmal das vierte Spiel in der Hauptrunde. Wir haben noch über vierzig vor uns plus die Playoffs. Im Moment zählt nur das nächste Spiel. Natürlich sind die Playoffs immer unser Ziel, das nicht zuzugeben, wäre eine Lüge.« Ich atmete durch. »Wir hatten einen fantastischen Start, keine Frage, aber ich muss Ihnen nicht sagen, wie schnell sich das wandeln kann. Wir tun gut daran, weiter demütig zu bleiben und einfach nur zu spielen. Es wird sich zeigen, was drin ist.«

»Aber Sie trauen es der Mannschaft zu?«

»Ich traue uns seit Jahren alles zu, wir haben ein tolles Team.«

»Danke Ihnen für Ihre Zeit.«

Der Journalist reichte mir die Hand und ich ging zur Gästekabine. Auf dem Weg holte ich mein Handy hervor und rief den *Hockey-Insider* auf. Es war ein sehr kurzer Artikel, Emil auf dem Bild nicht richtig zu erkennen, weil ich ihn halb verdeckte. *Wer ist der Mann an Karl Leisters' Seite?* prangte groß darüber. Meine Güte, konnten sie einen nicht mal in Ruhe lassen? Allerdings musste ich dringend mit Emil darüber reden. Bisher hatten wir das Thema Öffentlichkeit völlig außen vorgelassen. Immerhin war ich kein Fußballcoach und es interessierte nicht ganz Deutschland mein Privatleben.

Ich öffnete den Chat mit Emil, um ihm zu antworten. Das mit dem *Hockey-Insider* ließ ich außen vor. Das wollte ich persönlich mit ihm besprechen. Sandro und Felix kamen mir entgegen, die nun garantiert zum Interview durften. Beide strahlten über beide Ohren und klatschten mit mir ab.

Ich konnte es nicht erwarten, bis wir endlich nach Hause fuhren und ich Emil wiedersehen konnte. Vier Tage ohne ihn waren wirklich hart und die Saison war erst losgegangen. Es kamen noch so viele Auswärtsspiele auf uns zu.

»Stopp!«, rief plötzlich jemand. Ich zuckte zusammen, blieb aber stehen und sah auf. »Du musst schon nach vorne sehen, wenn du läufst.«

»Entschuldige, Henry.« Da hätte ich doch fast den Trainer der Steelers umgerannt, dabei war er ein Bär von einem Mann und überhaupt nicht zu übersehen.

»Glückwunsch. War ein tolles Spiel, das ihr uns geliefert habt.«

»Ihr habt es uns nicht leicht gemacht«, erwiderte ich grinsend und ging weiter. Wir würden gleich noch auf der Pressekonferenz miteinander zu tun haben.

Vor der Kabine blieb ich stehen, steckte mein Handy weg. Russische Volkslieder drangen nach außen, die mit ihrem melancholischen Touch im krassen Gegensatz zur Stimmung standen. Mit einem Lächeln ging ich hinein, fand das normale Chaos vor nach einem Spiel.

Drei Stunden später bestiegen wir endlich den Bus Richtung Heimat. Wahrscheinlich würden wir mitten in der Nacht ankommen. Ich griff nach meinem Schlüsselbund in der Hosentasche, an dem seit kurzem die Schlüssel zu Emils Haus- und Wohnungstür hingen.

Emil würde es vielleicht nicht mitbekommen, wenn ich mich zu ihm ins Bett legte, aber sich am Morgen bestimmt freuen, wenn er mich entdecken würde.

Während er aufstehen musste, könnte ich mich noch einmal umdrehen, dabei seinen Geruch einatmen, in die Wärme seiner Decke krabbeln und ihm so weiterhin nah sein.

Lächelnd konzentrierte ich mich wieder auf die Nachbesprechung mit den Trainern im Bus zu dem gegen die Steelers. Am Samstag würden wir das mit den Jungs durchgehen.

Kapitel 24

Emil

Eine Woche nach der Mediation saßen Katharina und ich nachmittags vor demselben Raum. Darin saß Doktor Gäbber mit unserer Jugendamtsberaterin und sie sprachen mit unserem Sohn. Uns gegenüber saßen unsere Anwälte, beide vertieft in ihre Handys.

In der letzten Woche als Katharina Patrick zu mir zurückgebracht hatte, hatten wir gemeinsam mit ihm gesprochen, versucht, ihm die Situation zu erklären. Er hatte sich sehr über die Neuigkeit gefreut, wenn die Mama bald nicht mehr verreisen würde und mehr Zeit mit ihm verbringen konnte. Nachdenklich wurde er, als ich ihm von der fremden Frau erzählte, die mit ihm reden wollte, um seine Wünsche zu erfahren, wo er in Zukunft leben wollte.

Seitdem lebte ich mit dem schlechten Gewissen, Patrick eine Bürde aufgeladen zu haben, zu der er noch gar nicht bereit war. Am Ende hätte er vielleicht Angst Katharina oder mich mit seiner Entscheidung zu verletzen. Dabei hatten wir ihm mehrfach versichert, seine Antwort zu respektieren und dass er frei sagen sollte, was er dachte.

Machte das Katharina und mich zu schlechteren Eltern? Gab es überhaupt ein richtig oder falsch?

Wieso zum Teufel begleiteten einen ständig diese Selbstzweifel als Elternteil?

Seit einer Viertelstunde saßen sie nun in dem Raum, während ich an meinem Saum knibbelte. Katharina hingegen wirkte vollkommen ruhig auf mich. Das Läuten eines Telefons drang leise zu uns auf den Flur.

»Ich mach das nicht aus egoistischen Gründen«, sagte sie in die Stille zwischen uns. »Ich möchte mehr erleben und mitbekommen von meinem Sohn. So vieles habe ich bereits verpasst.«

»Hm«, gab ich nur von mir. Mittlerweile war es mir egal, warum, weshalb und wieso sie unbedingt Patrick zu sich nehmen wollte.

»Ich habe Angst, irgendwann keine Rolle mehr in seinem Leben zu spielen. Er wird älter, selbstständiger, was ist, wenn er uns nicht mehr braucht?«

»Das ist das Ziel beim Größer werden. Wir geben ihm alles mit, was er benötigt, um alleine im Leben zurechtzukommen.« Ich verschränkte die Arme vor der Brust, es war mir tatsächlich völlig gleichgültig, aus welchen Gründen Katharina diesen ganzen Mist angezettelt hatte, wichtig war nur Patrick. Karl hatte mich heute Morgen gefragt, wie es mir ging und ich konnte ihm keine Antwort darauf geben. Eine Mischung aus Angst und Wut tobte in mir. »Wichtig ist, ihm mit zugeben, dass er jederzeit, egal mit welchem Problem, zu uns kommen kann.«

Die Tür öffnete sich und wir sahen beide zu Doktor Gäbber. »Kommen Sie herein.«

Wir folgten ihm in den Raum und er schloss die Tür hinter uns. Mein Puls beschleunigte sich schlagartig und ich biss mir auf die Lippen. Patrick stand mit der Mitarbeiterin des Jugendamtes am Fenster.

»Patrick und ich hatten ein wirklich gutes Gespräch«, begann sie und wandte sich uns zu. »Er fände es wirklich schön sowohl bei Ihnen, Frau Jensen, als auch bei Ihnen, Herr Jensen, zu wohnen.«

Ein kleiner Stein fiel mir vom Herzen. Ach was, ein ganzes Gebirge. Fast wäre ich zu Patrick gestürzt und hätte ihn umarmt. Hielt mich allerdings mit Mühe und Not zurück.

»Käme denn eine fünfzig fünfzig Regelung für Sie infrage?« Doktor Gäbber bot uns Sitzplätze an und wir setzten uns. Nahmen automatisch dieselbe Sitzordnung wie letzte Woche ein.

»Geht das?«, fragte Patrick, stellte sich zwischen die Stühle von Bernd und mir. »Kann ich mal bei dir und mal bei Mama wohnen?«

»Natürlich kannst du das.« Ich strich meinem Sohn über den Kopf. Musste den Kontakt herstellen. Es würde sich in diesem Fall nicht allzu viel ändern für uns.

»Ganz wohnen willst du nicht bei mir?«, fragte Katharina. Patrick setzte sich auf den Knien auf den Stuhl neben mir, sah erst sie an, dann mich. In diesem Moment hasste ich Katharina für diese Frage. Er hatte doch seine Meinung geäußert und wir waren uns einig, das zu respektieren.

»Nein. Ich will bei Papa und dir wohnen. So wie immer. Das ist doch schön.«

Unwillkürlich entwich mir ein Schmunzeln. Anscheinend änderte sich für ihn ebenfalls nichts, wenn er mal bei seiner Mutter und mal bei mir wohnte. Nur schien ihm noch nicht klar zu sein, was das in Zukunft bedeutete. Es waren keine drei Wochen oder mehr dazwischen, in denen sie unterwegs war und sich nicht in Deutschland aufhielt.

»Ich muss erst darüber nachdenken.« Katharina räusperte sich.

Wieso musste sie darüber nachdenken, wenn wir uns vorher geeinigt hatten, Patricks Wünsche zu respektieren? Mein Puls stieg an, mein ganzer Körper spannte sich an und ich konnte einen giftigen Blick in ihre Richtung nicht unterdrücken. Bernd schien das zu bemerken, denn er legte mir einen Arm auf den Unterarm und schüttelte den Kopf.

»Wie lange?«, fragte Doktor Gäbber. »Bis morgen?«

»Ich gebe Ihnen bis übermorgen Bescheid. Danach muss ich ein letztes Mal beruflich ins Ausland. Mein Anwalt wird nach meiner Entscheidung den Sorgerechtsantrag beim Familiengericht einreichen.« Sie sah zu mir. »Es ist nicht das Ergebnis, das ich mir vorgestellt habe.« Sie sah enttäuscht aus, ganz im Gegensatz zu mir. War sie nun so fair und würde Patricks Wunsch berücksichtigen oder würden wir uns vor Gericht wiedersehen? Sie würde nicht nur mich, sondern auch Patrick enttäuschen und ihm vielleicht sogar das Gefühl geben, seine Wünsche wären nichts wert.

Vor Wut auf sie wollte ich auf etwas einschlagen.

Ich sah zu meinem Sohn. Musste sie es vor ihm so deutlich kommunizieren?

»Du wirst trotzdem Patricks Wunsch respektieren?«, fragte ich. Das konnte ich mir nun nicht verkneifen.

»Natürlich. Ich gebe dir ebenfalls Bescheid.«

Zwei Tage, die stand ich durch, bis dieses elendige Damoklesschwert nicht mehr über mir hing. Hoffentlich blieb es dort hängen und verpuffte, statt auf mich niederzufahren.

»Papa? Fahren wir jetzt nach Hause? Ich will mit Felix spielen.«

»Ja, natürlich, Kumpel.« Ich lächelte meinen Sohn an.

Wir lösten die Runde auf. Auf dem Parkplatz verabschiedete sich Katharina von Patrick, der sich auf die Rückbank meines alten Autos setzte.

»Weißt du, für euch Männer ist das alles so einfach. Ihr müsst nicht doppelt so viel arbeiten und euch ständig in euren Jobs beweisen. Ich bin es müde, diese ewigen Kämpfe zu führen, allen zu zeigen, dass ich als Frau genauso Ahnung habe wie sie.« Sie seufzte. »Ich will wieder ein Leben, einen Mann darin und meinen Sohn. Die neue Stelle in dem Unternehmen ist ebenso gut, wie meine alte, nur bin ich dann zu Hause.«

Ich betrachtete sie aufmerksam. Zum ersten Mal seit Wochen glaubte ich ihr. Ihre Augen hatten den kämpferischen Glanz verloren, sie sah erschöpft aus unter all dem Make-up, das sie heute aufgelegt hatte.

»Aber da wirst du ebenso kämpfen müssen. Es ist dieselbe Firma, dieselben Leute«, erwiderte ich.

»Papa, komm endlich.« Patrick streckte seinen Kopf zu dem heruntergelassenen Fenster hinaus.

»Gleich. Ich muss noch eben mit Mama was bereden.«
Er verdrehte die Augen und stöhnte laut.

»Schon, aber ich bin zu Hause, hier in Deutschland ist es sehr viel besser als in anderen Ländern.«

Ich nickte. Nicht, weil ich sie verstand, ich steckte eindeutig nicht in ihrer Situation, war zusätzlich ein Mann, sondern weil ich ihr ernsthaft zuhörte, versuchte, sie zu verstehen. Vielleicht fanden wir irgendwann doch wieder zu unserem alten freundschaftlichen Umgang zurück. Zumindest sah ich hinter der kalten Fassade der letzten Wochen und Monate wieder etwas von der alten Katharina aufblitzen.

»Warum hast du das nicht früher gesagt und so ein Geheimnis daraus gemacht?«

»Weil ich nicht schwach erscheinen wollte. Andere schaffen den Spagat zwischen Arbeit und Familie schließlich auch.« Sie blickte zu Boden, sah erneut auf und in ihren

Augen schimmerten Tränen. »Außerdem haben ein paar Kollegen gefrotzelt, welch schlechte Mutter ich doch wäre, könnte nicht mal meinen Sohn neben der Arbeit aufziehen, wüsste nicht, welche Serie er gerne schaut und was sein Lieblingslied ist.«

»Das ist der wahre Grund, weshalb wir diesen Eiertanz hier aufführen? Weil ein paar deiner Kollegen nicht die Eier in der Hose haben, anzuerkennen, von einer Frau überflügelt zu werden?« Ungläubig schüttelte ich den Kopf.

»Wir haben mehrere Frauen in der Firma, die es hinbekommen«, verteidigte sie sich.

»Na und? Haben Sie deine verantwortungsvolle Position? Arbeiten sie Vollzeit? Verreisen sie wochenlang?« Ich könnte schreien. Wäre sie sofort mit der Sprache rausgerückt, hätten wir uns sehr viel Ärger erspart.

Wieder sah sie zu Boden und eine Röte überzog ihr Gesicht. »Nein.«

»Papa!«

»Sofort!«, rief ich dem entnervten Patrick zu.

»Sofort ist jetzt«, klärte mein Sohn mich auf. Ich unterdrückte ein Seufzen, denn er schlug mich mit meinen eigenen Waffen. Was konnte ich dagegen schon sagen?

»Ich bin gleich fertig.« Dann wandte ich mich Katharina erneut zu. »Jeder, der deinen Job hat, schafft es nicht mal eben so. Sie alle haben jemanden zu Hause sitzen, der sich um alles kümmert. Glaub mir, ich habe damals oft genug auf Firmenfeiern mit den Frauen deiner Kollegen gesprochen, um das unterstreichen zu können. Sie mögen mit dir nicht drüber reden, aber sie haben dieselben Probleme. Vielleicht müssen sie nicht doppelt und härter arbeiten als du, doch die familiären Themen sind komplett dieselben, die wir hatten.«

»Danke.« Katharina lächelte. »Es tut nur manchmal so weh, es ständig zu hören. Oder im Ausland, egal ob von Frauen oder Männern, mir erklären zu lassen, wie ich nur dich mit der Kindererziehung betreuen könnte. Das gehört in die Hand einer Mutter und irgendwann …« Sie zuckte mit den Schultern. »Ein paar der Kollegen hier vor Ort haben mir dasselbe gesagt. Ich wollte ihnen allen beweisen, dass ich sowohl Vollzeitmutter sein und einen verantwortungsvollen Job erledigen kann.«

Katharina tat mir auf einmal so leid. »Dabei ist dein ausgeprägtes Selbstbewusstsein doch so groß. Du solltest über den Dingen stehen. Sie haben dieselben Probleme. Ohne ihre Frauen wären diese Männer vollkommen aufgeschmissen. Trotz Homeoffice wärst du niemals allem gerecht geworden. Die Arbeit oder Patrick, einer von beiden hätte gelitten.«

Die Tür zum Auto öffnete sich. »Seid ihr endlich fertig?« Patrick stieg aus und stemmte die Fäuste in die Taille.

Ich konnte nicht anders und lachte. »Sieh ihn dir an. Das haben wir gemeinsam hinbekommen. Alleine ist das machbar, aber ein Kampf. Ohne meine und zum Teil deine Eltern hätte ich die letzten Jahre nicht durchgestanden. Du hättest es in Zukunft auch nicht anders geschafft. Glaub mir.«

»Kommst du Papa?« Patrick sah mich mit großen Augen an. »Wir haben Mama doch schon Tschüss gesagt. Wie lange braucht ihr denn noch?«

Katharina lächelte. »Wir sind fertig, Schatz. Der Papa kommt jetzt.« Sie sah mich an. »Danke. Wir reden weiter, wenn ich zurück bin. Nun geh zu Patrick, bevor er uns noch erklärt, wie die Welt funktioniert.« Sie drehte sich um und ging zu ihrem Auto. Das Bild hatte sich zusammengesetzt. Ich konnte sie sogar verstehen und wollte die Schuldgefühle, die sie wahrscheinlich schon länger mit sich herumtrug nicht geschenkt haben. Gott sei Dank hatten wir endlich einen Schritt aufeinander zu getan. Vielleicht sogar begonnen, ein neues Fundament zu setzen. Das würde sich mit der Zeit zeigen und wie ihre endgültige Entscheidung ausfiel. Dennoch beschlich mich ein gutes Gefühl, wenn ich an die Zukunft dachte.

»Na los, ab ins Auto mit dir und anschallen.« Ich ging zu Patrick und half ihm, bevor ich mich selbst hinters Steuer setzte. »Was hältst du davon, wenn wir Karl auf der Arbeit besuchen? Das offizielle Training ist vorbei und er hat uns eingeladen, mal vorbeizukommen, damit er dir alles zeigen kann.«

»O ja.« Er klatschte vor Freude in die Hände.

Kapitel 25

Karl

ch sah beim Training der Kleinen zu, die immer am frühen Nachmittag aufs Eis gingen, statt mich um das Heimspiel morgen zu kümmern. Allerdings brauchte ich gerade die Unbeschwertheit der Kinder, die nicht darüber nachdachten, wie sie spielten, die noch keine Ahnung von Taktik oder dem Druck des Gewinnens hatten. Oder sich zum tausendsten Mal überlegten wie sie einen ihrer Spieler auf eine mögliche Medikamentensucht ansprechen sollten.

Felix hatte noch nicht wieder zu seiner alten Form zurückgefunden. Was nicht schlimm war, das kam garantiert im Laufe der Saison, er war trotzdem wichtig für das Team, schoss Tore und pushte alle voran. Doch seine gute Laune, für die er so bekannt war, fehlte öfter als mir lieb war. Heute Vormittag hatte er sich sogar mit John angelegt, als dieser ihm zeigen wollte, welcher Fehler sich in seinen Schlag eingeschlichen hatte. Das war völlig untypisch für ihn und bereitete mir Kopfzerbrechen.

Einer der Trainer pfiff und sofort hörten die Jungs und Mädchen auf zu spielen und versammelten sich um ihn. Unsere Jugendtrainer machten einen guten Job. Auf ruhige Art und Weise brachten sie den jungen Menschen vor ihnen bei, was es bedeutete, im Team zu spielen und nicht nur für sich. Vielleicht befanden sich zwei oder drei unter ihnen, die es später bis zum Profi schafften. Im nächsten Jahr konnte ich eventuell schon Patrick beobachten. Stolz richtete ich mich auf und freute mich bereits darauf.

Beim Gedanken an Patrick, zog sich mir kurz der Magen zusammen. Noch hatte ich nichts von Emil gehört, aber das Gespräch lief erst zehn Minuten. Er würde sich schon melden, wenn er so weit war.

»Hey Coach.« Felix stellte sich neben mich, bereits in seiner Freizeitkleidung. »Dein Kleiner darunter?«

Bei Felix' Frage musste ich schmunzeln. Patrick war nicht mein Sohn, aber anscheinend schien ich etwas anderes zu vermitteln. Immer öfter sprachen die Spieler von meinem Kleinen, was unglaublich schön war.

»Erstens ist er nicht mein Kleiner und nein, noch nicht.« Ich sah zu Felix hinüber. »Was ist los?« Bestimmt kam er nicht, um mich nach Patrick auszufragen. Normalerweise ließen sie mich alleine, wenn ich hier stand und die Kinder bei ihrem Training beobachtete.

»Die Schulter und meine Fehler«, druckste er herum.

»Komm auf den Punkt. Was willst du mir sagen?« Ich konnte ihn nicht direkt auf meine Vermutung ansprechen. Damals hätte ich jedem sofort widersprochen und es niemals zugegeben.

»Es tut mir leid, was vorhin im Training passiert ist.« Betreten sah er zu Boden.

»Hast du dich auch schon bei John entschuldigt?«

Er nickte.

»Gut. Solche Diskussionen schaden nicht nur dir und deiner Weiterentwicklung, sie nehmen den anderen Zeit fürs Training.«

»Ich weiß.« Felix sah wieder auf und ich war erleichtert, wie verständig er war und mir nicht widersprach. »Weißt du noch, unser Gespräch über die Medikamente? Vor Coach Smith' Zusammenbruch?«

»Jupps. Ich wollte dir wirklich nichts unterstellen.« Nun musste ich ruhig bleiben, ihn erzählen lassen und ihm nicht ins Wort fallen. Ich verschränkte die Arme vor der Brust.

Felix fummelte an einer Schraube an der Bande herum, die sich löste. »Ich weiß nicht, ob es eingebildet ist oder wirklich was nicht in Ordnung ist, aber es fühlt sich nicht mehr so sicher an, wie zuvor in meiner Schulter. Manchmal schone ich sie, weil ich der Meinung bin, da ist doch noch ein Bruch.« Er seufzte. »Ich konnte es gar nicht erwarten wieder aufs Eis zu kommen, nun habe ich Angst, ich habe es übereilt.«

»Während eines Spiels merkt man dir das nicht an.« Vor allem im Training ging er in Schonhaltung. August hatte ihn ebenfalls auf die Schonhaltung angesprochen, doch auch bei ihm hatte Felix alles abgestritten.

»Ich bin immer noch ein Eishockeyspieler. Ty hat mich allerdings gedrängt, mit dir zu sprechen.«

Guter Mann, ich musste ihm dafür danken. Doch nun konnte ich die Frage nicht mehr zurückhalten.

»Nimmst du etwas ein?«

»Nur die Ibus, die es auf Rezept gibt.«

Ich sah ihn mit meinem besten Verteidigerblick an, aber er sah mir fest in die Augen.

»Nichts Stärkeres. Du weißt genau, dass ich über Ty ohne Probleme an die stärkeren Schmerzmittel kommen würde, aber das mache ich nicht. Er würde da nicht mitspielen.«

Ich nickte, tippte mit einem Finger auf die Bande. Das beruhigte mich etwas und ich glaubte Felix. »Wir machen

Folgendes: Morgen vor dem Training fährst du ins Krankenhaus und lässt dich noch einmal eingehend untersuchen. Sollte nichts zu finden sein, kein Haarriss, keine Entzündung, nichts, wirst du wieder Doktor Lucher aufsuchen. Es könnte ein mentales Problem sein. Das war damals kein einfacher Check und du bist lange ausgefallen.«

Felix nickte. »Ich sag dem Doc Bescheid.«

»Was ist im Spiel anders, Felix?«

Er zuckte mit den Schultern. »Das Team braucht mich. Da beißt man die Zähne zusammen und spielt. Außerdem helfen die Ibus. Muss ich dir das wirklich erklären?«

Musste er nicht. Ich hatte damals mit einem noch nicht verheilten Knie weiter auf dem Eis gestanden und damit fast meine Karriere verspielt, wenn ich nicht selbst die Reißleine gezogen hätte. Aber das wusste Felix nicht. Niemand, außer Emil.

»Mach dir keine Gedanken, solltest du es nicht rechtzeitig zum Training schaffen. Sobald die Ergebnisse vorliegen, entscheide ich, ob du spielst.« Geschlagen nickte Felix. »Hey, es ist gut, dass du gekommen bist. Mir ist es auch lieber, wenn du spielst, dennoch ist die Gesundheit wichtig. Du willst doch noch einige Jahre auf dem Eis stehen, oder?«

»Schon gut, Coach.« Sein Handy piepte und er sah drauf. Dann runzelte er die Stirn, entsperrte den Bildschirm und tippte darauf herum, bis er mir Sekunden später das Display unter die Nase hielt. »Schau mal, Emil und du seid jetzt hochoffiziell ein Paar, obwohl ihr es nie öffentlich gemacht habt.« Er grinste.

Ich sah auf den Bildschirm. Auf der Seite vom *Hockey-Insider* prangte ein weiteres Bild von mir und Emil, wie wir händchenhaltend durch den Park liefen. Es musste irgendwann in den letzten Tagen gemacht worden sein, denn wir hatten beide Jacken über. Emil hielt die Leine von Felix. Patrick konnte ich nicht entdecken, wobei er immer dabei gewesen war. Immerhin respektierten sie die Privatsphäre eines Kindes. Ansonsten hätte ich ihnen eine gepfefferte Mail geschrieben und einen Anwalt auf den Hals gehetzt.

Wer ist der unbekannte Mann an der Seite des Krackersner Kraken Trainer Karl Leister?

Er hält sein Privatleben unter Verschluss, selten weiß man, ob er gerade vergeben ist oder Single. Erst vor Kurzem wurde er von einem Reporter auf ein ähnliches Foto in einem unserer Berichte angesprochen. Da verwies er wie immer auf seine Verschwiegenheit.

Doch nun erreichte uns ein deutlicheres Foto von Karl Leister händchenhaltend mit einem fremden Mann. Ist es etwas Ernstes? Ist der gut aussehende Erfolgstrainer der Kraken vergeben?

Ist der kurzfristig zum Head Coach erhobene Karl Leister (siehe Bericht Karl Leister übernimmt die Krakens) schwul wie der Spieler Felix Amsel oder bisexuell? Bisher wurde er nur in Begleitung von Frauen gesichtet, auch bei offiziellen Anlässen, doch in den letzten Jahren ist es ruhiger geworden um den Trainer, Karl Leister erschien meist nur alleine. Hat sich das nun geändert?

Er scheint seine Beziehung nicht zu verstecken und wir fragen uns: Lieber Trainer Karl Leister, wer ist der Mann an Ihrer Seite? Werden wir ihn auch zu offiziellen Anlässen zu sehen bekommen? Ist er der Grund für Ihre neu gewonnene Ruhe?

Sobald wir Neuigkeiten haben, halten wir euch beim Hockey-Insider auf dem Laufenden.

»Dieses Schundblatt. Denken die wirklich, sie bekommen Informationen von mir?«, grummelte ich vor mich hin, reichte Felix sein Handy zurück. Tatsächlich hatten Emil und ich immer noch nicht miteinander gesprochen, ob und wann wir unsere Beziehung öffentlich machen wollten. Jedes Mal schob ich es vor mir her, weil Emil definitiv zurzeit viel größere Sorgen hatte. Wobei ich mir bei Katharina in der Hinsicht keine Gedanken machte. Ihr schien es egal zu sein, mit wem Emil zusammen war, Hauptsache sie bekam Patrick.

»Du solltest ihnen vielleicht ein paar Infos zuspielen mit der Bitte um Rücksichtnahme auf eure Privatsphäre.«

Ich zog meine Augenbrauen hoch und sah Felix an.

»Seit wann bist du ein Experte für die Pressesachen?«

»Ich wurde geschult.« Er zuckte mit den Schultern. »Bestimme du das Narrativ und lass es nicht über dich bestimmen. Gib ihnen ein paar Häppchen und sie sind zufrieden.«

Ich wollte ihnen noch nicht mal einen Tropfen meiner Spucke geben, dennoch hatte Felix nicht ganz unrecht. Ich musste das dringend mit Emil besprechen. Es ging hier nicht nur um uns, sondern auch um Patrick.

»Na los, sprich mit dem Doc, damit wir deine Schulter endgültig fit bekommen.« Ich scheuchte ihn fort, wollte nur kleine Kinder beobachten, für einen Moment abschalten und mich in ihrer Unbeschwertheit verlieren. Wie gerne würde ich meine Gedanken ablegen können oder wie bei Licht mit einem Schalter an- und ausschalten.

Felix entfernte sich lachend, während ich auf die Eisfläche sah. Den Kindern wurde gerade etwas erklärt. Leider hörte ich nicht, was es war, aber sie lauschten aufmerksam, saugten förmlich jedes Wort auf, um es gleich umzusetzen.

Ich hatte keine Ahnung, wie viel Zeit vergangen war. Lange konnte das Kindertraining nicht mehr gehen, als plötzlich Emil mit Patrick neben mir auftauchte und mein Herz zum Hüpfen brachte.

»Cool«, rief Patrick aus, kletterte auf eine Bank, um besser sehen zu können. »Ich will da auch mitmachen.« So viel Sehnsucht lag in seiner Stimme.

»Vielleicht im nächsten Jahr«, sagte ich ihm. Tylers Stiftung stand und es fehlte nur noch die offizielle Zusage. Von mir wollte Emil kein Geld für Patricks Ausrüstung annehmen und ich akzeptierte es.

»Wirklich? Stimmt das Papa?«

»Ja, du wirst im Sommer nächstes Jahr hier ein Probetraining mitmachen und vielleicht jede Woche trainieren.«

Patricks Augen wurden ganz groß. »Cool«, brachte er ehrfürchtig hervor. Emil wandte sich mir zu, während ich mit mir kämpfte, ihn zu fragen, wie es gelaufen war. Konnte ich das im Beisein von Patrick machen?

»Übermorgen wissen wir Bescheid. Katharina denkt über die fünfzig fünfzig Regelung nach, nachdem Patrick sich wünscht, sowohl bei ihr als auch bei mir zu wohnen«, flüsterte Emil mir zu, als ob er meine Gedanken gelesen hatte. »Ich glaube, er verstand nicht, warum wir etwas ändern sollen, wenn er das doch schon macht.« Er war unter den Rufen der Kinder auf dem Eis kaum zu hören. Patrick hingegen sah fasziniert zu ihnen hin. Amüsiert bemerkte ich, wie er sogar manchmal die Beine hob, als würde er mit auf dem Eis stehen und laufen.

»Was sagt dein Bauchgefühl?«

In Emils Augen schimmerte Hoffnung, was mir Antwort genug war. Mehr sagte er zu dem Thema nicht. Wahrscheinlich würde er mir heute Abend alles erzählen, wenn Patrick im Bett lag, also übte ich mich in Geduld. »Hast du schon den Artikel im *Hockey-Insider* gelesen?«, fragte Emil.

»Ja. Wer auch immer das geschickt hat. Und ich bin entsetzt, dass du das noch liest.«

»Wirst du die Fragen beantworten?« Emil grinste mich an. »Wenn, füge bitte hinzu, wie sehr ich das Wort privat mag.«

Nun blickte ich ihn aus zusammengekniffenen Augen an. Dies war also unser Gespräch über den Umgang mit der Öffentlichkeit.

»Du möchtest nicht im Rampenlicht stehen?«

»Verstehe mich nicht falsch, ich würde dich jederzeit zu welcher Veranstaltung auch immer begleiten, doch ich muss mich nicht regelmäßig in den Lokalnachrichten wiederfinden und Patrick bleibt bitte komplett außen vor.«

Ich lächelte. »Genauso stelle ich mir das vor.« Rasch beugte ich mich vor und küsste Emil. »Es tut mir leid mit dem Bericht im *Hockey-Insider*. Ich wollte dich längst darauf angesprochen haben.«

»Alles gut. Du bist nicht schuld dran.« Emil legte mir eine Hand auf meine und drückte zu.

»Felix hat es auch schon gelesen. Durch ihn habe ich den Artikel überhaupt erst mitbekommen. Er meinte, ich sollte mich melden und ein kurzes Statement herausbringen.«

»Dann mach das ruhig. Schaden kann es dir nicht.« Nun umarmte er meine Taille und drückte mich an sich. »Du gut aussehender Erfolgstrainer der Kraken.« Er lachte laut, als ich das Gesicht verzog.

»Ich werde drüber nachdenken.«

Wir sahen den Kindern beim Training zu, lachten über Patricks Ausrufe, wenn er Inhalte entdeckte, die er mit Stanni geübt hatte.

»Übrigens weiß ich endlich, warum du immer erst so spät vom Training kommst. Du arbeitest gar nicht, sondern siehst anderen dabei zu, wie sie ihren Job machen.« Er boxte mir sanft in die Seite.

»Hin und wieder absolviere ich auch in Ruhe einige Einheiten im Kraftraum, um einen klaren Kopf zu bekommen«, erwiderte ich schmunzelnd.

»Das würde ich jetzt auch behaupten. Im Grunde willst du doch nur die …«

Weiter ließ ich ihn nicht reden, sondern drückte ihm einen Kuss auf die perfekten Lippen, die so gut zu meinen passten.

»Komm, ich zeig euch das Trainingszentrum. Vielleicht ist Felix noch da, dann kann Patrick mit ihm reden.«

Kapitel 26

Emil

»Sie hat zugesagt!«, rief ich Karl zu und sprang vom Stuhl auf. Müde kam er in die Küche geschlappt. Brummte leise etwas, das ich nicht verstand. Ein großer Bär, der nur in Boxershorts und einem T-Shirt bekleidet war.

Vor einer halben Stunde hatte Katharina mich angerufen und seitdem saß ich auf heißen Kohlen. So schnell ich konnte, war ich nach Feierabend nach Hause gefahren. Karl lag da leider immer noch im Bett und genoss seinen Spielnap.

Nun reckte er sich, gähnte ausgiebig, beugte sich zu mir und gab mir einen Kuss.

»Bist du aufnahmefähig?«, fragte ich und lachte.

»Ja.« Er grinste mir zu. »Patrick wird also in Zukunft eine Woche bei dir und eine Woche bei ihr wohnen?«

»Genau.« Ich schlang meine Arme um seine Taille.

»Gott sei Dank.« Ein weiterer Kuss, der ein wohliges Kribbeln durch meinen Körper schickte. »Hast du auch einen Kaffee für mich?« Er deutete auf die Tasse, die ich mir in der Wartezeit gegönnt hatte.

»In der Kanne drüben.«

Karl ließ mich los, holte sich eine Tasse aus dem Schrank und goss sich den Kaffee ein.

»Wie geht's weiter?«

»Ihr Anwalt reicht am Montag alles ein und sobald die Entscheidung des Richters oder der Richterin da ist, wird Patrick abwechselnd bei uns wohnen.«

Karl lehnte sich gegen die Arbeitsplatte, trank einen Schluck.

»Am Montag gehen wir feiern. Patrick du und ich. Bruni und Hinrich freuen sich bestimmt, uns wieder zu sehen.«

Ich lächelte. »Sie werden sich wundern, wie oft du in letzter Zeit dort auftauchst.«

»Und sich bei dir bedanken, weil sie es dir zuschreiben werden.«

»Die Schuld nehme ich gerne auf mich.« Ich stand auf, stellte mich direkt vor Karl und küsste ihn, schmeckte den Kaffee auf seinen Lippen und vertiefte den Kuss. Leise klirrte die Tasse, als sie auf der Arbeitsplatte abgestellt wurde.

Karl zog mich näher an sich, schob seine Hände in meine Locken. In seiner Hose regte es sich, doch ich stand ihm in nichts nach. Hitze stieg in mir auf, Verlangen nach ihm, das nie kleiner, nur größer wurde, je länger wir uns kannten. Wenn er nicht gleich los zur Arena müsste, würde ich ihn ins Schlafzimmer ziehen.

Atemlos löste ich mich von ihm. »Shit, falsche Zeit.«

»Wollt ihr bei mir einziehen?«

Wir sprachen gleichzeitig, trotzdem verstand ich seine Frage und starrte ihn an. Mein Herz stolperte, bevor er es rasend schnell seine Arbeit weitermachte.

»Was hast du gesagt?« Ich griff nach seinen Unterarmen und zog seine Hände aus meinen Haaren. Dabei blieb er an einem Knoten hängen und es ziepte heftig an meiner Kopfhaut. »Au!« Genervt fuhr ich mir über den Kopf. »Ich schneide sie ab.«

»Nein, bloß nicht!« Karl griff nach meinen Händen und hielt sie auf meinem Kopf fest. »Ich liebe sie.« Mit meinen Händen strich er über meine Locken.

»Karl, hast du mich gerade gefragt, ob ich bei dir einziehen will?«, wiederholte ich und hielt den Atem an.

»Ja, du und Patrick. Zieht bei mir ein. Ich bin meistens doch sowieso hier. Wenn wir bei mir wohnen würden, hätten wir mehr Platz, Patrick und Felix zusätzlich noch den Garten und mit den Kindern in der Nachbarschaft hat er sich auch gut verstanden.« Ich entließ die angestaute Luft aus meinen Lungen. Er meinte es ernst. »Was sagst du? Wenn du drüber nachdenken musst, ist das vollkommen in Ordnung. Aber Patrick hätte ein größeres Zimmer. Wir könnten das komplette Haus renovieren und gemeinsam neu einrichten, damit es nicht nur meines, sondern unseres wird.« Er blickte zur Uhr, dann wieder zu mir. Ich ging ein paar unsichere Schritte zurück, bis ich gegen den Tisch stieß, zur Seite trat und nach einem Stuhl griff, auf den ich mich setzen konnte.

»Aber … wie …? Das ist viel zu früh. Wir sind erst – wie lange – knapp sechs Monate zusammen.«

Er zuckte mit den Schultern. »Gibt es etwa eine Ab-wann-man-zusammenziehen-darf-Regel? Wer sagt, dass es zu früh ist? Das ist doch etwas, das ganz allein wir entscheiden.« Er kam auf mich zu, hockte sich vor mich und umfasste meine Knie. Die Wärme seiner Hände drang durch den Stoff. »Ich liebe dich und will mit dir zusammen sein ohne dieses ständige zu dir oder zu mir und das Klamotten hin und her kutschieren. Weshalb es hinauszögern? Es sei denn, du bist noch nicht so weit.«

Ich biss mir auf die Lippen, legte meine Hände auf seine. Sein Blick saugte sich an meinem fest. Wärme, Zuversicht und ganz viel Liebe lagen darin. Alles in mir schrie danach, sofort Ja zu sagen, mir ging es ebenso wie ihm. Ich wollte jede noch so rare und freie Minute mit ihm verbringen, doch eine innere Schranke hielt mich zurück.

»Das ist nicht das Problem«, begann ich vorsichtig und senkte den Blick.

»Was dann?« Karls Daumen strich über mein Knie. Er wirkte, als hätte er alle Zeit der Welt, dabei musste er in spätestens zehn Minuten losfahren und war noch nicht mal angezogen.

Ich schluckte. »So ein Haus ist viel teurer als eine Wohnung. Wie soll ich die Hälfte dazu beisteuern? Ich verdiene nicht schlecht, aber trotzdem rinnt mir das Geld nur so durch die Finger. Ich habe zwar Rücklagen, die sind jedoch für ein neues Auto, sobald das alte endgültig den Geist aufgibt oder mein Mechaniker sich weigert, weiter an ihm zu schrauben.«

»Zu zweit sind die Kosten viel geringer. Mach dir darüber keine Sorgen. Überleg doch mal, du müsstest keine Einkäufe mehr vier Etagen nach oben schleppen, Patrick und Felix haben einen kleinen Garten, in dem sie toben können und in der Nachbarschaft gibt es Kinder, mit denen Patrick spielen könnte.« Dieselben Argumente wie eben erneut zu hören, hätten mich fast sofort Ja schreien lassen, ich konnte jedoch nicht. Wieder warf er der Uhr einen Blick zu und gab einen unwilligen Laut von sich.

»Sollten wir zusammenziehen, will ich wenigstens die Hälfte der Raten und Nebenkosten hinzugeben. Ansonsten käme ich mir wie ein Schmarotzer vor, der auf Kosten seines Freundes lebt und sich ein tolles Leben macht.«

Karl runzelte die Stirn. »Welche Raten?«

»Na für den Hauskredit. Du wohnst doch erst seit sechs Jahren dort.«

Sein Gesicht hellte sich auf und er lächelte. »Es gibt keinen Kredit. Du hast anscheinend meine Jahre in der NHL vergessen. Das hat sich in meinem Geldbeutel niedergeschlagen. Wenn man nicht alles ausgibt und bescheiden bleibt, das Geld geschickt anlegt, vermehrt es sich. Es ist alles abbezahlt.« Er erhob sich, bis sich sein Gesicht direkt vor meinem befand. Unsere Nasenspitzen berührten sich, sein Atem streifte meine Haut wie eine sanfte Brise. »Außerdem würdest du nie schmarotzen.« Er küsste mich, stand dann ganz auf und verließ die Küche. »Ich gebe dir mehr mit zum Nachdenken.«

Ich lief ihm hinterher ins Bad, in dem er sich auszog, um gleich in seinen Anzug zu schlüpfen. Ich lehnte mich gegen den Türrahmen, bewunderte wieder einmal diesen immer noch durchtrainierten Körper. Auch wenn ich den Menschen Karl sehr zu schätzen gelernt hatte, mochte ich sein Aussehen ebenso gerne.

»Wir legen ein gemeinsames Konto an. Du kannst dieselbe Summe darauf überweisen, die du jetzt für Miete und Nebenkosten zahlst und ich packe genauso viel dazu. Von dem Geld bezahlen wir Strom, Reparaturen, Steuern, Versicherungen, Lebensmittel, alles, was so anfällt.« Er zog ein weißes T-Shirt an und ein grünes Hemd darüber. Knöpfte es zu, während er mich fragend anblickte.

Ich räusperte mich. Konnte ich damit leben? Finanziell prallten Welten bei uns beiden aufeinander. Ich schämte mich nicht dafür, jeden Cent dreimal umzudrehen, doch im Gegensatz zu Karl war mir mein geringer Spielraum sehr unangenehm. Zudem war noch immer nicht die Frage aus meinem Hinterstübchen verschwunden, wann es ihm mit mir zu langweilig wurde. Alleine die Vorstellung, dann nach einer neuen Wohnung suchen zu müssen …

»Ich werde drüber nachdenken«, antwortete ich nur.

»Das ist alles, was ich möchte.« Er zog sich die Hose an, schloss sie. Plötzlich lachte er laut.

»Was?«, fragte ich, sah mit einem unsicheren Lächeln zu ihm.

»Du siehst aus, als ob ich gerade das Schlimmste auf der ganzen Welt mache. Mit jedem Kleidungsstück wurde deine Miene trauriger.«

Ich stimmte in sein Lachen mit ein. »Ist so. Du versteckst deinen wunderschönen Körper. Wobei der Anzug dir auch außerordentlich gut steht.«

»Du bist manchmal so was von oberflächlich.« Er kam zu mir und küsste mich, griff sich danach die Krawatte und band sie sich um.

»Ist das eine irische?«, fragte ich, als er zu meiner Freude wieder die Nadel anlegte, die ich ihm zu seinem ersten Spiel als Interims Head Coach geschenkt hatte. Die Krawatte war dunkelgrün mit hellgrünen Kleeblättchen drauf.

»Die habe ich mir für den St. Patricks Day in Amerika gekauft. Dort werden solche Tage groß gefeiert.« Er sah an sich hinab, schien gedanklich zu einer Zeit zu wandern, in der ich für ihn noch keine Rolle gespielt hatte. Wie gerne hätte ich ihn damals bereits gekannt. Aber wahrscheinlich hätte mein kleines Fanboy Herz damit nicht umgehen können und ich wäre jedes Mal verstummt, wenn er vor mir gestanden hätte. Manchmal ist es jetzt noch so unglaublich für mich, dass der große Karl Leister sich in mich verliebt hatte.

»Fanboyst du gerade?« Er tippte mir gegen die Brust, grinste dabei breit.

»Fast. Ich hab mir ausgemalt, wie ich damals auf dich reagiert hätte. Du warst Anfang bis Mitte zwanzig, ich noch völlig verpickelt. Du hättest mir nicht einmal einen Blick gegönnt.«

Karl strich mir mit beiden Händen am Kopf entlang.

»Wie könnte ich dich nicht bemerkt haben?« Mit den Daumen streichelte er über meine Wangen, schickte Wellen von Wärme und wohligem Prickeln durch meinen Körper. »Pickel hin oder her, jeder Mensch hat eine Ausstrahlung. Sie mag damals noch nicht so stark wie heute gewesen sein, aber sie wäre mir bestimmt aufgefallen.«

Ich ließ ihm diese Meinung und statt einer Erwiderung küsste ich ihn. Im Flur ging sein Handywecker los. Dies war der letzte Warnschuss. Wenn er jetzt nicht losfuhr, kam er zu spät.

»Wir sehen uns nach dem Spiel, mein Lieber. Bring Patrick mit in die Kabine. Eure Namen sind hinterlegt.« Ich ließ ihn vorbei, er sammelte sein Portemonnaie, Schlüssel und Handy ein, hielt noch einmal bei mir und drückte mir einen schnellen Kuss auf die Lippen. »Ich liebe dich. Denk drüber nach.«

»Jaha«, antwortete ich in bester Patrick Manier, was Karl nur wieder zum Lachen brachte. »Bis später.« Ich hatte mir abgewöhnt, ihm viel Glück oder ein gutes Spiel zu wünschen. Jedes Mal zuckte er zusammen. Da sollte er noch einmal behaupten, nicht abergläubisch zu sein.

Die Tür schloss sich hinter ihm. Seufzend ging ich in die Küche zurück, nahm seine Tasse mit dem mittlerweile kalten Kaffee, holte mir Vanilleeis aus dem Eisfach und ließ zwei Kugeln sachte hinein rutschen. Mit dem improvisierten Eiskaffee setzte ich mich wieder an den Tisch.

Gleich musste ich Patrick bei meinen Eltern abholen, die ihn nach der Schule wie immer zu sich geholt hatten, damit wir rechtzeitig zum Aufwärmen der Spieler in der Arena ankamen. Er wollte ihnen unbedingt dabei zusehen. Dass wir von Karl Karten für die VIP-Lounge erhalten hatten, machte das Ganze noch eindrucksvoller für ihn. Beim letzten Mal stand er staunend vor dem Buffet, was die Frauen und Freundinnen der Spieler zum Schmunzeln gebracht hatte. Vor allem freute er sich auf Stannis Kinder. Sie hatten sich miteinander angefreundet.

Karls Frage geisterte mir im Kopf herum, als ich an meinem Eiskaffee nippte. Er klang so überzeugt von uns, so sicher, wie bei den letzten Siegen der Mannschaft, die sie ohne zu zögern gewonnen hatten. Und genauso verhielt er sich, was das Zusammenziehen anging. Wahrscheinlich wäre Patrick hellauf begeistert, ein neues Zimmer nach seinem Gusto einrichten zu können.

Aber was, wenn wir es doch nicht schafften? Wenn Karl eines Morgens aufwachte und feststellte, ich wäre der langweiligste Mensch auf der Welt. Wo sollte ich so schnell mit Patrick hin?

Ich löffelte automatisch das Vanilleeis aus dem Becher und schaute erstaunt auf den Löffel, als sich nur noch Kaffee darauf befand.

Mein Blick wanderte zum Kühlschrank und fiel auf einen Spruch von Wayne Gretzky, dem größten Eishockeyspieler aller Zeiten. »Du verfehlst 100 % der Torschüsse, die du nicht machst.«

In einem Anflug von Neujahrsstimmung und guten Vorsätzen hatte ich mir den vor drei Jahren an den Kühlschrank gehängt. Ich hatte für mich die Bedeutung so weit abgeändert, dass ich endlich mutiger sein und mehr Risiken eingehen wollte, wenn sie sich boten und nicht nur auf Sicherheit zu gehen. Dazu gehörte damals auch, wieder auszugehen und One-Night-Stands auszuprobieren.

Mit Karl bot sich mir die Chance erneut auf ein Familienleben mit einem Partner an der Seite.

»Ach, Mist, warum kann ich nicht einfach Ja sagen?«

»Sag mal, Kumpel, was würdest du davon halten, wenn wir bei Karl einziehen?«, fragte ich, nachdem ich Patrick abgeholt hatte und er auf dem Weg in die Arena für zwei Minuten still war. Sein Feuer mir zu erzählen, was er alles in der Schule gemacht hatte, war verschossen.

»Mit Felix oder bleibt der für immer bei Oma und Opa?«

»Felix schläft nur heute bei Oma und Opa, weil wir spät nach Hause kommen. Weißt du noch, was er beim letzten Mal gemacht hat?«

Patrick kicherte. Felix hatte unser Sofa als den besten Platz erkoren, um unsere Pantoffeln zu zerkauen. Wie er sie überhaupt darauf bekommen hatte, blieb für immer das Geheimnis dieses kleinen Hundes.

»Das ist cool! Ich könnte Eishockey mit Karl im Garten spielen und wir könnten jeden Abend grillen.«

Somit wären die Prioritäten für meinen Sohn festgelegt.

»Wohnen wir dann für immer dort?«

»Das will ich hoffen.«

»Wann machen wir das?« Er zog aufgeregt an seinem Gurt.

»Ich weiß es noch nicht. Im Moment überlege ich nur.«

»Papa, lass uns bei Karl wohnen. Bitte, bitte, bitte.«

Ich schmunzelte, bog ins Parkhaus der Arena ein und fuhr der Reihe an Autos im Schritttempo hinterher. Menschen liefen zwischen den Fahrzeugen in Trikots der Kraken oder der Wanheimer Tigers hindurch.

»Wir haben ein ganzes Haus bei Karl«, schob Patrick hinterher. Ich beobachtete meinen aufgeregten Jungen im Rückspiegel.

»Das Haus gehört Karl, nicht uns.«

»Wenn wir da wohnen, gehört es uns allen«, sagte er mit solch einer Gewissheit, die nur Kindern innewohnte.

Kinderlogik. Warum verloren wir sie mit der Zeit? Wieso machten wir Erwachsenen immer ein großes Drama aus allem?

Vielleicht sollte ich das Tor schießen, Karls Vorschlag bezüglich der Finanzen annehmen und schauen, wie es sich entwickelte. Ich seufzte leise, während ich weiter voran kroch mit dem Auto. Patrick zählte derweil hinter mir auf, was er alles machen könnte, wenn wir zu Karl zogen. Wie gut es Felix gefallen würde, mit ihm und den anderen Kindern zu toben. Mit Karl und vielen anderen könnte er auf Inlineskates auf der Straße Eishockey spielen. Für ihn war bereits alles in Stein gemeißelt. Ich musste mich nur noch trauen.

Endlich fand ich einen Parkplatz. Ich drehte mich zu Patrick um. »Kannst du das noch für dich behalten und niemandem sagen heute Abend? Es ist nicht klar, ob wir zu Karl ziehen.«

Patrick biss sich auf die Lippe. »Ich versuche es.«

Ich lächelte ihn an. »Danke dir.« Es war schon viel verlangt von ihm, nicht darüber zu sprechen. Vielleicht klappte es, trotz seiner unbändigen Freude.

Wir gingen in die Lounge und waren nicht die ersten. Stannis Kinder vergnügten sich am Buffet und Patrick gesellte sich strahlend zu ihnen.

Ich selbst wurde von den Frauen oder Freundinnen, Stannis Mutter, die zurzeit die Kinder hütete, begrüßt. Merkwürdigerweise musste ich mich jetzt an die Firmenfeiern von

Katharina zurückerinnern. Auch dort war ich immer der einzige Mann unter all den Frauen. Hier war wenigstens noch Tyler, der allerdings heute bei seinen Freunden auf seinem Dauerplatz saß. Einige andere wichtige Männer aus dem Verein waren ebenso hier, schenkten mir allerdings nicht mehr als ein Hallo, dazu waren sie zu sehr auf ihre Aufgaben konzentriert. Trotzdem fühlte es sich anders an, als in der Firma bei Katharina. Viel familiärer. Ich wurde nicht merkwürdig gemustert, sondern gehörte dazu. Vom ersten Moment an.

Lächelnd setzte ich mich, tauschte mich mit den Müttern über Erziehungstipps und die Schule aus und wartete auf den Beginn des Spiels.

Kapitel 27

Karl

Wir versammelten uns nach dem warm machen wieder in der Umkleidekabine. Die Gesänge und Rufe aus der Arena verfolgten uns bis hierher. Ich wiederholte in Kurzform unsere heutige Taktik, zeigte auf die Plus-Minus-Statistik der Wanheimer Stürmer und nannte die Namen, auf die sie besonders Acht geben mussten. Jeder wusste spätestens jetzt, worin sein Job am heutigen Abend bestand.

»Hört ihr das?«, fragte Geller laut über die Geräusche und das Stimmengewirr hinweg, nachdem ich geendet hatte. Es wurde erneut ruhig. Alle lauschten. Die Trommeln schallten zu uns hinüber, ansonsten konnten wir nichts Genaues ausmachen. »Das ist unseretwegen. Das haben wir uns erarbeitet.« Zustimmendes Nicken in der Kabine.

»Dann lasst uns da gleich rausgehen und gewinnen«, übernahm Glücksbärchi. »Wir hauen die Tigers in die Pfanne. Dieses Jahr gewinnen wir alle Derbys.« Mit jedem Wort wurde er lauter und als er endete, erntete er Zustimmung. Alle klopften mit ihren Stöckern auf den Boden.

Ich beobachtete es stolz. Der Zusammenhalt in diesem Jahr war noch mal etwas Besonderes. Felix schien sich zudem endlich seiner Schulter sicher zu sein. Die Termine mit Doktor Lucher fruchteten. Er hatte nur neues Vertrauen gebraucht.

»Gut, ihr wisst, was ihr zu tun habt. Anatoli, du sicherst nach hinten ab. Konny, zieh einfach dein Ding durch.« Ich wandte mich dem jungen Martin zu, der heute zum ersten Mal eine Reihe nach vorne gerückt war, was er mit einem Strahlen aufgenommen hatte. »Wenn du so spielst wie die letzten Male, wirst du eine starke Leistung abliefern.«

»Konny, falls du den dritten Schutout in Folge schaffst, bekommst du heute den Hut!«, rief Anton. Wieder laute Jubelrufe.

»Hey, ich will den auch endlich mal haben«, mischte sich Felix ein. Stanni neben ihm lachte.

»Ach Glücksbärchi, du bist echt scharf drauf«, sagte er und boxte gegen seinen Oberarm.

»Ja, das ist ein richtig geiler Hut. Irgendwann sehen die Fans mich damit draußen. Ich werde wieder der beste Spieler hier.«

»Ich sag dir was: Sollte ich heute einen erneuten Shutout schaffen und dadurch den Hut bekommen, trete ich ihn freiwillig an dich ab, wenn du einen Hattrick erzielst«, mischte sich Konny ein. »Und damit meine ich keinen Gordie Howe Hattrick, sondern drei Tore.«

Ihr Hunger aufs Siegen war nicht erloschen, genauso wie sie nicht übermütig geworden waren. Jederzeit konnte unsere Siegesserie reißen, dessen waren sie sich alle bewusst. Man musste morgens nur mit dem falschen Fuß aufstehen, schon war alles vorbei. Die Jungs blieben allerdings fokussiert und nahmen jedes Spiel ernst. Meine Angst, sie könnten übermütig und großkotzig werden, schwand mit jedem Tag. Vor allem, wenn sie sich gegenseitig, so wie jetzt zu Höchstleistungen anstachelten.

»Deal.« Felix ging zu Konny und sie schüttelten sich die Hände, was mit zustimmenden Yeah Rufen und Stöckeklopfen begleitet wurde.

»Wie ich sehe, hast du alles im Griff«, ertönte in dem Moment eine mir wohlbekannte Stimme. In der Umkleidekabine wurde es schlagartig ruhig und alle drehten sich zu dem Mann in der Tür um. Mir wurde warm ums Herz, ihn hier zu sehen, wieder mit rosiger Gesichtsfarbe und nicht mehr so leichenblass in einem Krankenhausbett.

Fast gleichzeitig setzten alle zur Begrüßung von Coach Smith ein. Geller ging auf ihn zu und umarmte ihn. Etwas, das sich bisher keiner bei Coach Smith getraut hatte.

»Haben sie Sie doch noch entlassen?«, fragte er, als er den völlig erstaunten Coach wieder losließ. Ich ging auf ihn zu.

»Allerdings. Ich glaube, ich wurde ihnen zu ungemütlich, habe zu viel Besuch bekommen, mit dem ich stundenlang geredet habe.«

»Hallo Coach.« Wie Geller drückte ich ihn an mich. Ergeben ließ er es zu. »Gib es zu, du hast die Ärzte auf Trab gebracht und jeden trainiert.«

Coach Smith lachte. »Das wird es sein.«

Jeder der anderen Jungs kam auf ihn zu, sie reihten sich brav ein, um alle ein paar Worte mit ihm zu wechseln. Selbst die neuen Spieler, die ihn noch nicht so gut kannten. Wie Bienen umschwirrten sie ihn.

Die Luft surrte vor Freude und positiver Spannung, die sich hoffentlich gleich auf dem Eis entlud. Das plötzliche Auftauchen von Coach Smith schien den Spielern noch mehr Energie zu verleihen. Er lag nicht mehr im Krankenhausbett und hatte wieder Farbe im Gesicht. Die Jungs wirkten auf mich wie gespannte Pfeile in einem Bogen, die nur darauf warteten, losgelassen zu werden.

»Okay Männer, das reicht.« Ich klatschte in die Hände. »Wir haben noch zehn Minuten. Bereitet euch endgültig auf das Spiel vor!«, rief ich über die Köpfe hinweg.

»Ich werde mich dann mal zu den Spielerfrauen und Männern begeben. Spielt mir bloß anständig.« Coach Smith hielt seinen Zeigefinger mahnend erhoben. Für einen kurzen Moment blitzte der Coach durch, den wir alle kannten, streng aber gerecht. »Ich lass dich mal machen. Du lieferst hier einen fantastischen Job ab.« Er klopfte mir abschließend auf den Oberarm, während die Spieler sich zurückzogen.

Konny und Juli setzten sich in ihre Ecke, Juli hielt seinen Teddy fest mit beiden Händen. Anton überprüfte zum x-ten Mal das Tape an seinem Schläger, drückte einige imaginäre Blasen raus und Felix band seine Schlittschuhe neu. Es wurde ruhig in der Kabine, jeder ging in sich.

»Packen wirs!«, rief Geller, kurz bevor wir raus mussten. Wie immer wurden ihre Namen ausgerufen. »Lasst uns den Tigers das Eis um die Ohren spritzen. Sie werden ebenso wie wir kämpfen. Aber wir werden gewinnen. So wie die letzten Male auch. Bleibt ruhig, lasst euch nicht von ihnen in unwichtige Zweikämpfe verwickeln. Glücksbärchi, bleib bloß dem Kanadier fern.«

Dass wir kein weiteres Mal eine gebrochene Schulter brauchten, verschluckte Geller. Die Spiele gegen die Wanheimer Tigers waren immer schwere, ganz egal, auf welchem Tabellenplatz sich einer von uns befand. In diesen Derbys ging es einzig um das Prestige und die Ehre, die Punkte waren zweitrangig.

»Auf geht's Kraken!«, rief Anton, stand auf und reckte seine Faust in die Mitte des Raumes. Jeder erhob sich und tat es ihm gleich. Dann verließen sie nacheinander die Kabine, angeführt von Anton. Als Letztes ging Geller nach draußen. Ich nickte den anderen Trainern zu, und wir folgten den Spielern, setzten uns auf die Bank. Wie immer kribbelte es im ganzen Körper und zugleich zog sich mein Magen zusammen. Hatte ich ihnen die richtige Taktik mit auf den Weg gegeben? Waren sie gut von mir vorbereitet worden?

Ich fasste an die Krawattennadel, sah die Ränge entlang. Diese Arena war ein einziger Hexenkessel. Die Wanheimer und Krakener Fans riefen sich keine Beleidigungen zu, trotzdem war unter ihnen eine kämpferische Aggressivität zu spüren. Die Arena vibrierte, war elektrisch aufgeladen und ein Funke genügte, um die Energie freizusetzen und sie zum Explodieren zu bringen.

Fangesänge wurden sich entgegen geschmettert, wobei die unserer Fans die der Tigers bei weitem an Lautstärke überstiegen. Trommeln untermalten alles. Hinter mir in den Rängen bei den VIP-Logen saßen Emil und Patrick, bekamen schon jetzt ein Spektakel geboten.

Ich schloss die Augen, sah mich als Spieler auf dem Eis, umgeben von diesem Hexenkessel, der mich mehr als einmal angespornt hatte. Als Spieler hatte ich eine positive Bilanz gegen die Tigers, das wollte ich als Trainer auch schaffen. Bisher war sie ausgeglichen. Das würde sich hoffentlich heute ändern.

Das Licht wurde abgedunkelt und unsere Hymne wurde abgespielt. Ein lauter Chor und jede Menge Handylichter begleiteten sie. So oft hatte ich das schon erlebt und trotzdem überzog mich jedes Mal Gänsehaut. Spätestens jetzt vermisste ich für ein paar Minuten die Zeit als Spieler und bedauerte, nicht mehr mit den Jungs einlaufen zu können.

Der Arenasprecher begann bei den letzten Takten erneut die Spielernamen zu rufen. Auf dem großen Videowürfel erschienen ihre Konterfeis. Alles endete mit einem Feuerwerk beim Eingang aufs Eis. Meine Jungs betraten die Eisfläche, drehten unter lautem Jubel der Fans ein paar Runden und stellten sich in der Mitte im Kreis auf. Mit einem letzten Knall ging das Licht wieder an und die Jungs stoben auseinander.

Dann startete das Spiel endlich. Der erste Bully. Sofort verflog wie immer jede Aufregung und ich war in meinem Element.

Es wurde zu einem intensiven Spiel, genau das, was ich erwartet hatte. Im Gegensatz zu sonst, stand ich nicht ruhig hinter den Spielern, sondern wurde mitgerissen und konnte mich nicht zurückhalten. Selbst die Jungs auf der Bank gingen mit, als ob sie auf dem Eis stünden.

Es war ein raues Spiel, viele Checks in die Bande, Stanni lieferte sich einen Kampf, der Schweiß rann jedem in Bächen hinunter und bereits zur Hälfte des zweiten Drittels wirkten beide Seiten erschöpft.

In der Arena herrschte eine unglaubliche Lautstärke, jede Fangruppe versuchte die andere zu übertrumpfen, ihre Mannschaft anzufeuern, die Trommeln wurden mit jedem Schlag lauter. Das erschwerte uns Teams die Kommunikation miteinander.

»Ibrahim, ihr seid dran.« Ich tippte den jeweiligen Spielern auf die Schulter. August beugte sich zu ihm hinunter, gab ihm noch ein paar Hinweise mit auf den Weg. Bisher hatten beide Goalies alle Schüsse auf ihr Tor gehalten.

John redete mit Anatoli und David, die gerade auf die Bank gekommen waren. Beide schütteten sich das Wasser ins Gesicht, bevor sie etwas tranken. Beide würden morgen mit blauen Flecken übersät sein, sie blockten Pucks, gingen in jeden Kampf, dem sie nicht entfliehen konnten. Genauso wie Poggi und Scotsman. Fieberhaft überlegte ich, wie wir bei den Tigers durchbrechen konnten.

Während der zweiten Pause war es still in der Kabine. Es stand noch immer zu null auf beiden Seiten. Alle japsten nach Luft. Auf dem Boden herrschte Chaos, kleine Wasserstraßen zierten ihn, Taperollen lagen herum. Manni, unser guter Engel, versuchte Ordnung hinein zu bringen, verteilte Getränke, ging mit den Tellern, auf denen kleine Apfelstücke, Bananen oder Tuben mit Energie-Gel lagen, herum.

»Nur noch einmal zwanzig Minuten. Wir sind näher am Sieg als sie«, sagte ich in die Stille. Ich wusste genau, wie sie sich fühlten, was in ihnen vorging. Es war unendlich frustrierend, immer wieder auf das Tor anzurennen und keinen Puck zu versenken. »Bleibt ruhig, spielt unser Spiel, seid den Schritt schneller als sie und lasst die aufkochende Frustration nicht zu.« Ich drehte mich in der Kabine. »Olli, ihr fangt gleich an, mit Anatoli und David in der Verteidigung.«

Ich wollte Geller, Glücksbärchi und Stanni noch etwas mehr Pause zum Durchschnaufen gönnen. Sie waren die Akteure mit der bisher meisten Eiszeit und es war ihnen anzusehen. »Konny, guter Job bis hierher. Haltet weiterhin die Sicht für ihn frei«, wandte ich mich jetzt an die Verteidiger, die zustimmend nickten, während sie tranken oder aßen. Poggi blickte grimmig drein wie immer.

»Versucht, einen abgefälschten Schuss ins Tor zu bekommen. Wir haben das geübt. Ihr könnt das und denkt daran, Kaplans schwache Seite ist die Handschuhhand. Er ist meist ein oder zwei Sekunden zu langsam. Hoch und abgefälscht.« Ich sah auf die Uhr, die Zeit tickte viel zu schnell herunter.

Geller stand auf. »Na los Krakens, holen wir uns den nächsten Sieg.« Die Spieler klopften mit den Stöcken auf den Boden, motivierten sich gegenseitig.

Danach ging es für das letzte Drittel nach draußen, das ebenso intensiv weiterging, wie die beiden vorher. Keine Mannschaft wollte nur einen Zentimeter abtreten.

Dann fanden auf einmal Ibrahim mit seinen Wingern Martin und Rafe eine Lücke. Sie stürmten auf das gegnerische Tor zu, unsere Verteidiger folgten. Der Goalie blickte ihnen cool entgegen, die Defense der Tigers kam nicht hinterher. Was für eine Möglichkeit!

Ibrahim, Martin und Rafe passten den Puck schnell zwischen sich hin und her, bis Rafe die Scheibe behielt. Er täuschte an, während Martin sich absetzte und Ibrahim sich für Rafe anbot. Ohne hinzusehen passte Rafe den Puck zu Martin. Die Gegner hatten meine Spieler fast erreicht.

Martin zögerte nicht, er holte aus und mit einem toll platzierten Schlagschuss haute er den Puck Richtung Tor. Der segelte an dem überraschten Goalie über die Schulter ins Netz.

Die Torsirene erscholl und sofort rissen wir alle die Arme empor und schrien die Erleichterung heraus. Keiner saß mehr. Auf dem Eis lagen sich die fünf in den Armen. Sogar Konny fuhr jubelnd eine Runde um sein Tor.

Die Arena explodierte, die Fans grölten, jubelten laut und unsere Torhymne erklang schallend aus den Lautsprechern. Unser Arenasprecher rief den Torschützen aus.

Ibrahim, Martin und die anderen kamen bei uns vorbei, klatschten alle ab. Ich hielt Martin am Helm fest, drückte ihm vor lauter Übermut einen Kuss darauf.

»Gut gemacht«, rief ich und grinste.

Leichter wurde es allerdings nicht. Nun drängten die Tigers erst recht auf unser Tor, wollten unbedingt den Ausgleich. Ich lief auf und ab, besprach mich mit den Spielern, wie sie reagieren sollten. Mit jeder verstreichenden Minute wurden die Gegner hektischer, passierten ihnen mehr Fehler, was uns zugutekam.

Immer öfter blickte ich auf die Uhr. Es waren nur noch fünf Minuten zu spielen. Eine lange Zeitspanne im Eishockey. Tore konnten im Sekundentakt fallen, zudem schlich die Uhr dahin.

Konny hielt alles, was an Pucks auf ihn geschossen wurde. Manche waren unheimlich knapp, hin und wieder hatten wir Glück, dass ein Rebound um Zentimeter danebenging.

Dann kam der Abpfiff. Wie ein Vulkan explodierten die Männer vor mir, sprangen über die Bande und liefen zu ihren Teamkollegen. So müde und erschöpft sie waren, der Schlusspfiff trieb neues Adrenalin durch ihre Adern.

August, John und Freddie umarmten sich, mich, alle. Die Krakens waren weiterhin ungeschlagen in dieser Saison. Das achte Spiel in Folge. Mein Herz raste, ich kam mir vor, als hätte ich bereits den Pokal gewonnen, dabei lagen noch so viele Spiele vor uns.

Ich sank auf die Bank, meine Hände zitterten. Dieses Spiel war das bisher schwierigste für mich als Head Coach. Den Gedanken daran, wann wir das Erste verlieren würden, verbot ich mir. Stattdessen schloss ich die Augen, genoss die ausgelassene Stimmung in der Arena. Ein ohrenbetäubender Krach herrschte hier. Wir hatten die Wanheimer Tigers geschlagen.

»Tolles Spiel, ihr hättet es aber gerne auch weniger aufregend machen können«, rief Gerald über den Lärm und klopfte mir begeistert auf die Schulter. Wenn er so weitermachte, bekam ich dort einen blauen Fleck. Ich öffnete die Augen, sah auf die Eisfläche. Martin wurde von den Spielern und Fans gefeiert. Für mich stand auf jeden Fall fest, wer den Hut heute auf den Kopf gesetzt bekam.

Die Tigers verließen das Eis, ließen uns feiern.

»Glaub mir, ich hätte es gerne leichter gehabt. Aber so kann man den Sieg viel besser genießen.« Ich grinste Gerald an, der nur die Augen verdrehte und sich den anderen Trainern zuwandte und ihnen die Hand schüttelte. Stefan klopfte mir ebenfalls auf die Schulter.

Ich sah die Tribüne hinauf. Wie es wohl Coach Smith während des Spiels ergangen war? Hoffentlich war er nicht nah an einem zweiten Herzinfarkt.

Die Jungs kamen zurück und gemeinsam gingen wir in die Umkleidekabine. Anatoli drehte seine russische Volksmusik auf volle Lautstärke. Scherze wurden sich gegenseitig an den Kopf geworfen. Selbst Olli schmiss sich mitten ins Gewühl, umarmte Felix, dabei hielt er sich normalerweise von ihm fern. Aber es wärmte mir das Herz, die beiden endlich wieder vereint zu erleben.

»Einem geschenkten Gaul schaut man nicht ins Maul«, rief Stanni Juli laut zu, der an ihm vorbei lief und sie stießen mit den Fäusten zusammen. Wahrscheinlich würde Stanni nie lernen, wann welcher Spruch besser wäre. Langsam kristallisierte sich ein lauter Ruf aus dem ganzen Lärm. »Hut, Hut, Hut!«

Ich grinste, Anatoli drehte die Musik auf meinen Blick hin leiser. Anton, der ihn das letzte Mal erhalten hatte, reichte ihn mir.

»Trotz deines lupenreinen Shutouts, Konny, bekommst du den Hut nicht. Felix, mit dem Hattrick wurde es nichts, sorry für dich und den Hut. Martin, dein Tor war ein Traum, aber auch du erhältst den Hut nicht. Dafür möchte ich jemanden ehren, der heute das beste Auge bewiesen hat. Ein harter Arbeiter, der nicht der Lauteste ist«, mein Blick fiel auf Anton, der mich frech angrinste, »dafür immer da ist, immer anspielbar.« Ich ging auf Ibrahim zu, dessen Augen groß wurden. »Great Job. Schön, dass du zu uns gehörst.« Er würde wahrscheinlich nie einer der Starspieler wie Sandro, Stanni oder Felix werden, aber er war ein solider Spieler, auf den man sich verlassen konnte. Sie waren ebenso wichtig und gingen oft genug unter.

»Danke.« Er nahm ihn mit strahlenden Augen entgegen, setzte ihn auf und die Jungs klopften laut und heftig mit den Stöcken auf den Boden. »Und jetzt geht raus. Da draußen warten alle auf euch.«

Angeführt von Ibrahim verließen sie die Kabine. Ich atmete tief durch und in dem kleinen Trainerbüro fiel ich in den Schreibtischstuhl, der unter mir quietschend ein paar Zentimeter nachgab.

»Die Mannschaft ist in guten Händen.« Coach Smith stand auf einmal im Türrahmen. Ich schrak zusammen.

»Danke dir. Aber ich mache drei Kreuze, wenn du wieder übernehmen darfst.« Ich erhob mich, bot ihm den Stuhl an und setzte mich selbst auf den Holzstuhl, der neben der Tür stand. Coach Smith drehte sich mit dem Schreibtischstuhl mir zu.

»Auch wenn du das jetzt sagst, wird es dir schwerfallen, den Schritt zurückzugehen.«

Ich schüttelte den Kopf. »Auf keinen Fall. Ich freue mich auf meine Verteidiger.« Noch immer lernte ich, mit dem Druck, den die Verantwortung mit sich brachte, umzugehen. Stefan kam alle naselang an, zeigte mir diesen oder jenen Spieler, ob der in der Zukunft fürs Team infrage käme. Gerald hielt mir andauernd die Zahlen unter die Nase, Tyler wollte seine Social Media Ideen umsetzen und uns beim Training filmen. Die Zahlen waren das Schlimmste und das waren alles noch die harmlosen Dinge.

Die Spieler im Blick zu behalten, sie täglich neu einzuschätzen, andere Mannschaften zu studieren und das Team darauf einzustellen waren die schwierigeren Aufgaben. Zwar halfen August, John und Freddie dabei, aber am Ende des Tages fällte ich die Entscheidungen und musste dafür gerade stehen.

Coach Smith lächelte mich wissend an.

»Du wirst nie wieder nur einen Blick auf die Verteidiger haben. Hattest du nie, aber dein kompletter Fokus hat sich in den letzten Wochen verändert. Glaub mir. Ich bin stolz auf dich, auf das, was du mit der Mannschaft zustande gebracht hast.« Er stand auf, drückte meine Schulter. »Behalte es noch für dich, aber ich habe mit meiner Frau gesprochen. Wir überlegen zurück nach Hause zu gehen.«

Ich sah ihn mit aufgerissenen Augen an. »Nach Kanada?«

Er nickte. »Ich war lang genug in Deutschland und ich kann mir keinen besseren Nachfolger vorstellen als dich«

»Aber … du …« In meinem Kopf herrschte schlagartig Leere, irgendjemand hatte in Sekundenschnelle alles Wissen und die Fähigkeit zu denken und zu sprechen herausgenommen. »Du kommst nicht zurück?«

Coach Smith lächelte müde. »Ich weiß es noch nicht. Zurzeit ist es nur ein Gedanke, aber in den letzten Wochen hat mir das Training nicht gefehlt. Stattdessen genieße ich es, die Spiele zu sehen, ohne darüber nachdenken zu müssen, was besser laufen könnte. Das mag sich wieder ändern, wer weiß das schon?«

Sofort stand ich auf. »Du wirst hier vermisst. Die letzten Wochen waren nur möglich, weil du die Jahre vorher hervorragende Arbeit geleistet hast.«

Coach Smith legte mir eine Hand auf die Schulter. »Du ebenso. Ich war das nicht alleine. Sobald ich mir sicher bin, was ich machen werde, werde ich es dich wissen lassen.« Er ging hinaus und ließ mich sprachlos zurück. Bisher hatte ich den Job jeden Tag mit dem Gedanken gemacht, Coach Smith würde bald zurückkehren. Würde ich ihn behalten, wenn er ging? Wollte ich das überhaupt? Ich sank auf den Stuhl zurück.

»Hey.« Emil lugte um die Ecke zu mir. »Alles gut bei dir?« Er trat in den Raum.

Ich atmete tief durch. »Klar. Wo ist Patrick?«

»Mit Stannis Kindern und Mutter am Rand der Bande und feiert.«

Ich schmunzelte. »Da ist er an der richtigen Stelle.«

Emil kam zu mir, setzte sich auf meinen Schoß, was er bisher noch nie getan hatte, musterte mich aufmerksam, bevor er mich küsste. Automatisch legte ich die Arme um seine Taille.

»Karl, was hältst du davon, wenn du die Saison zu Ende bringst und wir im nächsten Jahr danach in Ruhe zusammenziehen? Dann haben wir genügend Zeit zum Planen und du hast keinen zusätzlichen Stress.«

Mein Herz begann zu hüpfen. Wärme und Liebe für diesen Mann durchfluteten mich.

»Das ist eine gute Idee, vor allem weil ich vielleicht diesen Job behalten werde.«

»Du … was?« Emil riss die Augen auf, bevor sich ein zartes Lächeln auf seinen Lippen abzeichnete. »Deswegen meinte Coach Smith zu mir, ich solle auf dich achten, wenn er nicht mehr in der Lage dazu ist. Es war sehr kryptisch.«

»Was sagst du dazu? Weiterhin weniger Zeit für dich und Patrick.« Ich hielt den Atem an, strich mit der Hand über sein Bein. Hinter uns kam die Mannschaft zurück in die Kabine. Laut feiernd, lachend, sich Frotzeleien an den Kopf schmeißend. Dazwischen Kinderstimmen, die längst ins Bett gehörten, aber an Tagen wie heute fragte niemand danach.

»Klingt für mich nach einer Herausforderung, die wir meistern werden.«

Ich entließ die angestaute Luft aus meiner Lunge, lächelte breit und küsste ihn. Hinter uns erklangen laute Wohoo Rufe, zwei oder drei Pfiffe. Ich unterbrach den Kuss nicht, klopfte nur mit der Faust gegen die Scheibe, was mit Gelächter quittiert wurde.

»Hey Coach, dein Stiefsohn bekommt noch einen falschen Eindruck von dir«, rief Felix.

Emil löste sich von mir. »Stiefsohn?«

Ich zuckte mit den Schultern. »Felix nennt ihn immer so.« Nun lachte auch Emil.

»Papa, Papa, kann Felix zu Besuch kommen? Dann kann ich ihm unseren Felix zeigen.« Patrick kam mit dem Spieler Felix an der Hand ins Büro. Seine Wangen glänzten vor Röte, seine Augen strahlten und er wirkte völlig überdreht. Das würde heute ein Akt werden, bis er endlich schlief.

»Natürlich, aber erst morgen.« Emil stand auf und die Wärme seines Körpers verflog.

Vor Freude hüpfte Patrick, zog Felix, der in voller Montur war, hinter sich her.

»Jetzt lernen sich die Felixe doch noch kennen.« Ich grinste frech, stand ebenfalls auf und stellte mich neben Emil in die Tür. Patrick erzählte Stanni und Felix mit ausufernden Armbewegungen von seinem Hund. Manni schob einen silbernen Servicewagen mit Snacks in den Raum. Sobald alle geduscht und angezogen waren, würden wir richtig essen, aber dies half bereits, die Energiespeicher aufzufüllen.

»Patrick will nur noch Eishockeyspieler werden«, meinte Emil und seufzte.

»Kein Problem, solange er Verteidiger wird. Aber keine Sorge, das werde ich schon deichseln.«

Emil boxte mir sanft in die Seite und ich begann zu lachen.

»Er wird natürlich Goalie, wenn überhaupt. Die wichtigste Person auf dem Eis.«

Ich blickte zu Patrick, freute mich darauf, zu erleben, was einmal aus diesem aufgeweckten Jungen werden würde. So würde also in Zukunft mein Leben aussehen – Eishockey, Emil und Patrick. Es könnte Schlimmeres geben.

Kapitel 28

Emil

*D*as hoffentlich letzte und sechste Spiel in den Final Playoffs war so eng wie die fünf davor. Immerhin führten wir die Serie mit drei zu zwei an. So nah am Pokal waren wir sehr lange nicht mehr. Uns fehlte nur noch ein Sieg, leider allerdings auch der Heimvorteil, da wir in Betheim heute spielten. Sollten die Betheimer Sharks dieses Spiel gewinnen, würde das siebte Spiel entscheiden. Im Moment stand es zur Mitte des dritten Drittels unentschieden. Beide Mannschaften hatten zwei Tore geschossen.

Ständig schaute ich auf die Spielerbank. Karl versuchte, sich seine Nervosität nicht anmerken zu lassen, trotzdem kaute er in einem atemberaubenden Tempo auf seinem Kaugummi herum. Niemals hätte er damit gerechnet, unter seiner Führung in der ersten Saison so weit zu kommen. Nicht ohne Ian Smith als Head Coach, der beim letzten Heimspiel der regulären Spielzeit verabschiedet worden war. Danach ging es direkt für ihn und seine Frau zum Flughafen und zurück in die Heimat Kanada.

Nun strich Karl ständig über die Krawattennadel, die ich ihm geschenkt hatte, rief seinen Spielern Anweisungen zu, die sie höchstwahrscheinlich auf dem Eis nicht hörten, bei dem Lärm, der hier herrschte. Ich war schon drauf und dran gewesen, Kopfhörer für Patrick zu kaufen, doch er wehrte sich vehement dagegen.

»Papa, da.« Patrick riss an meinem Trikot und zeigte aufs Eis. Ich lenkte meine Aufmerksamkeit von Karl zum Hauptgeschehen. Da brachen gerade Felix, Stanni und Geller aus. Felix führte den Puck mit sich. Poggi und Scotsman folgten ihnen.

Die Scheibe schien an Felix' Schläger zu kleben. Er lief in einer atemberaubenden Geschwindigkeit auf das gegnerische Tor zu, wich geschickt den Verteidigern aus. Als zwei Spieler auf ihn zukamen, passte er den Puck zu Geller, der ihn direkt an Stanni weitergab, da sich die Gegner auf Felix und Geller konzentrierten. Stanni nahm die Scheibe an, lief weiter, schlug den Puck die Bande hinter dem gegnerischen Tor entlang. Scotsman checkte einen der Verteidiger und Poggi bekam im Kampf mit einem anderen Gegenspieler die Scheibe zu fassen. Sofort spielte er sie zu Geller, der zu Stanni passte. Der fackelte nicht lange und schoss aus dem Handgelenk mit einem schönen Schnappschuss aufs Tor, der leider gehalten wurde. Ein Raunen ging durch unsere Kurve. Der Puck prallte vom Beinschutz des Goalies ab, aber Geller war zur Stelle, sammelte die Scheibe ein und versenkte sie.

Fast dreitausend Fans sprangen auf, wenn sie nicht bereits standen, und jubelten laut mit den Spielern auf dem Eis. Patrick ließ sich mitreißen, hüpfte neben mir auf und ab, stellte sich auf seinen Platz, um besser sehen zu können. Er schrie so laut, wie ich es bisher nie erlebt hatte.

»Wir gewinnen, wir gewinnen!«, rief er ununterbrochen. Ich sah auf die Uhr. Noch acht Minuten. Wie sehr wünschte ich mir, die Zeit vordrehen zu können. Mein Blick fiel auf

Karl, der die Faust in die Höhe gestreckt hatte und mit den Trainern und Spielern auf der Bank abklatschte. Er gestattete sich ein leichtes, sehr seltenes Lächeln während eines Spiels.

Es ging weiter, die Fans der Sharks übertönten uns, feuerten ihre Mannschaft frenetisch an. Wir hielten komplett dagegen. Am Ende des Spiels hatte bestimmt keiner mehr eine Stimme.

Die Anspannung auf beiden Seiten, sowohl bei den Teams als auch den Fans, war greifbar. Das Anfeuern und Singen war eine willkommene Möglichkeit, um etwas von der Spannung loszuwerden.

Die Sharks drängten auf unser Tor zu. Wir hatten wieder gewechselt. Anatoli und David versuchten ihr bestes, ihnen die Scheibe abzunehmen. Es ging hinters Tor, der Sharker Center kam eng ums Tor herum, wollte den Puck unter Konny hindurch schieben, doch dieser reagierte, ließ sich auf die Knie fallen.

Von hinter dem Tor kam David daher und checkte den Center. Dann ging alles ganz schnell. Wie genau konnte ich nicht erkennen, aber auf einmal fiel der Center der Sharks auf Konny, der, als er sich erheben wollte, laut aufschrie.

Sofort pfiff der Referee ab. Der Shark Spieler rollte von Konny herunter, redete mit ihm. David und Anton knieten sich neben den Goalie, der seine Maske abnahm und ein schmerzverzerrtes Gesicht entblößte. Anton winkte zur Bank, der Arzt eilte herbei. In der Arena herrschte schlagartig Ruhe. Die Spieler standen um das Tor herum, ließen den Doc durch, der Konny nur kurz untersuchte und ihm dann aufhalf. Das rechte Bein zog der Goalie hinter sich her. Anton stützte ihn von der anderen Seite.

Die Spieler klopften mit den Stöcken auf das Eis, begleiteten ihn und er winkte den Fans kurz zu, bevor er hinter der Bande verschwand.

Karl lief ihnen hinterher, kam zurück, schickte dann anscheinend Freddie mit. Er tippte Juli auf die Schulter, der nickte und seine Sachen zusammensuchte. Langsam betrat er das Eis, drehte ein paar kleine Runden, bevor er zum Tor fuhr, seinen Teddy und die Trinkflasche auf das Netz legte. Wir begrüßten Juli mit Applaus. Sofort erklangen wieder die Anfeuerungsrufe.

Olli kam mit seinem Block auf das Eis und der Referee führte das Face—Off durch. Die Sharks hatten ein Power-Play, da David eine Zwei-MinutenStrafe bekommen hatte.

Karl wirkte noch unruhiger, schob seine Hände in die Hosentaschen, holte sie wieder hervor. Strich seine Krawatte glatt und sprach mit den Trainern. Zeigte auf das Eis, während dort das Spiel weiterging. Juli hielt den nächsten Schuss auf das Tor, was von uns Fans laut bejubelt wurde.

Nur noch sieben Minuten. Ibrahim und seine Männer wechselten mit Olli. Jeder auf dem Eis gab alles, wollte dieses Spiel unbedingt gewinnen. Die Sharks stoppten ein Passspiel, schnappten sich die Scheibe und kamen in einem Odd-Man-Rush auf uns zu. Louis, unser Verteidiger tat sein Bestes, die Männer im Blick zu halten, die anderen eilten hinterher.

Dann holte einer der Winger aus und der Puck segelte über Julis Schulter ins Netz. Ein lautes Stöhnen ging durch unseren Block. Ich raufte mir die Haare. Tor im Power Play.

»O nein«, rief Patrick laut neben mir. »Los Juli, die nächsten hältst du«, brüllte er mit den Händen zu einem Trichter vor dem Mund geformt.

Das Spiel wurde hektischer. Plötzlich standen wieder Geller, Stanni und Felix auf der Eisfläche. Geller mahnte seine Mitspieler mit einer Geste zur Ruhe. Ich sah zur Uhr. Vier Minuten. Im Moment hatten die Sharks die Oberhand, dominierten das Spiel. Aber unsere Jungs auf dem Eis schienen deren Aktionen vorauszuahnen, sie gingen dazwischen. Anatoli warf sich zwischen die Scheibe und das Tor, blockte einen Schlagschuss.

Auf der Großaufnahme konnte jeder sehen, wie schmerzhaft dieser Block gewesen sein musste, Anatoli jedoch schüttelte sich und spielte weiter. Allerdings brauchte er ein paar Sekunden, bis er wieder voll auf der Höhe war. In der Zeit stocherten mehrere Spieler vor Juli um den Puck, aber David konnte ihn endlich erobern. Schnell lief er los, Felix und Geller an seiner Seite.

Ich gestattete mir, kurz durchzuatmen, und wollte nicht in Karls Haut stecken. Dies war das aufregendste Spiel in meinem Leben, dem ich bisher beigewohnt hatte. Mir lief der Schweiß den Rücken hinunter, dabei stand ich nur unter den Zuschauern.

Auf dem Eis stürmten unsere Spieler auf das Tor zu, der Goalie war allerdings standhaft und hielt unseren abgegebenen Schuss. Die Fans explodierten auf beiden Seiten, nun stand garantiert auch der Letzte.

»Lauf, David!«, brüllte mein Sohn neben mir und ich musste lachen. David kam in die Angriffszone, Geller an seiner Seite. Er täuschte einen Pass an, der Goalie sprang in die entsprechende Richtung, da zog David mit einem Schlagschuss ab. Die Scheibe schien in Zeitlupe auf das Tor zu zu segeln. Der Goalie hob noch in der Drehbewegung seine Hand, war aber zu langsam und der Puck landete im Netz. Kurz bekam ich das Gefühl, mein Herz hätte einige Schläge ausgesetzt, nur um dann mit doppelter Geschwindigkeit loszulegen.

»Yeah!« Gemeinsam mit meinem Sohn hüpfte ich mit den knapp dreitausend Fans auf und ab. Ich hob Patrick hoch, drückte ihn an mich. »Wir holen uns den verdammten Pokal!«, rief er.

Ich befand mich in einem Glückstunnel und ließ Patrick das Schimpfwort durchgehen. Karl reckte auf der Trainerbank beide Hände in die Höhe. Dann klatschte er, ging hinter seinen Spielern hin und her. Rief ihnen etwas zu.

Mein Blut rauschte viel zu schnell durch meinen Körper. Es waren nur noch zwei Minuten auf der Uhr. Zwei verdammt lange Minuten.

Die Checks auf dem Eis wurden härter. Karl wechselte in schneller Reihenfolge und dann waren es auf einmal nur noch zehn Sekunden.

Wir zählten sie laut hinunter und mit jeder Sekunde die verging, verstärkten sich die Gänsehautschauer, die mir über den Körper liefen. So was hatte ich noch nie erlebt!

Beim Abpfiff stürmten die Spieler aufs Eis, rissen sich die Helme vom Kopf. Die Spielerfrauen und Freundinnen liefen an uns vorbei nach unten. Manche mit den Kindern an der Hand. Ich bekam das Grinsen nicht mehr aus dem Gesicht.

»Ich will auch nach unten, Papa.« Patrick griff nach meiner Hand und zog mich zur Treppe. Wir liefen hinunter, den Frauen hinterher. Karl saß mit großen Augen und einem kaum sichtbaren Lächeln auf der Bank. Er war fassungslos und wer könnte es ihm verübeln? Die Spieler, anderen Trainer, Betreuer, alle klopften ihm auf die Schulter, doch er schien es nicht zu bemerken.

Ich wäre so gerne zu ihm gegangen, wollte ihn küssen, an mich drücken, ihn nie mehr loslassen, wusste allerdings nicht, wie ich zu ihm kommen sollte. Die Spieler kamen zu uns, leiteten ihre Frauen und Freundinnen zu einer Tür aufs Eis.

Patrick folgte ihnen. Ich musste ziemlich auf ihn aufpassen. Er sollte nicht in den Fernsehbildern auftauchen. Katharina, Karl und ich hatten die Abmachung getroffen, Patrick aus der Öffentlichkeit fernzuhalten. Wir wurden durch die Sicherheitsleute von den Fans abgeschirmt, kurz herrschte ein völliges Durcheinander.

Ich drückte Patrick an mich, während die Spieler ihre Frauen und Freundinnen umarmten und küssten. Plötzlich stand Karl vor mir. Wir sahen uns nur an, in seinen Augen schimmerte es verdächtig. Patrick hüpfte vor ihm auf und ab, rief irgendwas, das ich nicht mitbekam. Ich zog Karl an mich, wollte diesen Triumph mit ihm feiern. Er bebte am ganzen Körper.

»Das ist alles wahr, oder?«, flüsterte er mir ins Ohr. Obwohl er mir so nah war, hatte ich ihn fast nicht verstanden.

»Ja, ihr habt gewonnen.« Ich kniff ihn grinsend in den Oberarm. Patrick sprang erneut an ihm empor. Karl bückte sich zu ihm, und sie umarmten sich.

»Wir haben gewonnen, Papi«, rief er aufgeregt. Seit ein paar Wochen nannte er Karl Papi, was diesen zu Tränen gerührt hatte, aber auch nicht erstaunlich war, hielt er sich doch nur noch bei uns auf und war zu einem dritten Elternteil geworden. Nicht mehr lange und wir wohnten bei ihm.

»Unglaublich, oder? Bald jubeln wir dir zu.« Er drückte Patrick einen Kuss auf die Stirn und erhob sich.

»Was ist mit Konny?«, fragte ich. Karl wurde ernst.

»Höchstwahrscheinlich das Bein gebrochen. Kaiporov ist echt mies auf ihn gefallen, als er noch sein Bein ausgestreckt hatte und David kann gar nicht aufhören, sich bei Konny zu entschuldigen. Er weicht ihm nicht von der Seite.« Karl schüttelte den Kopf. »Der olle Goalie weigert sich ins Krankenhaus zu fahren, es untersuchen und sich behandeln zu lassen. Hat sich nur eine Schmerzspritze geben lassen, es wurde notdürftig geschient und überlegt nun, wie er zurück aufs Eis kommt.« Karl fuhr sich im Nacken entlang. »Goalies sind schon unglaublich.«

»O nein«, widersprach ich Karl. »Eishockeyspieler im Allgemeinen.«

Karl grinste schief. »Das mag sein.«

Der Pressesprecher erschien hinter ihm und holte ihn fort von mir. Patrick stand derweil in der Öffnung der Bande und beobachtete das Spektakel auf dem Eis. Dort wurde für die Siegerehrung alles aufgebaut. Hinter uns feierten die Fans. Was wäre das nur für ein Fest geworden, hätten wir zu Hause gespielt.

Ich stellte mich hinter Patrick. Eine lange Saison war beendet. In wenigen Wochen hatten wir Karl für uns, ohne ihn teilen zu müssen. Konnten ganz in Ruhe umziehen, Patricks Zimmer nach seinen Wünschen einrichten.

»Papa, darf ich zu Felix und Stanni?«

Ich sah zu den beiden. Felix stand bei Tyler, lächelte breit und hatte einen Arm um ihn geschlungen. Stanni befand sich daneben, aber aus seiner Familie war keiner gekommen. Seine Frau hatte im Januar acht Wochen zu früh das Baby geboren und war mehr im Krankenhaus als zu Hause.

»Bitte?« Er blickte zu mir auf, schaute genauso wie unser kleines Fellknäuel, wenn es um Snacks bettelte. Mein Herz schmolz bei diesem Anblick dahin. Sollte ich ihn jedoch jetzt zu Felix und Stanni lassen, wäre er garantiert auf den Fernsehbildschirmen zu sehen.

»Nein, tut mir leid, Kumpel. Du kannst ihnen zuwinken, aber du bleibst bei mir.«

Er zog eine Schnute, wollte gerade mit mir darüber diskutieren, als der Arenasprecher den Beginn der Siegerehrung verkündete. Die Spielerfrauen kamen zu uns und wir ließen sie durch. Große Konfettikanonen standen im Hintergrund. Die Spieler stellten sich in einer Reihe auf und nahmen ihre Medaillen entgegen. Sogar Konny befand sich wieder auf dem Eis. Juli und David stützten ihn und sein Bein war geschient.

Als Karl seine umgehängt bekam, platzte ich vor Stolz. Keiner hatte damit gerechnet, dass die Mannschaft es ohne Ian Smith bis hierhin schaffen würde. Aber als sie nur sieben Partien in der gesamten Saison verloren hatten, waren sie als Tabellenführer in die Playoffs gestartet. Die Uhren standen auf null und was hatten die Krakens gekämpft!

Die erste Runde hatten sie über alle sieben Spiele gehen müssen, beim Halbfinale hatten vier gereicht, um es bis ins heutige Finale zu schaffen und hier den Sieg furios einzufahren. Sie alle hatten sich diese Medaille verdient.

Die Spannung stieg mit dem Jubel. Die Mannschaft stand beisammen und als Kapitän bekam Sandro den Pokal überreicht. Noch während er ihn unter dem Jubel der Fans in die Luft reckte, zündeten die Kanonen und goldenes Konfetti flatterte auf die Mannschaft nieder. Sie alle tanzten, in der Arena herrschte ein ohrenbetäubender Lärm. Patrick hielt sich vor mir die Ohren zu. Ich beugte mich vor, aber er strahlte übers ganze Gesicht.

Mir standen die Tränen in den Augen, die ich energisch zurückdrängte. Ich würde hier jetzt nicht vor lauter Rührung und Stolz anfangen zu weinen. Der Pokal wurde herumgereicht, jeder wollte ihn einmal anfassen. Es gab das offizielle Foto. Karl kam zu uns herüber. Ich entdeckte eine feuchte Spur auf seiner Wange, die ich sanft wegwischte.

»Sobald ich die Rasselbande in den Bus bekommen habe, fahren wir zurück zum Hotel. Dort ist ein Saal für uns reserviert. Stellt euch auf eine lange Nacht ein.« Er kniete sich vor Patrick. »Freust du dich schon?«

»Kann ich neben Felix sitzen?«

Karl lachte. »Das fragst du ihn am besten selbst.« Er sah zu mir auf. In seinen Augen spiegelte sich dieselbe Liebe, die ich für ihn empfand. Noch immer gab dieser Mann mir das Gefühl, das Wichtigste auf der Welt zu sein. Manchmal musste ich mich kneifen, weil ich es nicht glauben konnte. »Ich werde auf jeden Fall den ganzen Abend neben deinem Papa sitzen.«

»Na los, Coach, du bist dran.« Felix und Stanni kamen mit dem Pokal auf Karl zu. Im Gefolge die restliche Mannschaft. Nur Konny saß am Rand neben David und Juli, die ihn nicht allein ließen.

Ich legte meine Hände auf Patricks Schultern, sah zu, wie das Team ihre Trainer feierte. Ich konnte die wenigen Wochen nicht abwarten, in denen ich ganz egoistisch Karl nur für mich beanspruchen durfte. Und für Patrick natürlich. Ich freute mich sehr darauf, wenn wir endlich offiziell zusammenwohnten und hoffentlich alt miteinander wurden.

Danksagung

Es ist schon wieder so weit und die Geschichte von Karl und Emil ist zu Ende Aber keine Sorge, es gibt noch eine weitere Geschichte.

Selbstverständlich möchte ich auch dieses Mal meiner Lektorin danken. Wie immer hat sie mich großartig unterstützt.

Auch meine Testleserin, die liebe Eishockey-Fee, die mir mal wieder wertvolle Hinweise bei den Spielszenen gegeben hat, gehört mein Dank. Ohne dich, wäre dieses Werk erst gar nicht entstanden.

Zum Schluss gebührt natürlich auch dir, liebe Leserin/lieber Leser mein Dank und ich hoffe, dir hat die Geschichte gefallen.

Solltest du noch nicht genug haben von Karl und Emil haben, kannst du dich auch gerne bei meinem Newsletter unter www.nellabeinen.de/newsletter anmelden. Dort wartet ein Bonuskapitel auf dich.

Meine weiteren Werke

Romance
Reihe Kochlöffel, Trecker und Beziehungskiste:
56 Punkte zum Glück
Sammelband mit 7 Kurzgeschichten

Reihe Die Farben des Lebens:
Und dann passierte das Leben
Reise in die Vergangenheit - Neues von Tobias & Florian (Kurzgeschichte)

Einzelbände
Das Leben ist so einfach
Wie ein Kuss alles veränderte
Muschelherzen
Verletzte Liebe

Reihe Game Time:
Game Time - Winning the Game
Game Time - Changing the Game

Krimi
Todesengel - Der erste Fall von Oliver Ratke
Betrogen - Ein Fall für Sieg und Röber

Cozy Grusel
Der Weihnachtsfluch von Callum Hall
James Redfield - Im Bann des Fluches (Kurzgeschichte)

Neuer Lesestoff
Trusting Him
von Svea Lundberg

Eine gefühlvolle Second Chance MM Hockey Romance im winterlichen Boston.

»Ich wusste nicht, wie sehr ich dich liebe, bis ich dich verloren habe. Bis du zurückgekommen bist und mir damit gezeigt hast, was nicht mehr ist.«

In seinem zweiten Jahr an der Boston University hat Bennet sich dazu entschieden, sein Ziel von einer Profi-Eishockey-Karriere zu verfolgen – und dafür den Mann gehen zu lassen, den er liebt. Ebenso wie Riley seinen Traum, für ein Jahr in Irland zu leben, über ihre Beziehung gestellt hat.

Nun, kurz vor Weihnachten, ist Riley zurück in Boston – mit all den alten Gefühlen für Bennet im Gepäck. Die kribbelnde Anziehung zwischen ihnen ist sofort wieder da. Doch Bennet hält Riley eisern auf Abstand. Zu groß ist seine Angst, erneut zwischen seiner ersten großen Liebe und der NHL-Karriere entscheiden zu müssen. Denn an Letzterer hängt so viel mehr für Bennet dran, als ›nur‹ der sportliche Erfolg.

Aber wie soll er Riley vergessen, wenn sie sich in der gemeinsamen WG und auf dem Campus ständig über den Weg laufen? Noch dazu, wenn die für Bennet schönste und gleichzeitig schmerzlichste Zeit des Jahres näher rückt. Kann Riley Bennets Herz zurückerobern und die Vorweihnachtszeit perfekt für sie beide machen?

Traumfänger

von Leona Bolt

Er ist der Nerd, der eine App für mein Team entwickelt. Und ich … entwickle Gefühle für ihn.

Torhüter sind stark, groß und furchteinflößend. So wurde es mir von meinem Vater beigebracht, so versuche ich schon immer zu sein. Egal, wie wenig das manchmal zu dem passt, was in mir vorgeht. Dann ist da noch Etienne, der alles in mir durcheinanderwirbelt. Seine meergrauen Augen und sein ansteckender Enthusiasmus gehen mir einfach nicht aus dem Kopf. Je öfter wir einander über den Weg laufen, desto mehr möchte ich der Mann sein, den er in mir sieht. Weicher und offener als das Ideal, das mir gepredigt wurde.

Denn als "echter Kerl" darf ich vieles, nur eines nicht: einen anderen Mann lieben.